高等院校通识教育核心课程教材系列

外国文学名著导读

陆明 闫冰 编著

清華大學出版社
北京

内 容 简 介

本书以时代进程为序介绍了自古代至20世纪外国文学发展、演变情况，每部分均以文学史为脉络，选编各个历史时期最具代表性的作家作品。每章既概括了各个时期文学及各种文学流派的历史文化背景、思想倾向、艺术特征，又比较深入地对诸如荷马史诗、《旧约》、《哈姆莱特》等名著进行导读、点评，使读者通过对众多作家和大量作品的阅读欣赏体验，进而把握一个时期乃至外国文学发展的基本风貌，从而提高学生的审美鉴赏水平，培养学生的人文情怀。

本书是供艺术院校学生使用的文学教材，亦适合广大文学爱好者。

图书在版编目（CIP）数据

外国文学名著导读/陆明，闫冰编著．—北京：清华大学出版社，2010.3（2018.9重印）
（高等院校通识教育核心课程教材系列）
ISBN 978-7-302-22120-3

Ⅰ.①外…　Ⅱ.①陆…②闫…　Ⅲ.①文学欣赏-外国　Ⅳ.①I106

中国版本图书馆CIP数据核字（2010）第030365号

责任编辑：王巧珍
责任校对：王凤芝
责任印制：杨　艳

出版发行：清华大学出版社
　　网　　址：http：//www.tup.com.cn，http：//www.wqbook.com
　　地　　址：北京清华大学学研大厦A座　　**邮　　编**：100084
　　社 总 机：010-62770175　　**邮　　购**：010-62786544
　　投稿与读者服务：010-62776969，c-service@tup.tsinghua.edu.cn
　　质量反馈：010-62772015，zhiliang@tup.tsinghua.edu.cn
印 装 者：三河市金元印装有限公司
经　　销：全国新华书店
开　　本：170mm×240mm　　**印　张**：17.5　　**插页**：10　　**字　　数**：300千字
版　　次：2010年3月第1版　　**印　　次**：2018年9月第13次印刷
定　　价：40.00元

产品编号：031760-03

图1　摩西在燃烧的荆棘前，费蒂绘，选自（法）德布雷：《100名画：〈旧约〉》，张延风译，桂林，广西师范大学出版社，2007年。

图2　奥德修刺瞎巨人，选自徐峙、曾双余，马跃：《世界文学史》（上卷），北京，中国文史出版社，2004年。

图3　斯芬克斯之谜，古希腊陶瓶画，出处同上。

图4　荷马半身像，选自［法国］皮埃尔·维达尔·纳杰，《荷马的世界》，王莹译，北京，中国人民大学出版社，2007年。

图5　浮雕，《伊利亚特》中阿契里斯把赫克托尔拖回营地，出处同上。

图6 《罗摩衍那》插图——蚁垤（第一章），选自［印度］蚁垤：《罗摩衍那》，季羡林译，北京，人民文学出版社，1980年。

图7 《罗摩衍那》插图——罗摩（第六十六章），出处同上。

图8 《神曲》地狱篇插图，选自［意大利］但丁：《神曲》，北京，人民文学出版社，1987年。

图9 《神曲》天堂篇插图，出处同上。

图10、11 《坎特伯雷故事》插图，选自［英国］杰弗雷·乔叟：《坎特伯雷故事》，方重译，上海，上海译文出版社，1993年。

图12　堂吉诃德和桑丘，选自龙军、姚晓华等：《世界文学名著速读》，北京，中国书籍出版社，2004年。

图13 《培根人生论》第四十二篇——“论青年与老年”插图，选自［英国］弗兰西斯·培根：《培根人生论》，何新译，西安，陕西师范大学出版社，2002年。

图14 《巨人传》第十八章插图，选自［法国］拉伯雷：《巨人传》，成钰亭译，上海，上海译文出版社，1990年。

图15　梅菲斯特再访浮士德，德拉克洛瓦绘，选自龙军、姚晓华等，《世界文学名著速读》，北京，中国书籍出版社，2004年。

图16　逐出乐园，[意大利]卡瓦利耶绘，选自[法]德布雷：《100名画：〈旧约〉》，张延风译，桂林，广西师范大学出版社，2007年。

图17　天使长米迦勒将魔鬼驱赶至虚无，（意大利）焦尔达诺绘，选自（法）德布雷，《100名画：〈旧约〉》，张延风译，桂林，广西师范大学出版社，2007年。

图18　《天路历程》第十二章插图，选自［英国］约翰·本仁：《天路历程》，王汉川译，济南，山东画报出版社，2002年。

图19　《帕斯卡尔思想录》第四篇——“人算什么？”插图，选自［法国］帕斯卡尔：《帕斯卡尔思想录》，何兆武译，西安，陕西师范大学出版社，2002年。

图20 包法利夫人，选自徐崎、曾双余，马跃：《世界文学史》（上卷），北京，中国文史出版社，2004年。

图21 《大卫·科波菲尔》第十一章插图，选自[英国]狄更斯：《大卫·科波菲尔》，庄绎传译，北京，人民文学出版社，2000年。

图22　马奈画的波德莱尔，选自《〈恶之花〉——波德莱尔诗歌精粹》，钱春绮译，北京，人民文学出版社，2008年。

图23　波德莱尔自画像，出处同上。

图24　普鲁斯特（铜版画），选自《普鲁斯特美文选》，沈志明译，北京，人民文学出版社，2006年。

编选说明

优秀的文学作品体现了人类文化的精华，显示了人类的精神力量，给人们以审美的愉悦和创作的源泉，对于培养提高青年学生人文素养，提升审美品位，塑造强健的精神人格有着不可替代的价值。

为了使在校学生可以尽量亲密无间地和名著接触，在阅读中品味深刻优美的思想和各具风格的美感，进而丰富人文视野，我们编写了这本《外国文学名著导读》。

秉持代表性、经典性原则，本书共介绍了名著50多部（篇），力求精选最能够呈现人类文化精华的作品，译文精心选择平易畅达、文字优美的版本，选文务求“窥一斑以见全豹”。在结构设计上，本书注重突出自主学习的适读性，在编选上侧重作品阅读，对每一时代文学史做精简处理，概要叙述，以作品节选和阅读提示相结合的方式对文学名著加以介绍，并有精心设计的讨论题目供学生进行研究探讨。对于作品的阅读提示仅提供一种解读的思路，不求面面俱到，只要有所启示。

本书的评注参考了多种文学史和作品选，在此一并致谢。由于能力有限，选目恐有挂一漏万之嫌，认识见解难免不周之处，恳请提出意见，以便今后改进。

目　录

第一章　古代文学

第二章　中世纪文学

第三章　文艺复兴时期文学

第四章 17、18 世纪文学

第五章 19 世纪文学

第六章 20世纪文学

插图目录

第一章　古代文学

世界古代文学是由欧洲、亚洲、非洲等一些古老国家、民族所共同创造的，主要包括原始公社制和奴隶制两个历史阶段的文学，取得突出成就的文学体裁主要是神话传说、英雄史诗和戏剧。

欧洲古代文学主要包括古希腊文学和古罗马文学。古希腊文学是人类文化的珍贵遗产，其主要成就包括神话、史诗、戏剧、寓言、抒情诗和文艺理论，具备了后世几乎所有的文学样式。

古希腊文学大致可分为四个时期。荷马时期（公元前 12 世纪至公元前 8 世纪）的突出成就是神话和史诗，神话包括神的故事和英雄的传说两方面内容，史诗则以《伊利昂纪》和《奥德修纪》最为著名。继史诗之后，出现了诗人赫西俄德的两首长篇叙事诗《工作与时日》和《神谱》。前者赞颂劳动，后者叙述神的由来、世系和神的斗争，是古希腊最早比较系统地描述宇宙起源和神的谱系的作品；奴隶制城邦国家形成时期（公元前 8 世纪至公元前 6 世纪）的文学成就是抒情诗和寓言。著名的抒情诗人萨福，被柏拉图称为“第十位缪斯”，据传她写了九卷诗，其诗感情真挚，语言朴素，以恋爱之歌为多。《伊索寓言》形式短小，比喻生动，蕴含哲理，大多用一个简短的动物故事来说明道理，宣扬观点，著名的篇章有《狼和小羊》、《龟兔赛跑》、《农夫和蛇》等；古典时期（公元前 6 世纪至公元前 4 世纪中叶）是古希腊文学最繁荣的时期，主要成就是戏剧和文学理论，埃斯库罗斯的《被缚的普罗米修斯》、索福克勒斯的《俄狄浦斯王》、欧里庇得斯的《美狄亚》都是著名的悲剧作品，而阿里斯托芬则以喜剧闻名于世。文艺理论的代表作家是柏拉图和亚里斯多德。柏拉图的主要著作《对话集》涉及文艺的模仿和灵感问题，对后世文艺理论影响深远。亚里斯多德的代表作《诗学》为西方文艺理论的发展奠定了坚实的基础；希腊化时期（公元前 4 世纪末至公元前 2 世纪中叶）主要成就是新喜剧，米南德的新喜剧具有较高的艺术价值。

古罗马是由意大利半岛台伯河畔一座城发展起来的奴隶制国家，古罗马与古希腊在古代有很长一段时间是平行发展的。公元前 2 世纪，罗马迅速崛起，建立了横跨欧、亚、非的庞大帝国。就文学而言，古罗马文学深受希腊和希伯来文化的影响，是在继承古希腊文学的基础上发展起来的，但具有更鲜明的理性精神和集体意识，特别强调国家观念和民族的责任感，崇尚文治武功。古罗马文学史上的“黄金时代”（公元前 1 世纪末至公元 1 世纪初）出现了维吉尔、贺拉斯和奥维德三大诗人。维吉尔是罗马文学史上最重要的诗人，一生写了三部重要诗作：《牧歌》、《农事诗》和史诗《埃涅阿斯纪》。贺拉斯的文艺理论著作《诗艺》强调了文学的教育作用，提出了“寓教于乐”的原则，对欧洲文学理论的发展产生了很大的影响。奥维德的代表作为 15 卷的长诗《变形记》，包括大小 250 多个故事，内容广泛，想象丰富，有“神话辞典”之称。古罗马文学是沟通古希腊与欧洲近代文学的桥梁，为欧洲近代文学的发展奠定了基础。

亚非两大洲的尼罗河流域、两河流域（幼发拉底河、底格里斯河）、恒河流域、黄河和长江流域不仅是人类文化的最早发源地，也是世界文学的滥觞。除中国外，其中成就较高、影响较大的是古埃及文学、古巴比伦文学、古希伯来文学和古印度文学。

古埃及文学是世界上最古老的文学之一，最早产生于公元前 3000 多年，流传至今的作品有神话传说、诗歌、故事、传记和箴言等。其中成就突出的是劳动歌谣、宗教诗集和故事，对后世文学产生了较大影响。古巴比伦的文学成就主要有神话传说、史诗、哲理抒情诗和戏剧等。这些作品多方面地反映了古巴比伦人的社会生活，反映了两河流域居民对世界的产生、人类的起源、英雄业绩以及善与恶、生与死等问题的认识和理解，其中的《吉尔伽美什》是已知的世界文学中最古老的史诗，对两河流域文学影响很大。古希伯来民族在文化上受四邻各族的影响，在文学上可以说是集大成者。希伯来文学总集《旧约》是古代文学中的重要收获，它是古希伯来民族发展和以色列、犹太王国兴衰历史的艺术记录。《旧约》中的神话传说、英雄故事、诗歌以及先知预言等无论在思想上，还是在艺术上都取得了较高的成就，对后世文学，尤其是对欧洲文学产生了深远的影响。希伯来文学和希腊文学同是欧洲文学的历史源头。

古印度文学不仅反映了广泛的社会生活，在形式上也是丰富多彩的，诗歌总集、寓言故事、戏剧和史诗都取得了很高的成就，其中古代诗歌总集《吠陀》、寓言故事集《五卷书》、两大史诗《摩诃婆罗多》、《罗摩衍那》以及迦梨陀娑的戏剧《沙恭达罗》等杰作，都对世界文学发展产生了广泛而深远的影响。

希腊神话

古希腊神话是原始氏族社会的精神产物，大约产生于公元前8世纪以前，最初产生于爱琴海地区，是在希腊原始初民长期口口相传的基础上形成基本规模，在荷马史诗、赫西俄德的《神谱》以及希腊戏剧作品中有所反映。希腊神话是一个广阔浩繁的系统，支脉谱系庞杂，具有明显的家族色彩，存在着一个基本脉络，大体可分为神的故事和英雄传说两大部分。

神的故事包括宇宙和人类的起源、神的产生、神的谱系、神的活动、神的创造（天地开辟、人类起源、万物初生等）。神的谱系包括旧神谱系（提坦神族）和新神谱系（奥林匹斯神族）。旧神谱记载了天地的起源，最初宇宙最古老的神是卡厄斯（即“混沌”），卡厄斯生出了该亚（大地）、厄罗斯（爱）和塔尔塔洛斯（深渊、地狱）等。该亚与她的儿子乌拉诺斯结合，生下了十二个提坦巨神及三个独眼巨人和三个百臂巨人。宙斯推翻了父神克洛诺斯的统治，建立了新的统治秩序，新神谱系的诸神都居于奥林匹斯山上。英雄都是神和人所生的后代，是半神半人，具有过人的才能和非凡的毅力。英雄传说起源于对本族祖先的崇拜，概括了全民族的理想，以不同的家族为中心形成许多系统，主要包括赫拉克利特的传说、忒修斯的传说、伊阿宋的传说、赫拉克勒斯的传说等等。希腊神话具有较高的认识价值和文学价值，是整个希腊艺术的前提和基础，对后世欧洲文学艺术影响深远。

《普罗米修斯》

天地造成，气象万新。

大海在咆哮。巨浪滚滚，气势磅礴地在拍击两旁海岸，激起了层层浪花。波涛间，鱼儿游乐，自由自在，生活得无限甜蜜。

小鸟在天空飞翔，欢乐地鸣啭歌唱。

陆地上动物成群，生机盎然，到处呈现一派朝气蓬勃的生动景象。

可是世界上缺乏一个供精神和灵魂借住的躯壳。他们应该是未来的大地主宰。

普罗米修斯应运而生，降落到大地上。普罗米修斯是古老的神的族第的后裔，是地球之母与乌拉诺斯的后代，可惜乌拉诺斯后来被宙斯废黜。

普罗米修斯知道大地上孕育着天神的种子，因此就用河水调和黏土，按照天神、亦即世界的主宰模样捏塑成一种形体。他为了让这团泥块具有生命，便借用了动物灵魂中善与恶的两重性格，将它们封闭在泥团的胸内。从此世界上就有了人。

普罗米修斯在蓝天下的繁华世界上有一位女友，名叫雅典娜，她是智慧女神。雅典娜十分赞赏提坦神伊阿铂托斯的儿子的杰作，于是便朝具备一半灵魂的泥团造物上吹了一口仙气，让泥团获得了灵性。

世界上出现了第一批人。他们生殖繁衍，马上发展成为一大群，布满了东西南北。可是这批人却在很长时间内不知道应该如何运用自己的四肢，不知道怎样使用天赐的灵魂。他们有眼睛，却什么也看不见；他们有耳朵，却什么也听不到。他们就像梦中幽灵，浑浑噩噩地只知道来回走动，却不能够使用和发挥造物的作用。另外，诸如采石、烧砖、从森林里砍伐木头做成房梁，然后再用砖瓦、石块、木梁建造房屋等等，他们对这样高深的艺术是从来都不敢问津的。他们像蚂蚁一样，钻在没有阳光的土洞里，一切都毫无计划，毫无方向。

普罗米修斯开始了他的劳动和创造。

他教会人们观察天体运行，观察日月升落，星辰闪烁；他发明了数字和文字艺术，又教会人们驾驭牲口，使他们懂得牲口是帮助自己劳动的伙伴，从而学会给骏马套上缰绳，用它拉车或者作为坐骑。他还发明了船和帆，用于航行。他关心人类生活中的一切活动，教会人们如何生活。

从前，人们没有医药知识，不知道使用药物防治疾病。他们不知道使用涂抹油膏或服药来减轻病痛。由于缺医少药，许多人病魔缠身，最后，悲惨地死去。普罗米修斯教会他们调制药剂，用来防治疾病。另外，他又教会人们学占卜，给他们解释预兆和梦境，解释鸟的飞翔和祭祀供奉。他引导大家开采地下矿产，让他们发现矿石，寻找铁矿、白银和黄金。他教会他们农艺耕种，使他们生活得轻松舒适。

那时候的天空完全归宙斯和他的儿子们掌管。宙斯废黜了父亲克洛诺斯，推翻了古老的神族世家。普罗米修斯正是出身于这个神的族第。

新任主宰的诸神开始注意刚刚形成的人类世界。诸神要求人类敬重他们，并答应用保护人类作为条件。后来，神和凡人在希腊的墨科涅聚会商谈，一致确定了人类的权利和义务。普罗米修斯出席了会议。他作为维护人类的代表参与讨论，希望诸神不要因为答应保护凡人从而提出过分苛刻的条件。作为提坦巨人伊阿铂托斯的儿子，普罗米修斯聪颖过人，决意愚弄一番众神。他以自己造物的名义宰杀了一头大公牛，让天上的神自由选择，看他们到底需要牛的哪些部分。普罗米修斯把祭祀的公牛分成碎块，摆成两堆：其中一堆放着牛肉、内脏和牛的脂肪，他用公牛皮把这一堆覆盖得严严实实，然后把牛胃搁在牛皮上；而另一堆内却全部是骨头，普罗米修斯把牛骨故意浇上煎熬过的牛油。置放牛骨的那一堆看上去又高大又饱满，分外诱人。

宙斯是一位无所不晓的神之祖。他早已看穿了普罗米修斯的诡计，便说："伊阿铂托斯的公子，尊敬的国王，仁慈的朋友，你把祭品分配得多么不公平啊！"

普罗米修斯正想欺骗他，于是便微微地笑了笑，说："尊敬的宙斯，永恒的神之祖，你就按自己的心愿挑选一堆吧！"

宙斯很气愤，故意伸出双手，抓住浇过白色奶油的那一堆。等到看清这堆全是骨头时，宙斯又装作直到现在才发现受骗上当，生气地说："我看到了，伊阿铂托斯的儿子，你还没有忘掉骗人的伎俩！"

宙斯决定为受到欺骗报复普罗米修斯。他拒绝向人类提供最后一件礼物，那就是为了维持生命而必须使用的火。可是伊阿铂托斯的儿子十分机灵，想出了巧妙的办法。普罗米修斯取来一根粗壮的大茴香长茎，扛着它悄悄的走近奔驰而来的太阳火焰车。它把茴香茎杆置放在闪闪发光的火苗上，带着余烬未熄的火花回到地球。不久，地面上架起了人类第一堆准备燃烧的木柴，熊熊的烈火直冲天空。宙斯看到人间热气腾腾烈火熊熊，十分生气。他计上心来，立刻想出一个新的磨难用来惩罚人类，以便最后夺取他们的火种。

原来火神赫淮斯托斯因为有超人的工艺而闻名遐迩。他给宙斯赶制了一尊美貌少女的石像。而雅典娜也渐渐地对普罗米修斯嫉妒起来，于是给石像披上一件白色闪光的外衣，并在她的脸上蒙了一道面纱，雅典娜给石像戴上花环，还给她挂了一道金项链。赫淮斯托斯为取悦父亲，又用各种动物造型装点项链，细心制作，金发带造形精巧，带上饰有神态各异的动物形象。给众神服务的使者赫耳墨斯向妩媚的造型传授语言；执掌爱与美的女神阿佛洛狄忒赐给她种种迷人的魅力。

宙斯利用美的形象制造了一场恶毒的祸端。他把自己的造物称作潘多拉，意思是具备各种人间礼物的女子，那是因为每一个神都给这位姑娘送上一件施祸于人类的礼物。宙斯把年轻的女子潘多拉带到人间。他看到神和凡人在地面上散步休憩，十分自在。大家看到天上降落下一位漂亮女子，齐声称赞。潘多拉来到普罗米修斯的弟弟厄庇墨透斯跟前，给他献上宙斯赠送的礼物。厄庇墨透斯是个心地善良的人。

普罗米修斯曾经警告过弟弟，决不能接受奥林匹斯山上的宙斯的任何礼物，而必须迅速把礼物退回去。可是，厄庇墨透斯想不起这番忠告，高兴地接纳了美丽的姑娘。直到后来祸端连绵，他才意识到当时的轻率。因为迄今为止，人类社会的男男女女都遵循厄庇墨透斯的哥哥的教诲，远避祸害，从来没有繁重的劳动，也没有折磨人的疾病。

姑娘双手送上她的礼物，这是一只紧锁的礼盒。她当着厄庇墨透斯的面拉开了盒盖。厄庇墨透斯正想瞧个仔细，看看盒内是什么礼物时，只见盒内升腾起一股祸害人间的黑烟，黑烟犹如乌云迅速布满了天空，其中有疾病、癫狂、灾难、罪恶、嫉妒、奸淫、偷盗、贪婪等等。种种祸害闪电一般充斥了人间。盒子底部藏着唯一的好礼物，那就是希望。潘多拉听从神之父的建议，趁着希望还没有来到盒口的时候，连忙把盖子重新关上，从此把人们的希望永远锁闭在潘多拉的盒子内。

从此以后，地面、空中和海洋里失去了平静，到处充满了各种各样的灾难。形形色色的疾病侵害着人们的肌体。疾病无比猖獗却又悄然无声，那是因为宙斯不让它们发出声响，高烧犹如歇斯底里的狂犬病包围了全球，死亡也加速了迅猛的步伐。

接着，宙斯又对普罗米修斯施加报复。他把这名倔强的敌人迅速交给火神赫淮斯托斯以及两名仆人，克拉托斯和农亚，这是两位执行强迫和暴力使命的仆人。他们一起动手，把普罗米修斯押送到中亚细亚斯库提亚荒山野岭，用永远不能开启的铁链把普罗米修斯锁在高加索山岩的峭壁上。赫淮斯托斯并不愿意执行父亲的命令，把这位提坦神的儿子看做自己的亲戚，认为他是曾祖乌拉诺斯的子孙，因此是门第相当的神的后裔。可是执行残酷使命的仆人们却粗鲁地把他骂了一通，因为他说了许多同情普罗米修斯的话。

普罗米修斯被强行吊锁在悬岩峭壁上，他直挺挺的，根本无法入睡，也不能让疲惫的双膝弯曲一下。“不管你发出多少叹息和抱怨，这一切都是无济于事的，”赫淮斯托斯对他说，“宙斯的意志是无情的，这批不久才登上奥林匹斯山的神都是十分狠毒的人。”

折磨这位俘虏的旨意已经天定，大家都认为对他的磨难应该永无止境，至少也必须经历几千年的历史。普罗米修斯大声地叫唤，希望唤起风儿、河流、山川、海洋、和大地之母以及洞察一切的太阳的同情，让它们见证自己的苦难。可是，他在思想上却是不屈不挠的。“命运中注定了的事，”他说，“对那些意识到必须承受暴力的人来说，那就应该乐于去承受。”他丝毫没有为宙斯的恐吓所屈服。宙斯再三威逼，要他说出“一场新的婚姻将使宙斯面临灭亡”的预言究竟来源何处，可是始终没有得到回答。

宙斯不忘诺言，给被捆绑着的普罗米修斯派去一只凶猛的鹰。鹰每天飞来啄食普罗米修斯的肝脏。肝区的伤口不断地痊愈，又被鹰不断地啄开。为此，普罗米修斯必须永远忍受痛苦的煎熬。直到将来出来一个人，他心甘情愿地准备为普罗米修斯而献身，才能最终结束对普罗米修斯的折磨。

拯救苦难的普罗米修斯的时辰终于来到了。普罗米修斯被紧紧地锁在山岩上，度过了漫长的悲惨岁月。这一天，大英雄赫拉克勒斯在前往寻找夜神寻找赫斯珀洛斯的四个女儿，即在寻访赫斯珀里德斯的旅途中经过高山危岩。当看到一只鹰在啄食一个可怜人的肝脏时，大英雄赶忙放下大棒和狮皮，取出了弓箭，把那只残酷的鹰从苦难的人的肝脏旁边一箭射落。接着，他解开锁在普罗米修斯身上的铁链，带他离开了山地。为了满足宙斯的条件，赫拉克勒斯把半人半马的肯陶洛斯家族的喀戎留在山边当作替身。喀戎是一位不死的神，情愿放弃自己的永生，为解救普罗米修斯而甘愿牺牲。后来，为了彻底执行宙斯的判决，普罗米修斯必须戴一条铁项圈，项圈上镶嵌一粒高加索山上的石子。这样，宙斯可以自豪地宣称，他的敌人还一直锁铐在高加索的山岩上。至于宙斯费尽心机而百思不得其解的预言原来就是跟海洋女神忒提斯的那场婚姻，一则神谕指明，忒提斯生下的儿子将会超过父亲。宙斯后来把女神嫁给人间英雄珀琉斯。他们生下了威风凛凛的阿喀琉斯。可惜宙斯当时也难识其中奥妙。

(施瓦布：《希腊古典神话》，曹乃云译，南京，译林出版社，1995 年。)

阅读提示

提坦神普罗米修斯与宙斯之间的矛盾斗争故事，歌颂了为人类进步和正义事业不惜一切的崇高精神，马克思称赞普罗米修斯是“哲学的日历中最高的圣者和殉道者”。

“神充斥一切”，这是古代“希腊七贤”之一的哲学家泰利斯·封·弥勒特曾经说过的话。古希腊人认为世界是神祇创造，并由神祇统治的，认为“神祇就在身旁”的意识成为孕育希腊文化的母体。希腊神话因此而区别于其他神话，很早便摆脱了兽形妖灵阶段，而走上神人同形同性的道路。希腊神话中的神是高度人格化的，他们具备人类的思想感情，性格也十分鲜明。他们不是抽象道德的化身、令人敬畏的偶像。他们同人类一样，有爱，有恨，好嫉妒，爱虚荣，喜爱美貌的男人/女人。不同于人类的是：长生不死、有无上的法术、智慧和力量。古希腊人认为享受现实生活就是享受神的恩赐，他们追求享用自然与人生中的美。希腊神话中充满了追求光明，酷爱现实生活，以人为本，肯定人的力量的思想。

“希腊神话不只是希腊艺术的武库，而且是它的土壤”（马克思），其中的原始意象和“母题”，对后世有着深远的影响，戏剧家莎士比亚、高乃依、拉辛，画家达·芬奇、波提切利，雕塑家米开朗基罗、贝尔尼尼，直至现当代一些著名作家、艺术家，都以希腊神话为题材，创造了流传千古的许多杰作。

讨论

1. 希腊神话是怎样产生的？有哪些主要的神和英雄？
2. 希腊神话的特点和意义。
3. 谈谈中国神话与希腊神话的差别。
4. 为什么马克思说“希腊神话不只是希腊艺术的武库，而且是它的土壤”？

荷马史诗

荷马史诗包括《伊利昂纪》（又称《伊利亚特》）和《奥德修纪》（又称《奥德赛》），两部史诗取材于公元前12世纪发生的有关特洛亚战争的历史事件和神话传说，最初在民间零星传唱、吟诵，相传由盲诗人荷马加工整理，形成具有完整情节和统一风格的两大口头史诗，故名荷马史诗。关于荷马是否真有其人，争论很多。一般认为他可能生活在公元前9世纪与公元前8世纪之间的小亚细亚，是一个盲人行吟歌手。不过那时史诗还只是一种演唱本，至公元前6世纪才正式写成文字，后经文人学者润色、编订，于公元前2世纪最后定型，每部各为二十四卷。《荷马史诗》是欧洲最早的文学巨著，是欧洲英雄史诗的典范作品。

《伊利亚特》（节选）

这时候，捷足的阿契里斯继续对赫克托耳做无情的追逐。比如一头猎犬已经把一只小鹿从它山间的窝里赶了动身，就一直追赶着它，通过了草莽和空谷，即使它到丛林里去藏躲起来，他也要跑上前去，嗅出它的踪迹，找到自己的猎物；当时那捷足的阿契里斯也正像这样，无论赫克托耳使什么诡计，也不能把他摆脱。不止一次地，赫克托耳想要向达耳达尼亚的城门那边冲过去，希望他挨着那高城墙的脚下走时，城头上的弓箭手会把他的追逐者射开，因而可以保住性命，谁知阿契里斯一径都占着那条靠城墙的路，赫克托耳每次想要靠边来，他都把他挡回空旷的方面去，然而他始终都追不着赫克托耳，正如赫克托耳始终都摆脱不了他一般，这就像是一个梦魇里的一场追逐，无论追逐的人和被追逐的人都动不得手脚。

你也许要问，死神既然紧紧跟在赫克托耳的后边，他又怎么能逃避的呢？他之所以能逃避，只是靠阿波罗的最后的干涉，因为那一位神最后一次到他身边来，重新振作起他的力气，给予他迅速的脚力。而且，阿契里斯又曾经用他的头部动作向他的部下发过信号，不许他们向他的猎物放箭，因为他怕有人要着先鞭，一箭把赫克托耳射中了，抢过那个荣誉去。但是，等到他们第四次到达那泉水的时候，天父就把他的金天平拿出来，在两个秤盘上都放上死刑的判决，一盘给阿契里斯，一盘给那驯马的赫克托耳，然后他拿住秤杆的中心把它擎起来。那支秤杆向赫克托耳的方面倾倒下去，表示他被判定了死刑。他是一个死人了。福玻斯·阿波罗就丢开了他，同时闪眼女神雅典娜也到阿契里斯的身边去说要紧话。“显赫的阿契里斯，宙斯的宠子，”她说道，“咱们的机会已经到来，可以让阿开亚的军队带一个光荣的胜利回船去了。赫克托耳是要一直打到死为止的，可是你我就要去把他杀掉。现在他是无可逃遁了，无论那射王阿波罗怎样出力，怎样趴到他父亲戴法宝的宙斯的脚下去。现在你且站住了歇歇气儿，我到赫克托耳那里去劝他来跟你战斗。”

阿契里斯觉得很高兴，就照她的话做了。他拄着他的铜头枪站在那儿，雅典娜为着她的目的借用得伊福玻斯的相貌和不倦的声音，从他身边走到赫克托耳那儿去向他打招呼。“我的亲爱的兄弟，”她对赫克托耳说道，“那捷足的阿契里斯那么快地绕着城圈子追赶你，一定把你累乏了。咱们站下来，就在这儿一起跟他对敌吧。”

“得伊福玻斯，”那头盔闪亮的伟大的赫克托耳说道，“在赫卡柏和普里阿摩斯给我的所有兄弟们当中，我一径都是最最爱你的。可是从今以后我要更加觉得你好了，因为其余的人都躲在城里不出来，只有你见我有难敢从城里出来帮助我。”

“亲爱的兄弟，”闪眼的雅典娜说道，“我可以老实告诉你，咱们的父王和母后曾经轮流着劝告我，哀求我，要我呆在城里不出来。我的部下也在那里，也这样地劝告我——他们大家都怕阿契里斯怕得那个样儿的。可是我替你急坏了呢。现在咱们放开胆去向他攻击，咱们枪下不可以容情。咱们马上就可以见分晓，到底是阿契里斯杀了咱们两个人，带着咱们的血污铠甲回楼船去呢，还是他自己被你的枪所征服。”雅典娜的巧计成功了，她就引导他走上前去。赫克托耳和阿契里斯彼此遭遇了。

那个头盔闪亮的伟大的赫克托耳第一个说话：“我的阿契里斯爷，我已经绕着这普里阿摩斯的伟大城市被你追了三匝了，没敢停下来让你近身。可是现在我不再逃跑。我已经下了决心跟你个对个地打，或是杀了你，或是被你杀。可是咱们先来谈一谈条件，你叫你的神作证，我叫我的神作证——没有哪一种契约能有比这再好的担保人。如果宙斯让我活下去，我把你杀了，那我保证决不在你的身体上头施行习惯所不批准的暴行。我所要做的，阿契里斯，就只从你身上把你那套辉煌的铠甲剥下来。然后我就把你的尸体交给阿开亚人去。你对于我也愿意这样做吗？”

那捷足的阿契里斯恶狠狠地对他看了一眼回答道：“赫克托耳，你一定是发疯了，还要来跟我订条约呢。狮子不跟人来讲条件，狼也不跟绵羊分庭抗礼的——他们始终是仇敌。你和我也是这样。友谊在我们之间是不可能的，而且不到我们倒下一个来，拿他的血去让那顽强的战神吃个饱，也决不会有任何方式的休战。所以，鼓起你所能够有的任何勇气来吧。这是你显出你的枪法和胆量的时候了。现在帕拉斯·雅典娜正在等着拿我的枪来打倒你，任何东西都救不得你了。你曾经用你的矛子折了我的那些个朋友，使我伤了那么大的心，这一刻儿你要把这些债一总偿清了。”

阿契里斯说完话，就拿稳了他的长杆枪投了出去。但那显赫的赫克托耳是留神着的，居然被他躲开了。他眼睛看着那支枪，往下面一蹲，那支枪就飞过他的头顶插进地里去。可是帕拉斯·雅典娜马上去把它抢起，交还给阿契里斯。

那大头领赫克托耳并没有看见这个行动，就向那天下无双的珀琉斯之子叫道："神样的阿契里斯也失错了呢！似乎是宙斯给你报错我的死期了！你把事情拿得未免太稳些。可是你的嘴能讲，你的舌头巧，竟想吓唬我，把我的力气吓干净。你可吓不跑我的，也不能够向我的背后投枪。你得先躲开我这一枪。上天保佑这支枪上的铜全部陷进你的肉里去！只要你这个头号的瘟神死掉了，这场战争对于特洛亚人就容易办了。”

说完，他就舞起他的长杆枪来投出去。一点没有错，他是投中阿契里斯的盾牌中心的，可是他那支枪给蹦回来了。赫克托耳看见这么好的一枪竟投了个空，不觉心中大怒，可是他只得站在那里发愣，因为他没有第二支枪了。他大声喊叫那个带白盾牌的得伊福玻斯，向他要一支长枪。可是得伊福玻斯并不在他的身边，赫克托耳这才知道是怎么回事，就嚷道："啊呀！那么是神们招我来就死的了！我还以为那好心的得伊福玻斯在我的身边，谁知他还在城里，是雅典娜愚弄我的。死已经离开我不远了；它正对我的脸上瞠视着，我是无法躲避它的了。宙斯和他那个当射手的儿子虽然那么好意地对待我，那么地帮助我，可是他们一定早就决心要这样的了。所以现在我要遭遇我的死亡了。让我至少把我这条命卖得贵些，不要去走上一个不光荣的结局，也好传些赫赫的声威到未来世代人的耳朵里。”

当时赫克托耳身边挂着一把锋利的、又长又重的剑。他就把它抽出来，振作起精神，一个回旋扫上去，仿佛一只飞得高高的老鹰从黑云里向地面上来扑一头稚嫩的绵羊或是一只蹲着的兔子一般。那赫克托耳也就像这样地舞着他的利剑向前冲上去。阿契里斯也燃起了一股烈火一般的蛮劲跳上去迎他。他拿他那有装饰的盾牌掩护着前面；他的脑袋动一动，那顶装着四片铜牌的闪亮头盔也跟着摇摆起来，并且使得赫淮斯托斯不惜黄金给他装上去的那一部辉煌的盔饰绕着盔顶上跳舞；同时，他右手里平提着那一支枪，一心要杀赫克托耳，正在找他身上最有可能入肉的地方，那尖锐的枪头闪闪发出光芒，亮得如同天空那颗最最可爱的宝石，那在夜晚时分跟其余的星一同出现的太白星一样。

阿契里斯看见赫克托耳的身体全部有他杀死伟大的帕特洛克罗斯之后从他身上脱去的那套精铜的铠甲掩护着，就只那咽喉上，就是锁骨从肩膀上连到脖颈上去的地方，也就是最容易杀死一个人的所在，留着一个空隙。阿契里斯王子趁赫克托耳向他冲上来的当口儿，就拿他的矛子向那一点戳进去，矛尖笔正插进赫克托耳颈上的嫩肉，只是那沉重的铜头并没有把他的气管戳穿，所以他还能够对他的征服者说话。当时赫克托耳倒在尘埃里，伟大的阿契里斯就对他夸耀胜利。"赫克托耳，"他说道，"无疑的，当你剥那帕特洛克罗斯身上的铠甲的时候，你总以为自己是万无一失的了。你始终都没有想到我，因为我跟你离开太远。你是一个傻子。一直在那楼船的旁边，还有一个比帕特洛克罗斯强得多的人储备在那里，这个人已经把你打倒了。现在狗和食肉鸟就要来毁伤你，扯碎你，我们阿开亚人可要去给帕特洛克罗斯举行葬礼了。"

（荷马：《伊利亚特》，傅东华译，北京，人民文学出版社，1958 年。）

《奥德修纪》（节选）

"我们很快就到了洞口；我们发现他带着肥羊放牧去了，不在洞里，我们就进洞观看一切东西；洞里有整筐的干酪，羊圈里挤满幼小绵羊和山羊，早生的、后生的和初生的都分开饲养；一切精制器皿、一切装奶的碗罐里都装满羊奶；我的伙伴们建议拿走这些奶酪，再快快把幼小的山羊绵羊从羊圈里带出来，就离开这里，回到快船上，继续在海上航行；那样做实在要好得多，但是我没有听他们的劝告；我想看一看这个人，看他会不会招待我们，但是他的出现结果对我的伙伴们并不是一件愉快的事。

"我们生起火来，向天神献了祭，然后吃着奶酪，就在洞里等候那独目巨人放牧归来；那巨人带回一大捆木柴来烧饭；他把木柴丢到洞里，发出巨响；我们都畏缩地躲到山洞深处；他又把所有挤奶的母羊赶进深洞，把公羊留在门外的大院子里；他举起一块大石头作为洞门；这块放在门口的石头是那样巨大，就是二十二辆精造的马车也不能把它拖开；他就坐下来依次给那些咩咩的绵羊和山羊挤奶，又让母羊喂了每头小羊，然后他把雪白的羊奶分一半做成干酪放在篮子里，另一半留在碗罐里，等到吃晚饭时再喝；他忙完这些事，就来生火；这时他看到我们，就问道：‘你们这些外地人是干什么的？你们是从什么地方航海到这里来的？你们是有事要办呢，还是随意漫游像海盗那样？那些人冒险到处游荡，给各处居民带来灾祸。’

“他这样说；他的响亮声音和巨大形象把我们吓呆了，使我们胆战心惊，但是我还是回答他说道：‘我们是阿凯人，从特罗地方来的，经历了多次风浪，才漂游经过大海的深渊；我们本想回家，但是走错了路，来到这里；这大概是上天的旨意；我们是阿特留之子阿加曼农的藩属；阿加曼农是天下最有威望的大王；他打下了最强大的城镇，屠杀了许多居民；我们既然来到这里，我们就请求你招待我们，按礼节送给我们待客的礼物；最伟大的人也要敬畏天神；我们现在向你求援；宙斯是保护求援者和外乡人的神；敬神的外乡人永远是得到他的帮助的。’

“我这样说；他立刻毫不留情地回答道：‘外乡人，你是个糊涂人，也许你是远处来的；你居然认为我应该畏惧天神，告诉你，独目巨人们从来不怕持盾的宙斯或者其他极乐天神们，因为我们比他们强大；除非我自己情愿，我是不会因为害怕宙斯动怒而饶了你和你的伙伴的。你告诉我你的精造的船停在哪里，离这里很远呢还是很近？我希望知道哩。’

“他这样说来试探我，但是他的意图瞒不了我，因为我是很有智谋的；我就向他说假话回答道：‘摇撼大地之神波塞顿已经打烂了我的船；风从海上直吹过来，把它撞坏在岸边岩石上；只有我们几个人逃掉不幸的死亡。’

“我这样说；这个凶暴的巨人没有回答；他跳起来，伸手抓我的伙伴，一把就抓住两个，拿他们像小狗一样在地上撞；他们的脑浆流出来，沾湿了土地；巨人又弄断他们的肢体，作晚饭吃；就像山野生长的狮子一样，把他们的肠子、肉和骨髓都吃得干干净净，一点也没有留下；我们眼看这种残忍行为，无计可施，只有向上天伸着手哭泣。这个独目巨人吃完人肉，又喝了不掺水的羊奶，填满了肚子，然后就在洞里的羊群中间躺下；这时我很想鼓足勇气向他进攻，从腰旁拔出利剑，用手摸到他肝脏所在地方，再把剑刺进他的胸膛；但是又一个念头阻止了我；因为我们无法用手推开洞口所放的巨石，那样我们也必然要遭到死亡；我们只好叹息着等待灿烂的曙光。

“当那初生的有红指甲的曙光刚刚呈现的时候，巨人生起火，又依次给他的美好羊群挤奶，又让母羊喂了每头小羊；他忙完他的工作之后，又立刻抓起两个人作他的早饭；他吃完了，就轻易地把巨大的门石移开，把肥羊赶到洞外，又把石头放回原处，像人盖上箭袋那样容易；独目巨人然后呼啸着，把他的肥羊赶到山里。我留在洞里，考虑怎样能把他杀死，希望雅典娜能赐给我荣耀，给我复仇的机会；我最后想出我认为是最好的办法：在羊圈旁边有巨人的一根青绿的橄榄木棍，那是他砍下留待干后使用的；看到这根棍子，令人想起渡过汪洋大海的有二十名桨手的黑色载货大船的桅杆；它正是那么长，那么粗；我走过去，砍下大约六尺长的一段，把它交给伙伴们，叫他们把它削光；在他们削光棍子的时候，我在旁边把它一头弄尖，然后拿到熊熊的火上，把它烧硬；洞里堆积了很多羊粪，我就把棍子藏在粪污下面；我叫伙伴们抓阄，当巨人正做着好梦的时候。看哪几个来同我一起冒险把木棍抬起，去刺巨人的眼睛；结果决定的人正是我所希望的人；他们一共四个人，加上我是五个。

“在黄昏时分，巨人赶着毛茸茸的羊群回来；他立刻把肥羊都赶进深洞，没有留一个在外面大院子里，不知道是由于疑心什么，还是天神给了他什么暗示；他又高举那巨大门石，把它放好；然后他又坐下依次给咩咩的绵羊和山羊挤奶，又让母羊喂了每头小羊；他忙完他的工作之后，又抓起两个人作他的晚饭；这时我手捧一个藤根做成的酒杯，盛着黑色的酒，走近独目巨人，对他说道：‘巨人，你吃完人肉，请喝酒吧，让你也知道我们船上带来多么好的酒；我本来给你带来这个酒作为献礼；希望你会可怜我，好送我回家；可是你胡作非为，令人无法忍受；你太残暴了；你做事这样不讲道理，旁的地方的人以后还怎么敢到这里来?’

“我这样说；他把酒接过去喝干；尝了甜酒，他非常欢喜，就又向我要酒喝：‘快快再给我一些酒，并且立刻告诉我你的名字，那样我就要把你所喜欢的礼物送给你；虽然生长五谷的大地给了我们巨人可以酿酒的葡萄，又有天帝的雨使得葡萄成熟，但是这种酒简直是仙液神浆。’

“他这样说；我又给了他一些灿烂的酒浆；我给他斟了三次，三次他都糊里糊涂地喝干了；当酒的力量已经到了他心里的时候，我就用甜言蜜语向他说道：‘独目巨人，你既然要问我显耀的称号，我就告诉你；你可要如你所说的那样，送给我一件礼物；我的名字叫“无人”，我的父母和所有伙伴都这样称呼我。’

“我这样说；他无情无义地回答道：‘我要先吃旁人，把“无人”留到最后再吃；这就是我的礼物。’

“他说完话，就晃晃悠悠地仰面倒下，歪着粗壮的脖子躺在地上，被战胜一切的睡眠所征服；他醉得呕吐起来，嘴里流出酒和嚼碎的人肉。这时我把木棍深深插到炭火里，等它烧热，又用话鼓励伙伴们，免得哪一个害怕退缩；那橄榄木棍虽然还是青的，但在火里渐渐变红，快要燃着了；我过去把它从火里拿出来；伙伴们站在身边；上天使得我们大胆；伙伴们抓住一头削尖的橄榄木，刺进巨人的眼睛；我在上面用身体重量使木棍转动；正像人用钻子钻船板，旁边又有人抓住皮带两头，使它来回旋转，一直不停，我们就这样把烧热的木棍在他眼里转动；血从炽热的钻子四周流下；当眼珠烧着了的时候，眼皮和眉毛都被火灼焦，眼里的神经在火里爆炸，又像一个铁匠把大斧头或铁锛浸在冷水里淬砺，发出巨大响声，这样铁才会更加坚硬，巨人的眼珠就这样在橄榄木的周围发出响声。巨人大吼一声，声音宏亮可怕，岩石发出回响；我们畏惧退缩；他把木棍从眼里拔出，流了很多血；然后他把木棍扔开，两手乱摇，向着住在附近风撼的山巅上岩洞里的独目巨人们大声呼唤；巨人们听见他的叫喊，从各地集合，到了洞外，问他有什么痛苦。'波吕菲谟，你有什么痛苦，干什么在神圣的黑夜里喊叫，使得我们无法安睡？是有人用强力赶走你的羊吗？还是有人用阴谋或暴力来杀害你？'

"在洞里的有巨大力量的波吕菲谟向他们说道：'唉，朋友们，"无人"用阴谋，不是用暴力，在杀害我哩。'

"他们就认真地回答道：'要是你一个人在那里，又无人用暴力对付你，那一定是伟大的宙斯降下了无法逃避的病患了；你向我们的父亲，尊贵的波塞顿祷告吧。'

"他们就这样说着走开了；我心里暗笑，因为我的假名和高明的计策骗了他们。那独目巨人呻吟着，疼得打转，用手摸索着把石头从门口拿开；他坐在门口，伸着手，希望能够捉到一个跟着羊群走出去的人；他以为我是那样糊涂哩。我就计划怎样做最妥当，怎样想一个办法使得伙伴们和我自己能够逃脱死亡；我考虑了各种策略，因为我们面临巨大危险，这是性命攸关的事；最后我想了一个主意，我认为那是最好的；洞里有一些肥壮的长毛公羊，美好而魁伟，毛是紫黑色的；我一声不响，用编好的芦苇把它们绑在一起；那些芦苇是独目巨人，那个无恶不作的怪物，平日用来作床铺的；我把三头羊绑在一起，中间的一头羊绑上一个人，其余的两头在旁边保护我的伙伴；这样就是每三头羊带一个人；至于我自己，我看到有一头公羊是整个羊群里最好的；我抓住羊身，蜷伏在它多毛的肚皮上，脸朝上面，用手抓住厚厚的羊毛，心情镇定；我们就忧心忡忡地等待灿烂的曙光。

（荷马：《奥德修纪》，杨宪益译，上海，上海译文出版社，1979 年。）

阅读提示

公元前 12 世纪，希腊半岛上的一些部落联合起来进攻小亚细亚半岛的特洛伊城，并把这座城彻底毁灭。《荷马史诗》就是记述这次战争和战争之后的故事，反映了迈锡尼时代至荷马时代，即从古希腊氏族社会向奴隶制过渡时期的广阔的社会生活，并涂上了浓厚的神话色彩。

据说小亚细亚的特洛伊（希腊人称为“伊利昂”）王子帕里斯拐走了斯巴达的王后海伦，希腊人在迈锡尼国王阿伽门农的召集下，组织了一支强大的联军远征特洛伊。《伊利亚特》以希腊英雄阿契里斯的愤怒为主要的情节线索，集中地描写了战争结束前几十天发生的事件。希腊联军围攻特洛伊十年未克，勇将阿契里斯因统帅阿伽门农夺其女俘，愤而退出战斗。特洛伊人乘机反攻，特洛伊王子赫克托耳杀死了阿契里斯的好友，并夺走了阿契里斯的盔甲。阿契里斯再次大怒，他决定出战，最终杀死了赫克托耳。国王普利阿摩斯哀求赎回赫克托尔的尸体，举行葬礼。史诗作者站在氏族贵族的立场上，把战争看作是一种荣耀的事业，把骁勇尚武视为至高无上的美德，因此对交战双方没有明显褒贬，而是热情讴歌了英雄们的骁勇和功勋。史诗对两军厮杀的战斗场面描绘十分精彩，格调高昂，有声有色，威武雄壮。此外，在组织情节、运用比喻等方面也取得了较高的成就。

《奥德修纪》采用中途倒叙的方式讲述了特洛伊战争结束后，希腊英雄伊大卡王奥德修在还乡途中十年漂泊的历险故事，集中描写的是最后一年零几十天的事情。奥德修流落异域，历经磨难，他战胜魔女喀尔刻，克服海妖塞壬美妙歌声的诱惑，穿过海怪斯库拉和卡吕布狄斯的居地，摆脱神女卡吕蒲索的挽留，侥幸一人回到故乡，同儿子忒勒马科斯一起杀死觊觎其财富、权力，纠缠他的妻子、挥霍他的家财的求婚者，合家团圆。史诗以绚丽多彩的幻想形式表现了种种大自然现象。海神和各种妖魔神怪是自然力的代表，奥德修则是人类智慧的化身，他足智多谋、机智勇敢，从不向困难低头，而是凭着聪明才智和不屈不挠的斗争精神，战胜前进道路上的艰难险阻，突出地表现了人的力量是不可战胜的思想。

史诗全方位地刻画了古希腊人民理想中的英雄。阿契里斯是勇武的化身，是远古时代“自由天性，完整人性”的最高代表；赫克托耳具有高度的责任感和牺牲精神，是杰出将帅的典型；奥德修是智慧的化身，同时又兼有坚毅、慈爱、多情、残忍等特征，是早期奴隶主的代表。总之，他们的思想不仅代表着积极乐观、勇于进取的人生态度，更代表着那一时代的社会道德规范。他们既是民族意愿与理想的代表，又是个人意志自由的化身，富有一种蓬勃的朝气和孩子式的天真。

《荷马史诗》是古希腊人集体智慧和艺术才能的结晶，它规模宏伟，剪裁精当，想象丰富，人物性格鲜明，心理描写朴实生动，善于从日常生活、自然现象中摄取比喻来描述人物和事件，是西方上古文学的典范之作。

讨论

1. 通过分析荷马史诗中主要人物的生死命运，你认为应该怎样解释荷马史诗中神力的不可抵抗与英雄主义色彩之间的复杂关系？
2. 荷马史诗反映了怎样的文化精神？对后世有何影响？
3. 谈谈阿契里斯、奥德修、赫克托耳的性格特点。

萨　福

萨福（公元前610—约公元前550年），古希腊著名的女抒情诗人，出身于莱斯博斯岛的贵族家庭。在当时民主派对贵族的政治斗争中，她曾被迫流亡国外，被允许返回后，曾开设女子学堂。最后死在西西里。萨福在当时久负盛名，据说共有九卷作品，但存世极少。她创立了“萨福体”，改革了当时诗歌创作的韵律；在内容上，她与其他诗人一起，把咏唱的对象由神转向人，用第一人称抒发个人的哀乐，领当时文学创作风气之先。她的诗歌为后人所称颂，在柏拉图的著作以及郎吉努斯的《论崇高》中都对她有所论述，并有两个较长的抒情诗片断被保存在《论崇高》中。

《给所爱》

他就像天神一样快乐逍遥，
他能够一双眼睛盯着你瞧，
他能够坐着听你絮语叨叨，
　　好比音乐。

听见你笑声，我的心儿就会跳，
跳动得就象恐怖在心里滋扰；
只要看你一眼，我立刻失掉
　　言语的能力；

舌头变得不灵；噬人的感情
象火焰一样烧遍了我的全身，
我周围一片漆黑；耳朵里雷鸣；
　　头脑轰轰。

我周身淌着冷汗；一阵阵微颤
透过我的四肢；我的容颜
比冬天草儿还白；眼睛里只看见
　　死和发疯。

《傍晚之歌》

夜星啊，白天剥夺我们的，你全带了回来，
羊群归栏，孩子们都投入母亲的胸怀。

（周煦良：《外国文学作品选》，周煦良译，上海，上海译文出版社，1979 年。）

阅读提示

萨福的抒情诗歌，多以恋爱为主题，风格朴素自然，感情浓烈真挚。与以前的诗歌把神作为歌吟的对象不同，萨福往往揭示人类，尤其是女性心灵幽秘与微妙之处，具有极强的情感表现力。萨福的诗艺很高，她娴熟运用比喻，意象优美，情感炽热。萨福的诗体是独创的，被称之为“萨福体”——它们是独唱形式的，诗体短小，以抒情和倾诉内心情怀为主，音节更为单纯、明澈。后人往往用萨福自己的诗形容她：“用她粉红的纤指使群星隐退，并将她无边的清辉/铺上苦咸的海潮和繁花的原野。”(《失去的女人》)

讨论

1. 试将萨福的爱情诗与其他诗人的诗作比较，谈谈萨福诗作的特点。

索福克勒斯

索福克勒斯

索福克勒斯（公元前496—前406年）出身于雅典附近克罗诺斯的一个富有家庭，早年曾受过良好的教育，擅长音乐、体育及舞蹈。少年时代他曾以音乐天赋引导过庆贺萨拉弥斯海战的胜利的歌队。公元前468年，诗人首次在城市狄俄尼西亚悲剧比赛中夺魁（据说击败了埃斯库罗斯）。为了抗击波斯人，他于公元前443年出任以雅典为盟主的“德利亚联盟”的财政总管，后来又两次担任重要的将军职务。公元前431年，伯罗奔尼撒战争爆发，翌年雅典流行瘟疫，他曾担任祭司一职。阿里斯托芬称赞他“生前完满，身后无憾”。他拥护民主制度，主张公民平等，法律治邦。他赞扬人的自由意志，赞扬人在同厄运斗争中的坚韧精神。他的宗教观念偏于保守，主张维护传统的宗教观念。他善于刻画人物，人物个性鲜明，语言简明有力。他一生写过123出剧作，在比赛中24次获胜。他的悲剧现存7部，包括《埃阿斯》、《安提戈涅》、《俄狄浦斯王》等杰作，他的剧本反映了雅典民主制繁荣时期的思想意识。

《俄狄浦斯王》（节选）

俄狄浦斯—— 忒拜城的王，科任托斯城国王波吕玻斯的养子，拉伊俄斯的儿子，伊俄卡斯忒的儿子与丈夫。

伊俄卡斯忒——俄狄浦斯的母亲与妻子。

克瑞翁——伊俄卡斯忒的兄弟。

歌队——由忒拜长老十五人组成。

五　第二场

伊俄卡斯忒偕侍女自宫中上

伊俄卡斯忒　不幸的人啊，你们为什么这样愚蠢的争吵起来？这地方正在闹瘟疫，你们还引起私人纠纷，不觉得惭愧吗？（向俄狄浦斯）你还不快进屋去。克瑞翁，你也回家去吧。不要把一点不愉快的小事闹大了！

克瑞翁　姐姐，你丈夫要对我做可怕的事，两件里选一件，或者把我放逐，或者把我捉来杀死。

俄狄浦斯　是呀，夫人，他要害我，对我下毒手。

克瑞翁　我要是做过你告发的事，我该倒霉，我该受诅咒而死。

伊俄卡斯忒　俄狄浦斯呀，看在天神面上，首先为了他已经对神发了誓，其次也看在我和站在你面前的这些长老面上，相信他吧！

歌队　（哀歌第一曲首节）主上啊，我恳求你，高高兴兴，清清醒醒地听从吧。

……

伊俄卡斯忒　主上啊，看在天神面上，告诉我，你为什么这样生气？

俄狄浦斯　我这就告诉你；因为我尊重你胜过尊重那些人；原因就是克瑞翁在谋害我。

伊俄卡斯忒　往下说吧，要是你能说明这场争吵为什么应当由他负责。

俄狄浦斯　他说我是杀害拉伊俄斯的凶手。

伊俄卡斯忒　是他自己知道的，还是听旁人说的？

俄狄浦斯　都不是；是他收买了一个无赖的先知作喉舌；他自己的喉舌倒是清白的。

伊俄卡斯忒　你所说的这件事，你尽可放心；你听我说下去，就会知道，并没有一个凡人能精通预言术。关于这一点，我可以给你个简单的证据。

有一次，拉伊俄斯得了个神示——我不能说那是福玻斯亲自说的，只能说那是他的祭司说出来的[①]——它说厄运会向他突然袭来，叫他死在他和我所生的儿子手中。[②]

可是现在我们听说，拉伊俄斯是在三岔路口被一伙外邦强盗杀死的；我们的婴儿，出生不到三天，就被拉伊俄斯钉住左右脚跟，叫人丢在没有人迹的荒山里了。

既然如此，阿波罗就没有叫那婴儿成为杀父的凶手，也没有叫拉伊俄斯死在儿子手中——这正是他害怕的事。先知的话结果不过如此，你用不着听信。凡是天神必须作的事，他自会使它实现，那是全不费力的。

俄狄浦斯　夫人，听了你的话，我心神不安，魂飞魄散。

伊俄卡斯忒　什么事使你这样吃惊，说出这样的话？

俄狄浦斯　你好像是说，拉伊俄斯被杀是在一个三岔路口。

伊俄卡斯忒　故事是这样；至今还在流传。

俄狄浦斯　那不幸的事发生在什么地方？

伊俄卡斯忒　那地方叫福喀斯，通往得尔福和道利亚的两条岔路在那里会合。

俄狄浦斯　事情发生了多久了？

伊俄卡斯忒　这消息是你快要作国王的时候向全城公布的。

俄狄浦斯　宙斯啊，你打算把我怎么样呢？

伊俄卡斯忒　俄狄浦斯，这件事怎么使你这样发愁？

俄狄浦斯　你先别问我，倒是先告诉我，拉伊俄斯是什么模样，有多大年纪。

伊俄卡斯忒　他个子很高，头上刚有白头发；模样和你差不多。

俄狄浦斯　哎呀，我刚才像是凶狠地诅咒了自己，可是自己还不知道。

---

① 伊俄卡斯忒是很敬神的，但是她为了神示的缘故牺牲了自己的婴儿，还救不了她的丈夫：这件事使她相信只有天神才能知道未来，凡人是没有预知的本领的。所以她现在说，那神示并不是福玻斯亲自说出的，而是祭司假造的。

② 神示这样说："拉布达科斯的儿子拉伊俄斯啊，我答应你的请求，给你一个儿子；但是你要小心你命中注定会死在你儿子手中！这命运是宙斯注定的；因为他听了珀罗普斯的诅咒，珀罗普斯抱怨你杀死了他的儿子，想要复仇，祈求宙斯给你这样的命运。"拉伊俄斯曾拐带珀罗普斯的儿子克律西波斯，这孩子一离家就自杀了。这是拉伊俄斯一家人的灾难的根源。

伊俄卡斯忒　你说什么？主上啊，我看着你就发抖啊。

俄狄浦斯　我真怕那先知的眼睛并没有瞎。你再告诉我一件事，事情就更清楚了。

伊俄卡斯忒　我虽然在发抖，你的话我一定会答复的。

俄狄浦斯　他只带了少数侍从，还是像国王那样带了许多卫兵？

伊俄卡斯忒　一共五个人，其中一个是传令官，还有一辆马车，是给拉伊俄斯坐的。

俄狄浦斯　哎呀，真相已经很清楚了！夫人啊，这消息是谁告诉你的？

伊俄卡斯忒　是一个仆人，只有他活着回来了。

俄狄浦斯　那仆人现在还在家里吗？

伊俄卡斯忒　不在；他从那地方回来以后，看见你掌握了王权，拉伊俄斯完了，他就拉着我的手，求我把他送到乡下，牧羊的草地上去，远远地离开城市。我把他送去了，他是个好仆人，应当得到更大的奖赏。

俄狄浦斯　我希望他回来，越快越好！

伊俄卡斯忒　这倒容易；可是你为什么希望他回来呢？

俄狄浦斯　夫人，我是怕我的话说得太多了，所以想把他召回来。

伊俄卡斯忒　他会回来的；可是，主上啊，你也该让我知道，你心里到底有什么不安。

俄狄浦斯　你应该知道我是多么忧虑。碰上这样的命运，我还能把话讲给哪一个比你更应该知道的人听？

我父亲是科任托斯人，名叫波吕玻斯，我母亲是多里斯人，名叫墨洛珀。我在那里一直被尊为公民中的第一个人物，直到后来发生了一件意外的事——那虽是奇怪，倒还值不得放在心上。那是在某一次宴会上，有个人喝醉了，说我是我父亲的冒名儿子。当天我非常烦恼，好容易才忍耐住；第二天我去问我的父母，他们因为这辱骂对那乱说话的人很生气。我虽然满意了，但是事情总是使我很烦恼，因为诽谤的话到处都在流传。我就瞒着父母去到皮托，福玻斯没有答复我去求问的事，就把我打发走了；可是他却说了另外一些预言，十分可怕，十分悲惨，他说我命中注定要玷污我母亲的床榻，生出一些使人不忍看的儿女，而且会成为杀死我的生身父亲的凶手。

我听了这些话，就逃到外地去，免得看见那个会实现神示所说的耻辱的地方，从此我就凭了天象测量科任托斯的土地。我在旅途中来到你所说的，国王遇害的地方。夫人，我告诉你真实情况吧。我走近三岔路口的时候，碰见一个传令官和一个坐马车的人，正像你所说的，那领路的和那老年人态度粗暴，要把我赶到路边。我在气愤中打了那个推我的人——那个驾车的；那老年人看见了，等我经过的时候，从车上用双尖头的刺棍朝我头上打过来。可是他付出了一个不相称的代价，立刻挨了我手中的棍子，从车上仰面滚下来了；我就把他们全杀死了。

如果我这客人和拉伊俄斯有了什么亲属关系，谁还比我更可怜？谁还比我更为天神所憎恨？没有一个公民或外邦人能够在家里接待我，没有人能够和我交谈，人人都得把我赶出门外。这诅咒不是别人加在我身上的，而是我自己。我用这双手玷污了死者的床榻，也就是用这双手把他杀死的。我不是个坏人吗？我不是肮脏不洁吗？我得出外流亡，在流亡中看不见亲人，也回不了祖国；要不然，就得娶我的母亲，杀死那生我养我的父亲波吕玻斯。

如果有人断定这些事是天神给我造成的，不也说得正对吗？你们这些可敬的神圣的神啊，别让我，别让我看见那一天！在我没有看见这些罪恶的污点沾到我身上之前，请让我离开尘世。

歌队长 在我们看来，主上啊，这件事是可怕的；但是在你还没有向那证人打听清楚之前，不要失望。

俄狄浦斯 我只有这一点希望了，只好等待那牧人。

伊俄卡斯忒 等他来了，你想打听什么？

俄狄浦斯 告诉你吧；他的话如果和你的相符，我就没有灾难了。

伊俄卡斯忒 你从我这里听出了什么不对头的话呢？

俄狄浦斯 你曾告诉我，那牧人说过杀死拉伊俄斯的是一伙强盗。如果他说的还是同样的人数，那就不是我杀的了；因为一个总不等于许多。如果他只说是一个单身的旅客，这罪行就落在我身上了。

伊俄卡斯忒 你应该相信，他是那样说的；他不能把话收回；因为全城的人都听见了，不单是我一个人。即使他改变了以前的话，主上啊，也不能证明拉伊俄斯的死和神示所说的真正相符；因为罗克西阿斯说的是，他注定要死在我儿子手中，可是那不幸的婴儿没有杀死他的父亲，倒是自己先死了。从那时以后，我就再不因为神示而左顾右盼了。

俄狄浦斯 你的看法对。不过还是派人去把那牧人叫来，不要忘记了。

伊俄卡斯忒 我马上派人去。我们进去吧。凡是你所喜欢的事我都照办。

俄狄浦斯偕众侍从进宫，伊俄卡斯忒偕侍女随入。

（索福克勒斯：《悲剧二种》，罗念生译，北京，人民文学出版社，1979 年。）

阅读提示

《俄狄浦斯王》取材于神话传说：太阳神曾谕示忒拜王拉伊俄斯必死于儿子之手，儿子一出生，国王便命令牧羊人将其抛弃荒山，但牧羊人将婴儿送给了科林索斯国王的仆人，该仆人抱回的孩子由其国王养大成人，取名俄狄浦斯。太阳神谕示俄狄浦斯将来要杀父娶母，他在逃亡途中杀死了生父拉伊俄斯。在忒拜城郊他猜中司芬克斯之谜后被拥立为王，便娶王后为妻并生儿育女。为了消除瘟疫，俄狄浦斯认真查处杀死前国王的凶手，最后发现追查的对象正是他自己，便以戳瞎双目和自行流放作了自我惩罚。这部悲剧，从忒拜父老请求俄狄浦斯设法消除瘟疫开始，描写了善良刚毅的英雄俄狄浦斯在和命运的搏斗中遭到不可避免的毁灭，既着力表现了个人意志与不可抗拒的命运的冲突，也歌颂了人类的独立意志和顽强不屈的斗争精神，反映了当时奴隶主民主派的思想特征。

整部剧作结构精妙，作者善于处理巧合，优化了情节的组合，而且根据剧情发展的需要，设置多种互为关联的铺垫，利用巧妙的构思，匠心独运地引导观众。

整部作品弥漫着谜一样的气氛，“命运”被描写成一种巨大力量，它像一个魔影，总在主人公行动之前设下陷阱，使其步入罪恶的深渊。但是主人公极力逃避犯罪，认真追查凶手和严厉地自我惩处，充分表现了他敢于直面严酷现实，勇于承担责任的刚毅。主人公身上存在多重身份认知的谜题构成了人类及人类本质的双重象征，斯芬克斯之谜中隐含着人类认知自我的疑问。这些疑问激发着一代又一代人步入认识人类自身的探索之旅。

讨论

1. 悲剧的来源是什么？希腊悲剧之“悲”重在表现什么？
2. 分析《俄狄浦斯王》，你如何理解体现在俄狄浦斯王身上的悲剧性？
3. 为什么说斯芬克斯之谜是一个永恒之谜？

《旧约》

希伯来人是对古犹太人的称呼。他们是中东地区闪族的一支，最初住在阿拉伯半岛的南边，以游牧为生。约在公元前3000年，他们越过沙漠的边缘，北迁到两河流域南部，制服了苏美尔人，发展了古巴比伦文化和苏美尔文化。约公元前1800年左右，他们又从两河流域，沿着“新月形的肥沃地带”，向北向西迁移，到了迦南（即今巴勒斯坦地区），迦南人叫他们为“希伯来人”，意思是“从河那边来的人”。《旧约全书》简称《旧约》，是上古时希伯来人（即古犹太人）历史和文化的大型文献汇集。它大致形成于公元前12世纪至公元2世纪之间，在公元前6世纪到公元2世纪陆续汇编成书。在漫长的岁月里，犹太教的祭司对《旧约》做过两次大规模的修改。这部犹太教的经书被基督教接受作为《圣经》的一部分，也被伊斯兰教接受成为《古兰经》的重要内容。

《出埃及记》（节选）

以色列的众子，各带家眷和雅各一同来到埃及。……约瑟和他的弟兄，并那一代的人都死了。以色列人生养众多，并且繁茂，极其强盛，满了那地。

有不认识约瑟的新王起来，治理埃及，对他的百姓说：“看哪，这以色列民比我们还多，又比我们强盛；来吧！让我们想法子对待他们，防他们多起来，日后若遇什么争战的事，就联合我们的仇敌攻击我们，离开这地去了。”于是埃及人派督工的辖制他们，加重担苦害他们。他们为法老建造两座积货城，就是比东和兰塞。只是越发苦害他们，他们越发多起来，越发蔓延，埃及人就因以色列人愁烦。……

法老吩咐他的众民说：“以色列人所生的男孩，你们都要丢在河里；一切的女孩，你们要存留她的性命。”

有一个利未家的人，娶了一个利未女子为妻。那女人怀孕，生一个儿子，见他俊美，就藏了三个月。后来不能再藏，就取了一个蒲草箱，抹上石漆和石油，将孩子放在里头，把箱子搁在河边的芦荻中。孩子的姐姐远远站着，要知道他究竟怎么样。

法老的女儿来到河边洗澡，她的使女们在河边行走。她看见芦荻中有箱子，就打发一个婢女拿来。她打开箱子，看见那孩子，孩子哭了，她就可怜他，说："这是希伯来人的一个孩子。"孩子的姐姐对法老的女儿说："我去在希伯来妇人中，叫一个奶妈来，为你奶这孩子，可以不可以？"法老的女儿说："可以。"童女就去叫了孩子的母亲来。法老的女儿对她说："你把这孩子抱去，为我奶他，我必给你工价。"妇人就抱了孩子去奶他。孩子渐长，妇人把他带到法老的女儿那里，就作了她的儿子。她给孩子起名叫摩西，意思说："因我把他从水里拉出来。"

后来摩西长大，他出去到他弟兄那里，看他们的重担，见一个埃及人打希伯来人的一个弟兄。他左右观看，见没有人，就把埃及人打死了，藏在沙土里。第二天他出去，见有两个希伯来人争斗，就对那欺负人的说："你为什么打你同族的人呢？"那人说："谁立你作我们的首领和审判官呢？难道你要杀我，像杀那埃及人吗？"摩西便惧怕，说："这事必是被人知道了。"法老听见这事，就想杀摩西，但摩西躲避法老，逃往米甸地居住。

一日他在井旁坐下，米甸的祭司有七个女儿，她们来打水，打满了槽，要饮父亲的群羊。有牧羊的人来，把她们赶走了，摩西却起来帮助她们，又饮了她们的群羊。她们来到父亲流珥那里，他说："今日你们为何来得这么快呢？"她们说："有一个埃及人救我们脱离牧羊人的手，并且为我们打水饮了群羊。"他对女儿们说："那个人在哪里？你们为甚么撇下他呢？你们去请他来吃饭。"

摩西甘心和那人同住；那人把他的女儿西坡拉给摩西为妻。西坡拉生了一个儿子，摩西给他起名叫革舜，意思说："因我在外邦作了寄居的。"

过了多年，埃及王死了。以色列人因做苦工，就叹息哀求，他们的哀声达于神。神听见他们的哀声，就记念他与亚伯拉罕、以撒、雅各所立的约。神看顾以色列人，也知道他们的苦情。

摩西牧养他岳父米甸祭司叶忒罗的羊群。一日领羊群往野外去，到了神的山，就是何烈山，耶和华的使者从荆棘里火焰中向摩西显现。摩西观看，不料，荆棘被火烧着，却没有烧毁。摩西说："我要过去看这大异象，这荆棘为何没有烧坏呢？"耶和华神见他过去要看，就从荆棘里呼叫说："摩西！摩西！"他说："我在这里。"神说："不要近前来，当把你脚上的鞋脱下来，因为你所站之地是圣地。"又说："我是你父亲的神，是亚伯拉罕的神，以撒的神，雅各的神。"摩西蒙上脸，因为怕看神。

耶和华说："我的百姓在埃及所受的困苦，我实在看见了；他们因受督工的辖制所发的哀声，我也听见了。我原知道他们的痛苦。我下来是要救他们脱离埃及人的手，领他们出了那地，到美好宽阔流奶与蜜之地，就是到迦南人、赫人、亚摩利人、比利洗人、希未人、耶布斯人之地。现在以色列人的哀声达到我耳中，我也看见埃及人怎样欺压他们。故此，我要打发你去见法老，使你可以将我的百姓以色列人从埃及领出来。”摩西对神说：“我是什么人，竟能去见法老，将以色列人从埃及领出来呢?”神说：“我必与你在一起，你将百姓从埃及领出来之后，你们必在这山上事奉我，这就是我打发你去的证据。”摩西对神说：“我到以色列人那里，对他们说：‘你们祖宗的神，打发我到你们这里来。’他们若问我说：‘他叫甚么名字?’我要对他们说甚么呢?”神对摩西说：“我是自有永有的。”又说：“你要对以色列人这样说：‘那自有的打发我到你们这里来。’”神又对摩西说：“你要对以色列人这样说：‘耶和华你们祖宗的神，就是亚伯拉罕的神，以撒的神，雅各的神，打发我到你们这里来。耶和华是我的名，直到永远；这也是我的纪念，直到万代。’你去招聚以色列的长老，对他们说：‘耶和华你们祖宗的神，就是亚伯拉罕的神，以撒的神，雅各的神，向我显现，说：我实在眷顾了你们，我也看见埃及人怎样待你们。我也说要将你们从埃及的困苦中领出来，往迦南人、赫人、亚摩利人、比利洗人、希未人、耶布斯人的地去，就是到流奶与蜜之地。’他们必听你的话。你和以色列的长老要去见埃及王，对他说：‘耶和华希伯来人的神遇见了我们，现在求你容我们往旷野去，走三天的路程，为要祭祀耶和华我们的神。’我知道虽用大能的手，埃及王也不容你们去。我必伸手在埃及中间施行我一切的奇事，攻击那地，然后他才容你们去。我必叫你们在埃及人眼前蒙恩，你们去的时候，就不至于空手而去。但各妇女必向她的邻舍，并居住在她家里的女人要金器、银器和衣裳，好给你们的儿女穿戴，这样你们就把埃及人的财物夺去了。”

……

摩西对耶和华说：“主啊，我素日不会说话，就是从你对你仆人说话以后，也是这样。我本是拙口笨舌的。”耶和华对他说：“谁造人的口呢？谁使人口哑，耳聋，目明，眼睛瞎呢？岂不是我耶和华么？现在去吧，我必赐你口才，指教你所当说的话。”摩西说：“主啊，你愿意打发谁，就打发谁去吧!”耶和华向摩西发怒说：“不是有你的哥哥利未人亚伦么？我知道他是会说话的，现在他出来迎接你，他一见你心里就欢喜。你要将当说的话传给他，我也要赐你和他口才，又要指教你们当行的事。他要替你对百姓说话，你要以他当作口，他要以你当作神。你手里要拿这杖，好行神迹。”

……

耶和华对亚伦说："你往旷野去迎接摩西。"他就去，在神的山上遇见摩西，和他亲嘴。摩西将耶和华打发他说的言语，和嘱咐他所行的神迹，都告诉了亚伦。摩西、亚伦就去招聚以色列的众长老。亚伦将耶和华对摩西所说的一切话，说了一遍，又在百姓眼前行了那些神迹，百姓就信了。以色列人听见耶和华眷顾他们，鉴察他们的困苦，都低头下拜。

后来摩西、亚伦去对法老说："耶和华以色列的神这样说：'容我的百姓去，在旷野向我守节。'"法老说："耶和华是谁，要我听他的话，容以色列人去呢？我不认识耶和华，也不容以色列人去。"摩西、亚伦说："希伯来人的神遇见了我们，求你容我们往旷野去，走三天的路程，祭祖耶和华我们的神，免得他用瘟疫、刀兵，攻击我们。"埃及王对他们说："摩西、亚伦你们为什么叫百姓旷工呢？你们去挑你们的担子吧。"又说："看哪，这地的以色列人这么多，你们竟叫他们歇下担子！"

当天法老吩咐督工和官长说："你们不可照常把草给百姓做砖，叫他们自己去捡草。他们素常做砖的数目，你们仍旧向他们要，一点不可减少，因为他们是懒惰的，所以呼求说：'容我们去祭祀我们的神。'你们要把更重的工加在这些人身上，叫他们劳碌，不听虚谎的言语。"

……

耶和华晓谕摩西、亚伦说："法老若对你们说：'你们行件奇事吧！'你就吩咐亚伦说：'把杖丢在法老面前，使杖变作蛇。'"摩西、亚伦进去见法老，就照耶和华所吩咐的行，亚伦把杖丢在法老和臣仆面前，杖就变作蛇。于是，法老召了博士和术士来，他们是埃及行法术的，也用邪术照样而行。他们各人丢下自己的杖，杖就变作蛇，但亚伦的杖吞了他们的杖。法老心里刚硬，不肯听从摩西、亚伦，正如耶和华所说的。

……

耶和华晓谕摩西说："你对亚伦说，把你的杖伸在埃及所有的水上，在他们的江、河、池塘之上，叫水都变血。在埃及各地，无论木器中、石器中，都必有血。"

摩西、亚伦照耶和华所吩咐的行了；亚伦在法老和臣仆眼前举杖击打河水，河里的水都变作血。河里的鱼都死了，河也腥臭了。埃及人都不能吃这河里的水，埃及各地都有了血。埃及行法术的，也用邪术照样而行。法老心意倔强不肯听摩西、亚伦，正如耶和华所说的。法老转身进宫，也不把这事放心上。埃及人都在河的两边挖地，取水喝，因为他们不能喝这河里的水。

耶和华击打河以后满了七天。

耶和华吩咐摩西说："你进去见法老，对他说，耶和华这样说：'容我的百姓去，好事奉我。你若不肯容他们去，我必使青蛙糟蹋你的四境。河里要滋生青蛙，这青蛙要上来进你的宫殿和你的卧房，上你的床榻，进你臣仆的房屋，上你百姓的身上，进你的炉灶和你的抟面盆，又要上你和你百姓并你众臣仆的身上。'"

耶和华晓谕摩西说："你对亚伦说：'把你的杖伸在江、河、池以上，使青蛙到埃及地上来。'"亚伦便伸杖在埃及的诸水以上，青蛙就上来，遮满了埃及地。行法术的也用他们的邪术照样而行，叫青蛙上了埃及地。

法老召了摩西、亚伦来说："请你们求耶和华使这青蛙离开我和我的民，我就容百姓去祭祀耶和华。"摩西对法老说："任凭你吧，我要何时为你和你的臣仆并你的百姓，祈求除灭青蛙离开你和你的宫殿只留在河里呢？"他说："明天。"摩西说："可以照你的话吧，好叫你知道没有像耶和华我们神的。青蛙要离开你和你的宫殿，并你的臣仆与你的百姓，只留在河里。"于是摩西、亚伦离开法老出去。摩西为扰害法老的青蛙呼求耶和华。耶和华就照摩西的话行。凡在房里，院中，田间的青蛙都死了。众人把青蛙聚拢成堆，遍地就都腥臭。但法老见灾祸松缓，就硬着心，不肯听他们，正如耶和华所说的。

……

于是，摩西召了以色列的众长老来，对他们说："你们要按着家口取出羊羔，把这逾越节的羊羔宰了。拿一把牛膝草，蘸盆里的血，打在门楣上和左右的门框上。你们谁也不可出自己的房门，直到早晨。因为耶和华要巡行击杀埃及人，他看见血在门楣上和左右的门框上，就必越过那门，不容灭命的进你们的房屋，击杀你们。这例你们要守着，作为你们和你们子孙永远的定例。日后你们到了耶和华按着所应许赐给你们的那地，就要守这礼。你们的儿女问你们说：'行这礼是什么意思？'你们就说：'这是献给耶和华逾越节的祭。当以色列人在埃及的时候，他击杀埃及人，越过以色列人的房屋，救了我们各家。'"于是百姓低头下拜。耶和华怎样吩咐摩西、亚伦，以色列人就怎样行。

到了半夜，耶和华把埃及地所有的长子，就是从坐宝座的法老，直到被掳囚在监里之人的长子，以及一切头生的牲畜，尽都杀了。法老和一切臣仆，并埃及众人，夜间都起来了。在埃及有大哀号，无一家不死一个人的。夜间，法老召了摩西、亚伦来，说："起来，连你们带以色列人，从我民中出去，依你们所说的，去事奉耶和华吧！也依你们所说的，连羊群牛群带着走吧，并要为我祝福。"

埃及人催促百姓，打发他们快快出离那地，因为埃及人说："我们都要死了。"百姓就拿着没有酵的生面，把抟面盆包在衣服中，扛在肩头上。以色列人照着摩西的话行，向埃及人要金器、银器和衣裳。耶和华叫百姓在埃及人眼前蒙恩，以致埃及人给他们所要的。他们就把埃及人的财物夺去了。

以色列人从兰塞起行，往疏割去，除了妇人孩子，步行的男人约有六十万。又有许多闲杂人，并有羊群牛群，和他们一同上去。他们用埃及带出来的生面烤成无酵饼。这生面原没有发起，因为他们被催逼离开埃及，不能耽延，也没有为自己预备什么食物。

以色列人住在埃及共有四百三十年。正满了四百三十年的那一天，耶和华的军队都从埃及地出来了。这夜是耶和华的夜，因耶和华领他们出了埃及地，所以当向耶和华谨守，是以色列众人世世代代该谨守的。

……

日间耶和华在云柱中领他们的路；夜间在火柱中光照他们，使他们日夜都可以行走。日间云柱，夜间火柱，总不离开百姓的面前。

……

有人告诉埃及王说："百姓逃跑！"法老和他的臣仆就向百姓变心，说："我们容以色列人去，不再服侍我们，这做的是什么事呢？"法老就预备他的车辆，带领军兵同去；并带着六百辆特选的战车，和埃及所有的战车，每辆都有兵车长。耶和华使埃及王法老的心刚硬，他就追赶以色列人，因为以色列人昂然无惧地走出埃及。埃及人追赶他们；法老一切的马匹、车辆、马兵与军兵，就在海边上靠近比哈希录对着巴力洗分，在他们安营的地方追上了。

法老临近的时候，以色列人举目看见埃及人赶来，甚是惧怕，就向耶和华哀求。他们对摩西说："难道在埃及没有坟地，你把我们带来死在旷野吗？你为什么这样待我们，将我们从埃及领出来呢？我们在埃及岂没有对你说过，不要搅扰我们，容我们服侍埃及人么？因为服侍埃及人比死在旷野还好。"摩西对百姓说："不要怕，只管站住！看耶和华向你们所要施行的救恩。因为你们今天所看见的埃及人，必永远不再看见了。耶和华必为你们争战，你们只管静默，不要作声。"耶和华对摩西说："你为什么向我哀求呢？你吩咐以色列人往前走，你举手向海伸杖，把水分开，以色列人要下海中走干地。"

……

在以色列营前行走，神的使者，转到他们后边去，云柱也从他们前边转到他们后边停住。在埃及营和以色列营中间有云柱，一边黑暗，一边发光；终夜两下不得相近。

摩西向海伸杖，耶和华便用大东风，使海水一夜退去；水便分开，海成了干地。以色列人下海中走干地，水在他们的左右作了墙垣。埃及人追赶他们，法老一切的马匹、车辆和马兵，都跟着下到海中。到了晨更的时候，耶和华从云火柱中向埃及的军兵观看，使埃及的军兵混乱了。又使他们的车轮脱落，难以行走。以致埃及人说："我们从以色列人面前逃跑吧！因耶和华为他们攻击我们了。"

米开朗基罗雕塑《摩西》

耶和华对摩西说："你向海伸杖，叫水仍合在埃及人并他们的车辆、马兵身上。"摩西就向海伸杖，到了天一亮，海水仍旧复原，埃及人避水逃跑的时候，耶和华把他们推翻在海中。水就回流，淹没了车辆和马兵，那些跟着以色列人下海法老的全军，连一个也没有剩下。以色列人却在海中走干地，水在他们的左右作了墙垣。

（简化字和合本《圣经》，中国基督教三自爱国运动委员会，中国基督教协会，1989 年。）

阅读提示

《出埃及记》是一部"英雄史诗"，叙述摩西在万难中组织并率领以色列人从埃及人的奴役中逃出，在沙漠中流徙、长征而回迦南的事迹，塑造了勇敢公正、坚毅睿智的民族英雄摩西的形象。

《旧约》共 39 卷，分 4 部分。一、律法书：即所谓"摩西五经"，包括《创世记》、《出埃及记》、《利未记》、《民数记》、《申命记》五部，相传是由摩西撰写而成的。这部分内容在《旧约》中产生最早，公元前 444 年之前就已汇集成书。包括上帝创造天地和人类、"伊甸园"、洪水方舟等神话和族祖亚伯拉罕、雅各、摩西等人的传说，中心内容是犹太教所订的教规和法典，所以被称为"经"或"律"。二、历史书 12 卷，记述了以色列和犹太王国的兴衰史。包括《约书亚记》、《士师记》、《撒母耳记》（上、下）、《列王记》（上、下）等作品，这些作品成书的年代大致在公元前 586 年即"巴比伦之囚"前后至公元前 2 世纪。三、诗歌智慧书文集 5 卷，其中包括《约伯记》、《诗篇》、《箴言》、《传道书》、《雅歌》，“诗文集”在《旧约》中文学价值最高，成书年代最晚。四、先知书 17 卷。“先知”，是最先领受上帝旨意的人，是一些感受敏锐、忧国忧民、不畏强权、追求真理的思想家和社会改革家。《以赛亚书》和《耶利米书》是先知文学的代表作。在作品中他们揭露黑暗、抨击丑恶、呼吁变革、预言未来，充满鼓动性和感召力。成书的年代大约是在公元前 8 世纪至公元前 3 世纪。

旧约文学以宗教为中心，背景是原始氏族末期和奴隶制社会，反映了希伯来民族的发展和王国兴衰的全部历史。从整体上来说，语言风格质朴简洁，形象塑造鲜明生动，叙述笔调明快。《旧约》文学不仅是东方文学的重要组成部分，而且随着基督教传入欧洲，对欧洲的社会生活影响巨大。它和古希腊罗马文学一样，是欧美近代文学发展的重要源头。它被译成世界各国文字，它和希腊神话史诗一样具有永久的魅力，成为许多文艺作品永恒的母题。

闻一多在《文学的历史动向》一文中说，对近代文明影响最大、最深的四个古老民族：中国、印度、希腊、希伯来，都是差不多同时抬头而歌唱起来，但那些歌的性质并非一致，印度和希腊是在歌中讲故事，近乎小说、戏剧，篇幅很长，而中国和希伯来“则都唱着以人生与宗教为主题的较短的抒情诗”。

讨论

1. 《旧约》中的“约”是什么？对后世有何影响？
2. 有人说“《旧约》是整个人类的民族的文献”，谈谈你对这句话的理解。
3. 为什么《出埃及记》被称为是一部英雄史诗？

《罗摩衍那》（印度）

《罗摩衍那》被称为印度的“第一部诗作”。这部古老的史诗是印度神话的宝库，是后世印度文艺作品的取之不竭的源泉。全书用梵文诗体写成，约有两万四千颂（精校本为近两万颂，每颂一般为三十二个音节），它以罗摩和悉多的悲欢离合为故事主线，描写古代印度宫廷内部和列国之间的斗争。其作者传说是蚁垤（生卒年代不详，大约在公元前 5 世纪至公元前 2 世纪之间），由历代宫廷歌手和民间吟游诗人不断加工和扩充，直至最后定型。《罗摩衍那》书名的意思是“罗摩的游行”或“罗摩传”。罗摩是印度古代传说中的人物，后逐渐被神化。

《罗摩衍那》*（节选）

能控制身心的罗摩，
看到了痛苦的婆罗多，
尊严高贵，愁苦不已，
为了安慰他又把话说：

“一个人不能满足愿望，
他也不是自己的主宰；
命运反正总是把他
摆了过去又摆了过来。

所有的积累都会消减，
所有的升高都会下落，
聚会的结果总是分离，
死亡就是生命的结果。

那些熟透了的果子，
怕就怕的是落地；
同样，降生下来的人，
除了死亡一无所惧。

正如柱子结实的房子，
年代一久就会倒塌；
人一老，一接近死亡，
他们也就会倒下。

在这里对一切生物来说，

---

* 选自阿逾陀篇第九十八章，正文前后均有省略。——编者注

白天和黑夜一去不回；
生命总是迅速的消逝，
像盛夏的炎阳蒸发水。

你要先为自己担忧，
为什么替别人发愁？
你的生命也在消逝，
不管你是停下还是走。

死同你一起走路，
死同你一起坐下，
死同你走很长的路，
死又同你一起回家。

皮肤长出了皱纹，
头发转成了白色，
年纪一老人就要垮，
有什么办法去阻遏？

太阳升起，人们欢喜；
太阳落下，人们欢乐；
人们可是一点都不知道，
在这当儿生命已经走过。

新的季节一个接一个来，
人们看到了心中欢喜；
由于季节的轮流转换，
生物的生命也就逝去。

好像是在海洋里，
一块木头同另一块相遇；
它们偶尔碰到了一块，
时候一到他们又会分离。

同样，老婆和儿子，

亲属们，还有财富，
碰到一起，又分离，
同他们分离肯定无误。

在这里，没有哪个生物
能够向着命运进攻；
在它跟前谁也没有权利
去哀悼自己的祖宗。

好像一个人站在路上，
对着过往的商队把话喊：
‘我也将要走到那里去，
就跟在先生们的后面。’

这就是我们的父祖们
从前必须走的道路；
走上这条路怎能难受？
这条路谁也逃脱不出。

一旦堕入生命就不能回头，
就像是河里的水不能回流；
你就尽情的享受享受吧！
生物就是被教导来享受。

这位以达磨为怀的国王，
用纯洁的仪式，丰盛的馈赠，
把自己的罪孽涤除以后，
我们的父亲就登上了天庭。

他不再豢养奴仆们，
不再保卫芸芸众生，
不再依法收取赋税，
父亲走上了最高天庭。

他举行各种的祭祀，

他获得了很多快乐，
他达到了耄耋之年，
国王就升入天国。

我们的父亲丢弃了
他那老朽的躯体；
他获得了天国幸福，
能在梵天来往游戏。

任何一个这样的聪明人，
都不应该去把他哀痛；
像你这样的一个人也不应该，
你博学多闻，智慧出众。

这样各种各样的悼伤，
痛哭哀悼一个人的死亡；
你这样的聪明人无论如何
也要避免这样的情况。

振作起来，不要发愁，
回到你那城里去住！
能说会道的人啊！
这是父亲的遗嘱。

我呢，那虔诚的人
指定我去做什么，
按照父亲的遗命，
我就那样去做。

克敌制胜的人！我不能
丢掉他那正确的命令；
他是亲属，是我们父亲，
你也要经常把他尊重。”

（蚁垤：《罗摩衍那》，季羡林译，北京，人民文学出版社，1981 年。）

阅读提示

《罗摩衍那》书影

史诗以阿逾陀城国王十车王长子罗摩被流放历尽艰险，以及和妻子悉多的悲欢离合为故事主线，表现了印度古代宫廷和列国之间的斗争，它是一部战胜艰苦和强暴的英雄颂歌。十车王宫廷出现了矛盾，庆祝罗摩灌顶为太子的喜庆场面一变而为悲叹离别的情景。解决矛盾的途径只有自我牺牲，于是罗摩等3人甘心流放。在对与猴国结盟、灭魔复国、夫妻团圆的描写中，作者歌颂了罗摩这个英雄。他的理想是家族和好，政权安定；他支持正义的战争，也考虑奴隶社会中平民的利益。史诗产生于印度由奴隶社会向封建社会过渡的历史阶段，书中所宣扬的已是封建道德。

《罗摩衍那》具有印度古代长篇叙事诗中必不可少的四种因素：政治（宫廷斗争或其他矛盾）、爱情（生离死别）、战斗（人人之间、人神之间、人魔之间）和风景（四季的自然景色和山川、城堡、宫殿），而且描绘手法都达到了相当高的艺术水平。从印度文学史来看，《罗摩衍那》描绘自然景色，可以说是开辟了一个新天地。

作品的艺术风格虽朴素无华、简明流畅，但已呈精雕细镂倾向。因其间插入了不少神话传说和小故事及描绘自然景色、战斗场面等花费了很多笔墨，故而篇幅宏大。它在印度一直被奉为叙事诗的典范，古代和中古的文学创作大多从中取材。其影响早已远超出印度，特别是在亚洲广泛流传，从而列入人类最宝贵的文化遗产之中。

史诗《罗摩衍那》和《摩诃婆罗多》是印度文化的基础，对印度文学、宗教的发展有相当大的作用，中国文学的《西游记》等作品深受它的影响。《罗摩衍那》在印度文化中的地位甚至相当于《圣经》在基督教文化中的地位。

讨论

1. 试将荷马史诗与《罗摩衍那》比较，谈谈它们各自的特色。
2. 谈谈你对作品中的生死观的理解。

第二章　中世纪文学

从公元476年西罗马帝国灭亡至1640年英国资产阶级革命，是欧洲封建社会时期，史称“中世纪”。一般把这一时期分为三个阶段，初期（5世纪至11世纪）是封建社会形成的时期，中期（12世纪至15世纪）是封建社会的兴盛时期，后期（16世纪至17世纪中叶）是封建制度解体、资本主义兴起的时期。通常所说中世纪文学一般指初期和中期的文学。

中世纪欧洲社会最显著的特征是政教合一，基督教会成为封建统治的主要支柱。封建主依靠宗教巩固自己的权力，教会依附封建王国，扩大自己的势力范围和影响。教会垄断文化教育，竭力树立神的绝对权威，原罪意识及救赎成了中世纪欧洲人精神生活的两大支柱。这种思想统治的结果是，一方面，神权主义禁锢了人们的头脑，束缚了科学文化的发展，欧洲长期处于落后愚昧的状态。另一方面，随着基督教在文化上的统治地位的确立和基督教文化的传播，它逐渐成了欧洲各个国家和民族的共同财富，日益与欧洲大陆人们的思想观念融为一体。在基督教文化对神的崇尚中，包含着对人的理性和道德伦理的追求。因此，基督教精神对文学的渗透，是人欲的升华与压抑的相互作用，尽管教会对古希腊、罗马文化采取敌视、排斥的态度，但古代文化的传统并没有完全消失，两种文化在对立中互补融合，民间世俗的文化活动仍然活跃，并逐渐表现出反封建反教会的特点。

欧洲中世纪文学主要有教会文学、骑士文学、英雄史诗和城市文学，成就较高的是英雄史诗和城市文学。教会文学是中世纪欧洲盛行的正统文学，用拉丁文写成，有基督故事、圣徒传、祷告文、赞美诗、宗教剧等多种体裁，主要内容是赞美上帝和歌颂圣徒的德行。教会文学所采用的梦幻故事形式和象征、寓意的表现手法，体现的宽恕、仁爱精神，影响了整个中世纪欧洲文学。骑士文学是世俗封建主文学的主要成就，在法国最为兴盛，主要内容是骑士的征战冒险以及他们与贵妇人之间的爱情，主要体裁有骑士抒情诗和骑士传奇。骑士传奇属长篇叙事诗，其中以写亚瑟和他的圆桌骑士的故事组成的不列颠系统的作品流传最广。英雄史诗是中世纪文学的突出成就，法国的《罗兰之歌》、德国的《尼伯龙根之歌》、西班牙的《熙德之歌》、俄罗斯的《伊戈尔远征记》是英雄史诗中最有代表性的作品。城市文学取材于城市日常的现实生活，反映市民生活和思想，运用辛辣的讽刺手法，具有强烈的乐观精神和反封建倾向，代表作为《列那狐的故事》。

中世纪文学的最伟大的代表是意大利诗人但丁，他创作的《神曲》是中世纪文学的集大成之作，包括《地狱》、《炼狱》和《天堂》三部。作品采用中世纪流行的梦幻文学的形式，通过主人公在三种不同境界的游历，描绘出新旧交替时代意大利的社会生活，意在揭露黑暗的现实，给意大利民族乃至全人类指出复兴的道路。但丁被恩格斯誉为“中世纪的最后一位诗人，同时又是新时代的最初一位诗人”。

中世纪文学是基督教文化与欧洲古典文化融合的产物，它为后世的欧洲文学提供了新的精神养料，为文艺复兴的到来和近代文学的繁荣奠定了基础。

中古时期也是东方诸国文学的繁荣时期。著名的阿拉伯民间故事集《一千零一夜》（又译《天方夜谭》）流传极广，对世界近代文学的发展有积极的影响。它的故事曲折离奇，充满了瑰丽奇妙的想象，却又洋溢着现实生活的芳香；它广泛地反映了中古阿拉伯国家的社会制度和风土人情，鞭挞了封建统治者的凶残、贪婪，描写了劳动者的智慧和商人的海外冒险生活。公元10世纪至15世纪，波斯出现了鲁达基等一批杰出的诗人，菲尔多西的《王书》、内扎米的《五卷诗》和萨迪的《蔷薇园》都是当时的杰作。《古兰经》是伊斯兰教经文，也是一部巨型散文著作。《万叶集》是日本最古老的和歌总集，紫式部的《源氏物语》是日本中古时代物语文学的典范，它通过主人公源氏、薰君同周围许多女子悲欢离合的故事，反映了平安时代（公元794年至1192年）日本贵族社会的兴衰。

《一千零一夜》

《一千零一夜》又译作《天方夜谭》，是一部著名的中古阿拉伯民间故事集。《一千零一夜》是劳动人民的集体创作，是在阿拉伯文化融合了波斯文化、埃及文化、希腊文化的基础上形成的，从口头创作到编订成书经历了一个漫长的历史过程。这些故事早期手抄本大约在8世纪中叶到9世纪中叶开始流行，后经过许多增补、变化，一直到16世纪才在埃及基本定型。据阿拉伯原文版统计，全书共有大故事134个，每个大故事又包括若干小故事，组成一个庞大的故事群。故事背景广阔，内容丰富多彩，包括神话传说、童话寓言、恋爱故事、航海冒险故事、历史故事等等，可以说是中古阿拉伯社会生活的一部“百科全书”。《渔翁的故事》、《阿里巴巴和四十大盗的故事》、《辛伯达航海旅行的故事》等，都是其中的名篇。

《奴仆卡夫尔的故事》

兄弟们，要知道我的故事从八岁就开始了。当时我在奴隶贩子手中。但我每年都要骗奴隶贩子老婆一次，使她上当吃亏。于是那奴隶贩子十分讨厌我，便把我交给经纪人送到奴隶市场转卖。奴隶贩子要经纪人在卖我时，高声讲明我的缺点，说我每年要骗主人一次。有个商人前来问道：“这个有缺点的奴隶值多少钱?”

“六百块银币。”经纪人回答道。

“给你二十块银币经纪费好吗?”

于是两人说妥。经纪人把商人领去见奴隶贩子。商人付给奴隶贩子六百块银币。经纪人把我领到商人家中，拿了他的经纪费就走了。

商人给我换上了适合他家身份的衣服。我在商人家平平安安地度过了快一年，直到新年开始。新年是个庄稼丰收的好年景。商人们都轮流做东，每天在他们的农庄开设宴席，邀集亲朋好友，大肆庆祝。这天轮到我的主人做东了。他在他城外的农庄摆下了宴席，商人的朋友都毕集而至，开怀畅饮，直欢宴到中午时分。这时，主人忽然想起需要家中一件物品，便吩咐我说：“卡夫尔，快骑上骡子回城去，从太太那儿把某样东西给我取来。”

我听从吩咐，赶紧骑上骡子回到城里家中去。当我快走近家门时，便一把鼻涕一把泪地大声呼喊，引得左邻右舍、男女老少全都出来观看。主人太太和她的儿女们听见我的声音，便开门出来，问我发生了什么事。我对他们说：“主人正和朋友们坐在一堵老墙下欢宴时，不想那墙突然坍塌，把他们全都压在了下面。我看见此种情状，便赶紧骑上骡子赶回来向你们报告。”

太太和儿女们听见此话，全都呼天抢地，大声痛哭，又是撕破衣服，又是拍打面颊。邻居们则站在四周观看。主人的太太出于悲恸，把家里的一应家具全都摔得粉碎，还用烂泥在墙上胡乱涂抹。她一边摔东西，一边高喊：“卡夫尔呀，你来帮我把这柜子砸破，把这些瓷盘摔碎。”

我走过去帮助她，把架子上的所有东西都摔碎，把柜子也砸破。我又环顾家里四周，把所有能砸碎的东西全都砸碎。我一边砸一边喊：“呀，我的主人呀！”这时太太蓬头垢面和她的儿女们跑了出来，对我说：“卡夫尔呀，快在前头带路，指给我们你主人被墙压死的地方，我们好把他刨出来，装进棺材，把他运回家，然后再好好为他出殡下葬。”

于是我在前面走，边走边高喊：“我的主人呀！”他们扯衣批颊地跟在后头，边走边高喊：“多么不幸呀！多么大的灾难啊！”

这时，全街巷的男女老幼都出来跟在后面号哭。我带着他们在城中走。所过之处，人们都要打听发生了什么事。于是一传十、十传百，全城的人都知道了我编造的消息。他们说：“一切无能为力，全靠伟大的安拉救助了。”人们都说：“我们应把这事通知省长大人哩！”于是我们一行便向省府走去。

当省长听了众人的报告后，当即命人带上筐篮和镢头，加入我后面的队伍向城外进发。我边走边哭边号，同时批打面颊，把泥土往自己头上撒。当我走近主人的农庄，主人见我边哭边批打面颊，同时高喊：“我的女主人呀！谁怜悯她离我们而去啊！但愿我能做她的替身才好呢！”

主人见此情景，脸色骤然发白，慌忙问我：“卡夫尔，你这是怎么啦？发生了什么事？”

我对主人说道：“你让我回城去取东西。我匆匆赶回家，刚到家门，发现大厅的墙坍塌下来，随即整个大厅都垮了，把太太和儿女们全都压在下面。”

主人急忙问道：“你的女主人平安无事吗？”

“不，没有一个人活下来。最先死的就是太太。”

“我的小女儿平安吗？”

“不。”

“骡马平安吗？”

“不，主人。整个房屋的墙和牲口房的墙全部坍塌了。羊群、鸡鹅全都变成了一堆肉，被埋在塌墙下，一个也不剩了。”

“那么老太爷该活着吧？”

“不，一个活着的也没有，全都被埋在墙下，羊群、鸡鹅都被野猫、野狗吃得差不多了。”

主人闻听此言，顿觉天旋地转，眼前一团漆黑。他不能控制自己，便弯下腰去，开始撕身上的衣服，扯自己的胡须，把缠头巾从头上拉下，同时狠狠批打双颊，直至血流满面。他大声呼喊：“我的儿女们啊！我的老婆啊！多么大的灾难啊！有谁像我这样不幸呀！”

他的商人朋友们见他如此悲痛，也都跟着他号哭起来，一面扯自己衣服，一面安慰他。我的主人从农庄出来，由于极度悲痛，他一边走一边使劲地批打自己的面颊，一路跌跌撞撞，像个醉鬼。人们也跟着他出了农庄。刚走出门，就看见远处尘土飞扬，哭声震天，一群人向这边走来。我的主人立住脚，仔细瞧看，发现是省长率领着一干人走在前头，他的家眷哭哭啼啼地尾随在后面，旁边还有一大群瞧热闹的。当主人与他的老婆和儿女们见面后，发现他们好端端的，不禁转忧为喜，问道：

“你们怎么样呀？家里发生了什么事？你们遭遇到什么不幸？”

他老婆和儿女们见他也好好的，便说：“感谢安拉使你平安无恙。”说毕，便一个个投入他的怀中，和他拥抱在一起。少爷小姐们一个劲欢呼：“感谢安拉使爸爸平安。”他老婆更是欢喜得发疯，同时询问他：“你和你的朋友们是如何摆脱灾难的？”

主人没有回答她的问题，却反问她：“家里发生了什么事情？”

太太和少爷小姐们都说：“我们一个个都好好的，家里没发生任何事情。只是奴仆卡夫尔撕碎缠头、扯破衣服，气急败坏地跑来，大叫：‘我的主人呀！我的主人呀！’我们问他发生了什么事，他说主人和他的朋友们全都被墙压死了。”

主人说：“他刚才回到这儿，一边哭一边叫‘我的太太哟！我的太太哟！’，他说太太和孩子们全都被墙压死了。”

主人说完，瞧了瞧身旁，发现我站在那儿。这时，我把缠头扯了下来，放声大哭。他们见我这样，便都往我头上撒泥土。主人大声喝令我走到他面前，狠狠地对我说："你这狗奴才！你这鬼东西！下贱坯！你看你干了些什么好事！向安拉起誓，我非抽你的筋、剥你的皮、割你的肉不可！"

我说："指安拉起誓，你什么也不能动我，因为你买我时是以我有缺点为前提的。成交时的证人尚在，你是知道的。那就是每年我要撒一次谎。这次只是半次谎，如果满一年，我还要撒另外半次谎，以便凑成一个整数。"

主人冲我嚷嚷："你这狗崽子，没有比你更坏的奴仆了。这只是半次谎吗？这简直是一次巨大的灾难！你走吧，离开我吧！我释放你，给你自由了！"

我听了主人的话后，对他说："即使你愿意释放我，我却不能离开你。我要等一年期满，说完另一半谎话，在那之后，你才能将我带到市场，像你买我那样，把我当做有缺点的奴隶卖给别人。现在你别释放我，因为我没有谋生的本领。关于释奴的问题，法学家们是有明文规定的。"

正当我们说着话时，男女老幼围观的人群，还有省长和他带来的人，全都拥了过来，走到主人跟前，他们原本是来致哀的，这时主人却向他们通报了情况，讲了事情的始末。人们听后，都感到吃惊，认为这谎撒得太大了，纷纷走上前来咒骂我、责备我。我却笑着对他们说："主人怎么能责怪我呢？他买我的时候是知道我有这缺点的。"

随后主人领着一干人回到家中，看见家里被糟蹋得不成样子，而其中的多数家具又是我亲手打坏的。太太对主人说："所有的瓷器、碗碟全是卡夫尔砸碎的。"主人听后，气不打一处来，说："你这婊子养的，我还从未见过比你更坏的奴隶。你说这还是半个谎言，如果是一个，你岂不是要毁掉一两座城市吗？"由于极度气恼，主人把我带到省长那里去听候发落。省长大人命人狠狠打了我一顿，直到把我打昏过去。他们乘我不省人事的时候，召来一个剃头匠，趁机阉割了我。当我醒来时，发现我已经成了阉人。主人对我说道："你毁了我心爱的东西，我也要把你心爱的东西毁掉！"随后把我领到市场，将我高价出售，因为我已是一个被阉的奴隶。不过，不论把我卖到哪儿，我仍一直不停地说谎、骗人，给主人、太太们制造麻烦。后来，我从一个相府被卖到另一个相府，从一个富贵人家被卖到另一个富贵人家，最后被辗转卖到宫里来了。"

两个奴仆听完卡夫尔的故事，笑道："你真是个说谎的能手、高明的骗子。"随后，白侯图和卡夫尔对第三个奴仆说："现在该轮到你讲了，兄弟！"

那第三个奴仆说道："兄弟们，你们的故事都没有我的故事离奇。我确实比你们更应该被阉割，因为我和女主人……不过现在不是讲故事的时候，因为马上就要天亮了。我们抬着这棺材，一旦天亮，怕会有人发觉我们，那时说不定我们的性命就难保了。我们还是赶紧打开门，把棺材抬进去。等进到里面后，我再对你们讲我被阉割的故事。”

说毕，他们把门打开，把棺材抬了进去，将灯盏摆好，便开始挖坑，直挖到半人多深，然后把棺材放下去，重新掩上土。三人见天色不早，便把门关上离去了。

（选自《一千零一夜》，仲跻昆等译，北京，华夏出版社，2007 年。）

阅读提示

奴隶卡夫尔没有人身自主权力，只能任由奴隶贩子和奴隶主压迫和欺凌，于是他选择了用谎言这个特殊的武器来回敬。由于他聪明过人，所以能使主人听信他的谎言，搞得他们出尽洋相，狼狈不堪。为此他被辗转出卖，但他始终不屈服，仍不断地欺骗、戏弄主人。本文赞扬了卡夫尔的不屈不挠的斗争精神和巧妙的斗争艺术，卡夫尔和中国文学中的阿凡提一样充满了反抗的智慧和幽默感。

《一千零一夜》的结构设计巧妙，以国王山鲁亚尔和山鲁佐德的故事为总体框架，在艺术上采用大故事套小故事的办法将数百个故事嵌入，环环相扣，组成一个庞大的故事群。作品描绘了中古时期阿拉伯地区广阔丰富的生活画面，想象丰富，夸张大胆，具有浓厚的浪漫主义色彩。它为后世作家的创作提供了充分养料，文艺复兴时期意大利作家卜迦丘的《十日谈》，英国作家乔叟和西班牙作家塞万提斯都从其独特的结构中受到启发。

讨论

1. 你是否赞同卡夫尔的反抗方式，为什么？这一人物在今天是否仍然有意义？
2. 为什么《一千零一夜》被评价为具有浓厚的浪漫主义色彩，试举几个例子说明。

但　丁

但丁

但丁·阿利基埃里（1265—1321年）是意大利民族文学的奠基人，也是意大利文艺复兴的先驱。但丁出身于佛罗伦萨一个没落贵族家庭，受过良好的教育，有渊博的知识。1292年他出版了第一部诗集《新生》，抒发了对美好生活和纯真爱情的憧憬与向往。1300年，他被任命为佛罗伦萨的6个行政长官之一。因政见与当权者发生分歧，1302年但丁被流放，直至客死他乡。政治活动和流放生活，使但丁接触到现实的重要问题，在流亡中他看到城邦之间内讧之危害，更增加了他对祖国统一的渴望。在流放期间，他完成了《神曲》的创作，他还写了《飨宴》、《论俗语》和《帝制论》三部理论著作。在艺术上，但丁把抒情诗、叙事诗和哲理诗等融于一体，丰富了诗歌表现手法，把诗歌创作推向了新高峰。但丁是欧洲中世纪文学与文化的集大成者，又是近代文学与文化的先驱，他的创作对欧洲文学从中世纪向表现新时代文化的方向发展起着决定性作用。

《神曲》（节选）

地狱·第五篇

第二圈，色欲场中的灵魂，在狂风中飘荡。弗兰齐斯嘉和保罗的恋爱。

我从第一圈降到第二圈，这里地面较狭，痛苦较大，更使人悲泣。

这里坐着一个磨牙切齿的可怕的米诺斯，他审查进来的灵魂，判决他们的罪名，遣送到受刑的地点。一个灵魂进来的时候，不得不把自己的过错一一招供出来，于是那判官用尾巴绕他的身子，绕的圈数就是犯人应到的地狱圈数。[①] 许多犯人拥在他的前面，他们一一自承过错，尽旁人听着；最后，一个一个地

① 米诺斯（Minos），本克里特（Creta）国王及立法之人，传言其死后为冥间判官，但丁此处写为有尾的怪物。

被旋风刮下去了。

米诺斯看见我以后，他就停止办公，对我说："你也到这个苦恼地方来么！你怎样进来的？你得了谁的允许？你不要以为地狱门很大，可以随便闯进来呀！"我的引导人答道："为什么这样大惊小怪？你不要阻止他，这是为所欲为者的命令，不必多说了。"

于是我们开始听见悲惨的声浪，遇着哭泣的袭击。我到了一块没有光的地方，那里好比海上，狂风正在吹着。地狱的风波永不停止，把许多幽魂飘荡着，播弄着，颠之倒之。有时撞在断崖绝壁的上面，则呼号痛哭，因而诅咒神的权力。我知道这种刑罚是加于荒淫之人的，他们都是屈服于肉欲而忘记了理性的。好比冬日天空里被寒风所吹的乌鸦一样，那些罪恶的灵魂东飘一阵，西浮一阵，上上下下，不要说没有静止的可能，连想减轻速度的希望也没有。他们又像一阵远离故乡的秋雁，声声哀鸣，刺人心骨。因此我说："我的老师，这些被幽暗空气所鞭挞的是谁呢？"

他答道："这里面第一个是女皇帝，她有广土众民；她因为荒淫无度，恐怕有人指摘，她便说她做她所愿意做的，这就是天经地义，不准旁人批评。她名叫塞米拉米斯，她继承她的丈夫尼诺做亚述的皇帝。[①] 别一个是因恋爱而自杀的，她为着新人忘记了旧人希凯斯的遗骸；[②] 再次就是荒淫的克利奥帕特拉。"[③] 他一个一个用手指着给我看：因她而血流成河的海伦；[④] 因恋爱而最后中人暗算的英雄阿基琉斯；[⑤] 还有帕里斯和特里斯丹，[⑥] 我都看见了；此外还有为恋爱而牺牲性命的幽灵，真是屈指难数。我的老师历述古后妃和古勇士以后，我心头忽生怜惜，为之唏嘘不已。

稍后，我说："诗人呀！我愿意对这两个合在一起的灵魂说几句话呢，他们

---

① 塞米拉米斯（Semiramis），传言暗杀丈夫尼诺（Nino）而继为亚述王，骄奢淫逸，而武功甚著，时在纪元前一三五六年至一三一四年。

② 指狄多（Dido），为迦太基（Cartagine）女始祖，其夫希凯斯（Sicheo）死后，即背生前盟誓而钟情于埃涅阿斯，埃涅阿斯受神示弃彼往意大利，狄多即自焚死。

③ 克利奥帕特拉（Cleopatras），埃及女王，为凯撒和安东尼（Antonio）的情人。

④ 海伦（Helena），斯巴达王妻，被特洛亚（Troia）王子帕里斯（Paris）所诱，因而引起特罗亚战争。

⑤ 阿基琉斯（Achille）本为助斯巴达之英雄，帕里斯许以妹，阿基琉斯至特洛亚成婚时，被帕里斯所杀，此中世纪之传说也。

⑥ 特里斯丹（Tristano）为"圆桌故事"中骑士，因与其舅母绮瑟（Isotta）恋爱而被杀。

在风中似乎是很轻的。”[①] 他对我说：“你等他们接近的时候，用爱神的名义请求他们停留一下，他们可以来的。”不一刻，风把他们吹向我们这里，我高声叫道：“困倦的灵魂呀！假使没有人阻碍你们，请来这里和我们说几句话罢。”好比鸽子被唤以后张翼归巢一样，这两个灵魂离开狄多的队伍，从险恶的风波里面飞向我们，我的请求竟生了效力。那女的灵魂向我们说：“宽和的、善良的活人呀！你穿过了这样的幽暗地方，来访问我们，曾经用血污秽了地面的我们。假使宇宙之主听从我们，我们愿意请求他给你太平日子，因为你对于我们的不幸有着怜惜之心呀！趁现在风浪平静的一刻，我们可以听你说话，并且回答你的问题。我的生长地在大海之滨，那里波河会合群流而注入。[②] 爱，很快地煽动了一颗软弱的心，使他迷恋于一个漂亮的肉体，因而使我失去了他，[③] 这是言之伤心呀！爱，决不轻易放过了被爱的，使我很热烈地欢喜了他；你看，就是现在他也不离开我呀！爱使我们同时同地到一个死；该隐环里[④]等着那取我们生命的凶手呢。”

我听了这些受伤害的灵魂的话以后，我把头俯下，直到诗人对我说：“你想什么？”我答道：“唉！什么一种甜蜜的思想和热烈的愿望，引诱他们走上了这条悲惨的路呢？”于是我又回转头来对这两个灵魂说：“弗兰齐斯嘉，你的苦恼使我悲痛而生怜惜。但是我还要问你：你们在长吁短嗟的当儿，怎样会各自知道对方隐于心而未出于口的爱呢？”那幽魂答道：“在不幸之日，回忆欢乐之时，是一个不能再大的痛苦；这一层是你的老师所知道的。不过，假使你愿意知道我们恋爱的根苗，我将含泪诉说给你听。有一天，我们为消闲起见，共读着郎斯洛的恋爱故事，[⑤] 我们只有两个人在那里，全无一点疑惧。有好几次这本书使我们抬头相望，因而视线交错，并且使我们面色忽变；最后有一刻，就决定了我们的命运。当我们读到那微笑的嘴唇怎样被她的情人所亲的时候，他，（他将

---

① 两个合在一起的灵魂：指弗兰齐斯嘉与保罗。传言保罗为美男子，而其兄甚丑。保罗曾代行婚礼，事后弗兰齐斯嘉始知被欺，但保罗与弗兰齐斯嘉则弄假成真，从此缔结私情，事发后二人被保罗之兄简乔托杀死。

② 腊万纳（Ravenna）在亚得里亚海西岸，近波河（Po）之口。

③ 爱神使保罗迷恋于弗兰齐斯嘉的肉体，弗兰齐斯嘉被杀死，肉体遂灭。但丁主张“精神之爱”，认“肉欲”为罪过，故弗兰齐斯嘉入地狱而贝雅特丽齐登天堂。

④ 该隐杀弟亚伯，事见《创世纪》。“该隐环”（Caina）属地狱第九圈。

⑤ 郎斯洛（Lancialotto）为“圆桌故事”中骑士，恋爱亚瑟（Artù）王之妻圭尼维尔（Ginerra）。

永不离开我了!）他颤动着亲了我的嘴唇。这本书和他的著作者倒做了我们的加勒奥托，[①] 自从那一天起，我们不再读这一本书了。”

这一个灵魂正在诉说的时候，那一个苦苦地哭着；我一时给他们感动了，竟昏晕倒地，好像断了气一般。

（但丁:《神曲》，王维克译，北京，人民文学出版社，1997 年。）

阅读提示

《神曲》是一部用意大利语写作的长诗，原名《喜剧》，后人为表示崇敬加上“神圣”一词，中文意译为《神曲》。全书共 14233 行，分《地狱》、《炼狱》、《天堂》三部分，展现了中世纪的生活画面，带有“百科全书”性质，代表了中世纪文学的最高成就。

《神曲》记载了诗人的一次梦幻神游：但丁在 35 岁时，迷失在阴森的树林里，正想攀登一座沐浴阳光的山头时，被狼、狮、豹拦住去路。危难之时，诗人维吉尔受贝雅特丽齐之托前来救他，领他走另一条路。但丁先随维吉尔游历地狱和净界，后随贝雅特丽齐游历天堂。沿途所见所闻，逸事奇迹层出不穷，书中哲理名言随处可见。通过诗人梦中游历，主要表现了道德净化、灵魂得到拯救的思想，探索了个人、意大利民族和人类发展的道路。

《神曲》采用中世纪文学惯用的象征手法。阴森的树林象征罪恶，灿烂的山头象征理想境界。罪人希望重见光明，但是贪欲（狼）野心（狮）和享乐（豹）等劣根性使人不能自拔，需要外来力量。所谓外来力量，首先是理智。希腊文化的传人维吉尔象征理智，理智使人明白地狱的可怕，鼓励人洗心革面。但理智不足以使人摆脱罪恶，来自天堂的贝雅特丽齐象征仁爱和信仰，只有走她所引导的路，人才能到达真理至善的理想境界。

整部诗歌结构严整而完美，对欧洲后世的诗歌创作有极其深远的影响。其基本结构方式是严密框架式。全诗以“3”、“9”、“10”等数字布局，如整部作品分为 3 大部分，每一部分 33 歌，一共 99 歌，加上序歌，共 100 歌。地狱为 9 层，炼狱为 9 层，天堂为 9 层，加上天府为 10，俨然一个严整而有系统的三棱形的大建筑。与此同时，作者在这个固定的框架之中，又贯穿了一种严整的漫

① 加勒奥托（Galeotto）为郎斯洛之友，助成骑士和王后的恋爱。

游式的结构艺术手法，用主人公的幻游把整部作品串连起来。作者为了造成读者的时空感，在三部曲中，每一部都以“群星”作结。“群星”位置的变化，标明了幻游的历程。这种严密的渐进结构，给人一种立体感。因此，诗人所写的冥世三界，虽是虚无缥缈的境界，但在作品中都是似乎触手可及，显示了人类精神世界由卑微至崇高的连续不断的发展过程。

《地狱篇》是《神曲》中政治倾向最强烈的部分。它深刻地揭露了中世纪的黑暗，猛烈地抨击了教皇僧侣、暴君贵族和卖国者的罪行，表达了热爱祖国，执著地追求真理的思想，闪烁着人文主义思想的曙光。

讨论

1. 但丁为什么被称为是“中世纪的最后一位诗人，同时又是新时代的最初一位诗人”?
2. 谈谈神曲的主题及艺术特色。
3. 结合生活实际，谈谈人类如何从错误和迷惘中解脱出来，进而达到真理至善的理想境界?
4. 传统的观点认为欧洲中世纪文学是“黑暗时期”，但学术界正逐渐修改这一看法。查阅资料，谈谈你的观点。

《罗兰之歌》

《罗兰之歌》是中世纪法国最著名的一部英雄叙事诗。史诗取材于法兰西历史，公元八、九世纪，法国刚刚完成统一，阿拉伯民族的侵略已经被击退，民族语言逐渐形成，民间口头创作颇为发达。当时一些行吟诗人、游方歌者就把法兰西封建王朝的历史人物、英雄事迹和民间传说编成各种类型的史诗或叙事诗。它是在民间创作的基础上，逐渐丰富和充实，最后经过封建统治阶级和教会的加工而写成的。大约到了 12 世纪，才用文字记录下来。

《罗兰之歌》(节选)

捐　躯

罗兰自觉得死期已近，
脑髓从两耳向外流出。
他先为同胞祈求上帝；
使他们的灵魂能有归依；
又为自己祈祷伽卜里尔天使。
为了无愧自己的英名，
他一手执象牙角，一手拿宝剑，
向前走了一箭的路程，
穿过一片新耕的田野，
面向着西班牙的辽阔国土。
他攀上高岗，在两棵大树下，
——他面前是四座玉石的平台——
人倒在草地上昏晕过去；
他的死期已十分迫近。

山岭巍巍兮林木森森，
辉映着四座玉石的平台；
罗兰伯爵晕倒在草地上。
这时候正有个萨拉根人，
原躺在死人中间装死，
脸上和身上全是血污；
罗兰的踪迹恰被他瞧见，
他突然站起，向罗兰扑来。
这人又漂亮，又勇敢精壮，
但从骄傲中迸出愤怒。
他一下按着罗兰的身体，
抓着他的两臂，说道：
“查理的侄儿，你已经战败，

让我把宝剑带回阿拉伯。”
他抽出宝剑，惊醒了罗兰。

罗兰觉出有人在夺剑，
他睁开眼睛说了一句，
“我看出，你不是我们的人！”
他紧握生死与共的象牙角，
对那人的金盔奋力一击，
钢盔和头骨一起被砸碎；
两只眼睛也迸了出来，
顿时倒在他的脚下死掉。
罗兰叫，“你这狗蛋，你竟敢
不知死活来冒犯罗兰！
谁听见了都要说你是疯子！
可惜我的号角击坏了，
宝石和黄金全落了下来。”

罗兰自觉得目力已衰，
他费尽力气才勉强站起。
他脸上不见丝毫的血色，
手里还拿着那柄宝剑。
横在他面前有一块褐石，
被他在怒恨下猛砍了十刀。
宝剑嘶鸣，未断也未损。
罗兰说：“圣母玛利亚，救我吧！
我的宝剑啊，你何其不幸！
虽则我要死了，但仍旧不舍你！
靠了你，我踏过多少山野，
靠了你，我赢得了多少战争，
靠了你，我征服了无数土地，
由白发的查理统治到今朝。
那些见敌就逃的懦夫，

但愿你不落入他们的手里，
因为你曾经为一个勇士佩带，
在自由的法兰西他没有伦比。”

罗兰又去砍那块山石，
宝剑嘶鸣，未断也未损。
他看出不能将宝剑弄断，
便独自对宝剑发出悲叹：
“晶莹而纯洁的居郎德尔啊，
在日光反照中，宝光四射！
你的闪灼似火焰燃烧！
当查理通过摩里央山隘时，
天帝命天使向他致意，
叫他把你赐给一勇将，
于是，伟大的查理贤王
便把你拿来佩在我腰间。
我用你，为他征服了安孺，不列颠，
我用你，为他占领了马勒，坡瓦都。
我为他征服了诚实的诺曼第。
又征服了普洛温斯，拉基旦，
还有龙巴底和整个罗曼尼。

我还用你征服了巴菲叶尔，
居郎德尔全境，卜尔贡尼一带。
在君士坦丁，查理受赞礼。
在沙克斯，他更是所向无敌。
我用你，征服了苏格兰和英格兰
正像查理称的，那是他厢房。
我为他征服了多少膏腴地，
由白发的查理统治到今朝。
现在对着这口剑，我多么伤情，
我宁死也不让异教徒拿去！

上帝啊我的圣父，请莫让
法兰西遭到这种耻辱！”

罗兰再去砍那块石头，
砍的那石头不成样子；
宝剑嘶鸣，未断也未损，
反而亮晶晶指着上空。
罗兰见宝剑毁不去，
就轻声向宝剑表示惋惜：
“居郎德尔啊，美丽又神圣！
你黄金的剑靶，装饰何珍奇；
圣彼得的牙，圣巴西的血，
圣德里的头发，圣马利的衣服①。
绝不能让那异教徒占有你，
只有基督徒能将你使用。
愿你不落入懦夫的手中。
靠了你，我征服了广大山河，
由白发的查理统治到今朝，
并因此被尊为伟大的皇帝。
愿你永不会落入懦夫手。”

罗兰感到死攫住全身，
寒冷从头上直透进心尖。
他急忙跑到一株青松下，
在一片草地上将身子卧倒。
把宝剑和号角藏在身下面，
掉头望着那异教的国土，
好让查理和他的大军
看见时夸赞死者的英勇：

① 这些是基督教圣徒遗物的传说。系民间流传关于宝剑的神话，特别用来表示宝剑的神圣和威力。

“伯爵虽死仍不忘杀敌……”
于是，他开始忏悔罪愆，
把手套伸向上帝祈祷！

罗兰感觉到死在眉睫，
人倚在岩石上，面向着西班牙。
他在胸膛上捶了三下：
“上帝啊！请你对我开恩！
请你赦我大小的罪愆，
从我出世起直到今天！”
他把右手套伸向上帝，
天使们就下降到了他身边。

罗兰躺在那株青松下，
面向西班牙，回忆着往事：
他想起，攻占的广大山河；
想起美丽的法兰西故乡；
想起同族的英雄骑士；
想起英明的查理大帝；
是他把自己抚养成人。
他叹息，止不住泪水滔滔，
但仍旧忘不掉这些往事，
接着他又向上帝忏悔：
“天父啊，你是至圣至灵，
你从死者中唤回圣拉撒，
你从狮口中救出但以理。
求你救出我的灵魂出难，
赦免我此生的一切罪愆！”
他把右手套伸向上帝：
圣伽卜里尔将它接住，
用手腕托着罗兰的头，

罗兰合掌停止了呼吸。
上帝派来了天使，神丁……
簇拥着伯爵灵魂升天堂。

（周煦良主编：《外国文学作品选》第一卷，颜实甫译，上海，上海译文出版社，1979年。）

阅读提示

本篇所选是罗兰捐躯前后的一些片段，描写他在临终前的眩晕中，发现一个勇敢精壮的阿拉伯人来夺他身边的宝剑时，他竟能“对那人的金盔奋力一击，将钢盔和头骨一齐砸碎”，表现出一种非凡的英雄气概。

《罗兰之歌》是一部爱国主义诗篇。《罗兰之歌》叙述的故事发生在查理大帝时代。诗中查理大帝出兵西班牙，征讨摩尔人即阿拉伯人，歌颂了查理大帝、罗兰和奥里维等保卫祖国、抗御外敌的英雄。罗兰是史诗中最动人的英雄形象。他体格魁伟、勇敢刚毅，面对十万敌军毫不畏惧。同时，史诗严厉谴责为了私利而出卖国家利益的叛徒和桀骜不驯的封建主。

《罗兰之歌》赞美民族英雄罗兰在抗击敌人时的勇敢，对国王和“可爱的法兰克”的忠贞，歌颂查理大帝统一法国、抵御侵略的功勋。叙事诗中所塑造的罗兰这一理想人物的形象，带有封建骑士的色彩，他英明勇武，他的威武和名声甚至连敌人也表示敬畏。他热爱自己的国家，他把保卫“可爱的法兰克”看作是自己的天职。他忠于查理，这无疑反映了封建社会君臣的观念，但是罗兰之忠于查理是和忠于祖国不可分的。在当时，王权是进步因素，是国家秩序的代表。

《罗兰之歌》在艺术上也比较完美。情节集中在一个事件上，只写战争的最后一年。诗中惯用重叠和对比的手法，风格粗犷朴素，具有民间文学特色。这部叙事诗为后世的欧洲文学中不同类型的许多作品提供了主题和题材。

讨论

1. 比较《伊利亚特》和《罗兰之歌》，谈谈二者的异同。
2. 分析比较阿契里斯和罗兰英雄形象的异同。

紫 式 部

紫式部

紫式部（973—1015 年），日本平安时代（公元794—1192 年）的女作家，本名无可考，后来因她所写《源氏物语》中女主人公紫姬为世人传诵，遂改称紫式部。她出身于书香门第，父亲藤原为是当时有名的中国文学学者，擅长和歌和汉诗，曾任地方官。紫式部自幼从父亲学习中国诗文与和歌，熟读中国典籍，并擅乐器和绘画，信仰佛教。22 岁时，和比自己年长 20 多岁、已有妻室子女的地方官藤原宣孝结婚，因而亲身体验了一夫多妻制家庭生活的滋味。婚后 3 年，丈夫逝世，依赖父兄生活，寡居 10 年。后进宫做彰子皇后的侍读女官，1013 年离开后宫。小说《源氏物语》成书于平安时代中期。因为有宫廷生活的直接体验，了解当时日本贵族阶层的生活及男女间情爱，加之作者内心细腻、敏感，所以《源氏物语》读来典雅哀婉，令人感动，被誉为日本古典文学的高峰。另有《紫武部日记》和《紫式部集》等著作。

《源氏物语》（节选）

第一回　桐壶[1]

昔时某天皇时代，后宫女御、更衣[2]等妃嫔众多。其中一更衣，出身并非十分高贵，却深蒙天皇宠爱。先前入宫的几位妃子，自恃出身高贵，以为恩宠非己莫属，却见皇上独宠这位更衣，便心生嫉妒，诋毁中伤。与她地位相同，或者家庭出身比她低微的更衣自知无力争宠，更是忧怨抱恨。这位更衣朝夕侍候皇上，夜夜侍寝，其他妃嫔耳闻目睹，不禁妒火中烧，群起而攻之。大概是积怨太深的缘故，这位更衣忧戚寡欢，心绪郁结，终于成疾，遂经常回娘家调养。

---

① 本回写源氏从出生到十二岁之事。

② 妃嫔中女御地位最高，依次为更衣、尚侍、典侍、掌侍、命妇等。女御一般为内亲王、亲王、摄关、大臣的女儿，更衣一般为纳言等家庭出身的女儿。

皇上见此，越发舍不得，更是怜爱，宠幸有加。纵然众高官非议，皇上不以为然，依然一味钟情娇纵。这种做法定不能垂范于世。

朝中高官大臣无可奈何，侧目而视，私下议论道："如此专宠，实难容忍。唐朝亦皆因此事，终酿成天下大乱。"内宫之事，很快传遍民间，百姓怨声沸腾，对这位更衣忧惧怨恨，以为将来难免发生杨贵妃那样的祸害。更衣身处此境，痛苦不堪，只是依赖皇上对自己的宠爱，在宫中谨慎度日。

这更衣的父亲官至大纳言①，已经去世，母亲为大纳言正夫人，也是出身名门望族，看到人家闺女双亲俱全，荣华富贵，便一心指望自己的女儿不能逊色，于是每逢参加礼仪典式，总要悉心准备，以不失体面。只可惜时过境迁，朝中无重臣庇护自己，倘有万一，发生意外之事，势必孤立无助，想来不免心神不安。也许是前世缘深的缘故吧，这更衣生下一个冰清玉洁、绝妙无双的皇子。天皇得知后，急欲相见，赶快叫人抱进宫来，果然面目清秀，十分可爱。

太子是右大臣之女弘徽殿女御所生，也有母家外戚重臣的背景，自然成为储君，备受世人尊敬爱戴。但是因为他的相貌不如这小皇子清秀俊美，所以皇上对他只是作为长子、即未来的皇太子身份予以珍爱，而对于小皇子，却如私人秘宝，视若掌上明珠，无比宠爱。

小皇子的母亲是更衣，按其身份，原本就无须像普通朝廷女官那样服侍皇上日常起居，但由于集宠爱于一身，而且本人品格高贵典雅，皇上不顾众议，一味将其置于身边，每逢管弦之乐等盛会，也总是首先宣她进殿。有时侍寝，早上晚起，皇上不让她回自己的宫室去，因此白天也侍奉左右。如此日夜服侍，不合其更衣身份，显得稍低一些。但自从生下皇子以后，皇上对她明显越发看重，这使得大皇子的母亲弘徽殿女御心生疑虑，担心有朝一日说不定皇上会把这个小皇子立为太子。

弘徽殿女御最早进宫，况且生男育女，自然深得皇上宠爱，其他妃子莫与能比。皇上也唯对她的苦恼怨言于心不安，不敢漠然置之。

更衣虽然深受皇恩，但宫中对她贬损者、刁难者甚多。她身体衰弱，又无强大的外戚背景，皇上越是宠爱，她越苦闷惊惧。

更衣居住的宫院叫桐壶。要前往皇上居住的清凉殿，必须穿过其他几位女御、更衣宫院外面的走廊。她不断来来去去，众妃嫔看在眼里，嫉妒生怨，也

① 大纳言，律令制下，太政官的次官，仅次于右大臣。

是情有可原。有时更衣应召过往十分频繁的时候，她们故意使坏，在板桥[①]、走廊上放些污秽的东西，把前来接送桐壶更衣的宫女的衣裙弄脏。有时她们互相串通，把更衣必经之路走廊的门上锁，不让经过，恶意为难。诸如此类，不一而足，使得桐壶更衣蒙羞含辱，痛苦不堪。皇上闻之，对桐壶更衣更加怜爱，便让住在清凉殿后面后凉殿的更衣搬到别处，把这间房作为桐壶更衣上殿时的休息室。那个被迫搬走的更衣对桐壶更衣更是恨得咬牙切齿。

小皇子三岁时，举行穿裤裙仪式[②]。其盛大隆重的排场绝不亚于大皇子当年，所需物品尽出自内藏寮[③]和纳殿[④]，极尽铺张豪华。这自然引起世人的责难，不过看到小皇子出落得如此可爱俊丽，眉清目秀，风仪秀整，众人皆惊，以为世间无双，于是嫉妒之声渐消。连那些见多识广者也对他的美貌瞠目结舌，大为惊叹："竟有如此玉人降临人间！"

这一年夏天，不料御息所[⑤]桐壶更衣觉得身体不适，便想乞假回娘家休养，未获皇上恩准。她平时就多病，皇上已经习惯，所以不大在意，说道："就在宫里休养一段时间，看情形再说吧。"但更衣病情日益严重，不过五六天的时间，身体已极度衰弱。更衣的母亲向皇上哭诉乞假回家，方获恩准。然而，不知什么神差鬼使，更衣竟然决定把小皇子留在宫中，自己独自悄然离去。皇上见事已如此，不再挽留，却又碍于身份，不能亲送出宫，心中无限凄凉。更衣本是花容月貌，如今面黄肌瘦，与皇上临别之际，柔肠百转，却默默无言。皇上见其奄奄一息，顿觉前世来生一片渺茫，双眼垂泪，回忆前情，重申盟誓。但更衣连说话的力气都没有，两眼无神，四肢瘫软，昏昏沉沉地躺着。皇上觉得大势已去，遂出去下旨以辇车送其出宫，但当他回到更衣的卧室里后，又改变主意，不让她出宫。

他对更衣说道："你我已经盟誓，大限到时，双双同行。现在你不会舍我独去吧。"

更衣闻此，深感皇上情重如山，无限凄迷，看着皇上，断断续续吟咏道：

大限终临悲长别，身虽恋世命愿去。

吟毕，接着说道"早知今日……"无奈上气不接下气，虽然似乎还有话要

---

① 板桥，从走廊到院子搭的木板桥，可随时拆除。

② 儿童第一次穿裤裙的仪式。初为三岁，后也可在五岁、七岁举行。

③ 内藏寮，保管财宝的机构，由中务省管辖。

④ 纳殿，收藏保管历代宫廷用品以及各诸侯国进贡物品的地方。

⑤ 御息所，对皇上特别宠爱的女御、更衣或者生男育女的女御、更衣的称呼。

说，但已经力竭气衰，痛苦不堪。皇上意欲留她在身边，观其病状，但此时左右奏道："那边的祈祷今日开始，高僧也已约请，定于今晚开始……"催促更衣动身。皇上无奈，依依不舍，但也只好同意更衣出宫回娘家去。

更衣出宫以后，皇上悲痛难当，无法入睡，只觉长夜漫漫，忧心如焚。派去探询情况的使者也迟迟未归，皇上更是坐立不安。

再说使者来到更衣娘家，只听见里面一片悲恸痛哭之声，家人告诉他："夜半过后就去世了。"使者垂头丧气，急忙奔回宫中，禀奏皇上。

皇上闻之，心如刀绞，独闭一室，枯坐无言，神情恍惚。

小皇子天真可爱，虽欲留在身边，但母亲死后服丧期间依然留在宫中，古无先例，只得让他回到外家。然小皇子年幼无知，看见宫女伤心哭泣、父皇泪流满面，只觉得奇怪，不知道发生了什么大事。寻常父母子女的别离就已是悲伤之事，更何况如今的生离死别！

然而，不论多么悲伤，终归要按照丧礼进行火葬。更衣之母泣不成声，哀号道："让我和女儿一起化作灰烟吧！"她迫切希望，终于勉强乘上送丧侍女的车子，一同来到爱宕火葬场，看到庄严肃穆的送葬会场，她肝肠寸断，说道："看此遗骸，总觉得她还活着，只有真正看见她化为灰烟，我才相信她真的已经离开人世了。"话虽显得理智，心却悲切难耐，差一点从车上跌落下来，幸亏众侍女相扶。侍女们说"早就担心会这个样子"。

这时，宫中派遣的钦差来到火葬场，宣读圣旨：追赠更衣三位①。这道圣旨又让更衣之母悲从心来。皇上在桐壶更衣生前未能擢升其为女御，甚觉抱歉，所以在她死后追赠爵位。这追封又引起后宫的嫉恨。然而，明辨事理者都认为，桐壶更衣容貌姣美，风清雅致，心地善良，性格温和，无可指责。只因宠爱一身，以致遭人嫉妒怨恨。如今更衣已成故人，天皇身边的女官们回想她人品优秀，温厚仁爱，都不胜惋惜。"生前觉可恨，死后犹思念。"这首古歌吟咏的大概就是这种情境吧。

《源氏物语》插图

宠妃死后，每逢七七法事，皇上都要派人前往

① 更衣多为五位，少有四位，极个别的升为三位，与女御同级。女御相当于三位。

吊唁，抚慰优厚。不觉光阴荏苒，皇上无限寂寞，悲情不减，绝不宣召别的女御、更衣侍寝，朝夕以泪洗面。身边侍臣见此光景，也都心酸忧伤，泪眼悲秋。只是弘徽殿女御等人依然对桐壶更衣怀恨在心，她们说道："人都死了，还这么教人不痛快，这样的宠爱也太少见了。"虽然有大皇子在自己身边，但皇上对小皇子一直难以忘怀，时常派亲信女官以及孩子的乳母前去外家探询小皇子的近况。

（紫式部：《源氏物语》，郑民钦译，北京，燕山出版社，2006年。）

阅读提示

《源氏物语》是一部对日本文学产生了巨大影响的古典名著，是日本文学的国宝。"源氏"是小说前半部男主人公的姓；"物语"意为"讲述"，是日本古典文学中的一种体裁。小说以典雅细腻的笔触展现了一幅日本平安中期宫廷贵族错综复杂的政治关系和生活画卷，全书共五十四回，近百万字。故事涉及四代天皇，历70余年，所涉人物四百多位，其中形象鲜明的也有二三十人。全书以源氏家族为中心，上半部写了源氏公子与众妃、侍女的种种爱情生活；后半部以源氏公子之子熏君为主人公，铺陈了复杂纷繁的男女纠葛事件。

《源氏物语》有"日本的《红楼梦》"之称，但它比《红楼梦》诞生早700年，是日本也是世界最早的一部长篇小说。它深受中国文学影响，尤其是白居易诗歌的影响。中国古籍中的诗文和典故，巧妙地隐伏在迷人的故事情节之中，使该书具有浓郁的中国古典文学的气氛。"天长地久有时尽，此恨绵绵无绝期"，也许正是紫式部的着眼点。

《源氏物语》在日本开启了"物哀"的时代，物语之"哀"是以和歌的抒情为基础，感物而生情是《源氏物语》的"物哀"审美观，也是物语文学的审美核心。从这以后，日本的小说中明显带有一种淡淡的悲伤，随着一代又一代的诗人、散文家、物语作者流传了下来。

讨论

1.《源氏物语》是以日本传统为根基的中日文化和文学交融的结晶，请举小说中的一段文字加以论述。
2.《源氏物语》文本中出现1044次"哀"和13次"物哀"，体现了作家怎样的美学思想？

第三章　文艺复兴时期文学

文艺复兴是14世纪至17世纪初在欧洲发生的一场资产阶级反封建反教会的思想文化运动。这个时期，古希腊、罗马文化重新受到重视，因而有“文艺复兴”之名。但“文艺复兴”不是古代文化简单的复兴，而是标志了资产阶级文化的萌芽，反映了新兴资产阶级的要求。它是欧洲历史上的一个伟大的变革时期，对欧洲乃至人类社会历史的发展产生了重大而深远的影响。文艺复兴运动的核心思想是人文主义，人文主义思想主要体现在宣扬人性，反对神权；主张个性解放，反对禁欲主义；提倡科学理性，反对蒙昧主义；拥护中央集权，反对封建割据。以人文主义为主导思想的人文主义文学是欧洲近代资产阶级文学中的第一大文艺思潮。在意大利、法国、西班牙和英国，产生了最早的近代文学——文艺复兴时期文学。

意大利是人文主义文学的发源地。彼特拉克被认为是第一个人文主义者，他用“十四行诗”的形式写成的《歌集》描写了诗人对心目中的情人劳拉的爱情，情感热烈而真挚，开欧洲一代诗风。薄伽丘的杰作《十日谈》发展了中世纪的民间故事，创造了短篇小说的新形式。小说对腐败的封建教会及其教职人员的丑恶嘴脸进行了深刻的揭露。法国的文艺复兴运动，是在意大利文艺复兴运动的影响下产生的。在文学上出现了带有贵族色彩的七星诗社等诗歌流派，拉伯雷的长篇小说《巨人传》成功地塑造了祖孙三代的巨人形象，并通过这些巨人形象赞美了人类的巨大力量，展示了人文主义的理想图画。西班牙的文艺复兴以小说和戏剧的成就最大。最先出现在文坛上的是一种以社会上的广大破产者为主角、用自传体写成的流浪汉小说，《小癞子》就是其中最有代表性的一部。洛卜·德·维迦是文艺复兴时期西班牙最著名的戏剧家，西班牙民族戏剧的奠基人，代表作《羊泉村》描写集体英雄群像，提出了反抗暴政的思想，反映了西班牙历史上深刻的阶级矛盾，体现了17世纪西班牙人民反封建、争自由的时代精神。塞万提斯是文艺复兴时期西班牙最杰出的现实主义作家，他的代表作，长篇小说《堂·吉诃德》是欧洲文学史上第一部现实主义巨著。作品所塑造的堂·吉诃德和桑丘·潘沙的形象是世界文学中两个不朽的艺术典型。

英国文学是欧洲人文主义文学的高峰。乔叟是英国文艺复兴的先驱，英国诗歌之父，代表作《坎特伯雷故事集》是英国文学史上第一部现实主义作品，书中的 24 个故事是一群从伦敦到坎特伯雷朝圣的人在路上为解闷而轮流讲述的，故事讲述人是各阶层、各种职业的代表，性格鲜明，展现了 14 世纪英国的生活画卷。托马斯·莫尔是英国早期的人文主义思想家、空想社会主义的创始人，《乌托邦》是欧洲第一部真正有价值的空想社会主义著作。斯宾赛是英国文艺复兴时期的重要诗人，长诗《仙后》是第一部英国资产阶级的民族史诗，表达了人文主义道德理想，歌颂了冒险精神和对现实生活的热爱。培根是文艺复兴时期英国最重要的散文作家，英国论说文的创始人。他对文学的主要贡献是《论说文集》。

人文主义戏剧是文艺复兴时期英国文学的主要成就，最先把英国的戏剧推向高峰的是接受过大学教育和人文主义思想熏陶的“大学才子派”。“大学才子派”有力地推动了英国的戏剧文学，其代表作家有约翰·李利、格林、基德、马洛等，马洛创作了《帖木尔》、《马尔他岛的犹太人》和《浮士德博士的悲剧》三大悲剧。莎士比亚的戏剧成就更是超过了“大学才子派”，莎士比亚是英国文艺复兴时期最伟大的诗人和剧作家，也是欧洲文艺复兴时期最杰出的代表，被称为“时代的灵魂”。本·琼生是英国人文主义戏剧的重要代表，是英国风俗喜剧的奠基人。

彼特拉克

彼特拉克

彼特拉克（1304—1374年），意大利文艺复兴时期早期的著名诗人和学者，人文主义的奠基者，被称为“人文主义之父”。他出身于佛罗伦萨的贵族家庭，自幼随父亲流亡法国，少年时就喜爱文学、修辞，对古典作品尤其感兴趣，后遵从父亲意见攻读法学。父亲逝世后专心从事文学活动，并周游欧洲各国。彼特拉克的诗作很多，代表作品有《歌集》、《阿非利加》、《意大利颂》和《名人列传》。1341年4月8日，他在罗马接受了“桂冠诗人”的称号。彼特拉克是文艺复兴时期用人文主义观点研究古典文化的最早代表。他广泛搜集希腊、罗马的古籍抄本，并且敢于突破中世纪的神学观念，用新时代的眼光，把人和现实生活放在中心位置，提出以“人的思想”代替“神的思想”诠释古典著作。他对古典文化的研究，对欧洲文艺复兴运动产生了很大的影响。1374年7月19日，彼特拉克在埋头研究维吉尔的手稿时溘然长逝。

《万籁俱寂》

此刻，万籁俱寂，风儿平息，
野兽和鸟儿都沉沉入睡。
点点星光的夜幕低垂，
海洋静静躺着，没有一丝痕迹。
我观望，思索，燃烧，哭泣，
毁我的人经常在我前，给我甜蜜的伤悲；
战斗是我的本分，我又愤怒，又心碎，
只有想到她，心里才获得少许慰藉。

我只是从一个清冽而富有生气的源泉

汲取养分，而生活又苦涩，又甜蜜，
只有一只纤手才能医治我，深入我的心房。
我受苦受难，也无法到达彼岸；
每天我死亡一千次，也诞生一千次，
我离幸福的路程还很漫长。

《满脑子甜蜜的幻想》

满脑子甜蜜的幻想，使我与别人
全都疏远，因而我独自浪迹天涯，
经常神思恍惚，忘乎所以，
寻找我避而不该见到的她。
我见她如此娇美而凶狠地走过，
我的灵魂战栗，而不敢飞向她；
她，发出阵阵的叹息，像在保卫自己，
她是爱情之敌，也是我的冤家。
哦，如果我没错，我在高扬而阴郁的
眉间，看到一丝怜悯的光芒，
使我那颗忧伤的心豁然开朗。
于是我又振作精神，我正想
在她面前冒昧地作一番表白，
可要说的话太多，不敢启齿把话儿讲。

（飞白主编：《世界诗库》第一卷，钱鸿嘉译，广州，花城出版社，1994 年。）

阅读提示

《歌集》用意大利语写成，主要表现诗人对劳拉的爱，部分诗歌抒发爱国之情。诗人热情讴歌爱情，赞美自然风景，歌颂人的高贵和智慧，刻画自己复杂的思想感情和内心活动。诗人的思想超越了中世纪的神权说和禁欲主义观念，表现出人文主义者以个人幸福为中心的爱情观念。

诗人匠心独运，在抒情和写景方面达到炉火纯青的境地。诗歌语言优美，音韵典雅，笔触清新，善于叙述内心世界细微的变化和抒写爱情的经验，在内容和形式方面都为意大利乃至欧洲抒情诗的发展开辟了道路。他使十四行诗这一新诗体艺术上臻于完美，因此被人称为“彼特拉克体”。

讨论

1. 传统认为人文主义是对中世纪神学彻底的反叛，但最近的研究却表明情况并非如此。请查阅相关书目，并分组讨论。
2. 找几首彼特拉克的诗篇赏读，讨论其诗歌的艺术特色。

乔万尼·薄伽丘

乔万尼·薄伽丘

乔万尼·薄伽丘（1313—1375 年），一译卜伽丘，意大利文艺复兴运动的杰出代表，人文主义者，佛罗伦萨一个商人的私生子。自幼喜爱文学，阅读经典作家的作品。少年时代曾在那不勒斯学习经商、法律和宗教法规，有机会出入罗伯特国王的宫廷，同人文主义学者和王公贵族广泛交游。约 1340 年回到佛罗伦萨。在尖锐激烈的政治斗争中，他站在共和政府一边，反对封建贵族势力。他参加了行会，曾担任管理财务的职务，多次受共和政府的委托，作为特使去意大利其他城邦和教廷执行外交使命。1350 年，薄伽丘和诗人彼特拉克相识，建立了亲密无间的友谊。晚年潜心研究古典文学，成为博学的人文主义者。他的作品有传奇、史诗、叙事诗、牧歌、十四行诗、短篇故事集等，最出色的作品是故事集《十日谈》。

《十日谈》（节选）

第一天　故事第二

潘非洛所讲的那个故事，小姐们自始至终听得津津有味，有些地方还给逗得笑了起来；等故事讲完，都齐声称好。于是女王就吩咐坐在他旁边的妮菲尔接下去讲一个。妮菲尔不但模样儿长得姣好，就是一举一动也非常温柔，当下高高兴兴地接受命令，这样开始道：

方才潘菲洛所说的故事告诉我们，宽大的天主并不计较我们的过失，只要这过失的造成是由于人类知识有限、无从辨别善恶的缘故。现在，我想要讲天主以他那无限的宽大，默默地容忍了那班人的罪恶；他们照理应该拿言语行动来宣扬天主的恩典和真理，但是所作所为，却无一不是反其道而行之；不但如此，天主还把他们的罪恶作为他的颠扑不破的真理的证明，好叫我们越加坚守我们的信仰。

亲爱的姐姐们，我听人说，从前巴黎有一个大商贾，名叫杨诺·德·雪维尼，为人十分善良正直，经营丝绸呢绒，规模很大。他有一个好友名叫亚伯拉罕，是个犹太人，也跟他一样经营商业，也很有钱，而且为人同样忠信可靠。杨诺看见他朋友心地这么好，又是博学多才，只因为不曾信奉真教，将来他那善良的灵魂不免要堕入地狱，心中着实为他焦急，因此就很诚恳地劝导他抛弃虚伪的犹太教、信奉正宗的天主教。他说，即使犹太人也可以看到基督教是多么神圣正大，所以日益发扬光大，而犹太教却分明在逐渐没落，免不了有灭亡的一天。

那犹太教徒却回答他说，他觉得世上只有犹太教才是神圣正大的，他生下来就信奉犹太教，直到死他还得信奉犹太教，世间随便什么东西也改变不了他的信仰。

这回答虽然决绝，可并不能打消杨诺的热诚；过了几天，他又提这事，还是用那一套话去劝他，跟他说明为什么我们的宗教胜过犹太教。虽然他措辞很粗浅（当时做生意的人知识程度原很有限），而亚伯拉罕又是精通他们自己的法律的；可是，也不知道他是受了友情的感动呢，还是天主假那单纯善良的人的口而说出来的话有了效验，那犹太人这次对于他好友所说的种种话，竟然听得很对劲。不过他还是坚持自己的信仰，不容别人来动摇。可是他越是固执，杨诺却逼得他越紧；到末了，那犹太人拗不过他，只得这么说了：

“杨诺，你听我说，你一心要我改信天主教，现在我也同意了，不过还得先让我到罗马去一遭，瞻仰一下你所谓天主派遣到世上来的‘代表’，看看他和作为他兄弟的四大红衣主教的作为和气派。如果看了他们的气派，就像听了你的劝告一样，使我有所感悟，领会到你们的宗教正像你所再三申辩的那样，那我一定照我所说的话做去；否则我还是信我的犹太教。”

杨诺听他这么说，可急坏了，私下想道：“尽管我主意打得不错，看来我这一阵子气力是白费了；要是他果真赶到罗马教皇的宫廷里，让他亲眼看到了教士们荒淫佚乐的腐败生活，别说他永远也不会改信基督教，就算他已经信奉了基督教，也势必要重做他的犹太教徒啦。”所以他就转过来向亚伯拉罕说道：

“唉，好朋友，你何必特地赶到罗马去呢？既要花费那么多钱，路上又辛苦；再说，像你这样一位财主，无论走水道或是陆路，一路上都随时会遭遇危险。你难道以为这里就没有给你行洗礼的人吗？要是我讲给你听的教义，你还有疑惑的地方，难道除了这儿，不能在别的地方找到更精通教义的饱学之士来给你充分解答和启示吗？所以照我看，你这次到罗马去是多余的。你在那儿看到的主教跟你在这里所看到的其实并没什么不同，不过他们因为接近教皇，又更高明一层就是了。依我说，你这长途跋涉不如留待日后‘禧年’① 朝圣参拜，来得更有意义，到那时候，说不定我会跟你作个伴，一同去呢。”

那犹太教徒回答道：“杨诺，我相信你说得很对，不过千句并一句，我打定主意，如果你真要我听了你三番两次的劝告，改信你们的教，那我非要到罗马去走一遭不可；否则我是怎么也不会信奉天主教的。”

杨诺见他主意已定，无从劝说，只得讲道：“去吧，祝你一路平安！”可是心里却很不自在，以为他一旦看到罗马教皇宫廷里的种种情形，再也不肯信奉天主教了；但是也没有办法，只能听其自然而已。

亚伯拉罕准备好了一切，便骑马出发，一路不多耽搁。到罗马之后，自有那里的犹太朋友们很郑重地招待他，他在应酬之间绝不提起自己此来的用意；一边开始暗中留神察访那教皇、红衣主教、主教、以及教廷里其他主教的生活作风。他原是个精明细心的人，凭着他亲眼所见、以及从别人那儿听来的种种情形，他就知道他们这一伙，从上到下，没有一个不是寡廉鲜耻，犯着“贪色”的罪恶，甚至违反人道，耽溺男风，连一点点顾忌、羞耻之心都不存了；因此竟至于妓女和娈童当道，有什么事要向廷上请求，反而要走他们的门路。不仅如此，他还看透他们无一例外，个个都是贪图口腹之欲的酒囊饭袋，那种狼吞

① 禧年，以色列人每五十年举行一次的节日，到那一天，失田产者恢复旧业，投靠人者重得自由。（见《旧约·利未记》第25章）罗马教皇在1300年恢复此节日，凡来罗马朝拜者俱获赦罪。1470年，罗马教会又规定25年举行一次“禧年”。

虎咽，活像是头野兽。他们首先是色中饿鬼，其次就好算得肚子的奴隶了。

他再考察了些时候，又知道他们个个都是爱钱如命、贪得无厌，甚至人口（这是说，基督徒的血肉）也可以当牲口买卖，至于各种神圣的东西，不论是教堂里的职位，祭坛上的神器，都可以任意作价买卖。贸易之大、手下经纪人之多，决不是巴黎这许多绸商呢贾或是其他行业的商人所能望其项背。他们借着“委任代理”的美名来盗卖圣职，拿“保养身体”做口实，好大吃大喝；仿佛天主也跟我们凡人一样，可以用动听的字眼蒙蔽过去的；因之他也就跟我们凡人一样，看不透他们的堕落的灵魂和卑劣的居心了！

凡此种种，以及其他许多不便明言的罪恶，叫那个严肃端正的犹太人大为愤慨。他认为已经把真情实况看个够了，于是就起程回家。

杨诺一听得他的朋友回来了，就赶去看他，心中却绝不指望亚伯拉罕会改信天主教。二人见面自有说不出的高兴。杨诺当然并不多问什么，等过了两三天，他已休息过了。这才去问他对于罗马教皇，以及红衣主教和教廷上的其他僧侣的印象怎样。那犹太教徒立刻回答道：

“照我看，天主应该惩罚这班人，一个都不饶。要是我的观察还准确，那么那儿的修士没有一个谈得上什么圣洁、虔敬、德行，谈得上为人表率。那班人只知道奸淫、贪欲、吃喝，可以说是无恶不作，坏到了不能再坏的地步。这些罪恶是那样配合他们的口味，我只觉得罗马不是一个‘神圣的京城’而是一个容纳一切罪恶的大熔炉：照我看，你那位高高在上的‘牧羊者’，以至一切其他的‘牧羊者’，本该做天主教的支柱和基础，却正日日夜夜，用尽心血、千方百计，要叫天主教早些垮台，直到有一天从这世上消灭为止。

“可是不管他们怎样拼命想把天主教推翻，它可还是屹然不动，倒反而日益发扬光大，这使我认为一定有圣灵在给它做支柱、做基石，这么说，你们的宗教确是比其他的宗教更其正大神圣。所以虽然前一阵日子，任凭你怎样劝导我，我总是漠不动心，不愿意接受你们的信仰；现在——我向你坦白说了吧，再没有什么可以阻挡我做一个天主教徒了。我们一起到礼拜堂去吧，到了那里，就请你们按照你们圣教的仪式，给我行洗礼吧。”

杨诺万想不到他反而会得出这么一个结论来，听了这番话，他的快乐简直谁也比不上。他立即陪着亚伯拉罕一起到了巴黎圣母院，请院里的神父给亚伯拉罕行洗礼。院里的神父听说那犹太人自愿入教受洗，就当即举行了仪式；由杨诺把他从洗礼盆边扶了起来，给他取了“约翰”的教名。这以后，杨诺就延请了最著名的学士来给他讲解教义；他进步得非常快，终于成为一个高尚虔诚的善人。

（［意］薄伽丘：《十日谈》，方平、王科一译，上海，上海译文出版社，2004 年。）

阅读提示

《十日谈》叙述 1348 年佛罗伦萨黑死病肆疟时，10 名男女青年到乡村避难，借讲故事消遣时光，10 天里每人讲一个故事，共得 100 个故事。人文主义思想是这部故事集的主题。作者在许多故事里把抨击的矛头直指宗教神学和教会，揭露教规是僧侣们奸诈伪善的恶因，毫不留情地揭开教会神圣的面纱，辛辣地嘲讽教廷的驻地罗马是“容纳一切罪恶的大熔炉”。本篇选的是第一天第二个故事，讲述笃信犹太教的亚伯拉罕皈依天主教的过程，巧妙地嘲讽了教会的腐败和堕落，为整部作品奠定了反对宗教教会的基调。

爱情故事在《十日谈》中占有重要的地位。作者认为，禁欲主义是违背自然规律和人性的，人有权享受爱情和现世幸福，他在许多故事里热情赞美了青年男女冲破封建等级观念，蔑视金钱和权势，争取幸福的斗争。《十日谈》还表现了批评封建特权，维护社会平等和男女平等等思想。

《十日谈》是欧洲文学史上第一部现实主义巨著。薄伽丘以丰富的阅历和巨大的艺术感染力，刻画了数百个不同阶层个性鲜明的人物形象，展示出意大利广阔的社会生活画面。作品采用框形结构，把 100 个故事巧妙串连起来，使之成为一部思想上、艺术上都异常完整的作品。这些故事吸取了民间口语的特点，语言精练、流畅，又俏皮、生动，开创了欧洲短篇小说这一独特的艺术形式。《十日谈》对欧洲文学发生了深远的影响。英、法、西班牙和德国不少作家的作品都模仿《十日谈》，或从它的故事中吸取创作素材。

讨论

1. 阅读并选取《十日谈》中的故事阐释薄伽丘的人文主义思想。
2. 比较《一千零一夜》、《十日谈》和乔叟的《坎特伯雷故事》，找出它们的相似之处。

米开朗基罗

米开朗基罗

米开朗基罗·博纳罗蒂（1475—1564年），文艺复兴时期意大利著名的雕塑家、画家、建筑家，同时是一位颇有才气的诗人。米开朗基罗六岁丧母，养在一个石匠的家里，因此从小就对雕塑发生兴趣。13岁进佛罗伦萨著名画家多梅尼科·吉兰达伊奥的工作室，以神奇的速度掌握了绘画技巧。1489年转学雕塑。米开朗基罗的艺术生涯长达70余年，制作了著名的雕塑《大卫》、《摩西》和壁画《末日审判》等作品。其作品都带有戏剧般的效果、磅礴的气势和人类的悲壮情怀。米开朗基罗27岁以后开始写诗，一生写有抒情诗及十四行诗三百余首，于1623年出版，名为《诗集》。

《艺术家的工作》

夫人，什么是某些人长期劳作的结晶？
为什么用粗石雕成的形象，
比它创造者的寿命更长，
而曾几何时，艺术家却化为灰烬？

什么事都有它的成因；
艺术战胜自然，显得更加辉煌。
我致力于雕塑，对此心里雪亮：
艺术超越时间和死亡，万古常青。

因此我能使我们俩不朽，
努力使你的脸和我追求的一模一样，
不管用的是石块，还是色彩。

过了千百年之后，
人们看到的是你的美丽和我的忧伤，
——我没有辜负对你的热爱。

《灵与肉》

我的眼睛不论远近，
都能看到你的倩影。
可是夫人啊，我止步不能前进，
只能垂下手臂不出一声。

我有健全的理智和纯正的心灵，
它们自由自在，透过我的眼睛
飞往你光辉之境。纵然一片痴心，
血肉之躯却无权和你接近。

天使还在飞翔时，
我们无法前去追寻，
凝眸看她已是莫大的光荣。

哎！要是你在天上好比人世，
让我整个躯体都变成一只眼睛，
使我身上每部分都能得到你的恩宠。

(飞白主编:《世界诗库》第一卷，钱鸿嘉译，广州，花城出版社，1994年。)

阅读提示

米开朗基罗的诗歌风格深受但丁、彼特拉克等人的影响，结构严谨，意境深远。诗篇大多体现对艺术和美的热爱、歌颂友谊与爱情，他的诗作与造型艺术一样，以深沉、质朴见长。《艺术家的工作》一诗中，诗人用凝练的词句和饱满的热情，歌颂艺术家伟大的工作，“生命有时，艺术永恒”，体现了诗人在艺术作品中追求不朽的崇高精神。在《灵与肉》里，诗人歌颂了人类纯洁的柏拉图式的精神恋爱，超越了世俗的情欲，这和艺术家在其雕塑、绘画作品中体现出来的崇高品格一脉相承。

讨论

1. 请结合米开朗基罗的雕塑、绘画作品，谈谈对他的诗作的理解。
2. 搜索达·芬奇和拉斐尔的文字作品和资料，谈谈为何文艺复兴时期涌现了诸多全才艺术家？

拉伯雷

拉伯雷（1494—1553 年）是法国具有民主倾向的人文主义文学家，文艺复兴时期一位博学多才的文化巨人。他对宗教、哲学、数学、天文、音韵、法律、考古、植物学等都有较深入的研究，并精通医学，医术高超。他提出了大脑、神经、肌肉之间的联系，是植物雌雄性别的第一个发现者。1532 年，《巨人传》第一部出版后，受到了城市资产阶级和社会下层人民的热烈欢迎，但受到了教会和贵族的极端仇视，并被法院宣布为禁书。1545 年在国王的特许发行证的保护下，拉伯雷以真实姓名出版了《巨人传》的第三部。但国王不久死去，小说又被列为禁书，出版商被烧死，拉伯雷被迫外逃。直至 1550 年才获准回到法国。回国后，拉伯雷担任了宗教职务，业余时间为穷人治病。后又去学校教书。在学校教书期间，他完成了《巨人传》的第四、第五部。1553 年 4 月 9 日，被人们誉为“伟大的笑匠”的拉伯雷在巴黎去世，临终时他笑着说：“拉幕吧，戏做完了。”

《巨人传》（节选）

第二十三章

高康大怎样在包诺克拉特的教导下受教育，不浪费一刻光阴。

包诺克拉特看出高康大这种不良的生活方式以后，决定采用另外的方法来教他读书，但是头几天，还是放任他，认为习惯如果一下子改变，没有不引起反抗的。

因此，为了把开始的工作做好，他请教了一位当时的名医，名叫泰奥多尔大师[①]，请他想个方法如何使高康大恢复正常的良好习惯。这位大师按照经典的治疗法术，使用安提库拉[②]的黑藜芦草[③]，把他脑筋里的全部疾病和恶习，统统泻掉了。包诺克拉特就乘这一泻，叫他忘光了跟过去教师学到的东西，就像提摩太治疗受过其他音乐家教导的学生一样[④]。

包诺克拉特为把自己的职守做得更好，带他和当地的学者发生接触，想利用好胜的心理，启发他的才智，引起他以另外的方法发奋读书、并和别人竞争比赛的愿望。

使用以上的学习方法，高康大的时间真可以说是一点也不耽误，全部都用在文学和实用知识上。

高康大现在早晨四点钟就醒了。在佣人替他摩擦身体的时候，有人给他朗诵几页《圣经》，念的声音要高昂、要清楚、要适应读的内容：这个差使由一个巴士埃[⑤]籍的小侍从阿纳纽斯特来担任。根据朗诵的词句和教训，高康大产生尊敬、崇拜、祈求、祷告天主的意思，因为朗诵的经文体现出神的伟大和公正。

然后，上厕所把消化下来的渣屑排泄出来。在厕所里，教师还要把刚才朗诵的经文重读一遍[⑥]，一边为他解释晦涩和难懂的词句。

回来的时候，观察一下天象，看是否和头天晚上看到的一样，并预测这一天的白天和晚上是什么气候。

看过之后，有人为他穿衣、梳头、挽发、打扮、薰香，这时另外有人为他复习头天的功课。他自己可以背诵，并按照课文，树立有关人生的实际知识，这样有时会读上两三个钟头，不过平常是到他穿好衣服为止。

接着，便有人整整地读三个钟头的书给他听。

读好以后，师徒们一起出门，一边谈论刚才读到的东西，一边走向卜拉克

---

① 泰奥多尔，照希腊文的意思是：“天赐”。

② 安提库拉：希腊城名，出产一种治疗精神病的毒药，又一说安提库拉系哥林多海峡一岛名。

③ 黑藜芦草：当时治疗神经系统疾病的特效药。

④ 提摩太（前446—前357）：古希腊诗人及音乐家。干提理安在《论教育》第二卷第三章里说，音乐家提摩太对于在别处学过音乐的学生，一律加倍收费，因为他要纠正他们过去的错误，多费周折，并说他叫这些学生吞服黑藜芦草。

⑤ 巴士埃：施农附近地名。

⑥ 当时大人物上厕所要有人陪伴。

球场[1]或者到草地上去，在那里打球，打手球[2]，或打三角球[3]，着实地锻炼着身体，和刚才锻炼脑筋一样。

他们的游戏是不受拘束的，高兴停止，随时就停止，平常是等到身上出汗或者疲倦了才停止。这时把全身好好地摩擦、揩干、换过衬衫，然后才慢慢地溜达回来，去看中饭是否已经做好。他们一边等，一边再把记住的课文高声朗读几段。

这时，食欲大开，正好坐下饱餐一顿。

开饭时，有人先读两段古代的武侠故事，读到他表示酒喝够了为止[4]。

然后（如果愿意的话），可以接着读下去，或者，大家一起愉快地谈谈话。在头几个月里，他们总是谈论饭桌上菜肴的品种、类别、性能和功用，像面包、酒、水、盐、肉、鱼、水果、蔬菜、萝卜等，以及它们的烹调方法。这样，在很短的时间内，就把普林尼乌斯……亚里士多德勒斯以及其他等人作品内所有有关饮食的章节都学会了。有时为弄清问题，还常常把以上等人的著作，搬到桌子上当场查对。因此，谈过的东西，他全能记得很清楚，就是当时医生所知道的，也及不上他的知识的一半。

后来，再谈一谈早晨读过的功课，吃点木瓜果酱，就算结束了这一顿饭。他用一根乳香树的桠枝剔牙，用清凉的水洗手和眼睛，唱几首歌颂天主仁慈及恩惠的圣歌，表示向他谢恩。唱过之后，有人拿出牌来，可不是为赌博，而是用它学习从数学里变化出来的各式各样的小技巧及新的计算方法。

用这个方法，高康大对数学便发生了爱好，每天吃过午饭和晚饭之后，他总是把从前掷骰子玩牌的时间愉快地消磨在算术上。结果，无论是理论和实际，他都懂得很透彻，就是那位著作丰富的英国人顿斯塔尔[5]也不得不承认比起高康大来，他不过只能算个门外汉。

不但是算术，就是其他有关数学的科目像几何、天文、音乐，他也都学习。饭后一面消化他的食物，一面画出各样有趣的工具、几何的图样，甚至练习应

---

① 卜拉克球场，“卜拉克”意思是“猎犬”，巴黎圣·玛尔叟门外一个球场的招牌就是一个短尾巴的“卜拉克”（猎犬）。

② 即网球之前身，最初是用手打的。

③ 由三个人站成三角形打球。

④ 十六世纪，喝酒时酒瓶不放在饭桌上，而是由人代斟的，饮酒人不愿再喝时，举手示意。

⑤ 顿斯塔尔（1476—1559）：英国达拉姆主教，国王亨利八世的秘书，著有《算术通论》，一五二二年在伦敦出版，一五二九年在巴黎出版，风行一时。

用天文的定律。

后来，他们还在一起唱四部或五部的大合唱，再不然就随心所欲地唱唱歌曲。

乐器方面，高康大学习古琴、键琴、竖琴、德国九孔笛、七弦琴及喇叭。

这样过了一会儿，肚里的消化工作也做好了，便把大便排泄出来，然后用三个钟头，或更多的时间，学习主要功课，内容是复习早晨的课文和继续新学的功课，同时还要练习写字、划线，描古代罗马花体字。

把字写好，大家一起出门，有一个都林省的少年贵族，名叫冀姆纳斯德骑士，教高康大骑马的技术。

这时，高康大换好衣服，练习骑意大利的战马、德意志的枣红马、西班牙的纯种马、巴巴利马[①]、轻便快马，叫它跑出上百种的步法，凌空飞腾、跳沟、跳障碍物、就地转圈、向左转、向右转。

他把枪耍得像折断了一样，可不是真的折断，因为只有最糊涂的人才说："我在教场上或者战场上折断过十支枪。"——一个木匠照样可以办到——而值得称赞的是用一支枪刺倒十个敌人。高康大挥动锋利的长枪，冲破寨门，穿透甲胄，推倒树木，刺中铁环，挑飞鞍韂、马甲、护手等等。在做这些练习的时候，他自己是从头到脚全身披挂。

至于骑在马上，用舌头吹出有节拍的口哨，让马跟着节拍迈步，更是谁也及不上他。菲拉拉[②]马戏班的骑师比起他来，只能算个猴狲。他还特别学会了从这一匹马上纵身跳到另一匹马上，脚不挨地——这叫飞速换马——还可以手执长枪，左右上马，没有马镫同样可以上，没有缰绳照样可以随意驾驭。这些对于军事，都有非常的用处。……

……经过以上锻炼，高康大这才去洗澡，擦干身体，换上干净衣服，然后慢慢地走回家来。路上经过草原或其他长草的地方，大家一起观赏树木花草，并拿它们和古人有关植物的著作参照讨论。……

回到家里，乘别人准备晚饭，他们再把读过的书复习一遍，然后坐下吃饭。

请你们注意，中饭他吃得很少，而且很俭朴，因为只是平息一下饥肠的辘

---

① 即非洲阿拉伯种马。

② 菲拉拉：意大利北部地名，十六世纪菲拉拉有骑师凯撒·费亚奇，甚出名。

鸣罢了。但是晚饭却丰富异常，因为要尽量适应他维持营养的需要，这才是良好的、可靠的医学技术所指定的真正的饮食制度，虽然有不少愚蠢的医生，受了诡辩学家的诱导，主张相反的办法。

吃饭的时候，有人继续为他朗读中饭读过的书，时间长短随他们喜欢。余下的时间也都安排得很妥当，都是用在文学和有用的知识上。

做过祈祷，他们唱歌，和谐地弹奏乐器，不然就玩点小消遣像纸牌、骰子和幻术等。他们这时候一面再吃些东西，一面玩耍，有时一直玩到睡觉；有时候，也去参观一些文人的集会，或者访问到过外国的人。

夜深了，在就寝之前，他们还要到寓所里最空旷的地方去观察天象，看有没有彗星，以及其他星斗的形象、位置、状态，对峙和交会。

看过之后，他才向教师，依照毕达哥拉斯的方式，把这一天里所读过的、看过的、学过的、做过的、听见的扼要地复述。

（拉伯雷：《巨人传》，成钰亭译，上海，上海译文出版社，1990 年。）

阅读提示

《巨人传》是一部高扬人性、讴歌人性的人文主义伟大杰作，它生动地体现着文艺复兴的时代精神，是一本“充满巨人精神的奇书”。全书共 5 部，讲述两代巨人国王高康大及庞大固埃的神奇事迹，高康大不同凡响的出生，他生下来就会说话，要喝一万七千多匹母牛的奶，要用一万二千多尺布做一件衣服，这个巨人象征文艺复兴时代的巨人。高康大起初受经院教育，愈学愈傻，后来接受人文主义教育才聪明起来。他和约翰修士击退邻国的入侵，建立德廉美修道院酬劳约翰。庞大固埃一开始便受人文主义教育，比上一代更聪明。庞大固埃远渡重洋，寻访智慧源泉——“神瓶”，最后如愿以偿。“神瓶”上的铭文教导他们畅饮知识，畅饮爱情，肯定享乐的人生观。

《巨人传》是一部百科全书式的作品，它不仅显示出作者学识的渊博，更体现了作品的贯穿思想：“使人的灵魂充满真理、知识和学问。”从开卷高康大降生式的喊声“喝呀！喝呀！”，到篇末“神瓶”发出的“喝呀”的谕示，都强烈地表达了要挣脱精神枷锁，追求新思想和新知识的热切愿望。小说用荒诞的手法、夸张的语言，幽默而辛辣的笔调，无情地抨击了经院教育的腐败、教会的权力，热情地讴歌了人文主义教育，充分体现了人文主义者对人、人性和人的创造力的肯定。小说中提出“依愿行事”的口号，体现了作者的人文主义理想，充分反映了新兴资产阶级的愿望和要求。书中塑造了高康大、庞大固埃等力大无穷、知识渊博、宽宏大量、热爱和平的巨人形象，体现了当时人文主义学者的思想精髓所在——“人”是宇宙的中心，而不是“神”。因此，书里的巨人形象实际又象征着文艺复兴时期人文主义精神的蓬勃兴起。

作者认为，笑是人的本质，因此，书中的笑料俯拾皆是，读来令人忍俊不禁。书中采用民间文学家的写作方法，中间穿插了人民喜闻乐见的形式，如谜语、童话、寓言、稗史、小剧、打油诗等、运用多种古语、希腊语、拉丁语、外来语、地方语、行语、双关语等，笑谑夹杂其间，这在法国文学里是独一无二的，从它出版之日起，便以其神话般的人物，荒诞不经的故事情节，妙趣横生、有时不免流于油滑粗俗的独特风格，赢得了几个世纪以来的广大读者的厚爱，至今仍保持着活力。

讨 论

1. 你认为高康大所受的教育是否完善，对于现今教育制度有何启示？要想成为“巨人”，我们应该受到怎样的教育？
2. 你认为《巨人传》的幽默风格是怎样产生的？它的艺术效果如何？

米歇尔·德·蒙田

米歇尔·德·蒙田（1533—1592 年）是文艺复兴后期法国人文主义的重要作家。他出身于富商之家，少年时代学习拉丁文，熟读古代名家作品。中学毕业后，开始学习法律。曾先后担任波尔多市法官、议员和市长，与法兰西国王亨利三世等过从甚密。1580—1588 年，《蒙田随笔》分三卷先后出版，它与《培根人生论》、《帕斯卡尔思想录》一起，被人们誉为欧洲近代哲理散文三大经典。

《顺乎自然是一件好事》

无论何时何地我都珍爱这句古训："中庸之道好"，我认为中等价值是最完美的价值，既然如此，像我这样的人岂会追求长得可怕的晚年？一切违背自然进程的事物都可能不合时宜，而按自然规律办事则永远令人愉快。**"凡顺乎自然之事都应归入好事之列。"**[①] 因此，柏拉图说[②]，凡创伤和疾病引起的死亡都属于暴死，而衰老在不知不觉之间导致死亡，这是一切死亡中最轻松者，有时还十分美妙。**"青年丧生为暴死。老人死亡为寿终……[③]"**

我跳舞时就跳舞，睡觉时就睡觉；即使在一片美丽的果园里散步，如我的思想有片刻为外界发生的情况走了神，我也会在另外片刻把思想引回果园，引回静谧的温馨里，引回我身上。大自然像母亲一般观察到，她为我们的需要而安排我们进行的活动同样会赋予我们快感，她不仅以道理鼓励我们从事那些活动，而且让我们自己有活动的欲求：破坏她的规则是不公正的。

当我看见凯撒和亚历山大在工作最紧张时还充分享受天然的因而也是必要的合情合理的快乐时，我不说这是在使精神松懈，我说这是在使精神更加坚强，因为他们以魅力和勇气强使他们的剧烈活动和勤奋思考服从于生活的常规。倘若他们认为前者是他们的日常活动，后者是非凡的工作，他们当为智者。我们则是极愚蠢之人："他游手好闲度过了一生。"我们这样说。"我今天什么事都没有做。""怎么，你们难道没有生活？生活不仅是最基本的活动，而且是你们最显赫的活动。""如当时让我经管真正的大事，我一定已显示出我的本事了。""你会思考并管理你的生活吗？如会，你已做了一切事情中最大的事。"

大自然想显示自己开发自己并不需要升华，她在各个层面都能同样显示自己，在后面也能显示，像没有帘子遮挡一样。我们的使命是架构我们的习惯而非撰写书本，是赢得我们行为的有序和平静而非赢得战役的胜利和各省的地盘。我们最伟大最光荣的杰作是生活得当。其他一切事情如统治、攒钱、建设，最多只能算作附属和辅助。我很高兴在阅读中看见一位将军在他即将进攻的城墙突破口下聚精会神自由自在同友人欢宴、聊天。布鲁图斯在天地共谋反对他本

① 见西塞罗的《论暮年》。

② 参见柏拉图的对话集《提梅》。

③ 见西塞罗的《论暮年》。

人和反对罗马的自由之际，还在夜间巡视之余偷闲安安稳稳读书并批注波吕比乌斯的历史著作达几小时之久。[①] 卑微之人埋头于沉重的繁琐事务，不知如何从中完全摆脱出来，他们不善于拿得起放得下：

啊，常与我分忧共苦的良友，
今日，你们当以酒驱愁，
明日，我们去无际的大海遨游。

大众有误：从道路两端开始走路比从中间走路容易得多，因为路的尽头既是界线也是向导，中间的路却又宽又毫无遮拦；行事取法服从手段比服从自然容易得多，但服从手段不光明磊落，不值得推崇。心灵伟大未必如善于退让善于自控那样使人提高，使人前进。心灵伟大是比较而言的，其伟大表现为喜中庸而恶卓越[②]。最美好最合法之事莫过于正正派派作好一个人；最艰难之学识莫过于懂得自自然然过好这一生；人最凶险的病症是轻视个人的存在。肉体患病时，谁愿隔离心灵使其不受疾病传染，当竭尽所能勇敢而为；否则会适得其反，心灵会帮助肉体，支持肉体，甚至乐于参加肉体惯常的享乐，与肉体一起沉湎于享乐；如心灵更明智，它也可能让享乐有所节制，以免一不留神灵肉一齐陷入痛苦之中。纵欲乃享乐之大患，节欲不危害享乐却调剂享乐。欧多克修斯[③]确立了节欲的至善原则，他的朋友们先大大提高享乐的身价，随后通过节欲而恰到好处地享受最美妙的乐趣，在他们身上节欲表现为非凡的典范。

我有我个人的词汇：天气不佳令人烦恼时，我“消磨”时间；天气晴朗时，我不愿“消磨”时间，却一再品尝时间，紧抓时光不放。要迅速跑过坏的，遇好时光则须坐下来。“消遣”和“消磨时间”这几个普普通通的词表现了为人谨慎者的习惯，他们认为度过一生最实惠的办法只能是不声不响过生活，是逃避生活，消磨生活，闪开生活，只要一息尚存，就得无视生活，躲避生活有如躲避令人厌恶的可鄙薄之物。然而我了解的生活却与之大相径庭，我认为生活可取而又便利，甚至在我生命的后期我也执着于生活；大自然把生活交到我们手里时，生活原本充满机遇，因此，如果生活困扰我们，如果我们的生命在白白流逝，我们只能抱怨自己。**“失去理智者的生命在白白流逝，他生活无序，一心**

---

① 故事出自普鲁塔克的《布鲁图斯生平》。在希腊古城法尔萨勒进行的一次战役前夕，布鲁图斯还忙着为波吕比乌斯的历史著作编写注疏集。

② 从塞涅卡的《书简三十九》演绎发挥。

③ 据狄奥热纳·拉尔斯的《欧多克修斯生平》。

向往着未来。"[1] 不过我仍有意虚度年华而不悔恨，并非因为生活折磨人纠缠人，而是因为生命本身具有可虚度性。只有乐于生活的人最不畏惧死亡。有人享用生命节俭而又慎重，我享用生命却双倍于别人，因为衡量享用生命的程度取决于我们在一生中作了多少努力。尤其在此刻，我意识到我的生命十分短暂，所以我愿加重生命的分量以延伸生命，我愿以争朝夕的速度阻止生命飞速流逝，以利用生命的力度弥补生命的来去匆匆。把握生活的时间愈加苦短，我愈有必要使生活更深沉更充实。

(蒙田:《蒙田随笔集》，潘丽珍等译，西安，陕西师范大学出版社，2002 年。)

阅读提示

蒙田以博学著称，全书充满了作者对人类感情的冷静观察。他把生活和认识区别开来。在认识上，他是典型的怀疑主义者，无法相信绝对的真理——当然，也会拒绝否认这种真理的存在。"我知道什么呢?"是他的名言。在生活中，他勇敢地投入，担当好自己的角色。他平静甚至高兴地接受自己的、也接受人类的局限性和不确定性，热爱生活，享受生活。

蒙田对随笔体裁运用娴熟，开创了近代法国随笔式散文之先河。他的语言平易通畅，不加雕饰，亲切活泼，妙趣横生，充分体现了那种宜人的闲谈文风。

讨论

1. 有人喜欢蒙田:"他善于像哲人那样讲话，像朋友那样谈心。"有人批评蒙田:"他引的掌故太多并且谈自己也太多。"你怎样认为?
2. 阅读《蒙田散文全集》，进一步体会他那不拘一格的文章精髓。

乔　叟

杰弗雷·乔叟（约 1343—1400 年），英国 14 世纪最伟大的诗人。出生于一

---

① 见塞涅卡的《书简十五》。

个酒商家庭。17 岁进入宫廷做少年侍卫，19 岁随爱德华三世出征法国。1366 年与宫中的女官结婚，此后，当过廷臣、关税督察、肯特郡的治安法官、国会议员。他曾因外交事务出使许多国家和地区，到过比利时、法国、意大利等国，有机会遇见薄伽丘与彼特拉克，这对他的文学创作产生了很大的影响。《坎特伯雷故事》无论在内容和技巧上都达到了乔叟创作的顶峰。此外他还写有悼亡诗《公爵夫人之书》、爱情叙事诗《特洛伊罗斯与克丽西达》等作品。

杰弗雷·乔叟

《坎特伯雷故事》(节选)

《赦罪僧的故事》(节选)

……

我所要讲的是关于三个恶汉，清早于晨钟还未报时以前，已在酒铺里坐下酣饮了；这时他们听见有玎珰之声领着人们抬了一个死人前去埋葬；三个恶汉中有一个向店小伙喊道，“你快去问那抬过去的是什么尸首；务必问清他的姓名，回来报知我们。”

“先生，”店小伙道，“不必问了。你们来此之前两个钟头，已有人告诉我了；他原是你们的老伙伴，夜间在凳上坐着喝酒，酩酊大醉，忽而死去；有一位名叫‘死亡’的，潜来此地，在这一地带杀了许多人，他用剑矛把他的心摧为两爿，接着一言不发，转身便走。这次疫症流行，被他杀害的人已不下千数；先生，你未见到他以前，我想应该有些准备，不可轻敌：随时随地都要防御着他。我的母亲是这样教导我的，旁的话我就不会说了。”

“这孩子说的是真话，有圣马利亚为证，”店主道，“离开这里一里多路，有座大村落，这一年以来，村上妇女小孩，村夫野汉，都被他杀死了。我想他的住处一定就在那边；谨防着他，莫被他伤害了，这才是上策。”

“咦，上帝的手膀，”这恶汉道，“遇见了他竟有偌大的危险吗？我以上帝的好骨头为誓，定要去大街小巷搜寻他出来！听哪，伙伴们，我们三个等于一人，大家伸出手来，结为兄弟，共同发愿，以杀死这个害人的‘死亡’为目的，他杀了许多人，我们在天色未黑以前，必须结果他的性命，有神明为证。”

于是三人发了盟誓，彼此同生同死，视若弟兄一般。他们在狂醉中一同站了起来，向店主所说的村落走去，一面赌着许多可怕的咒誓，把基督的圣体撕得粉碎——“只消把‘死亡’，找到，必置之死地”。

他们还未走到半里路的光景，正在跨过一段篱围，看见一个贫穷老翁。老翁谦和地招呼他们道，“先生们，上帝照顾你们！”

他们中间最粗鲁的一个答道，“什么！老汉子，倒霉的东西，你为什么全身裹得这样紧，只露出脸？你这样老的年纪为什么还不死？”

老翁抬头凝视他的脸，说道，“因为我虽然走遍了世界，由此地径到印度，在乡间或在城市，却没有找到过一个人愿意以他的青春来换取我的老年，所以我不得不依从上帝的意旨仍旧守着我这老年。呀，‘死亡’也不肯来取我去；因此我只得像一个到处游荡的光棍，从早到晚，用手杖击着地面，步步缓行，这土地原是我的生母之门，我向她诉说，‘亲爱的地母，让我进来吧！看哪，我的血、肉、皮，都要消失殆尽了！呀，我这把骨头何时才能安息？地母，我愿和你交换一副躯壳，在这狭小的房舍里我居住得过久了，但愿得一块粗毛烂布来裹我！’但是她仍不肯赐我这一点恩惠，因而我的脸上日形消瘦了。可是，先生们，你们对一个年老的人这样粗鲁，未免太无礼貌了，除非为了他的言行有错。《圣经》上你们自己可以读到，‘在白发的人面前，你要站起来’；我所以要劝你们，现在不可冒犯老人，正如你若活到我这年龄，也不愿旁人冒犯你一样；愿上帝照看你们，凭你走到哪里。我还要到我所应去的地方呢。”

“不成，老家伙，”第二个赌棍说道：“圣约翰在此，不能这样轻巧地放你走！你刚才提起那个害人的‘死亡’，他在这地带把我们的伙伴都杀了。我晓得底细，你就是他的探子，说出他的去处来，不然你走不了，上帝有眼，圣典作证！你准是他的一伙，同谋着来杀害我们的，你这贼东西！”

“啊，先生们，”他道，“你们假若真想找到‘死亡’，就顺着这条曲道而去，因为我确是在那边树林里和他分手的，就在那棵树下，还在那儿等着呢；任凭你怎样信口喧嚷，他总不会躲避的。你们看见那棵橡树吗？就在那里可以找到他。上帝把人类赎回，愿他救助你们，纠正你们！”——老人如此说着。

三个恶汉径直跑到树下，在那里他们竟发现许多圆滑光亮的金币，看来可以装得八斗。他们不再寻找“死亡”了，三人看了都心中狂喜，围着那绮丽夺目的金币坐下。他们中间最坏的一个最先开言。

“弟兄们，”他道，“留心听我说来；我虽然常常打趣说笑，可是我的脑袋却是很精细的。幸运赐给了我们这堆财宝，可使我们一生享乐不尽，来得既容易，我们也不妨花得大方。咦！上帝可贵的尊严！谁曾想到今天有这红运？可是这金币如能搬运到我家或是你家——你俩反正明白这财物已属于我们了——那我们就可以真正的快乐了。然而在白天是无法搬运的；人们会把我们认做强盗，而为了我们自己的金币反而把我们吊死。所以这堆金币必须很小心地在黑夜里移动。我的意见是大家来抽签，谁若抽到最短的签子，就高高兴兴地马上跑进城去，悄悄买些面包和酒来。其他两人却很机警地守着这财宝，进城的人如果不多耽搁，到了晚上我们就可以把金币搬到一个大家认为妥当的地方去。”

一人捏着签条，让其余两个先抽，结果是最年轻的一个抽中了；他马上进城。等他刚走，这里一个对另一个人说道，“你知道你我是结拜弟兄，现在让我来教你怎样可以占得一些便宜。你知道这个伙伴走了，而金币在此，数量不少，讲明是三人均分的。可是我若想出法子由你我两人平分，是不是可以算是我对得起你呢？”

那人道，“我猜不出是怎样一个办法，他已经知道金币在我俩这里，我们如何办呢？我们怎好向他解释呢？”

“你能不能守秘密？”这个恶棍道，“我将简单告诉你怎样着手，怎样才做得圆满。”

“我答应，”那个道，“决不出卖你，我诚意立誓。”

“那末，”这个道，“你明白我和你是两个人，两个人总比一个人强些。等他坐下之后，你就马上起来假装和他玩耍，我就可以一刀刺穿他的腰间，同时你也照样用刀刺去；这样，金币就由我俩平分了，好朋友，从此我们可以满足一切欲念，尽可痛快赌博。”如是，这两个恶汉一同谋杀那第三个人。

这最年轻的一个，向城里走去，心中萦绕着那些崭新闪耀的好金币。“啊，天哪！”他道，“我若独得这所有的财物，天下就再也找不出比我还舒畅快乐的人了！”最后，我们的公敌，魔鬼，使他想起去买些毒药，好毒死他两个同伴；魔鬼看得清楚，知道他有隙可乘，正好害他堕落，他满心只想杀死他们，再也不会回心转意多考虑一下。他径直赶去，不作滞留，走进城来，到得一家药铺，请求卖些毒药给他，做毒杀老鼠之用，他说，院子里还有一只臭猫，吃过他的阉鸡，所以他一心想在这班夜间害人的虫兽身上泄一次积愤。

那药铺老板答道，“这毒药是有的，愿上帝救我的灵魂，世上不论哪种动物，吃了或喝了这药物，哪怕只有一粒谷子的分量，无不立刻死去；他必死，并且在你还未走到一里路的时间，就会丧命，这毒药就有这样猛烈。”

这恶棍把毒药盒子拿在手中，又跑到第二条街上，向人借了三只瓶，两只瓶里他倒进了毒药，还有一只没有下毒，留作自用。他准备通宵工作，搬运金钱。这恶毒的坏蛋把三个大瓶都盛满了酒，然后回到他伙伴这里来。

何用多述？他们已计谋好怎样把他害死，也就马上照办了。办完之后，有一个说道，“现在我俩好好坐下喝酒，先行乐，慢些再去埋葬他。”说着偶尔拿起有毒的酒瓶喝了一口，又递给他的伙伴去喝，因此他俩都立刻断送了性命。

的确，我想阿维森纳①也未在他的任何医学经典上的任何篇段中，记载过像这两个恶棍临死以前那样奇特的中毒情景。如是，死去了两个凶犯，而那下毒的恶棍也未能免于一死。

啊，可诅咒的罪恶！啊，狠心的残杀！啊，纵欲、荒淫、赌博！基督的亵渎者，随时傲慢地诬蔑和狂誓！呀，人类哪，创造者创造了你，以他的宝贵的血救了你，而你竟可以如此虚伪，如此恶毒！

现在，列位好先生们，上帝饶恕你们的过失，保佑你勿蹈贪婪之辙。我的圣洁的赦罪符可以救治你们，只要你们献出贵品真金，或银质戒指，胸针或汤匙。低下头来，在这圣谕下低头！来吧，妇女们，献出你们的纱线！看哪，我把你们的姓名登记在这案卷上了；你们将进入天堂的幸福之境；我有威权赦免你们，你们只要献出礼物，就可以同出生时一样纯洁——列位，我就是这样说教的。耶稣基督，我们灵魂的医治者，愿他赐给你们他那圣赦，那是比我的更好，我不能欺瞒你们。

可是，列位，我还有一句话忘记了。我这个口袋中的圣物和免罪符，是教皇亲手给我的，比得上英格兰任何一个人的圣符。如果你们有人愿意诚心贡献，要取得我的赦免，走上前来，跪下，虚心接受好了，或者在你们前进途中，每到一个市镇尽头，来接受新的赦免，只要每次献出新的真实可靠的金钱铜币。这里每一位朝圣客，在你骑马越过荒野的时候，能有一个合格的赦罪僧恕免你

① 阿维森纳，阿拉伯医学家伊本·西拿的拉丁名，在他的经典著作中也讲到中毒的症状起源及治疗方法。

的罪，免得遭遇不幸，该是一件荣幸万分的事。可能一两个人跌下马来，折断了脖子；请看你们有多大的保障，居然碰到了我也在你们一起，我能赦免你们大家，不论高低，为你们的灵魂走出肉身做下安全的准备。我劝我们的客店老板第一个来，因为他最是周身有罪。来吧，老板，先来献礼，你可以吻我所有的圣物，只要一块金币！快些，打开你的钱囊吧！

“不来，不来，来了我怕基督诅咒我，”他道，“罢了；这不成，我的灵魂！你会叫我吻你的裤儿，管它怎样臭，你却赌咒说那是圣徒的遗物！十字圣架和圣海伦在此，我宁可把你的肠子捏在手里，却不来拿你的什么圣物；把你那些东西拖出来吧，我来帮你拿。把它们放进猪肚子的神龛里去！”

赦罪僧一言不答；他气得说不出话来。

“来，”我们的老板道，“我不同你开玩笑了，也不同任何脾气恶劣的人作耍。”

但是武士看见大家在笑，便说道，“够了，不讲了。赦罪僧先生，高兴起来吧。我也求你，老板先生，我是很爱戴你的，去吻一下赦罪僧吧。赦罪僧，我求你走近一些，让我们像过去一样大家笑一次。”于是他俩吻了一下，继续往前骑去。

（［英］乔叟：《坎特伯雷故事》，方重译，北京，人民文学出版社，2004 年。）

阅读提示

《坎特伯雷故事》包括 24 个故事，除了两篇故事用散文体以外，其余各篇都是叙事诗体。作品描写一群朝圣客聚集在伦敦一家小旅店里，准备去坎特伯雷城朝圣。店主人建议朝圣客们在往返途中各讲两个故事，看谁讲的最好。这 31 个朝圣客代表了英国社会的各个阶层，有武士、管家、磨坊主、厨师、律师、巴斯妇、游乞僧、法庭差役、侍从、自由农、学者、商人、医生、赦罪僧、女修道士、牧师等。故事广泛地反映了资本主义萌芽时期的英国社会生活，揭露了教会的腐败、教士的贪婪和伪善，谴责了扼杀人性的禁欲主义，肯定了世俗的爱情生活。

《坎特伯雷故事》的艺术成就很高，是英国文学史上现实主义的第一部典范。作品将幽默和讽刺结合，喜剧色彩浓厚，人物形象鲜明，语言生动活泼。乔叟用富有生命力的伦敦方言进行创作，为英国文学语言奠定了基础。

他首创的英雄双韵体为以后的英国诗人所广泛采用，因而被誉为“英国诗歌之父”。

讨论

1. 赦罪僧的宗教职责是劝勉人们坦白认罪，以重蒙神恩。他讲了一则追求金钱而遭遇死亡的故事，根据其讲故事前后的言行概括赦罪僧的人物形象。

莎士比亚

莎士比亚

威廉·莎士比亚（1564—1616 年）出身于英国中部斯特拉特福城一个富裕市民家庭，曾在当地“文法学校”学习，13 岁时家道中落辍学经商。约 1586 年前往伦敦谋生，先在剧院打杂，做过配角演员、后凭借自己的努力成为编剧、导演和剧院股东。莎士比亚在戏剧和诗歌创作上都作出了巨大的贡献，现存叙事长诗两首，14 行诗 154 首，戏剧 37 部。他的绝大部分戏剧多取材于历史记载、小说、民间传说和戏剧等已有的材料，其剧作分为历史剧、喜剧、悲剧和传奇剧四类。其中以悲剧《哈姆莱特》、《麦克白》、《李尔王》、《奥赛罗》最著名。悲剧《罗密欧与朱丽叶》中，尽管主人公殉情而死，但爱的理想战胜死亡，换来了封建世仇的和解，洋溢着喜剧气氛。莎士比亚的剧作反映了封建社会向资本主义社会过渡时期的现实，尤其是 16 至 17 世纪的英国历史现实，深刻而生动地反映了新兴资产阶级的人文主义思想和人性论观点，把欧洲人文主义文学推向了高峰。

《哈姆莱特》（节选）

第三幕

第一场　城堡中一室

国王、王后、波洛涅斯、奥菲利娅、罗森格兰兹及吉尔登斯吞上

国王　你们不能用迂回的婉转的方法，探出他为什么这样神魂颠倒，让紊乱而危险的疯狂困扰他的安静的生活吗？

罗森格兰兹　他承认他自己有些神经迷惘，可是绝口不肯说为了什么缘故。

吉尔登斯吞　他也不肯虚心接受我们的探问；当我们想要引导他吐露他自己的一些真相的时候，他总是用假作痴呆的神气故意回避。

王后　他对待你们还客气吗？

罗森格兰兹　很有礼貌。

吉尔登斯吞　可是不大自然。

罗森格兰兹　他很吝惜自己的话，可是我们问他话的时候，他回答起来却是毫无拘束。

王后　你们有没有劝诱他找些什么消遣？

罗森格兰兹　娘娘，我们来的时候，刚巧有一班戏子也要到这儿来，给我们赶过了；我们把这消息告诉了他，他听了好像很高兴。现在他们已经到了宫里，我想他已经吩咐他们今晚为他演出了。

波洛涅斯　一点不错；他还叫我来请两位陛下同去看看他们演得怎样哩。

国王　那好极了；我非常高兴听见他在这方面感到兴趣。请你们两位还要更进一步鼓起他的兴味，把他的心思移转到这种娱乐上面。

罗森格兰兹　是，陛下。（罗森格兰兹、吉尔登斯吞同下。）

国王　亲爱的乔特鲁德，你也暂时离开我们；因为我们已经暗中差人去唤哈姆莱特到这儿来，让他和奥菲利娅见见面，就像他们偶然相遇一般。她的父亲跟我两人将要权充一下密探，躲在可以看见他们，却不能被他们看见的地方，注意他们会面的情形，从他的行为上判断他的疯病究竟是不是因为恋爱上的苦闷。

王后　我愿意服从您的意旨。奥菲利娅，但愿你的美貌果然是哈姆莱特疯狂的原因；更愿你的美德能够帮助他恢复原状，使你们两人都能安享尊荣。

奥菲利娅　娘娘，但愿如此。（王后下。）

波洛涅斯　奥菲利娅，你在这儿走走。陛下，我们就去躲起来吧。（向奥菲利娅）你拿这本书去读，他看见你这样用功，就不会疑心你为什么一个人在这儿了。人们往往用至诚的外表和虔敬的行动，掩饰一颗魔鬼般的内心，这样的例子是太多了。

国王　（旁白）啊，这句话是太真实了！它在我的良心上抽了多么重的一鞭！涂脂抹粉的娼妇的脸，还不及掩藏在虚伪的言辞后面的我的行为更丑恶。难堪的重负啊！

波洛涅斯　我听见他来了；我们退下去吧，陛下。（国王及波洛涅斯下。）

（哈姆莱特上。）

哈姆莱特　生存还是毁灭，这是一个值得考虑的问题；默然忍受命运的暴虐的毒箭，或是挺身反抗人世的无涯的苦难，通过斗争把它们扫清。这两种行为，哪一种更高贵？死了；睡着了；什么都完了；要是在这一种睡眠之中，我们心头的创痛，以及其他无数血肉之躯所不能避免的打击，都可以从此消失，那正是我们求之不得的结局。死了；睡着了；睡着了也许还会做梦；嗯，阻碍就在这儿：因为当我们摆脱了这一具朽腐的皮囊以后，在那死的睡眠里，究竟将要做些什么梦，那不能不使我们踌躇顾虑。人们甘心久困于患难之中，也就是为了这个缘故；谁愿意忍受人世的鞭挞和讥嘲、压迫者的凌辱、傲慢者的冷眼、被轻蔑的爱情的惨痛、法律的迁延、官吏的横暴和费尽辛勤所换来的小人的鄙视，要是他只要用一柄小小的刀子，就可以清算他自己的一生？谁愿意负着这样的重担，在烦劳的生命的压迫下呻吟流汗，倘不是因为惧怕不可知的死后，惧怕那从来不曾有一个旅人回来过的神秘之国，是它迷惑了我们的意志，使我们宁愿忍受目前的磨折，不敢向我们所不知道的痛苦飞去？这样，重重的顾虑使我们全变成了懦夫，决心的赤热的光彩，被审慎的思维盖上了一层灰色，伟大的事业在这一种考虑之下，也会逆流而退，失去了行动的意义。且慢！美丽的奥菲利娅！——女神，在你的祈祷之中，不要忘记替我忏悔我的罪孽。

奥菲利娅　我的好殿下，你这许多天来贵体安好吗？

哈姆莱特　谢谢你，很好，很好，很好。

奥菲利娅　殿下，我有几件您送给我的纪念品，我早就想把它们还给您；请您现在收回去吧。

哈姆莱特 不，我不要；我从来没有给你什么东西。

奥菲利娅 殿下，我记得很清楚您把它们送给了我，那时候您还向我说了许多甜言蜜语，使这些东西格外显得贵重；现在它们的芳香已经消散，请您拿回去吧，因为在有骨气的人看来，送礼的人要是变了心，礼物虽贵，也会失去了价值。拿去吧，殿下。

哈姆莱特 哈哈！你贞洁吗？

奥菲利娅 殿下！

哈姆莱特 你美丽吗？

奥菲利娅 殿下是什么意思？

哈姆莱特 要是你既贞洁又美丽，那么你的贞洁应该断绝跟你的美丽来往。

奥菲利娅 殿下，难道美丽除了贞洁以外，还有什么更好的伴侣吗？

哈姆莱特 嗯，真的；因为美丽可以使贞洁变成淫荡，贞洁却未必能使美丽受它自己的感化；这句话从前像是怪诞之谈，可是现在时间已经把它证实了。我的确曾经爱过你。

奥菲利娅 真的，殿下，您曾经使我相信您爱我。

哈姆莱特 你当初就不应该相信我，因为美德不能熏陶我们罪恶的本性；我没有爱过你。

奥菲利娅 那么我真是受了骗了。

哈姆莱特 进尼姑庵去吧；为什么你要生一群罪人出来呢？我自己还不算是一个顶坏的人；可是我可以指出我的许多过失，一个人有了那些过失，他的母亲还是不要生下他来的好。我很骄傲，有仇必报，富于野心，我的罪恶是那么多，连我的思想也容纳不下，我的想象也不能给它们形象，甚至于我都没有充分的时间可以把它们实行出来。像我这样的家伙，匍匐于天地之间，有什么用处呢？我们都是些十足的坏人；一个也不要相信我们。进尼姑庵去吧。你的父亲呢？

奥菲利娅 在家里，殿下。

哈姆莱特 把他关起来，让他只好在家里发发傻劲。再会！

奥菲利娅 嗳哟。天哪！救救他！

哈姆莱特 要是你一定要嫁人，我就把这一个诅咒送给你做嫁奁：尽管你像冰一样坚贞，像雪一样纯洁，你还是逃不过谗人的诽谤。进尼姑庵去吧，去；再会！或者要是你必须嫁人的话，就嫁给一个傻瓜吧；因为聪明人都明白你们会叫他们变成怎样的怪物。进尼姑庵去吧，去；越快越好。再会！

奥菲利娅　天上的神明啊，让他清醒过来吧！

哈姆莱特　我也知道你们会怎样涂脂抹粉；上帝给了你们一张脸，你们又替自己另外造了一张。你们烟视媚行，淫声浪气，替上帝造下的生物乱取名字，卖弄你们不懂事的风骚。算了吧，我再也不敢领教了；它已经使我发了狂。我说，我们以后再不要结什么婚了；已经结过婚的，除了一个人以外，都可以让他们活下去；没有结婚的不准再结婚，进尼姑庵去吧，去。（下。）

奥菲利娅　啊，一颗多么高贵的心就这样陨落了！朝臣的眼睛、学者的辩舌、军人的利剑、国家所瞩望的一朵娇花；时流的明镜、人伦的雅范、举世瞩目的中心。这样无可挽回地陨落了！我是一切妇女中间最伤心而不幸的，我曾经从他音乐一般的盟誓中吮吸芬芳的甘蜜，现在却眼看着他的高贵无上的理智，像一串美妙的银铃失去了和谐的音调，无比的青春美貌，在疯狂中凋谢！啊！我好苦，谁料过去的繁华，变作今朝的泥土！

（国王及波洛涅斯重上。）

国王　恋爱！他的精神错乱不像是为了恋爱；他说的话虽然有些颠倒，也不像是疯狂。他有些什么心事盘踞在他的灵魂里，我怕它也许会产生危险的结果。为了防止万一，我已经当机立断，决定了一个办法：他必须立刻到英国去，向他们追索延宕未纳的贡物；也许他到海外各国游历一趟以后，时时变换的环境，可能替他排解去这一桩使他神思恍惚的心事。你看怎么样？

波洛涅斯　那很好；可是我相信他的烦闷的根本原因，还是为了恋爱上的失意。啊，奥菲利娅！你不用告诉我们哈姆莱特殿下说些什么话；我们全都听见了。陛下，照您的意思办吧；可是您要是认为可以的话，不妨在戏剧终场以后，让他的母后独自一人跟他在一起，恳求他向她吐露他的心事；她必须很坦白地跟他谈谈，我就找一个所在听他们说些什么。要是她也探听不出他的秘密来，您就叫他到英国去，或者凭着您的高见，把他关禁在一个适当的地方。

国王　就这样吧；大人物的疯狂是不能听其自然的。（同下。）

（莎士比亚：《哈姆莱特》，朱生豪译，北京，人民文学出版社，2008年。）

十四行诗两首

第一首

我们要美丽的生命不断繁殖，
能这样，美的玫瑰才永不消亡，
既然成熟的东西都不免要谢世，
优美的子孙就应当来承继芬芳：
但是你跟你明亮的眼睛订了婚，
把自身当柴烧，烧出了眼睛的光彩，
这就在丰收的地方造成了饥馑，
你是跟自己作对，教自己受害。
如今你是世界上鲜艳的珍品，
只有你能够替灿烂的春天开路，
你却在自己的花蕾里埋葬了自身，
温柔的怪物呵，用吝啬浪费了全部。
　　可怜这世界吧，世界应得的东西
　　别让你和坟墓吞吃到一无所遗！

第六十六首

对这些都倦了，我召呼安息的死亡，——
譬如，见到天才注定了做乞丐，
空虚的草包穿戴得富丽堂皇，
纯洁的盟誓受到了恶意的破坏，
高贵的荣誉被可耻地放错了地位，
强横的暴徒糟蹋了贞洁的姑娘，
邪恶，不法地侮辱了正义的完美，
拐腿的权势损伤了民间的健壮，
文化，被当局统治得哑口无言，
愚蠢（俨如博士）控制着聪明，
单纯的真理被唤作头脑简单，

被俘的良善伺候着罪恶将军；

对这些都倦了，我要离开这人间，

只是，我死了，要使我爱人孤单。

（莎士比亚：《莎士比亚十四行诗集》，屠岸译，上海，上海译文出版社，1982年。）

阅读提示

《哈姆莱特》是一出取材于中世纪王子复仇故事的悲剧。莎士比亚在沿用这个中世纪丹麦悲剧的基本框架的同时，又赋予了它许多新的内容。剧中对丹麦社会状况的描写处处使人联想到16世纪末17世纪初英国的现实。丹麦王子哈姆莱特的叔父杀兄娶嫂、篡夺王位，哈姆莱特决心替父报仇，重整乾坤，但任务的艰巨和自身力量的单薄又使他力不从心，忧虑重重，只好装疯卖傻。这里所选的是该剧第3幕的第1场，国王怀疑哈姆莱特，利用王子的两个老同学和他的情人试探。剧中出现的关于“生存还是毁灭”的独白，是莎士比亚戏剧中著名的独白之一。它将哈姆莱特内心的矛盾和疑虑清楚地展现出来，道出了一代人文主义者巨大的精神苦闷，也为后来的悲剧结局埋下了伏笔。

《哈姆莱特》在情节结构、性格描写、取材立意乃至语言措辞等方面，都表现了作者无与伦比的才华和想象力。中国戏剧家曹禺曾赞叹：“莎士比亚是一位使人类永久又惊又喜的巨人！”

与此同时，莎士比亚还是个杰出的诗人，他的十四行诗同样也显示了他的人文主义世界观，大胆地颂扬了爱情，具有强烈的艺术感染力和极其丰富的意象。在体裁上，他抛弃了彼特拉克八、六两折的意大利形式，而发展了四、四、四、二的四折形式，后人称之为英国形式。

讨论

1. 许多人认为哈姆莱特的形象和情节有悖于常理，你怎样看？
2. 哈姆莱特迟迟不采取行动复仇是否体现出他的软弱？关于他的犹豫迟疑有很多种说法，谈谈你的观点。

塞万提斯

塞万提斯

米盖尔·台·塞万提斯·萨阿维德拉（1547—1616年）是文艺复兴时期西班牙伟大的作家。他家境贫困，只读过几年中学，1571年作为士兵参加了对土耳其著名的勒班多海战，身负重伤，左臂残废。1575年回国途中被土耳其海盗掠去，度过5年的俘囚生活。1580年被赎回国，生活无着，到处奔波，先后担任军需官和地方税吏工作。塞万提斯一生坎坷，1587年他按规定征收了厄西哈大教堂讲经师囤积的麦子，教会将他革出教门。他因得罪权贵和教会，数次被诬入狱，这使他看到了社会的黑暗和人民的不幸。他把消灭荒诞的骑士文学，视为把西班牙从封建主义的锁链里解放出来的一项思想启蒙。他的著名代表作《堂·吉诃德》，就是在狱中酝酿成熟的，1602年在狱中开始动笔，1605年第一部问世，1615年第二部出版。

《堂·吉诃德》（节选）

第一部　第八章

骇人的风车奇险；堂·吉诃德的英雄身手；
以及其他值得大书特书的事情。

这时候，他们远远望见郊野里有三四十架风车。堂·吉诃德一见就对他的侍从说：

“运道的安排，比咱们要求的还好。你瞧，桑丘·潘沙朋友，那边出现了三十多个大得出奇的巨人。我打算去跟他们交手，把他们一个个杀死，咱们得了胜利品，可以发财。这是正义的战争，消灭地球上这种坏东西是为上帝立大功。”

桑丘·潘沙道：“什么巨人呀？”

他主人说："那些长胳膊的，你没看见吗？有些巨人的胳膊差不多二哩瓦①长呢。"

桑丘说："您仔细瞧瞧，那不是巨人，是风车；上面胳膊似的东西是风车的翅膀，给风吹动了就能推转石磨。"

堂·吉诃德道："你真是外行，不懂冒险。他们确是货真价实的巨人。你要是害怕，就走开些，做你的祷告去，我一人单干，跟他们大伙儿拼命好了。"

他一面说，一面踢着坐骑冲出去。他的侍从桑丘大喊说，他前去冲杀的明明是风车，不是巨人；他满不理会，横着念头那是巨人，既没听见桑丘叫喊，跑近了也没看清是什么东西，只顾往前冲，嘴里嚷道：

"你们这伙没胆量的下流东西！不要跑！来跟你们厮杀的只是个单枪匹马的骑士！"

这时微微刮起一阵风，转动了那些庞大的翅翼。堂·吉诃德见了说：

"即使你们挥舞的胳膊比巨人布利亚瑞欧②的还多，我也要和你们见个高下！"

他说罢一片虔诚地向他那位杜尔西内娅小姐祷告一番，求她在这个紧要关头保佑自己，然后把盾牌遮稳身体，横托着长枪飞马向第一架风车冲杀上去。他一枪刺中了风车的翅膀；翅膀在风里转得正猛，把长枪迸作几段，一股劲把堂·吉诃德连人带马直扫出去；堂·吉诃德滚翻在地，狼狈不堪。桑丘·潘沙赶驴来救，跑近一看，他已经不能动弹，驽骍难得把他摔得太厉害了。

桑丘说："天啊！我不是跟您说了吗，仔细着点儿，那不过是风车。除非自己的头脑给风车转糊涂了，谁还不知道这是风车呢？"

堂·吉诃德答道："甭说了，桑丘朋友，打仗的胜败最拿不稳。看来把我的书连带书房一起抢走的弗瑞斯冬法师对我冤仇很深，一定是他把巨人变成风车，来剥夺我胜利的光荣。可是到头来，他的邪法毕竟敌不过我这把剑的锋芒。"

桑丘说："这就要瞧老天爷怎么安排了。"

桑丘扶起堂·吉诃德；他重又骑上几乎跌歪了肩膀的驽骍难得。他们谈论着方才的险遇，顺着往拉比塞峡口的大道前去，因为据堂·吉诃德说，那地方来往人多，必定会碰到许多形形色色的奇事。可是他的长枪断了，心上老大不

① 一哩瓦合 6.4 公里。

② 希腊神话里和神道作战的巨人，有一百条手臂。

痛快，和他的侍从计议说：

“我记得在书上读到一位西班牙骑士名叫狄艾果·贝瑞斯·台·巴尔咖斯，他一次打仗把剑斫断了，就从橡树上劈下一根粗壮的树枝，凭那根树枝，那一天干下许多了不起的事，打闷不知多少摩尔人，因此得到个绰号，叫做‘大棍子’。后来他本人和子孙都称为‘大棍子’巴尔咖斯。我跟你讲这番话有个计较：我一路上见到橡树，料想他那根树枝有多粗多壮，照样也折它一枝。我要凭这根树枝大显身手，你亲眼看见了种种说来也不可信的奇事，才会知道跟了我多么运气。”

桑丘说：“这都听凭老天爷安排吧。您说的话我全相信；可是您把身子挪正中些，您好像闪到一边去了，准是摔得身上疼呢。”

堂·吉诃德说：“是啊，我吃了痛没作声，因为游侠骑士受了伤，尽管肠子从伤口掉出来，也不行得哼痛。”

桑丘说：“要那样的话，我就没什么说的了。不过天晓得，我宁愿您有痛就哼。我自己呢，说老实话，我要有一丁丁点儿疼就得哼哼。除非游侠骑士的侍从也得遵守这个规矩不许哼痛。”

堂·吉诃德瞧他的侍从这么傻，忍不住笑。他声明说：不论桑丘喜欢怎么哼、或什么时候哼，不论他是忍不住要哼，或不哼也可，反正他尽管哼好了，因为他还没读到什么游侠骑士的规则不准侍从哼痛。桑丘提醒主人说，该是吃饭的时候了。他东家说这会子还不想吃，桑丘什么时候想吃就可以吃。桑丘得了这个准许，就在驴背上尽量坐舒服了，把褡裢袋里的东西取出来，慢慢跟在主人后面一边走一边吃，还频频抱起酒袋来喝酒，喝得津津有味，玛拉咖最享口福的酒馆主人见了都会羡慕。他这样喝着酒一路走去，早把东家对他许的愿抛在九霄云外，觉得四出冒险尽管担惊受怕，也不是什么苦差，倒是很惬意的。

长话短说，他们当夜在树林里过了一宿。堂·吉诃德折了一根可充枪柄的枯枝，把枪头移上。他曾经读到骑士们在穷林荒野里过夜，想念自己的意中人，好几夜都不睡觉。他要学样，当晚彻夜没睡，只顾想念他的意中人杜尔西内娅。桑丘·潘沙却另是一样。他肚子填得满满的，又没喝什么提神醒睡的饮料，倒头一觉，直睡到大天亮。阳光照射到他脸上，鸟声嘈杂，欢迎又一天来临，他都不理会，要不是东家叫唤，他还沉睡不醒呢。他起身就去抚摸一下酒袋，觉得比昨晚越发萎瘪了，不免心上烦恼，因为照他看来，在他们这条路上，没法立刻弥补上这项亏空。堂·吉诃德还是不肯开斋，上文已经说过，他决计靠甜蜜的相思来滋养自己。他们又走上前往拉比塞峡口的道路；约莫下午三点，山峡已经在望。

堂·吉诃德望见山峡，就说："桑丘·潘沙兄弟啊，这里的险境和奇事多得应接不暇，可是你记着，尽管我遭了天大的危险，也不可以拔剑卫护我。如果我的对手是下等人，你可以帮忙；如果对手是骑士，按骑士道的规则，你怎么也不可以帮我，那是违法的。你要帮打，得封授了骑士的称号才行。"

桑丘答道："先生，我全都听您的，决没有错儿。我生来性情和平，最不爱争吵。当然，我们要保卫自己的身体，就讲究不了这些规则。无论天定的规则，人定的规则，总容许动手自卫。"

堂·吉诃德说："这话我完全同意。不过你如要帮我跟骑士打架，那你得捺下火气，不能使性。"

桑丘答道："我一定听命，把您这条诫律当礼拜日的安息诫一样认真遵守。"

他们正说着话，路上来了两个圣贝尼多教会的修士。他们好像骑着两匹骆驼似的，因为那两头骡子简直有骆驼那么高大。两人都戴着面罩，撑着阳伞。随后来一辆马车，有四五骑人马和两个步行的骡夫跟从。原来车上是一位到塞维利亚去的比斯盖贵夫人；她丈夫得了美洲的一个贵职要去上任，正在塞维利亚等待出发。两个修士虽然和她同路，并不是一伙。可是堂·吉诃德一看见他们，就对自己的侍从说：

"要是我料得不错，咱们碰上破天荒的奇遇了。前面这几个黑魆魆的家伙想必是魔术家——没什么说的，一定是魔术家；他们用这辆车劫走了一位公主。我得尽力量除暴惩凶。"

桑丘说："这就比风车的事更糟糕了。您瞧啊，先生，那些人是圣贝尼多教会的修士，那辆马车准是过往客人的。您小心，我跟您说，您干事要多多小心，别上了魔鬼的当。"

堂·吉诃德说："我早跟你说过，桑丘，你不懂冒险的事。我刚才的话是千真万确的，你这会儿瞧吧。"

他说罢往前几步，迎着两个修士当路站定，等他们走近，估计能听见自己的话，就高声喊道：

"你们这些妖魔鬼怪！快把你们车上抢走的几位贵公主留下！要不，就叫你们当场送命；干了坏事，得受惩罚！"

《堂·吉诃德》书影

两个修士带住骡子，对堂·吉诃德那副模样和那套话都很惊讶，回答说：

“绅士先生，我们不是妖魔，也并非鬼怪。我们俩是赶路的圣贝尼多会修士。这辆车是不是劫走了公主，我们也不知道。”

堂·吉诃德喝道：“我不吃这套花言巧语！我看破你们是撒谎的混蛋！”

他不等人家答话，踢动驽骍难得，斜绰着长枪，向前面一个修士直冲上去。他来势非常凶猛，那修士要不是自己滚下骡子，准被撞下地去，不跌死也得身受重伤。第二个修士看见伙伴遭殃，忙踢着他那匹高大的好骡子落荒而走，跑得比风还快。

桑丘瞧修士倒在地下，就迅速下驴，抢到他身边，动手去剥他的衣服。恰好修士的两个骡夫跑来，问他为什么脱人家衣服。桑丘说，这衣服是他东家堂·吉诃德打了胜仗赢来的战利品，按理是他份里的。两个骡夫不懂得说笑话，也不懂得什么战利品、什么打仗，瞧堂·吉诃德已经走远，正和车上的人说话呢，就冲上去推倒桑丘，把他的胡子拔得一根不剩，又踢了他一顿，撇他直挺挺地躺在地下，气都没了，人也晕过去了。跌倒的修士心惊胆颤，面无人色，急忙上骡，踢着它向同伴那里跑；逃走的修士正在老远等着，看这番袭击怎么下场。他们不等事情结束，马上就走了，一面只顾在胸前画十字；即使背后有魔鬼追赶，也不必画那么多十字。

上文已经说了，堂·吉诃德正在和车上那位夫人谈话呢。他说：

“美丽的夫人啊，您可以随意行动了，我凭这条铁臂，已经把抢劫您的强盗打得威风扫地。您不用打听谁救了您；我省您的事，自己报名吧。我是个冒险的游侠骑士，名叫堂·吉诃德·台·拉·曼却；我倾倒的美人是绝世无双的堂娜杜尔西内娅·台尔·托波索。您受了恩不用别的报酬，只须回到托波索去代我拜见那位小姐，把我救您的事告诉她。”

（塞万提斯：《堂·吉诃德》，杨绛译，北京，人民文学出版社，1978 年。）

阅读提示

小说以西班牙社会的现实矛盾作为情节的基础。16 世纪，西班牙大肆掠夺美洲殖民地，美洲的黄金滚滚流入西班牙，但这繁荣是短暂的，到16世纪中叶后便开始衰落，一切进步思想受到王权和教会的残酷镇压，实行重税政策，资本主义因素没有得到充分发展。与此同时，对外进行疯狂的军事扩张，无休止的战争耗尽国力，经济凋敝，农村破产，农民逃亡，全国人口锐减，人民起义不断发生，西班牙完全丧失了往日的威力，全国笼罩在绝望的情绪之中。正如马克思所说，“西班牙的自由在刀剑的铿锵声中、在黄金的急流中、在宗教裁判所火刑的凶焰中消失了。”

《堂·吉诃德》就是这一时代文化背景中形成的产物。主人公原是西班牙一个50多岁的穷乡绅，因读当时流行的骑士小说入迷，认定恢复骑士道是匡扶世道人心的最好的方法，决心模仿古代骑士周游天下，仗义行侠，恢复西班牙昔日的光荣。他穿上曾祖留下的破烂盔甲，骑一匹瘦马，取了个富有骑士色彩的名字堂·吉诃德，物色一位农村姑娘做意中人，带了一个农民桑丘做侍从，便离家出走。一路上，他将客店想象为城堡，把风车当成巨人，一味乱冲乱杀，荒唐可笑，屡遭失败。与单纯的喜剧性角色不同，堂·吉诃德是一个有着崇高精神境界的“疯子”，为了“坚持真理，不惜以生命捍卫”的带有悲剧因素的人物。以喜剧形式揭示悲剧性的实质，构成了人物和作品的丰富的表现力。

小说以西班牙社会的丑恶现实的矛盾作为情节的基础。作者以讽刺夸张的艺术手法，以恢复古代的骑士道来扫尽人间不平的主观幻想，巧妙地把堂·吉诃德的荒诞离奇的幻想与苦难中的16世纪末17世纪初的西班牙社会现实结合起来，以史诗般的规模，描绘了这个时代的广阔的社会画面。小说情节生动有趣，引人入胜，语言幽默诙谐，读后令人忍俊不禁。

讨论

1. 堂·吉诃德的形象有多重含义：可笑的、可悲的、伟大的。你的观点如何？
2. 堂·吉诃德对我们处理现实与理想的矛盾有何启发？
3. 有人说哈姆莱特和堂·吉诃德是一对精神上的兄弟，你是否认同这一观点？你认为二者有何相同与差异？

培　根

培根

弗兰西斯·培根（1561—1626年），英国著名哲学家、科学家和作家，哲学和科学史上的划时代人物，在人类思想史上占有极重要的地位。他自称“以天下全部学问为己任”，企图“将全部科学、技术和人类的一切知识全面重建”，并认为“知识就是力量”，被马克思誉为“整个现代实验科学的真正始祖”。著有《新工具》、《论说随笔文集》等。培根是一位经历了诸多磨难的贵族子弟，复杂多变的生活经历丰富了他的阅历，《论说随笔文集》收入58篇摘记或短文，从各个角度论述广泛的社会、人生问题，言论深邃而富含哲理。

《论　爱　情》

爱情在舞台上，要比在人生中更有欣赏价值。因为在舞台上，爱情既是喜剧也是悲剧的素材；而在人生中，爱情常常招致不幸。它有时像那位诱惑人的魔女[①]，有时又像那位复仇的女神[②]。

你可以看到，一切真正伟大的人物（无论是古人、今人，只要是其英名永铭于人类记忆中的），没有一个因爱情而发狂的人。这说明伟大的精神和伟大的事业可以摒除过度的激情。然而罗马的安东尼和克劳底亚是例外[③]。前者本性就好色荒淫，然而后者却是一个严肃明哲的人。这说明爱情不仅会占领没有城府的胸怀，有时也能闯入壁垒森严的心灵——假如守御不严的话。

埃辟克拉斯[④]曾说过一句笨话：“人生不过是一座大舞台。”似乎一个本该秉承天意、追求高尚目标的人，却应一事不做而只拜在一个小小的偶像面前，成为自己感官的奴隶——虽然还不是口腹之欲的奴隶（那简直与禽兽无异了），即

---

① 据古希腊神话，传说地中海有魔女，歌喉动听，诱使过往船只陷入险境。

② 原文为“Furies”，传说中的地狱之神。

③ 安东尼，恺撒部将，后因迷恋女色而战败被杀。克劳底亚，古罗马执政官，亦因好色而被杀。

④ 埃辟克拉斯（前342—前270年），古罗马哲学家。

娱目色相的奴隶。而上帝赐人以眼睛本来是有更高尚的用途的。

过度的爱情，必然会夸张对象的性质和价值。例如，只有在爱情中，才总是需要那种浮夸谄媚的词令。而在其他场合，同样的词令只能招人耻笑。古人有一句名言："最大的奉承，人总是留给自己。"——只有对情人的奉承要算例外。因为甚至最骄傲的人，也甘愿在情人面前自轻自贱。所以古人说得好："人在爱情中不会聪明。"情人的这种弱点不仅在外人眼中是明显的，就是在被爱者的眼中也会很明显——除非她（他）也在爱他（她）。所以，爱情的代价就是如此，不能得到回爱，就会得到一种深藏于心的轻蔑，这是一条永真的定律。由此中可见，人们应当十分警惕这感情。因为它不但会使人丧失其他，而且可以使人丧失自己本身。

至于其他方面的损失，古诗人荷马早告诉我们，那追求海伦的巴立斯王子竟拒绝了天后朱诺（财富女神）和密纳发（智慧女神）的礼物。这就是说，溺身于情的人，是甘愿放弃财富和智慧的。①

当人心最软弱的时候，爱情最容易入侵，那就是当人春风得意、忘乎所以和处境窘困孤独凄零的时候，虽然在后一情境中不易得到爱情。人在这样的时候最急于跳入爱情的火焰中。由此可见，"爱情"实在是"愚蠢"的儿子。但有一些人即使心中有了爱，仍能约束它，使它不妨碍重大的事业。因为爱情一旦干扰事业，就会阻碍人坚定地奔向既定的目标。

我不懂是什么缘故，使许多军人更容易堕入情网，也许这正像他们嗜爱饮酒一样，是因为危险的生活需要欢乐的补偿。

人心中可能潜伏有一种博爱倾向，若不集中于某个专一的对象，就必然施之于更广泛的公众，使他成为仁善的人，像有的僧侣那样。

夫妻的爱，使人类繁衍。朋友的爱，致人以完善。但那荒淫纵欲的爱，却只会使人堕落毁灭！

《论　美》

美德好比宝石，它在朴素背景的衬托下反而更美丽。同样，一个打扮并不

① 据古希腊神话，传说天后朱诺，智慧之神密纳发和美神维纳斯，为争夺金苹果，请特洛伊王子评判。三神各许一愿，密纳发许以智慧，维纳斯许以美女海伦，天后许以财富。结果王子把金苹果给了维纳斯。

华贵却端庄严肃而有美德者是令人肃然起敬的。

美貌的人，未必也具有内在的美。因而造物似乎是吝啬的，他给了此就不再予彼。所以许多美男子徒有其表却不是真正的男子汉，他们过于追求形体之美而忽略了内心的修养。但这不可绝对而论，因为奥古斯都、菲斯帕斯、腓力普王、爱德华四世、阿尔西巴底斯、伊斯梅尔等①，都既是大丈夫、又是美男子。就形貌而言，自然之美要胜于服饰之美，而优雅行为之美又胜于单纯仪容之美。最高的美是画家所无法表现的，因为它并非人力所能创造。这是一种奇妙的美。曾经有两位画家——阿波雷斯和丢勒②滑稽地认为，可以按照几何比例，或者通过摄取不同人身上最美的特点，用画合成一张最完美的人像。其实像这样画出来的美人，恐怕只表现了画家本人的某种偏爱。美是很难制订规范的（正如同音乐一样），创造它的常常是机遇，而不是公式。有许多脸型，就它的部分看并不优美，但作为整体却非常动人。

有些老人也会显得很可爱，因为他们的作风优雅而练达。有一句拉丁谚语说："四季之美尽在晚秋。"而尽管有的年轻人少年俊秀，却由于缺乏优美的举止和修养而不配得到赞美。

美犹如盛夏的水果，是容易腐败而难保持的。世上有许多美人，他们有过放荡的青春，却迎受着愧悔的晚年。因此，应该把美的形貌与美的德行结合起来。这样，美才会放射出灿烂的光辉。

《论青年与老年》

一个年岁不大的人也可以是富于经验的，假如他不曾虚度生活的话；然而这毕竟是罕有的事。

一般说来，青年人富于"直觉"，而老年人则长于"深思"。这两者在深刻和正确性上是有着显著差别的。

青年的特点是富于创造性，想象力也纯洁而灵活。这似乎是得之于神助的。

---

① 奥古斯都和菲斯帕斯是古罗马著名皇帝。腓力普王，法国国王，1285—1314 年在位。爱德华四世，英格兰国王，1461—1483 年在位。阿尔西巴底斯，古希腊著名美男子。伊斯梅尔，波斯国王，1461—1483 年在位。

② 阿波雷斯，古希腊画家。丢勒，德国画家、雕刻家。

然而，热情炽烈而情绪敏感的人往往要在中年以后方成大器，优利·恺撒和塞维拉斯[1]就是明显的例证。曾有人评论后一位说："他曾度过一个荒谬的——甚至是疯狂的青春。"然而他后来成为罗马皇帝中极杰出的一位。少年老成、性格稳健的人则往往青春时代就可成大器，奥古斯都大帝、卡斯曼斯大公、卡斯顿勋爵[2]即是如此。另一方面，对于老人来说，保持住热情和活力则是难能可贵的。

青年人长于创造而短于思考，长于猛干而短于讨论，长于革新而短于守成。老年人的经验，引导他们熟悉旧事物，却蒙蔽他们无视新情况。青年人敏锐果敢，但行事轻率却可能毁坏大局。青年的性格如同不羁的野马，藐视既往，目空一切，好走极端。勇于革新而不去估量实际的条件和可能性，结果常因浮躁而改革不成却招致意外的麻烦。老年人则正相反，他们常常满足于困守已成之局，思考多于行动，议论多于决断。为事后不后悔，宁肯事前不冒险。

因此，最好的办法是把青年的特点与老年的特点在事业上结合在一起。这样，他们各自的优点正好弥补了对方的缺点。从现在的角度说，他们的所长可以互补他们各自的所短。从发展的角度说，青年可以从老年身上学到他们所不具的经验。而从社会的角度说，有经验的老人执事令人放心，而青年人的干劲则鼓舞人心。但是，如果说，老人的经验是可贵的，那么青年人的纯真则是崇高的。

《圣经》说："你们中的年轻人将见到天国，而你们中的老人则只能作梦。"有一位"拉比"（犹太牧师）解释这话说：上帝认为青年比老年更接近他，因为希望总比幻梦切实一些。要知道，世情如酒，越浓越醉人——年龄越大，则在世故增长的同时却愈会丧失正直纯真的感情。早熟的人往往凋谢也早。不足为训的是如下三种人。第一种，是在智力上开发太早的人。小时了了，大未必佳。例如修辞学家赫摩格尼斯[3]就是如此。他少年时候就写出美妙的著作，但中年以后却成了白痴。第二种，是那种毕生不脱稚气的老顽童。正如西塞罗所批评的

---

① 优利·恺撒（前100？—44），罗马政治家。塞维拉斯（146—211），古罗马皇帝，公元193—211年在位。

② 卡斯曼斯大公，1570年封多斯加纳大公。

③ 赫摩格尼斯（161—180），古希腊哲学家。

赫腾修斯[1]，他早已该成熟却一直幼稚。第三种，是志大才疏的人。年轻时抱负很大，晚年却不足为训。像西庇阿·阿非利卡[2]就是如此。所以历史学家李维批评他："一生事业有始无终。"

（以上三则选自培根：《培根人生论》，何新译，西安，陕西师范大学出版社，2002年。）

阅读提示

培根散文充满了成熟的人生经验，文笔优美，语言凝练，以最少的词汇表达最丰富的思想，说理透彻，警句迭出。其语言经常点缀着富有诗意的比喻，决不因通篇充满议论而令人生厌。文风以凝练有力著称，正如黑格尔所言："培根拥有丰富的阅历，高度的想象，有力的机智，透彻的智慧。""他的著作充满了最美妙、最聪明的议论。"

1597年，《培根散文集》在英国首版后，即以文笔优美、语句简洁、趣味隽永、格言精妙而大受欢迎，多次再版重印，历四百多年而未衰，被译为世界上几乎所有文字。它与《蒙田随笔集》、《帕斯卡尔思想录》一起，被人们誉为欧洲近代哲理散文三大经典。

讨论

1. 爱情与美是年轻人普遍关注的问题，谈谈培根散文带给你的启发。
2. 请就青年与爱情这一论题写一篇论说文。

---

① 西塞罗（前106—前43），古罗马政治家、雄辩家和哲学家。赫腾修斯，约与西塞罗同时代的人。

② 西庇阿·阿非利卡（前236—前184），古罗马名将。

第四章　17、18世纪文学

17 世纪是欧洲封建主义与资本主义两种制度进行搏斗的时代。1648 年的英国资产阶级革命标志着中世纪的终结和近代史的开端，英国成为当时欧洲最先进的国家。法国的资产阶级已经发展到与封建贵族势均力敌的程度，法国是当时欧洲最强大的君主专制国家。在意识形态方面，由于近代自然科学的发展，唯物主义思想、理性主义思潮兴盛，出现了笛卡尔、斯宾诺莎、莱布尼兹等杰出的思想家，对欧洲哲学思想的发展作出了重要贡献。但是，当时欧洲的多数国家中封建制度仍占统治地位，封建势力以及天主教教会势力，往往通过宗教裁判所等机构残酷迫害进步的思想家和科学家，企图扼杀新思想。

英国文学和资产阶级革命有着血肉联系，资产阶级革命斗士弥尔顿是 17 世纪英国文学最杰出的代表。他的三部长诗《失乐园》、《复乐园》、《力士参孙》均采用《圣经》题材，具有强烈的革命精神。清教徒作家约翰·班扬写了寓意小说《天路历程》，描写一个“基督徒”从毁灭之城出走，经过绝望泥潭、名利场、怀疑堡等地，历尽艰险，最后到达天国，以宗教性梦幻故事的方式讽喻现实，揭露贵族阶级。

法国文学在 17 世纪达到全欧的最高水平，产生了古典主义潮流。这一潮流是法国强大的中央集权君主专制时期的产物，它反映了资产阶级的要求，也迎合了贵族的趣味，它在创作实践和文艺理论上都以古希腊、罗马为典范，因而有“古典主义”的名称。古典主义者拥护王权，主张国家统一；崇尚理性，要求克制个人情欲；模仿古代，重视规范，追求艺术形式完美。法国古典主义文学以戏剧成就最为突出，主要代表人物有高乃依、拉辛和莫里哀。高乃依是法国古典主义悲剧的奠基者，高乃依的《熙德》和拉辛的《安德洛玛克》是古典主义悲剧的代表作。莫里哀的喜剧代表了这一时期欧洲文学的最高水平，莫里哀是法国古典主义喜剧的创始人，《吝啬鬼》中的阿巴贡和《伪君子》中的达尔杜弗都是戏剧史上的典型人物。古典主义影响欧洲文学达 200 年之久，直到 19 世纪浪漫主义兴起后才逐渐衰退。

18 世纪的欧洲文坛，虽然古典主义依然盛行，但最能体现时代精神的是启蒙文学和英国的现实主义小说。

启蒙运动是继文艺复兴之后，在欧洲发生的第二次资产阶级思想文化运动，是文艺复兴反封建、反蒙昧斗争的继续和深入发展。启蒙运动在法国声势最为浩大，启蒙思想家以自由、平等、博爱等先进思想教育民众，为 1789 年法国资产阶级革命准备了思想条件，因而有“启蒙”之名。启蒙作家往往把文学创作看成是宣传自由、平等思想的有力工具，他们常常深入浅出，把深奥难解的哲学思想写得通俗易懂，唤醒人民的思想，照亮人们的头脑。

启蒙文学具有鲜明的政治倾向性和民主性。法国是启蒙运动的中心，法国启蒙学者狄德罗等用 30 年时间艰苦写作完成了《百科全书》，因此法国人用“百科全书派”来称呼启蒙学者。孟德斯鸠的《波斯人信札》、伏尔泰的《老实人》、狄德罗的《拉摩的侄儿》以及卢梭的《新爱洛绮斯》是欧洲启蒙文学的典范。这些作品具有强烈的现实主义倾向，把资产阶级和平民作为描写、歌颂的主要对象，反映了法国封建社会的颓败和混乱，揭露了封建统治的残暴和封建等级压抑人的感情的罪恶，具有强烈的政论性和哲理性，在形式上创造了“哲理小说”、“正剧”等新体裁。

笛福是英国现实主义长篇小说的开创者，长篇小说《鲁宾逊飘流记》歌颂了资本主义原始积累时期新兴资产阶级不畏艰险、积极进取的精神风貌。斯威夫特是英国杰出的讽刺小说家，长篇小说《格列佛游记》采用幻想游记的形式，全面讽刺和抨击了英国的现实社会。菲尔丁是 18 世纪英国最杰出的小说家，长篇小说《汤姆·琼斯》对英国的封建等级关系和资产阶级的虚伪和自私进行了无情的揭露。他们的文学活动具有启蒙的性质，并为 19 世纪现实主义文学作了有益的准备。18 世纪中后期，以劳伦斯为代表的感伤主义作家预示着浪漫主义潮流的到来。

德国的启蒙运动是在英、法的影响下兴起的，由于德国政治经济落后，运动只限于意识形态领域。德国的启蒙主义者企图通过启蒙教育使所有的人都能按新的道德准则行事。莱辛是德国资产阶级民族文学的奠基人，同时对现实主义的文学理论和美学思想的发展作出了重大贡献，他的剧本和理论著作《拉奥孔，或论画与诗的界限》以及《汉堡剧评》都是举世闻名的作品。

18 世纪 70 年代，一批青年作家发动了“狂飙突进”运动。这个运动是启蒙运动的继续和发展，是德国文学史上一次反封建斗争的高潮，作家们强烈要求人能得到自由发展，反对一切束缚人的全面发展的社会环境和道德观念。歌德的小说《少年维特之烦恼》是德国文学中第一部产生世界影响的作品，席勒的

《强盗》和《阴谋与爱情》是这一运动中出现的最出色的作品。在18世纪的最后10年里，歌德和席勒完成了奠定德国文学在世界文学中占重要地位的光辉作品，如席勒的剧本《华伦斯坦》、歌德的诗剧《浮士德》（第一部）等，这些作品与黑格尔在哲学上的伟大成就一起构成了德国资产阶级文化的顶峰。

莫　里　哀

莫里哀

莫里哀（1622—1673 年）是欧洲最杰出的喜剧家之一。原名让-巴蒂斯特·波克兰，莫里哀为艺名。他出身于巴黎一个资产阶级家庭，父亲是宫廷装饰商，有贵族头衔。他从幼年时代就爱好戏剧，1642 年大学毕业以后，放弃了世袭权利，离家出走，毅然选择心爱的戏剧为终身职业，多年随剧团巡回演出并担任编剧。在流浪中，他了解了人民的生活和艺术趣味，熟悉了法国社会，从而确定了他对贵族和教会的批判态度。同时，他广泛接触到传统的法国民间闹剧和流行一时的意大利即兴喜剧，从中吸取了许多艺术创作的经验。莫里哀是法国古典主义喜剧的创建者，他一生创作戏剧 30 多部，主要有《太太学堂》、《伪君子》、《唐璜》、《恨世者》、《吝啬鬼》等。莫里哀是位喜剧大师，但是他的死却是一场悲剧。为了维持剧团开支，他不得不带病参加演出。1673 年，在演完《没病找病》最后一幕以后，莫里哀咯血倒下，当晚就逝世了，终年 51 岁。

《伪君子》（节选）

第一幕

第四场

奥尔贡，克莱昂特，道丽娜。

奥尔贡　啊！舅爷，你好。

克莱昂特　我正要走，看见你回来，我很高兴。田野现在相当荒凉。

奥尔贡　道丽娜……舅爷，对不住，等一下：让我先问问家里消息，免得心里挂念。这两天，家里全好？有什么事吗？人好吧？

道丽娜　太太前天发烧，一直烧到黄昏。头疼得不得了。

奥尔贡　达尔杜弗呢？

道丽娜　达尔杜弗啊，他那才叫好呐，又粗又胖。脸蛋子透亮，嘴红红的。

奥尔贡　可怜的人！

道丽娜 黄昏时候，太太头疼得还要厉害。一点胃口也没有，一口晚饭也吃不下！

奥尔贡 达尔杜弗呢？

道丽娜 他坐在太太对面，一个人，虔虔诚诚，吃了两只鹌鹑，还有半条切成小丁儿的羊腿。

奥尔贡 可怜的人！

道丽娜 太太难过了整整一夜，没有一刻可以关关眼皮。她因为发烧，睡不好觉，我们只好在旁边陪她一直陪到天亮。

奥尔贡 达尔杜弗呢？

道丽娜 他用过晚饭，有了困的意思，就走进他的房间，立刻躺到他暖暖和和的床上，安安逸逸，一觉睡到天明。

奥尔贡 可怜的人！

道丽娜 太太临了听我们劝，决定叫人给她放血，紧跟着没有多久，她就觉得好过啦。

奥尔贡 达尔杜弗呢？

道丽娜 他照样儿精神抖擞，为了抵偿太太放掉的血，滋补他的灵魂，抵抗所有的罪恶，早点的时候，喝了满满四大杯的葡萄酒。

奥尔贡 可怜的人！

道丽娜 两个人现在总算都好啦！我先去禀报一声太太，说你听见她病好了，有多关切。

第三幕

第六场

奥尔贡，大密，达尔杜弗。

奥尔贡 天呀！我方才听到的话是真的吗？

达尔杜弗 是的，道友，我是一个坏人、一个罪人、一个可恨的败类，无法无天，自古以来最大的恶棍。我的生命只是一堆罪行和粪污，没有一分一秒不是肮脏的。我看上天有意惩罚我，才借这个机会，考验我一番。别人加我以罪，罪名即使再大，我也不敢高傲自大，有所申辩。相信人家告诉你的话吧，大发雷霆吧，把我当作罪犯，赶出你的家门吧。我应当受到更多的羞辱，这一点点，根本就算不了什么。

奥尔贡（向他的儿子）啊！不孝的忤逆，你竟敢造谣生事，污损他的清德？

大密　什么？这家伙虚伪成性，装出一副柔顺的样子，您真就相信……？

奥尔贡　住口，该死的东西。

达尔杜弗　啊！让他说吧：你错怪了他，他那些话，你还是相信的好。既然事实如此，你何苦待我这样好啊？说到最后，我有什么干不出来的，你可知道？道友，你相信我的外表？你根据表面，相信我是好人？使不得，使不得：你这是受了现象的欺骗，哎呀！我比人想的，好不了多少。人人把我看成品德高尚的人；然而实情却是我不值分文。（转向大密）对，我亲爱的孩子，说话吧，把我当作背信的东西、无耻的东西、恶人、强盗、凶手看待吧，用还要可憎的字眼儿来骂我吧，我决不反驳；而且正该如此。我愿意跪下来拜领奇耻大辱，因为我平生作恶多端，丢人是应当的。

奥尔贡　（向达尔杜弗）道友，你太过分了。（向他的儿子）不孝的忤逆，你还不认错？

大密　什么？你真就相信他这套鬼话……

奥尔贡　住口，死鬼。（向达尔杜弗）道友，哎！起来，求你了！（向他的儿子）无法无天的东西！

大密　他会……

奥尔贡　住口。

大密　气死我啦！什么？把我看成……

达尔杜弗　道友，看上帝份上，不要动怒。我宁可忍受最可怕的痛苦，也不愿意他为我的缘故，皮肤上拉破一点点小口子。

奥尔贡　（向他的儿子）忘恩负义的东西！

达尔杜弗　由他去吧。需要的话，我跪下来，求你饶他……

奥尔贡　（向达尔杜弗）哎唷！你这是干什么呀？（向他的儿子）混账东西！看人家多好。

大密　那么……

奥尔贡　闭住你的嘴。

大密　什么？我……

奥尔贡　听见了没有，闭住你的嘴。我明白你为什么攻击他：你们人人恨他，我今天就看见太太、儿女和听差跟他作对来的；你们厚颜无耻，用尽方法，要把这位虔诚人物从我家里赶走。可是你们越是死命撵他走，我就越要死命留他。为了打击我一家人的气焰，我偏尽快把女儿嫁给他。

大密 你想逼她嫁给他？

奥尔贡 对，不孝的忤逆，为了气死你，今天晚上就行礼。哎！咱们就斗斗看，我要叫你们知道，我是家长，人人应当服从。好啦，把话收回去，捣蛋鬼，赶快跪到他面前，求他宽恕。

大密 谁，我？求这混账东西宽恕？他仗着他骗人的本事……

奥尔贡 啊！下流东西，你不听话，还敢骂他？拿棍子来！拿棍子来！（向达尔杜弗）别拦我。（向他的儿子）好，马上滚出我的家门，永远不许回来。

大密 对，我走；可是……

奥尔贡 快滚。死鬼，我取消你的继承权，还咒你不得好死。

第四幕

第五场

达尔杜弗，艾耳密尔，奥尔贡（在桌子底下）。

达尔杜弗 有人告诉我，你愿意和我在这地方谈谈。

艾耳密尔 是的。我有几句秘密话要和您讲，不过在我说给您听以前，先把那扇门关好，再四处张望张望，别叫人撞见了。我们现在可千万别像方才那样，再来那么一回了。我从来还没有那样吃惊过。大密闹得我为您担惊受怕，到了极点；您也不是看不出来，我尽力劝他平心静气，收回他的主张。我当时也的确心慌意乱之至，简直没有想到否认他那些话；可是感谢上天，结果反而再好没有，我们倒更有保障了。由于我丈夫对您的敬重，满天的乌云散了，他对您也不会起疑心了。为了杜绝坏人的流言飞语，他要我们时时刻刻守在一起，这样一来，我就不怕别人责难，能像现在一样，关好了门，一个人和您呆在一起，也才敢不避嫌疑，向您表白我的衷肠，不过我接受您的情意，也许就显得有点儿太快了。

达尔杜弗 夫人，我不大了解您这番话的意思。方才您说话，可不是这样来的。

艾耳密尔 哎呀！您要是为了先前没有答应，就怒气冲冲的，可也真叫不懂女人的心啦；她明明是半推半就，您会看不出她的意思，也真叫不在行啦！

男人在我们心里引起了好感，我们当时由于害羞，总要抵抗一阵子的，爱情在我们心里扎下了根，即使十足，可是当面承认，我们总有一点难为情的。我们开头不肯，可是人一看我们的模样，就知道我们心里其实愿意，面子上尽管口不应心，那样的拒绝也就等于满口应承。我对您衷情，显然过于露骨了些，很少顾到我们女人的廉耻，不过既然话已出口，我倒要请您说说看，我有没有用心劝阻大密？我有没有腼腼腆腆，耐着心烦，听您谈情说爱？我要是不喜欢听您谈情说爱，会不会像您看见的那样行事？婚事宣布以后，我要亲自劝您退婚，情急到了这般地步，您倒说说看，不是对您有意又是什么？我要您整个儿心是我的，这门亲事成功的话，起码就有一半儿心给了别人，您说我会不会难过？

达尔杜弗　夫人，听心爱的人说这些话，当然是万分愉快，句句话像蜂蜜一样，一长滴又一长滴，沁人心脾。那种香甜味道我就从来没有尝过。我用心追求的幸福就是得您的欢心，我把您能见爱看成我的正果。不过我对我的幸运，还是请您许我斗胆加以怀疑吧。您这番话，我可能当作一种权宜之计，要我取消就要成为定局的婚事。我不妨把话对您明说了吧，我决不相信甜言蜜语，除非是我盼望的恩情，能有一点实惠给我，保证情意真挚，让我对您的柔情蜜意，能在心里树立经久不渝的信念。

艾耳密尔　（她咳嗽，警告她的丈夫）怎么？您想快马加鞭，一下子就把柔情蜜意汲干？人家好不容易把心里最多情的话也给您掏出来了，您还嫌不够。难道不把好处全给您，真就不能满足您了吗？

达尔杜弗　人越觉得自己不配，越不敢希望幸福到手。长篇大论也难保证我们的希望不落空。命运太辉煌了，人反而容易起疑心，要人相信，先得现享现受。拿我来说，我就相信自己不配您的慈悲，疑心我的唐突不会有好结果。夫人，我是什么也不相信，除非您有实实在在的好处，能以满足我的爱情。

艾耳密尔　我的上帝！您的爱情活像一位无道的暴君，压制人心，唯我独尊，予取予求，漫无止境，我就心慌意乱，不知道怎么办才好！什么？人就不能逃避您的追求，连喘气的时间您也不给？您一步也不放松，为所欲为，不留回旋余地，而且明明知道人家对您有意，还要这样迫不及待地逼人，不也太过分些了吗？

达尔杜弗　您既然怜念我的赤诚，青眼相加，为什么又不肯给我确实保证？

艾耳密尔　不过您口口声声全是上天，我同意您的要求，岂不得罪上天？

达尔杜弗　如果您只有上天和我的爱情作对，移去这样一种障碍，在我并不费事，您大可不必畏缩不前。

艾耳密尔 可是人家一来就拿上天的裁判吓唬我们！

达尔杜弗 夫人，我能帮您取消这些可笑的畏惧，我有解除顾虑的方法。不错，上天禁止某一些享受；（这是一个恶棍在说话）[1] 不过我能叫它让步的。有一种学问，根据不同的需要，放松束缚我们的良心的绳索，也能依照我们动机的纯洁，弥补失检的行为。夫人，我会教您这些秘诀的；您只要由我引导就成了。不要害怕，满足我的欲望吧，一切有我，有罪我受。夫人，您咳嗽得厉害。

艾耳密尔 可不，我直难过。

达尔杜弗 您要不要来一块甘草糖？

艾耳密尔 我害的一定是一种恶性感冒，我看现在就是全世上的糖，也无济于事。

达尔杜弗 这可真糟。

艾耳密尔 是啊，说不出来有多糟。

达尔杜弗 说到最后，解除您的顾虑并不困难，您放心好了，事情绝对秘密。只有张扬出去的坏事才叫坏事。世人的议论是获罪于天的根源，私下里犯罪不算犯罪。

艾耳密尔 （又咳嗽了一阵之后）说到最后，我看，我非横下心来依顺您不可了，我非同意样样应允您不可了，不这样做的话，我就不必妄想人家[2]心满意足，明白过来。走到这一步，的确糟糕；不守妇道，在我也是概不由己。不过人家既然是执意要我走这条路，不肯相信一切能说出来的话，要更有说服力的证据，我就非横下心来，满足人家不可。万一我同意这样做，事情本身就有获罪于天的地方，谁逼我这样出丑丢人，谁就活该受着吧，反正罪过决不该归我承当。

达尔杜弗 对，夫人，由我承当，事情本身……

艾耳密尔 请您把门开开，看看我丈夫在不在那边廊子。

达尔杜弗 您有什么必要顾虑到他？没有外人，我就说给您听吧，他是一个被我牵着鼻子走路的人。他以我们的全部谈话为荣；我已经把他摆布到这步田地：看见什么，不信什么。

---

① 这个小注是莫里哀自己加添的。——编者注

② “人家”是双关语，意指她的丈夫。

艾耳密尔　不管怎么样，请您先出去一会儿，在外面四处仔细看看。

（莫里哀：《莫里哀喜剧六种》，李健吾译，上海，上海译文出版社，1978 年。）

阅读提示

本剧写于 1664 年，是莫里哀的代表作。破落贵族达尔杜弗伪装成虔诚的宗教信徒骗得富商奥尔贡的信任，成为他家的座上宾，全家人的良心导师。奥尔贡对达尔杜弗敬佩得五体投地，打算将爱女嫁给他，把财产托付给他，甚至剥夺了儿子的继承权。但想不到的是，达尔杜弗竟然勾引奥尔贡年轻美丽的续妻，图谋不成又妄想陷害奥尔贡。最后国王明察秋毫，恶人受到惩罚，奥尔贡得到恩赦。

该剧最重要的成就是塑造了达尔杜弗的形象，他是典型的宗教骗子、伪善的化身，达尔杜弗已经成为伪善、“故作虔诚的奸徒”的代名词。作品通过对他贪食、好色和谋财害命的描写，深刻而尖锐地揭露了宗教伪善的欺骗性和危害性。莫里哀笔下的达尔杜弗，有着明显的针对性，17 世纪的法国，教会势力和贵族势力勾结在一起，组织了谍报机构“圣体会”，打着宗教慈善事业的幌子，派人混进“良心导师”的行列，监视人们的言行，陷害进步人士，伪善正是它最显著的特点。

《伪君子》是一部将古典主义创作原则与民间喜剧手法结合的杰作。全剧情节结构精巧紧凑、层次分明，莫里哀创造性地运用了“三一律”，剧情围绕揭露达尔杜弗的伪善性格而展开，剧中人物语言生动灵活，富有个性化色彩。达尔杜弗矫揉造作，长篇大论，言必称上帝；奥尔贡的语言简短、单调、武断、完全符合专制家长的性格、身份。道丽娜泼辣犀利、率真朴实，充分表现她机敏、活泼、爽朗的性格。

讨论

1. 结合选文，分析达尔杜弗的形象。
2. 分析《伪君子》的艺术特色。
3. 揣摩人物性格，分角色朗诵或演出此剧，并谈谈对我们现实生活的启示。

帕斯卡尔

帕斯卡尔

布莱兹·帕斯卡尔（1623—1662 年），法国 17 世纪的数学家、物理学家和哲学家。他在理论科学和实验科学两方面都作出了巨大贡献。几何学上的帕斯卡尔六边形定理、帕斯卡尔三角形，物理学上的帕斯卡尔定理等均是他的贡献。他还创制了一架可以做算术的工具，制作了水银气压计，同时还是概率论的创立人之一。《思想录》虽然是一部作者生前未完成的手稿，但断断续续的文字中闪烁着思想的光芒，对后世产生深远影响。

《人算什么》三则

《人是无穷小和无穷大之间的一个中项》

人的比例失调——［这就是我们的天赋知识引导我们所达到的：假如它们不是真的，那么人就根本没有真理了；假如它们是真的，那么人就被迫不得不以这种或那种方式低头，从而发见有极大理由应该谦卑。而且，人既然不能不相信它们而生存，所以我希望他在进行大规模探讨自然之前，先能认真地而又自在地考虑一下自然，并且也能返观一下自己，认识他具有着怎样的比例①……］那末就让人思索自然界全部的崇高与宏伟吧，让他的目光脱离自己周围的卑微事物吧！让他能看看那种辉煌灿烂的阳光就像一座永恒不熄的爝火在照亮着全宇宙；让地球在他眼中比起太阳所描扫的巨大轨道来就像一个小点；并且让他震惊于那个巨大轨道的本身比起苍穹中运转着的恒星所环绕的轨道来，也只不过是一个十分细微的小点罢了。然而假如我们的视线就此停止，那么就让我们的想像能超出此外吧；软弱无力的与其说是提供材料的自然界，倒不如说是我们的构思能力。整个这座可见的世界只不过是大自然广阔的怀抱中一个难以觉察的痕迹。没有任何观念可以近似它。我们尽管把我们

① “比例”指人对自然的比例。

的概念膨胀到超乎一切可能想像的空间之外，但比起事情的真相[①]来也只不过成其为一些原子而已。它就是一个球，处处都是球心，没有哪里是球面[②]。终于，我们的想像力会泯没在这种思想里，这便是上帝的全能之最显著的特征。

让一个人返求自己并考虑一下比起一切的存在物来他自身是个什么吧；让他把自己看作是迷失在大自然的这个最偏僻的角落里[③]；并且让他能从自己所居住的这座狭隘的牢笼里——我指的就是这个宇宙——学着估计地球、王国、城市以及他自身的正确价值吧！一个人在无限之中又是什么呢？

但是为了给他展示同样可惊可讶的另一幅壮观，让他能探讨一下他所认识的最细微的东西吧。让我们给他一枚身躯微小而其各个部分还要更加微小无比的寄生虫吧，它那关节里的肌肉，它那肌肉里的脉胳，它那脉胳里的血液，它那血液里的黏汁，它那黏汁里的一微一毫，它那一微一毫里的蒸气；并且把这些最后的东西再加以分割，让他竭尽这类概念之能事，并把他所可能达到的最后的东西当作我们现在讨论的对象；他或许会想，这就是自然界中极端的微小了吧。可是我要让他看到这里面仍然是无底的。我要向他描述的不仅仅是可见的宇宙，并且还有他在这一原子略图的怀抱里面所可能构想的自然的无限性。让他在这里面看到有无穷之多的宇宙，其中每一个宇宙都有它自己的苍穹、自己的行星、自己的地球，其比例和这个可见的世界是一样的；在每个地球上也都有动物，最后也还有寄生虫，这些他将发见都和原来所曾有过的一样；并且既然能在其他这些里面可以无穷尽地、无休止地发见同样的东西，那末就让他在这些渺小得可怕、正如其他那些同样巨大得可怕的奇迹里面销魂吧；因为谁能不赞叹我们的躯体呢，它在宇宙中本来是不可察觉的，它自身在全体的怀抱里本来是无从觉察的，而与我们所不可能到达的那种虚无相形之下却竟然一下

---

① 事情的真相，指宇宙的无穷。

② 按这句话在中世纪时是归之于古希腊哲学家恩培多克勒（Empedocles，公元前 500—前 430）的名下的，有时也归之于赫耳墨斯·特雷美奇斯特（Hermes Tremigeste）。古尔内（Gournet）为蒙田《随笔集》所写的序言中曾有如下的话：“特雷美奇斯特（希腊神话）说：上帝是一个圆，处处都是圆心，没有哪里是圆周。”

③ 蒙田《随笔集》第二卷第十二章：“你看到的只是你所居住的小洞里的秩序和政治”。又可参看同书，第一卷第二十五章。

子成了一个巨灵、一个世界、或者不如说成了一个全体①！

凡是这样在思考着自己的人，都会对自己感到恐惧，并且当他思考到自己是维系在大自然所赋给他在无限与虚无这两个无底洞之间的一块质量之内时，他将会对这些奇迹的景象感到战栗的；并且我相信随着他的好奇心之转化为赞仰，他就会越发倾向于默默地思索它们而不是怀着臆测去研究它们。

因为，人在自然中到底是个什么呢？对于无穷而言就是虚无，对于虚无而言就是全体，是无和全之间的一个中项。他距离理解这两个极端都是无穷之远，事物的归宿以及它们的起源对他来说，都是无可逾越地隐藏在一个无从渗透的神秘里面；他所由之而出的那种虚无以及他所被吞没于其中的那种无限，这二者都同等地是无法窥测的。

然则，除了在既不认识事物的原则又不认识事物的归宿的永恒绝望之中观察它们［某些］中项的外表而外，他又能做什么呢？万事万物都出自虚无而归于无穷。谁能追踪这些可惊可讶的过程呢？这一切奇迹的创造主要是理解它们的。任何别人都做不到这一点。

《没有任何东西可以为我们停留》

人们并没有思索这些无穷，就冒然着手去研究自然，竟仿佛他们对于自然有着某种比例似的。他们根据一种有如他们的对象那样无穷的臆测，想要理解事物的原则，并由此而一直达到认识一切，——这简直是怪事。因为毫无疑问，若是没有臆测或是没有一种与自然同样无限的能力，我们就不可能形成这一计划。

当我们领会了之后，我们就会理解，大自然是把它自己的影子以及它的创造主的影子铭刻在一切事物上面的，一切事物几乎全都带有它那双重的无穷性。正是因此，我们就可以看到，一切科学就其研究的领域而言都是无穷的，因为谁会怀疑例如几何学中有待证明的命题乃是无穷无尽的呢？并且就其原理的繁多和细密而言，它们也是无穷的；因为谁不知道我们当作是最后命题的那些原

---

① 按，此处涉及作者给默雷的一封信，答复其有关无限小的存在的证明。1654 年 7 月 29 日帕斯卡尔致费马（Fermat 1601—1665，法国数学家）信中说："我没有时间给你看使默雷先生大为震惊的一种困难的证明：因为他有很好的头脑，但他并不是几何学家；这是——你是知道的——一个大缺点，他甚至于不理解一个数学上的线段是可以无限分割的，他坚决认为那是由有限数目的点所构成的，我始终无法使他自拔于此；假如你能做到这一点，那就太好了。"

理，其本身也是不能成立的，而是还得依据另外的原理，而另外的原理又要再依据另外的原理，所以就永远都不容许有最后的原理呢？可是我们却规定了某些最后的原理，其理由看来就正如我们对于物质的东西所下的规定一样；对于物质的东西，凡是超乎我们的感官所能察觉之外的，我们就称之为不可分割的质点，尽管按其本性来说，那是可以无限分割的。

在科学的这种双重无穷之中，宏伟的无穷性是最易于感觉的，而这也就是何以居然竟有少数人自命为认识一切事物。德谟克利特[①]就说过："我要论述一切。"

然而微小的无穷性却并不那么显而易见。哲学家们往往自诩已经达到了这一点，但正是在这上面，他们都绊倒了。这就产生了像《万物原理》、《哲学原理》之类这样一些常见的书名，这些名字尽管表面上不如但实际上却正如另一本刺眼的书《De omni scibili》[②] 是一样地夸诞。

我们很自然地相信自己足以能够到达事物的中心，而不仅是把握住它们的周径而已；世界可见的范围显而易见是超出我们之外的；但既然我们是超出微小的事物之外的，于是我们就自信我们是能够掌握它们的。可是达到虚无却并不比达到一切所需要的能力为小；二者都需要有无穷的能力，并且在我看来，谁要是能理解万事万物的最后原理，也就能终于认识无穷。二者是互相依赖的，二者是相通的。这两个极端乃是由于互相远离才能互相接触与互相结合，而且是在上帝之中并仅仅是在上帝之中才能发见对方的。

因此就让我们认识我们自身的界限吧；我们既是某种东西，但又不是一切。我们得以存在的事实就剥夺了我们对于第一原理的知识，因为第一原理是从虚无之中诞生的；而我们存在的渺小又蒙蔽了我们对无限的视野。

我们的理解在可理解的事物的秩序里，只占有我们的身体在自然的领域里所占有的同样地位。

我们在各方面都是有限的，因而在我们能力的各方面都表现出这种在两个极端之间处于中道的状态。我们的感官不能察觉任何极端：声音过响令人耳聋，光亮过强令人目眩，距离过远或过近有碍视线，言论过长或过短反而模糊了论

① 德谟克利特（Democrite，公元前 460—前 362）古希腊哲学家。这里所引的这句话见蒙田《随笔集》，第二卷第十二章。

② 拉丁文：《论可知的一切》。1486 年意大利人皮柯·兰多拉（Pic de la Mirandole，Pico della Mirandola）在罗马提出九百条命题，以《论可知的一切》为名；后被教会查禁。

点，真理过多使人惊惶失措（我知道有人[①]并不能理解零减四还余零[②]），第一原理使我们感到过于确凿，欢乐过多使人不愉快，和声过度使音乐难听；而恩情太大则令人不安，我们愿意有点东西能超偿债务：beneficia eousque laeta sunt dum videntur exsolvi posse；ubi multum antevenere ，progratia odium redditur. [③]我们既感觉不到极度的热，也感觉不到极度的冷。一切过度的品质都是我们的敌人，并且是不可能感觉的：我们不再是感觉它们，而是忍受它们。过于年青和过于年老都有碍于精神，教育太多和太少也是一样；总之，极端的东西对于我们仿佛是根本就不存在似的，我们根本就不在它们的眼里：它们回避我们，不然我们就回避它们。

这便是我们的真实情况；是它使得我们既不可能确切有知，也不可能绝对无知。我们是驾驶在辽阔无垠的区域里，永远在不定地漂流着，从一头被推到另一头。我们想抓住某一点把自己固定下来，可是它却荡漾着离开了我们；如果我们追寻它，它就会躲开我们的掌握，滑开我们而逃入于一场永恒的逃遁。没有任何东西可以为我们停留。这种状态对我们既是自然的，但又是最违反我们的心意的；我们燃烧着想要寻求一块坚固的基地与一个持久的最后据点的愿望，以期在这上面建立起一座能上升到无穷的高塔；但是我们整个的基础破裂了，大地裂为深渊。

因此就让我们别去追求什么确实性和固定性吧。我们的理性总是为表象的变化无常所欺骗，并没有任何东西能把既包括着有限但又避开有限的这两种无限之间的有限固定下来。

《灵魂与身体：人的两种相反品性》

这一点很好地加以理解之后，我相信我们每个人就都会安定在大自然所安排给自己的那种状态的。既然我们被注定的这种中间状态永远与极端有距离，那末人类多了解一点东西又有什么意义呢？假如他多有了一点，他就了解得更高一点。但他距离终极，岂不永远是无穷地遥远吗？而我们的一生就再多活上

---

① 可能是指默雷。

② 按这里的“零”指虚无，虚无减掉任何数量仍余虚无。

③ ［唯有我们认为能够报答的恩情才是惬意的，超出此外，感激就要让位给怨恨了］。按原文为拉丁文，语出塔西佗（Tacite，55—120）《编年史》IV，18。蒙田《随笔集》第三卷第八章转引。

十年，岂不同样地［距离］永恒仍是无穷地遥远吗？

在这种无穷的观点之下，一切的有限都是等值的；我看不出为什么宁愿把自己的想像放在某一个有限上而不是放在另一个有限上。单是以我们自身来和有限作比较，就足以使我们痛苦了。

如果人首先肯研究自己，那末他就会看出他是多么地不可能再向前进。部分又怎么能认识全体呢？可是，也许他会希望至少能认识与他有着比例关系的那些部分了吧。但是世界的各部分又全都是这样地彼此相关系着和相联系着，以致我确信没有某一部分或者没有全体，便不可能认识另一部分。

例如，人是和他所认识的一切都有关连的。他需要有地方可以容身，有时间可以存续，有运动可以生活，有元素可以构成他，有热和食物可以滋养他，有空气可以呼吸；他看得见光明，他感觉到物体；总之，万物都与他相联系①。因而，要想认识人，就必须知道何以他需要有空气才能生存；而要认识空气，又须知道它与人的生命何以有着这种关系，等等。火焰没有空气就不能存在；因之，要认识前者，就必须认识后者。

既然一切事物都是造因与被造者，是支援者与受援者，是原手与转手，并且一切都是由一条自然的而又不可察觉的纽带——它把最遥远的东西和最不相同的东西都联系在一起——所连结起来的；所以我认为不可能只认识部分而不认识全体，同样地也不可能只认识全体而不具体地认识各个部分②。

［事物在其自身之中或在上帝之中的永恒性，也应该使我们短促的生命惊讶不已。大自然之固定而持久的不变性，比起我们身中所经历的不断变化来，也应该产生同样的效果。］

而使得我们无力认识事物的，就在于事物是单一的，而我们却是由两种相反的并且品类不同的本性，即灵魂与身体所构成的。因为我们身中的推理部分若竟然是精神之外的什么东西，那就是不可能的事；而如其我们认为我们单纯是肉体，那就越发会排斥我们对事物的知识，再没有比说物质能够认识其自身这一说法更加不可思议的了；我们不可能认识，物质怎么会认识它自己。

因之，如果我们单纯［是］物质，我们就会什么都不认识；而如果我们是

① 赛朋德（Raymond Sebond，死于1432年）《自然神学》第二章：“人和其他一切创造物都有着一种伟大的联盟、协约和友谊。”

② 可参看蒙田《随笔集》第二卷第十二章。

由精神与物质所构成的，我们就不能够充分认识单纯的事物，无论它是精神的还是物体的事物。

由此可见，几乎所有的哲学家全都混淆了对事物的观念，他们从精神方面谈论肉体的事物，又从肉体方面谈论精神的事物。因为他们大肆谈论着肉体倾向于堕落，它们在追求自己的中心，它们在躲避自己的毁灭，它们害怕空虚，并且它[1]也具有倾向、同情与反感之类属于精神的各种东西。而在从精神出发的时候，他们又把精神认为是存在于某个地点，并且把从一个位置到另一个位置的运动也归之于精神，这些却都是纯属于肉体的东西。

我们并不去接受有关这些纯粹事物的观念，反而是给它们涂上了我们自己的品性；并且对一切我们所思索着的单纯事物，都打上我们自身那种合成生命的烙印。

鉴于我们是以精神和肉体在合成一切事物的[2]，谁会不相信这样一种混合对于我们乃是十分可以理解的呢？然而正是这种东西，我们却最不理解。人对于自己，就是自然界中最奇妙的对象；因为他不能思议什么是肉体，更不能思议什么是精神，而最为不能思议的则莫过于一个肉体居然能和一个精神结合在一起。这就是他那困难的极峰，然而这就正是他自身的生存：Modus quocorporibus adhaerent spiritus comprehendi ab hominibus non potest, et hoc tamenhomo est. [3]

（［法］帕斯卡尔：《帕斯卡尔思想录》，何兆武译，西安，陕西师范大学出版社，2002年。）

阅读提示

1670年，波尔·罗亚尔修道院第一次发表了帕斯卡尔生前的一些札记，题名为《帕斯卡尔先生死后遗下的论宗教和其他主题的思想》。后来，这一著作沿用了《思想录》的书名。

帕斯卡尔在短暂的一生中对多个领域进行了孜孜不倦的探索，是一个天才的科学家和深刻的思想者。他崇尚理性，反复论述人因思想而伟大（人是思想的苇草、没有光明之可耻等），但同时他的思想中也有辩证主义的因素和不可知

① “它”指自然。

② 读作：“鉴于我们是以精神和肉体的合成来解释一切事物的”。

③ ［精神与肉体相结合的方式乃是人所不能理解的，然而这就正是人生。］原文为拉丁文，语出奥古斯丁（Augustin，354—430）《上帝之城》XXI、10。蒙田《随笔集》，第二卷第十二章转引。

论的悲观。

本文将人放在宇宙苍穹中去考察，使我们从最为宏观的角度反观自身，认识人类的局限性。作者指出人是无穷小和无穷大之间的一个中项，万事万物都出自虚无而归于无穷。人自身所处的位置，决定了人的认识只能处于中道。

讨论

1. 谈谈你对课文部分所表现的帕斯卡尔思想的看法，或者撰写一篇《思想录》的读后感。

卢 梭

卢梭

让·雅克·卢梭（1712—1778年）是18世纪法国文学家、启蒙思想家。卢梭生于日内瓦一个钟表匠的家庭，他生而丧母，从小就生活在社会下层，曾度过13年穷苦的流浪生活，他对当时的黑暗社会怀有深刻的仇恨。后来他到了法国巴黎，结识了狄德罗等先进思想家。1749年，卢梭的应征文章《论科学与艺术》获奖使他一举成名。小说《爱弥儿》发表后激怒了当局和百科派，卢梭避难逃至瑞士等地，最后回到法国仍不得安宁，晚年时在巴黎离群索居。他的四大名篇《新爱洛绮丝》、《爱弥儿》、《民约论》、《忏悔录》对文学界及思想界影响重大，法国大革命时期最激进的雅各宾党把他奉为思想上的先驱。法国资产阶级革命后，他的遗体于1794年以隆重的仪式移葬于巴黎先贤祠。

《忏悔录》（节选）

我现在要做一项既无先例、将来也不会有人仿效的艰巨工作。我要把一个人的真实面目赤裸裸地揭露在世人面前。这个人就是我。

只有我是这样的人。我深知自己的内心，也了解别人。我生来便和我所见到的任何人都不同；甚至于我敢自信全世界也找不到一个生来像我这样的人。虽然我不比别人好，至少和他们不一样。大自然塑造了我，然后把模子打碎了，打碎了模子究竟好不好，只有读了我这本书以后才能评定。

不管末日审判的号角什么时候吹响，我都敢拿着这本书走到至高无上的审判者面前，果敢地大声说："请看！这就是我所做过的，这就是我所想过的，我当时就是那样的人。不论善和恶，我都同样坦率地写了出来。我既没有隐瞒丝毫坏事，也没有增添任何好事；假如在某些地方作了一些无关紧要的修饰，那也只是用来填补我记性不好而留下的空白。其中可能把自己以为是真的东西当真的说了，但决没有把明知是假的硬说成真的。当时我是什么样的人，我就写成什么样的人：当时我是卑鄙龌龊的，就写我的卑鄙龌龊；当时我是善良忠厚、道德高尚的，就写我的善良忠厚和道德高尚。万能的上帝啊！我的内心完全暴露出来了，和你亲自看到的完全一样，请你把那无数的众生叫到我跟前来！让他们听听我的忏悔，让他们为我的种种堕落而叹息，让他们为我的种种恶行而羞愧。然后，让他们每一个人在您的宝座前面，同样真诚地披露自己的心灵，看看有谁敢于对您说。'我比这个人好！'"

我于一七一二年生于日内瓦，父亲是公民伊萨克·卢梭，母亲是女公民苏萨娜·贝纳尔。……赐给我生命的就是这样两个人。上天赋予他们的种种品德中，他们遗留给我的只有一颗多情的心。但，这颗多情的心，对他们来说是幸福的源泉，对我来说却是我一生不幸的根源。

我先有感觉后有思考，这本是人类共同的命运。但这一点我比别人体会得更深。我不知道五、六岁以前都做了些什么，也不知道是怎样学会阅读的，我只记得我最初读过的书，以及这些书对我的影响：我连续不断地记录下对自己的认识就是从这时候开始的。我母亲留下了一些小说，吃过晚饭我就和父亲读这些小说。起初，父亲不过是想利用这些有趣的读物叫我练习阅读，但是不久以后，我们就兴致勃勃地两个人轮流读，没完没了，往往通宵达旦。一本书到手，不一气读完是决不罢休的。有时父亲听到早晨的燕子叫了，才很难为情地说："我们去睡吧；我简直比你还孩子气呢。"

这种危险的方法，不久便使我非但获得了极端娴熟的阅读能力和理解能力，还叫我获得了在我这样年龄的人谁也没有的那种关于情欲方面的知识。我对事物本身还没有一点儿概念，却已经了解到所有的情感了。我什么都还不理解，却已经感受到了。我接二连三感受到的这些混乱的激情，一点也没有败坏我的理智，因为我那时还没有理智，但却给我造成了一种特型的理智，使我对于人生产生了荒诞而奇特的看法，以后不管是生活体验或反省，都没能把我彻底纠正过来。

到了一七一九年夏季的末尾，我们读完了所有的那些小说。当年冬天又换了别的。母亲的藏书看完了，我们就拿外祖父留给我母亲的图书来读。真幸运，里面有不少好书；这原是不足为奇的，因为这些图书是一位牧师收藏的，按照当时的风尚，牧师往往是博学之士，而他又是一个有鉴赏力、有才能的人。勒苏厄尔著的《教会与帝国历史》、包许埃的《世界通史讲话》、普鲁塔克的《名人传》、那尼的《威尼斯历史》、奥维德的《变形记》、拉勃吕耶的著作、封得奈尔的《宇宙万象解说》和《死人对话录》，还有莫里哀的几部著作，一齐搬到我父亲的工作室里来了。每天父亲工作的时候，我就读这些书给他听。我对这些书有一种罕有的兴趣，在我这个年纪便有这样一种兴趣，恐怕只我一人。特别是普鲁塔克，他成了我最心爱的作者，我一遍又一遍，手不释卷地读他的作品，其中的乐趣总算稍稍扭转了我对小说的兴趣；不久，我爱阿格西拉斯、布鲁图斯、阿里斯提德便甚于爱欧隆达特、阿泰门和攸巴了。由于这些有趣的读物，由于这些书所引起的我和父亲之间的谈话，我的爱自由爱共和的思想便形成了；倔强高傲以及不肯受束缚和奴役的性格也形成了。在我一生之中，每逢这种性格处在不能发挥的情况下，便使我感到苦恼。我不断想着罗马与雅典，可以说我是同罗马和希腊的伟人在一起生活了。加上我自己生来就是一个共和国的公民，我父亲又是个最热爱祖国的人，我便以他为榜样而热爱起祖国来。我竟自以为是希腊人或罗马人了，每逢读到一位英雄的传记，我就变成传记中的那个人物。读到那些使我深受感动的忠贞不二、威武不屈的形象，就使我两眼闪光，声高气壮。有一天，我在吃饭时讲起西伏拉的壮烈事迹，为了表演他的行动，我就伸出手放在火盆上，当时可把大家吓坏了。

……即便是国王的儿子，也不会像我小时候那样受到无微不至的关怀和周围人们的钟爱；非常罕见的是，我是一个一向只被人特别疼爱而从来不曾被人溺爱的孩子。在我离开家庭之前，从来没有让我单独在街上和其他孩子们一起乱跑过，也从来没有抑制或放任过我那些希奇古怪的脾气，这些古怪脾气，有人说是天生的，其实那是教育的结果。我有我那个年龄所能有的一些缺点；我好多说话，嘴馋，有时还撒谎。我偷吃过水果，偷吃过糖果或其他一些吃食，但我从来不曾损害人，毁坏东西，给别人添麻烦，虐待可怜的小动物，以资取乐。可是我记得有一次，我曾趁我的一位邻居克罗特太太上教堂去的时候，在她家的锅里撒了一泡尿。说真的，我至今想起这件事还觉得十分好笑，因为那位克罗特太太虽然是个善良的女人，但实在可以说是我一生中从没有遇见过的爱唠叨的老太婆。这就是我幼年时期干过的种种坏事的简短而真实的历史。

我对于音乐的爱好，更确切地说，我在很久以后才发展起来的音乐癖，确信是受了姑姑的影响。她会唱无数美妙的小调和歌曲，以她那清细的嗓音，唱起来十分动听。这位出色的姑娘的爽朗心情，可以驱散她本人和她周围一切人的怅惘和悲愁。她的歌声对我的魅力是那样大，不仅她所唱的一些歌曲还一直留在我的记忆里，甚至在我的记忆力已经衰退的今天，有些在我儿童时代就已经完全忘却了的歌曲，随着年龄的增长，又浮现在我的脑海中，给了我一种难以表达的乐趣。谁相信，像我这样一个饱受焦虑和苦痛折磨的老糊涂，在用颤巍巍的破嗓音哼着这些小调的时候，有时也会发现自己像个小孩子似的哭泣起来呢？特别是其中有一支歌，调子我清清楚楚想得起来，可是它那后半段歌词，我却怎么也想不起来了，虽然它的韵脚还隐隐约约在我脑际盘旋……

这就是我踏入人世后的最初的感情；这样，我就开始养成或表现出一种既十分高傲而又非常温柔的心灵，一种优柔怯懦却又不受约束的性格，这种性格永远摇摆于软弱与勇敢、犹疑与坚定之间，最后使我自身充满了矛盾，我连节制与享受、欢乐与慎重哪一样都没有得到。

（［法］卢梭：《忏悔录》，黎星、范希衡译，北京，人民文学出版社，1980 年。）

阅读提示

卢梭的长篇小说《爱弥儿》（1762）通过爱弥儿受教育的故事，宣传作者的教育观点，即把孩子放在大自然中令其自由成长。《爱弥儿》出版后，卢梭受到封建政府和教会的严重迫害，到处流亡。为了给自己辩护，他写了《忏悔录》。

《忏悔录》是卢梭的自传，他在《忏悔录》中以真诚坦率的态度讲述了他自己的全部生活和思想感情、性格人品的各个方面，他谴责了封建等级制度，歌颂了自由奔放的感情，它是一个平民知识分子在封建专制压迫面前维护人权和尊严的作品，是对统治阶级迫害和污蔑的反击，其中充满了平民的自信、自重和骄傲。作品中主人公的强烈感情与社会道德形成尖锐的冲突，作者通过对于个人感情的描写，揭示了深刻的社会矛盾，在这里，自我批评和忏悔导向了对社会的谴责和控诉，对人性恶的挖掘转化成了严肃的社会批判。正因为这种批判是结合着卢梭自己痛切的经验和体会，所以也就更为深刻有力，它与卢梭在《论人类不平等的起源和基础》中对于财产不平等、社会政治不平等的批判完全一脉相承，以其杰出的思想曾被恩格斯誉为“辩证法的杰作”。

卢梭作品中“返回自然”的思想，以及强调感情、歌颂自然等特点，对欧洲近代文学、特别是对浪漫主义文学有极大影响。

讨论

1. 谈谈你所读过的自传或传记作品，对照分析卢梭《忏悔录》的特色。

弥 尔 顿

弥尔顿

约翰·弥尔顿（1608—1674 年）是 17 世纪英国杰出的诗人、政论家。他在青年时代对古代希腊罗马的文学研究有素，早年写过一些十四行诗。革命前后，他写了不少政论文鼓吹革命主张。1649 年共和国成立后，革命政府处死了国王，国内外阶级敌人疯狂攻击英国人民的革命行动，弥尔顿积极参加了论战。在他担任共和国拉丁文秘书前后，写过《论国王与官吏的职权》、《偶像破坏者》、《为英国人民声辩》、《再为英国人民声辩》等文章，用庄重严谨的拉丁文，旁征博引，竭力为英国人民的正义行动辩护，与国内外敌人展开论战。由于积劳过度，以至双目失明。王政复辟时期，弥尔顿遭到迫害，但是他毫不妥协，克服种种困难，口授完成了三部长诗《失乐园》、《复乐园》和《力士参孙》，表现出对资产阶级革命的坚定信念。弥尔顿的政论文、哲学政治诗篇创作对英国文学的发展产生了较大的影响。

《失乐园》（节选）

撒旦高声叫喊，震得全地狱
都在轰鸣：“众王公，统帅，战士，
和天上的精英，那天堂原是你们的；
但你们如今要继续这样惊惶，
这一切就都算完结了？是因为在这里
还睡得舒适，你们便在苦战后，
把它看作天堂一样的乐土，
用它来恢复你们疲惫的身体？
或者你们用这样下贱的姿势，
表示向敌人屈服？他正在注视
这些随波流转的大小天使，
和他们四处丢弃的军器与旗帜，
一会儿，他的快速追兵会看到
好机会，从天堂下来，再蹂躏我们，
或把我们这群颓唐的天使，
用串雷穿身，钉在火海底下——
快醒吧，快起来，不然就永远沉沦了。”
　　听到了这番话，他们都很惭愧，
便立刻张翅起飞，好像守更人，
被督查人员发现值班时打瞌睡
在神志还未清醒时就立刻跳起来。
他们并非不知道自己的体力
非常疲惫，也并非不感到痛楚，
然而这一群难以数计的天使，
还是服从了领袖。正好像摩西
在埃及大劫的日子，站在海岸上，
挥舞魔杖，唤来遮天盖目的
蝗虫蚱蜢，它们乘东风前进，

如黑夜一般笼罩着法老的疆界，
并且遮黑了整个尼罗河地面；
那不可数计的坏天使，鼓动着双翼，
也这样飞翔在地狱的穹窿底下，
并在上下左右的火焰中间。
接着，他们的领袖，以挥动长矛
作为指示他们行动的记号，
便引导他们十分平稳地落到
硫磺的土地上，塞满了整个平原。
那人口众多的北方，从它的荒漠里，
也不曾把如此众多的人群送过
莱茵和多瑙，虽然像洪水一般，
它的野蛮的子孙曾泛滥到南方，
并经直布罗陀蔓延到利比亚。
刹那间，每一分队和小队的首脑，
都急忙赶到他们伟大领袖
站立的地点；他们的形体像天神，
远超过凡人的形象；都是些尊严的
或在天堂获有宝座的权贵，
虽然他们的姓名，在天使里面，
如今已无记载，在生命书里
已全被涂抹，都因为他们的背叛。
……
　　上述的和别的天使都集合到这里，
他们面现愁容，但还隐约地
透露一丝欢喜，因他们发现
他们的领袖未绝望，因而自己
就未到绝境，而他们怀疑的面色
又反映在他的脸上。但他很快地
恢复了平日的自尊心，并以豪语，

虽空洞而无内容，来逐步提高
他们的勇气，消除他们的戒心；
然后在军号和喇叭声中，他马上
下令把他的威严的纛旗竖起。
有一个高大的天使叫阿札则尔的，
要求来完成这一项光荣的任务：
于是他顺着那闪烁发光的旗杆，
扯起大旗一面，一直升上天，
迎风招展，像流星一般，因满旗
都是光辉灿烂的金玉嵌出的
天使章纹和战争纪念，这同时，
宏亮的军号在奏着战斗声响，
于是全军呐喊，喊声冲天，
震裂了地狱的穹宇，吓坏了地狱外
稳坐在宝座之上“混沌”与“夜老”。①
一霎时，在幽冥之中又突然升起
千只万只鲜艳夺目的旌幡，
在空中飘荡；同时又看到举起
密似森林的长矛；眼前出现了
无数的金盔，以及密密层层的
钢铁盾牌。不多时，这一支大军，
便浩浩荡荡和着箫管鸣奏的
多里斯曲调前进——要说这曲调，
它能引起老战士作战时的
激昂情绪，但非一鼓作气，
而是沉着勇敢，坚定不移，
在生死关头，决不逃却退避；
而且节拍庄肃，因而它能

---

① “夜老”与“混沌”共管混沌境界。

和缓与安定战士们心思的忙乱，
也能把烦恼，疑惧，悲哀，与苦痛
从凡人以及仙人的内心里消除。
他们就这样，一条心，有坚定信念，
随着平静的乐音，沉静地前进，
已忘掉走在火地上脚步的疼痛。
他们现已站到撒旦的面前——
行列长得无边，刀枪耀眼，
装束像古战士，矛与盾直立在身旁，
静候着他们伟大领袖的命令。
他的眼力多老练！把队伍纵行，
一眼望穿，同时左右顾盼，
扫视全军——检阅了他们的秩序，
以及神仙一般的面相与身材；
最后才查点人数。于是他的心
充满骄矜，愈益顽强，把他们
引为荣耀：因为自从有人类，
向未集结过如此雄壮的兵力；
……
那首领的形体和雄姿，超越群伦，
站起时，像宝塔一样。他的形体，
未全失原有的光明，但也充分
显出是堕落的大天使，而且光辉
已十分暗淡；就好像雾气里
看到的天边初升的太阳，
再没有光芒；或像在昏暗的日蚀时
太阳在月后射出不祥的暗光
到半个世界上，使那些君王们在担心
世界的变乱。大天使虽这般暗淡，
却还比诸天使更明亮；但天雷旧痕

还刻在他的脸上，忧虑还显在
他那憔悴的两颊上，不过眉宇间
还现出大胆，勇敢，和准备复仇的
坚忍与骄矜。他的眼现出凶象，
也微露悔恨与怜恤，就因他看见
他的同谋者，毋宁说是追随者
(从前在天堂多幸福!)，被神判决了
今后要永远遭受苦难的命运——
都因他一人作错，这万千精灵，
才失掉天庭；他一人造反，众天使
才丢失光荣！——但他们忠诚如故
虽然光辉已消损；恰如天火
焚毁的林中巨橡，山上古松，
即使头焦顶秃，那高大木本
却还在烧过的荒原上屹立不动。
于是他准备发言，因而众天使
把队伍变弓形，使两翼前进，把他
和他的同僚围起：全体沉寂了，
倾听着。他三次想发言，那悲痛的泪水
却三次冲出，他再也不能忍住！
最后他的话和叹息便同时迸出：——

“呵，万千永生的精灵！勇猛的权力者！
除去万能者，谁能和你们抗衡？
就是和他的会战，也不算不光荣，
虽然按眼前的结果看，很悲惨；说起来
令人愤恨！但即使有洞见，能预见，
多预感，博古通今，也万难料到
像如此雄厚的一种联合力量，
像站在我们眼前的这些神祇，
会有一天知道什么叫失败？

就在失败后，谁相信这些劲旅
（因他们放逐，天堂已经空虚了！）
不能凭自己力量再度升天堂，
不能重占领他们原来的地位？
就我说吧，请众神给我作见证，
可是因我与众人意见不同，
或躲避艰危而招致今天的失败？
都因那天庭里称帝的人，仿佛是
凭借旧名声，老习惯，众神的默认，
维持着江山，但他又作威作福，
且总把实力隐藏，我们才生了
觊觎之念，因而招来了祸患。
今后我们知道了他的力量，
也知道自己的力量，就不去再挑战，
可也不怕应战：我们的好办法，
就是用欺骗，诡计，在暗下完成
武力所不能完成的事业，这样，
他最后也能够从我们得到教训：
'以力服人者，只是服人的一半。'
在空间也许就要创造新世界，
关于这，天庭里早就有过传说，
说他不久就要创造个天地，
在那里移置新生灵，并给他们
像他给与天之子那样的恩宠。
到那去，哪怕是侦察呢，就是我们
头一桩任务，——到那里，或者到别处
因为我们不能让阴森的洞窟
封锁着天上的精灵，也不能允许
黑暗的地狱长期覆盖着他们。
但问题要充分讨论。和平绝望了，

因为谁还想投降？那么，必需
决定的，是公开还是隐蔽的战争。”
　　说到这里，万千只闪烁的宝剑
从庞大天使的腰间抽出来挥舞，
以表示对他的拥护；那突现的剑光
把地狱都照得通亮。对最高权力者，
他们发出了怒吼，并用手中枪，
在他们盾牌上，敲出战斗的声响，
愤愤然径向头上的天穹挑战。

（弥尔顿：《弥尔顿诗选》，殷宝书译，北京，人民文学出版社，1958 年。）

阅读提示

《失乐园》（1667）是弥尔顿最主要的作品，这部长诗共 12 卷，取材于《圣经》，以史诗一般的磅礴气势揭示了人的原罪与堕落。诗中叛逆之神撒旦，因为反抗上帝的权威被打入地狱，却毫不屈服，为复仇寻至伊甸园。引诱亚当与夏娃偷吃了上帝明令禁吃的知识树上的果子。最终，亚当与夏娃被逐出了伊甸园，撒旦及其同伙遭谴全变成了蛇。该诗体现了诗人追求自由的崇高精神，是世界文学史、思想史上的一部极重要的作品。

弥尔顿批判地继承了文艺复兴时期的人文主义思想，在创作上向古代学习，依照希腊罗马史诗的体例写作长诗，依照希腊悲剧的手法写作诗剧，但是并不受清规戒律的束缚。弥尔顿用激情充沛的诗句，在宏伟壮阔的背景上，表现资产阶级反封建斗争的历史，塑造资产阶级革命者的英雄形象。

诗中描写的许多战争场面，可以使人联想到资产阶级革命年代激烈战斗的情景。诗中最动人的形象是叛神撒旦，他反抗上帝，不屈不挠，虽然处于失败的地位，被囚于地狱的火海中备受煎熬，但仍是毫不气馁，鼓励同伙们继续战斗，俨然是一个意志坚定的资产阶级革命战士的形象。这个形象既反映了资产阶级革命者当年的战斗精神和英勇气概，也可以看到他们在复辟时期坚持立场、继续战斗的崇高品德。

讨论

1. 在一般文学作品中，魔鬼撒旦往往是邪恶的化身，弥尔顿却在《失乐园》中塑造了一个类似英雄的形象，请结合时代背景对比分析二者形象。
2. 试将圣经中与《失乐园》中的亚当夏娃被逐出伊甸园的叙述作比较，谈谈二者思想的区别与联系。

班　扬

班扬

约翰·班扬（1628—1688 年）是英国文学史上著名的小说家和散文家。他生于英国贝德福德市南约一英里的小村庄，父亲是一个补锅匠，尽管家境贫寒，还是把他送进了学校。16 岁时，班扬被征入克伦威尔领导的议会派军队，参加了对英国保皇派军队的资产阶级革命战争，这是一场集宗教和政治于一体的双重战争，3 年的战斗经验使他获得了对战争和社会的深刻理解。1653 年他加入当地一个非英国国教的新教组织，并很快成为一个著名的牧师。然而，1660 年王政复辟，重新禁止非国教宗教活动，班扬因为非法布道而被捕，在监狱度过了 12 年的囚禁生活。在此期间，他写出了《天路历程》的第一部、《圣城》和自传体小说《丰盛的恩典》。1675 年，他再次因为非法布道被投入监狱，被监禁 6 个月。1678 年初，《天路历程》第一部出版，获得空前成功，读者群遍及平民百姓和王公贵族。到 1684 年《天路历程》第二部出版时，第一部已经再版 9 次。从 28 岁起直到辞世，班扬没有停止过讲道和写作，他一生写作 60 部作品，《天路历程》和《丰盛的恩典》为其代表作。

《天路历程》（节选）

浮华镇守信殉道

然后，我在梦中看见他们走出了旷野。过了不久，他们就看见前面有一个市镇，叫做“浮华镇”。市里有个商业区叫做浮华市场。那里人声鼎沸，终年不散。它之所以叫做浮华市场，是因为它所坐落的那个市镇比浮华世界还要轻浮，还因为那儿买卖交易的东西，没有一件是货真价实的。如同哲人所说，“所要来的都是虚空①。”

《天路历程》书影

这个市场并不是新近才建立起来的，而是古已有之。让我把它的起源告诉你们。

差不多五千年以前，就有天路行客像这两位忠心耿耿的跋涉者一样挺进天国；狡猾而又诡诈的魔王、恶魔亚玻伦和污鬼“离群”以及他们的狐朋狗友居心叵测，他们从天路行客留下的足迹得出结论，浮华镇是人们要到天国去的必经之地。他们就共谋在那儿开发了一个市场。在浮华市场倒卖的都是各种各样虚华的东西，而且一年到头，人来人往，熙熙攘攘。那个市场上卖的都是这么一些货色：有房屋、田产、行业、职位、荣誉、升迁、头衔、国土、王国、欲望、乐趣，以及所有与享乐有关的东西，诸如娼妓、鸨母、妇人、丈夫、儿女、主人、奴仆、生命、鲜血、肉体、灵魂、金银、珍珠、宝石等等，难以计数。

除此之外，在浮华市场上随时都可以看见变戏法的、尔虞我诈的、讨价还价的人，以及赌徒、白痴、优伶、流氓、无赖和各种打架斗殴、游手好闲之辈。

在这儿，偷窃、谋杀、通奸、发伪誓、作假见证等丑恶现象也是司空见惯，令人发指。

在一些五花八门的市场上，往往划分出几条街道弄巷，那些独特的名字清楚表明了在那里所买卖的货色的种类。这里也不例外，有特别的区域、店铺、

---

① 源出《圣经·传道书》第一章，“传道者说：虚空的虚空！虚空的虚空！凡事都是虚空！”又见《圣经·传道书》第11章第8节，“人活多年，就当快乐多年；然而也当想到黑暗的日子，因为这日子必多，所要来的都是虚空。”——编者注

街道，属于不同的国家和领地。这儿有英国街、法国街、意大利街、西班牙街、德国街，出售着各种虚浮的货物。不过，就像在别的市场上有一些日用品最为畅销一样，在浮华市场上罗马的货物和商品是热门儿，受到特别的青睐。只有我们英国和其他一些国家的产品在那儿不怎么受推崇。

如上所述，这个设有繁华市场的市镇是到天国去的必经之路。那些到天国去的人，如果想绕过这个市镇，就得被赶出这个世界。耶稣基督本人到天国去之前，也曾经路过此地，而且正值开市的日子。是啊，不难想象，就是那个统筹管辖这个市场的魔王邀请耶稣去购买他那些虚浮的东西。魔王表示，只要耶稣在经过浮华镇的时候对他表示敬重，他就会让耶稣作浮华市场的统领。

魔王带着他走街串巷，一会儿就把世界上所有的王国都指给他看。魔王痴心妄想，企图引诱耶稣贬低自己来买他的虚浮物品。由于耶稣是那么一个圣洁的人，他对那里的任何东西都无动于衷，因此一分钱的东西都没买就离开了浮华镇。你们看，这个市场历史久远，根深蒂固，而且规模庞大。

就像前面我说过的那样，基督徒和守信必须从浮华镇经过。唔，他们就这样来了；可是，看吧，他们刚一走进浮华市场，那儿所有的人就引起了骚动，整个市镇也人声鼎沸，在他们四周起哄。看看以下原因就不足为奇了：

首先，他俩的衣着打扮跟市场上销售的任何物品都截然不同。因此商场上的人都盯着他们上下打量，评头论足。有的说他们傻头傻脑；有的说他们疯疯癫癫；也有的说他们稀奇古怪。

其次，就像对他俩的服饰感到好奇一样，市场上的人们对他们的语音也同样迷惑不解，因为很少有人能够听懂他们讲的话。基督徒和守信所讲的自然是迦南地的语言①；可是那些经营浮华市场的商人都俗不可耐。因此从市场的这一头到那一端，他们彼此都觉得对方好像野蛮人一般。

最后，使那些商人觉得甚为好笑的是，这两个人对市场上的货物毫无兴趣，他们甚至不屑一顾。如果商人向他们兜售货物，他们就用手捂住耳朵，朝天观望，并且呼喊着："神啊！求你叫我转眼不看虚假。"他们这样做是为了表示自己的心思和意念都在天上。

有一个人把这一切都看在眼里。他嘲笑着向他们挑战，说："你们到底想买什么？"

---

① "迦南地的语言"，即圣经中所指上帝应许之地的语言。——编者注

他俩严肃地看着那人，回答说："我们买真理。"

话音刚落，人家轻视的叫骂声甚嚣尘上，有的在奚落，有的在辱骂，有的在责备，有的则在呼唤别人痛打他们一顿。最后市场上吵闹声此起彼伏，一片骚动，秩序大乱。消息立刻报到市场总管那里，他马上跑来，委派一些亲信去审问那两个人，因为他们几乎把浮华市场搞得天翻地覆。

于是基督徒和守信被带去接受审讯。魔王的亲信问他俩从何处来，要到何处去，他们装扮得如此稀奇古怪，到底要到那里去干什么。

他俩回答说，他们是天路行客，在世上只是暂时寄居的，他们要到自己的家乡去，就是天上的耶路撒冷①。他俩还说，除了有人问他们要买什么，他们回答说要买真理，他们并没有惹是生非；真不知道为什么浮华镇的市民和商人们要对他们横挑鼻子竖挑眼，对他们责备虐待。他们要求当权者放行，别影响他们的行程。

可是那些被指定来审讯他们的人却固执己见，指责他们不是疯子就是狂人，要不就是蓄意来破坏扰乱他们的市场。因此，那些人把他俩带出去，狠狠揍了一顿，然后又用泥巴涂抹他们，并把他们关进一个笼子，游街示众。于是，他们在笼子里呆了一段时间，成了人们的愚弄、虐待甚至报复的对象。市场的主人在一旁看着所发生的一切，对他们的遭遇不断发出狰狞的奸笑。

可是他俩却极力忍耐，不用辱骂还报辱骂，而是用祝福来回答，他们用心平气和来对待那些胡言乱语，用仁慈之心来对待侮辱伤害。市场上有些人比他们的同乡稍微谨慎一些，也较少偏见。他们有点儿看不下去，就开始责怪并劝阻那些卑鄙下流的家伙，让他们不要对两个过路人纠缠不休。那些人却恼羞成怒，气冲冲地对那些劝阻的人破口大骂，说他们跟笼子里的人是一丘之貉，说他们似乎是同党和帮凶，应该和那两个人一同遭受苦难。

那些仗义执言的人回答说，据他们所见所闻，那两个人温良忍让，对任何人都没有恶意。他们还说，与被他们辱骂的人相比，浮华市场上有许多倒买倒卖的奸商更应该被关进笼子里去，甚至还应该上颈手枷。双方就这样互相指责辱骂了一段时间，而基督徒和守信一直沉着冷静。后来他们竟然大打出手，双方都有人被打得头破血流。

---

① 参看《圣经·希伯来书》第11章第13至16节："这些人都是存着信心死的，并没有得着所应许的；却从远处望见，且欢喜迎接，又承认自己在世上是客旅，是寄居的。说这样话的人是表明自己要找一个家乡。他们若想念所离开的家乡，还有可以回去的机会。他们却羡慕一个更美的家乡，就是在天上的。所以神被称为他们的神，并不以为耻；因为他已经给他们预备了一座城。"——编者注

事后，那两个可怜的人又一次被带到法官面前，被判定要对市场上刚才发生的那场动乱承担责任。因此他们又遭到一阵拳打脚踢，并被戴上手铐脚镣，用铁链牵着在市场上走来走去，叫人们看了引以为戒，不至于再替他们说情，也免得和他们结党营私。

面对如此凌辱，基督徒和守信表现得更为冷静、克制；对于那些横蛮无理的侮辱和由此带来的耻辱，他们忍气吞声，从而博得了市场上好多人的同情。当然和那些充满敌意的人数相比，这些富有同情心的人还是少数。那些敌对势力更加愤怒，丧心病狂地要把他俩处死。他们威胁道，对于那两个人，不论铁笼子还是手铐脚镣都算是太客气了；由于他们在市场上惹是生非，蛊惑人心，要判处他们死刑。

然后他们又被押回牢笼，等候最后决定他们命运的处理意见。于是，魔王的喽啰把他们关进去，并把他们的脚紧紧地捆绑在笼壁的柱子上。

在逆境和苦难中，基督徒和守信回想起他们的忠实朋友传道者的话，想起他预见的他们以后将要遇到的危险网罗，使他们更加坚定了信念。他们俩也互相安慰对方说，虽然他们在劫难逃，但是谁在命中注定要以身殉教，谁的结局也将最好。因此，他俩都在心里祷告，希望自己能够第一个赴汤蹈火。无论如何，他们还是把自己交托给那统辖一切的全能上帝，这样一来，他们便对自己所处的境地心安理得，静候上帝的安排。

不久，浮华镇当局制订了一个方便的时辰，把他们俩个提出去审讯，以便定罪判刑。当审讯的时间到来，他们被押上法庭，在他们的敌人面前受审，法官的名字叫做“恨善”。对他们的控告虽然在行文上略有差异，但在内容上那个却如出一辙，无非就是以下三条：

“此二贼寇敌视并且扰乱浮华市场的商业经营，他们在镇上制造事端，引起骚乱；他们还蔑视浮华镇统领的法律，笼络一批不明真相的人追随他们那些最危险的信条。”

守信听了以后开始回答，说道，他们反对任何反对至高的上帝的逆子。“至于制造事端，扰乱秩序”，他辩解道，“作为一个爱好和平的人；我没有大胆妄为。那些站到我们这边的人，是因为他们看到我们诚实无辜，他们只不过是弃恶从善而已。至于你们所说的国君，因为他就是魔王，是我们上帝的敌人，所以我和他以及他所有的帮凶都不共戴天。”

接着法庭宣告，不论是谁愿意出面，替他们的国君主子反驳眼下在押的犯人，只管站出来作证。于是有三个证人走进来，他们是“嫉妒”、“痴迷”和“马屁精”。法官问他们是否认识这两个受审的犯人，并要求他们为了维护浮华世界的统领国君而揭发基督徒和守信。

于是嫉妒率先站了出来，说道：“法官大人，很久以前我就认识这个人了。在这个庄严的法庭上，根据我的誓言，我要证明他是……”

法官打断他的话：“住嘴，先宣誓！”

于是，嫉妒当面宣誓。然后继续说道：“法官大人，虽然他的名字叫的好听，却是我们家乡最卑鄙无耻的家伙；他既不尊重国王，又不看重乡民，既目无国法，又伤风败俗；他想方设法用他那反叛的主张去迷惑四邻；他还美其名曰维护信仰和圣洁的原则。具体来说，我就亲耳听他说过这种主观武断的话，什么基督教和浮华镇的风俗水火不容，无法调和。他这样口出狂言，法官大人，不但贬低了我们有口皆碑的无量功德，同时还谴责我们积德行善的好心好意。”

法官对他说，“你还有别的话要说吗？”

“法官大人，我要说的话多着呢。”嫉妒说道，“但是我不愿意在法庭上多罗嗦。当然喽，在其他两位先生作证以后，如果证据仍然不足，不能对他们判刑，我还愿意再做补充他们犯罪的证词。”

于是法官就让他站到一旁等候。

(约翰·班扬：《天路历程》，王汉川译，济南，山东画报出版社，2002 年。)

阅读提示

这部 17 世纪下半叶的寓言式宗教作品，是英国近代小说的开先河之作。作品讲述了一个坚韧的基督徒，为了使自己背上的重担和心灵的枷锁得到解脱，踏上荆棘遍布的寻求救恩之旅，在不断求索中历经心灵搏斗，充满危险、诱惑与灾难的尘世被他一步步抛弃，最终从充满罪恶的“毁灭之城”到达了梦寐以求的“天国之城”。主人公所遭受的一系列痛苦、磨难、考验、试炼，折射了作者本人的心路历程。旅途中有基督徒，女基督徒和他们的四个孩子，有守信、盼望，有慈悲、诚信、卫真等摩肩接踵地前进，也有刻板、虚伪、沾光、无知等一群不经窄门，翻墙或抄快捷方式而入天路的人，由自欺欺人终至后退、变节和毁灭，像一部人性的百科全书，展示了世俗各个阶层人们的内心挣扎与不同形式的求索。作品表达了充分的信心和坚定的希望，从而使人领悟为人处世的智慧，汲取对待险恶人生的勇气。

作者善于运用平民化的语言以及比喻和民间口语，以通俗易懂的方式来揭示深奥的道理。作品想象奇特，故事生活化，别出心裁的寓言、比喻和梦幻形式，简洁有力、绘声绘色的叙事风格，众多人物活灵活现的勾画，使它被公认为世界文学史上最伟大的经典小说之一。同时，作品对人性弱点的观照尖锐而深刻，理想主义的热情震撼人心，因此，被奉为“人生追寻的指南”，“心路历程的向导”，与但丁的《神曲》和奥古斯丁的《忏悔录》并称为西方最伟大的三部宗教体裁文学名著。

讨论

1. 谈谈选文的主题及思想。
2. 《天路历程》为何会超越宗教界限被读者喜爱，谈谈哪些思想或哪些篇章对你有所启发？
3. 班扬说，“我发现在许多方面，我运用的方法和《圣经》相仿”，“这种手法使真理彰显，如同白昼一般灿烂明亮”。你是否认同这种说法？谈谈《天路历程》和圣经的相似和不同。

彭　斯

彭斯

罗伯特·彭斯（1759—1796 年），英国著名诗人，出身于苏格兰贫苦农民家庭，从小就在田间劳动。他没有受过系统的教育，主要是靠自学，苏格兰的民间文学和歌谣哺育了他。彭斯的母亲和姑母善唱民歌，使他自幼受到熏陶。他长期居住在乡村，大部分诗歌是在劳动中创作的，1786 年出版的《苏格兰方言诗歌》获巨大成功。他常用民歌体写作，诗作多为歌颂爱情与讽刺教会之作，表达了劳动人民的思想感情，具有民主进步思想。他以极大的热情收集、整理了大量失传的民族歌谣，复活并丰富了苏格兰的民歌，并把诗和歌紧密结合，语言朴实、生动，富有音乐性。

《苏格兰人》[①]

跟华莱士流过血的苏格兰人，
随布鲁斯作过战的苏格兰人，
起来！倒在血泊里也成——
　　　要不就夺取胜利！

时刻已到，决战已近，
前线的军情吃紧，
骄横的爱德华在统兵入侵——
　　　带来锁链，带来奴役！

谁愿卖国求荣？
谁愿爬进懦夫的坟茔？
谁卑鄙到宁做奴隶偷生？——
　　　让他走，让他逃避！

谁愿将苏格兰国王和法律保护，
拔出自由之剑来痛击、猛舞？
谁愿生作自由人，死作自由魂？——
　　　让他来，跟我出击！

凭被压迫者的苦难来起誓，
凭你们受奴役的子孙来起誓，
我们决心流血到死——

① 这是彭斯所作爱国诗中最著名的一首，写的是苏格兰国王罗伯特·布鲁斯在大破英国侵略军的班诺克本一役（1314 年）之前向部队所作的号召。首先发表在 1794 年 5 月的《纪事晨报》。诗中所提的华莱士是一位 13 世纪的英格兰民族英雄，也曾大败英军。但后来为奸人出卖，被执处死。爱德华指英王爱德华二世。

但他们必须自由！

打倒骄横的篡位者！
死一个敌人，少一个暴君！
多一次攻击，添一分自由！
动手——要不就断头！

（彭斯：《彭斯诗选》，王佐良译，北京，人民文学出版社，1959 年。）

阅读提示

彭斯一直念念不忘为苏格兰民族独立而斗争的志士，写此诗时爱国热情尤其澎湃，直率地召唤人民为自由而战。不仅如此，他还借古讽今，曾经明白写信告诉朋友说：启发他写这首诗的不只是古代那场“光荣的争取自由的斗争”，而且还有“在时间上却不是那么遥远的同类性质的斗争”，即法国大革命和美国的独立战争，他对此都衷心拥护。他的诗唱出了苏格兰人民反对专制压迫和民族压迫，要求革命，要求民主、自由、平等的心声，富有启蒙主义精神。

彭斯的诗感情激越，既有现实生活的画面，也有浪漫主义的激情，为苏格兰口头文学和为英国浪漫主义诗歌的发展作出了积极贡献。

讨论

1. 结合史料以及电影《勇敢的心》等资料，谈谈你对这首诗的理解。
2. 这首诗最动人之处是什么？
3. 找几首彭斯不同风格的作品，谈谈彭斯在英国文学中的意义和影响。

歌　德

约翰·沃尔夫冈·歌德（1749—1832 年），是近代德国和欧洲最重要的诗人、作家和思想家。生于法兰克福市一个富裕的中产阶级家庭，16 岁进入莱比锡大学学习法律，获法学博士学位。大学期间他钻研自然科学和古希腊艺术，开始了文学创作活动，而且成为狂飙突进运动的积极参加者。他一生中有 10 多

歌德

年的时间（1775—1786年）就职于魏玛公国，当过枢密顾问，当过部长，后来还升任首相。他希望能够进行实际工作，以实现他的社会改良的理想，但是，这里并不能实现他想要施展才干的愿望。因不能忍受封建小朝廷的束缚，1786年歌德出走意大利。1788年回到魏玛后，他摆脱了政务，致力于文学创作和自然科学的研究。1794年与席勒相识，两人交往密切，并合作从事写作。

歌德一生的创作极其丰富，重要作品有小说《少年维特之烦恼》、《威廉·麦斯特的学习年代和漫游年代》。诗剧《浮士德》是歌德的代表作，取材于16世纪民间传说人物，创作时间将近60年（1773—1831年）。作品博大精深，包罗万象，深刻绮丽，是歌德对欧洲和德国资产阶级上升时期的思想总结和艺术总结，也是对启蒙运动的总结。

《浮士德》（节选）

第一部

第四场

书　斋

浮士德、梅非斯特

浮士德　敲门？进来！谁又来找我麻烦？

梅非斯特　是我。

浮士德　进来！

梅非斯特　你要说上三遍。

浮士德　进来吧！

梅非斯特　这才使我欢喜。

我希望，我们会和睦相处！

为了给你把郁闷解除，

我扮作贵公子来到这里。

穿着绣金边的红袍，

披着厚实的锦缎外套，

帽子上面插着鸡毛，
腰佩一把锋利的长剑，
我要爽爽气气地奉告，
劝你也作同样的打扮；
让你获得自由解放，
去把人生的滋味品尝。
浮士德　不管穿什么服装，狭隘的浮生
总使我感到非常烦恼。
要只顾嬉游，我已太老，
要无所要求，我又太年轻。
人世能给我什么恩赐?
你要克己！要克己！
这是一句永远的老调，
在人人的耳边喧嚷，
我们一生，随时都听到
这种声嘶力竭的歌唱。
我早晨醒来，只有觉得惶恐，
总不由得落泪伤心。
想到今日，在这一天之中，
一个愿望也不能实现，一个也不行，
甚至任何快乐的向往
也被任意的挑剔打消，
活跃的满腔创新的思想
都受到无数俗虑的干扰。
等到黑夜降临，上床就寝，
我又要感到惶惶不安；
在床上也是心神不宁，
许多恶梦使我胆寒。
驻在我的胸中的神，
能深深激动我的内心，
但这支配我全部力量的神，

却没有对付外力的本领；
因此，我觉得生存真是麻烦，
我情愿死，不愿活在世间。
……
梅非斯特　不要再玩弄你的忧伤，
它像秃鹰吞噬你的生命。
即使你跟下等的人们来往，
也会感到并没有离群。
可是我并无此意，
要推你混入下层。
我不是什么伟人；
你如想跟我一起
到世间阅历一番，
那我也心甘情愿
立即听你的使唤。
我就做你的同伴，
如果你中意，
我就做仆从，就做奴隶！
浮士德　你这样待我，我将何以为报？
梅非斯特　来日方长，现在不需提起。
浮士德　不行，恶魔奉行利己主义，
决不会轻易免费效劳，
去干有利于他人之事。
请你讲明你的条件；
这样的仆人给家中带来危险。
梅非斯特　我愿在今生承担奴仆的义务，
听你使唤，无休无止；
如果我们在来世相遇
你也同样替我办事。
浮士德　我如有一天悠然躺在睡椅上面，
那时我就立刻完蛋！

你能用甘言哄骗住我，
使我感到怡然自得，
你能用享乐迷惑住我，
那就算是我的末日！
我跟你打赌！
梅非斯特 好！
浮士德 再握手一次！
如果我对某一瞬间说：
停一停吧！你真美丽！
那时就给我套上枷锁，
那时我也情愿毁灭！
那时就让丧钟敲响，
让你的职务就此告终，
让时钟停止，指针垂降，
让我的一生就此断送！
浮士德 别担心我会将这个契约撕毁！
我拼命努力要干的事，
跟我允诺的并不相违背。
我曾过分抬高自己，
其实只是跟你相等。
伟大的地灵将我轻视，
自然对我关上大门。
思想的线索已经断头，
知识久已使我作呕。
在我们的官能深处
燃烧的热情，让它熄灭！
请立即准备一切奇迹，
以不可测的魔术掩护！
投身到时间的洪涛之中，
投身到世事的无常之中！
不管安逸和苦痛，

不管厌烦和成功，
怎样互相循环交替；
大丈夫唯有活动不息。
梅非斯特 不给你规定条条框框。
你高兴，可以到处抓取，
逃跑时，也尽可以窃取，
你喜欢的，就请你品尝。
大胆地动手，不要畏缩！
浮士德 听着，问题并不在于快乐。
我要献身于沉醉、最痛苦的欢快、
迷恋的憎恨、令人爽适的愤慨。
我的心胸，求知欲已告熄灭，
今后对任何痛苦都视若等闲，
凡是赋与全体人类的一切，
我要在我内心里自我体验，
用这种精神掌握高深的至理，
把幸与不幸堆积在我的心里，
将我的小我扩充为人类的大我
最后我也像人类一样没落。

第二部

第五场

宫中大院

浮士德 有一片沼泽横亘在山麓，
污染了一切已开拓之地；
把这臭水浜加以排除，
乃是功亏一篑的大事。
我为几百万人开拓疆土，
虽不算安全，却可以自由居住。
原野青葱而肥沃；人和牛羊

就能高兴地搬到新地之上。
立即移居在牢固的沙丘附近，
这是由勤劳勇敢的人民筑成。
里面的土地就像一座乐园，
尽管外面的海涛拍击到岸边，
如果它贪婪成性，要强行侵入，
大家会齐心奔赴，将决口堵住。
是的，我就向这种精神献身，
这是智慧的最后总结：
要每天争取自由和生存的人，
才有享受两者的权利。
因此在这里，幼者壮者和老者
都在危险中度过有为的岁月。
我愿看到这样的人群，
在自由的土地上跟自由的人民结邻！
那时，让我对那一瞬间开口：
停一停吧，你真美丽！
我的尘世生涯的痕迹就能够
永世永劫不会消逝。——
我抱着这种高度幸福的预感，
现在享受这个最高的瞬间。
（浮士德向后倒下，鬼怪们将他扶起，放在地上。）
梅非斯特　他不满足于任何幸福和欢乐，
只顾追求变化无常的形影；
这最后的、空虚无谓的瞬间，
这个可怜人也想要抓紧。
他那样顽强地跟我对抗，
时间胜利了，老人倒在砂地上。
时钟停了——
合唱
停了！默然如在中宵。

时针垂降。

梅非斯特　垂下了，事情完成了。

合唱

已经过去了。

梅非斯特　过去！一句蠢话！

干嘛说过去？

过去和全无是完全一样的同义语！

永恒的创造于我们何补！

被创造的又使它复归于无！

已经过去了！这话的意思是什么？

它就等于说，本来不曾有过，

翻转来又像是说，似亦有诸。

而我却毋宁喜爱永远的虚无。

（歌德：《浮士德》，钱春绮译，上海，上海译文出版社，1982 年。）

阅读提示

《浮士德》是欧洲文学中的经典作品，它与荷马史诗、《神曲》、莎士比亚戏剧一样，为我们描绘了一个博大精深的艺术世界。歌德将自己漫长、丰富的一生融入《浮士德》这部作品中，是对人类生存中的一切苦难、欢乐、诱惑、迷误与追求的沉思、省察和启示之作。

《浮士德》取材于 16 世纪的传说，以文艺复兴时期到 19 世纪初期德国和欧洲的社会现实为背景，结构庞大而复杂。《浮士德》的第一部包括 25 场，前面另有《献诗》、《舞台上的序剧》、《天上序幕》三个小部分。第二部也包括 25 场，分成五幕。全剧以浮士德的思想发展为线索，贯穿始终，可以称为哲理性的诗剧，讲述的是一个充满哲理、象征人生历程的悲剧故事。

《浮士德》通过主人公努力追求的一生，概括了资产阶级上升时期先进的知识分子不满现实、极力探索人生意义和理想社会的全部过程。浮士德年过半百，过的是脱离现实的书斋生活，探索了各种学术领域，得到的却是繁琐、僵死的知识，对于丰富的自然和人生，既不能认识，也不能享受。他求死未果，求生不能，陷入苦闷的深渊。这时魔鬼梅非斯特乘隙而入，与浮士德订下契约，愿意陪他去享受生活。除了第一个阶段的知识悲剧外，浮士德又经历了四个阶段的生活：爱情悲剧、政治悲剧、美的悲剧和事业悲剧。在最后一个阶段中，浮士德开始带领百姓建造“地上乐园”的工程，此时他已年近百岁，双目失明，他在辛勤的劳动中得到极大满足。当他大喊“停一停吧，你真美丽”时，便倒地死去。按照契约，浮士德要成为魔鬼的奴仆，但最终天使下凡，“凡是自强不息者，到头我辈均能救”，天使簇拥浮士德升入天堂。

浮士德和梅非斯特是欧洲文学中具有典型意义的两个人物，他们代表资产阶级世界观的两个不同的方面。一个不断追求真理，热爱生活，勇于实践，自强不息；另一个则对生活采取玩世不恭的虚无主义态度。浮士德是一个理想的探求者，他一生经历了漫长而复杂的道路，这个过程实际上包括了宗教改革、文艺复兴以来，一直到 19 世纪初期 300 年间欧洲和德国资产阶级知识分子精神探索的道路。因此，浮士德的形象成了资产阶级上升时期进步知识分子的艺术概括，特别是资产阶级启蒙思想家的艺术概括。

浮士德的性格充满着矛盾，他的前进道路上贯穿着辩证的精神。在浮士德的探索道路上，梅非斯特总是企图把他引向堕落，而实际上恰好帮助他在实践的过程中，不断地克服自身的弱点，不断地前进。他的内心的两重性决定他既容易接受魔鬼的引诱，又能不断战胜魔鬼的诱惑，在歧途和错误中克服自身的矛盾而达到至善。

《浮士德》构思宏伟，内容复杂，结构庞大，风格多变，融现实主义与浪漫主义于一炉，将真实的描写与奔放的想象、当代的生活与古代的神话传说杂糅一处，善于运用矛盾对比之法安排场面、配置人物、时庄时谐、有讽有颂、形式多样、色彩斑驳，达到了极高的艺术境界。

讨论

1. 每个人在追寻人生的价值和意义时都无法逃避“灵”与“肉”，自然欲求和道德约束，个人幸福与社会责任之间的两难选择。这些二元对立给所有人都提出了一个有待解决的内在的严重矛盾。浮士德呈现给了我们怎样的生命状态，他是否寻找到了答案？
2. 为什么梅非斯特说自己是“作恶造善的力之一体”？
3. 怎样理解浮士德和梅非斯特的关系？

第五章　19 世纪文学

浪漫主义与现实主义是19世纪文学的两大主潮。

浪漫主义是18世纪末、19世纪初欧洲普遍流行的一种文艺思潮。它是法国革命、欧洲民主运动和民族解放运动高涨时期的产物。它反映了资产阶级上升时期对个性解放的要求，是政治上对封建领主和基督教会联合统治的反抗，也是文艺上对法国新古典主义的反抗。同时浪漫主义文学运动的兴起也与当时流行的德国古典哲学和空想社会主义思潮具有密切的联系。德国古典哲学家康德、费希特和黑格尔等强调天才、灵感和主观能动性，把自我提到高于一切的地位，因而对浪漫主义文学强调主观精神和个人主义倾向产生过深远的影响。空想社会主义的代表人物如法国的圣西门、傅立叶以及英国的欧文等，尖锐地批判资本主义制度，幻想消灭阶级对立，试图以调和矛盾的空想计划代替社会阶级斗争，以实现全人类的解放。

首先，浪漫主义文学的最本质的特征是它的主观性，即偏重于表现主观理想，抒发强烈的个人感情，主要成就在抒情诗和自传体小说方面。其次，浪漫主义作家喜爱描写大自然景色，抒发作家对大自然的感受。在他们的笔下，大自然的美与城市生活的丑恶鄙俗形成鲜明对照，借以抒发作家的自由理想和愤世嫉俗的情感，例如拜伦的《恰尔德·哈罗尔德游记》、普希金的《致大海》等。在艺术形式和表现手法上，浪漫主义作家喜欢运用夸张的手法、华丽的辞藻和丰富的比喻，大胆地发挥作家的主观想象力，情景交融地描写奇异的情节和英雄人物。这些构成了浪漫主义文学常有的特征，与古典主义文学追求静穆、素朴、和谐、完整的审美理想完全相反。浪漫主义作家都特别重视中世纪的民间文学，常用民谣和民间传说作为创作素材。在德国和英国，浪漫主义的活动就是从搜集中世纪民间文学开始的，为此还提出了“回到中世纪”的口号。

由于各国政治、经济发展不平衡和文化历史传统不同，浪漫主义文学运动在各国发展的情况也不尽相同。在德国，浪漫主义运动发展较早，成就比较突出。“耶拿派”和“海得贝尔格派”是早期浪漫主义的代表，霍夫曼是后期的一位重要作家，他的充满神秘恐怖色彩和怪诞情节的小说，对现实中的黑暗现象进行讽刺，代表作《小查克斯》对欧洲文学有很大影响。

英国最早出现的浪漫主义作家是“湖畔诗人”华兹华斯、柯尔律治和骚塞。

由于对资本主义文明及人与人之间的金钱关系极为不满，他们致力于描写远离现实斗争的题材，讴歌宗法式农村生活和自然风光，并通过缅怀封建的中古以否定丑恶的城市文明。继湖畔派诗人而起的浪漫派诗人是拜伦、雪莱、济慈，他们在艺术上完成了由湖畔派开始的对诗歌的革新，丰富和发展了诗歌的形式和格律。雪莱的抒情诗剧《解放了的普罗米修斯》是浪漫主义诗歌的典范。拜伦的《东方叙事诗》以及其他诗篇中的主人公显出强烈的反叛精神和复杂的心理矛盾，这种“拜伦式的英雄”一度风靡欧洲文坛，对各国浪漫派产生了巨大影响。与此同时，瓦尔特·司各特把历史真实与大胆想象有机结合起来，创始欧洲历史小说。

法国的浪漫主义文学表现出同古典主义斗争的鲜明色彩。法国浪漫主义文学早期的代表作家是夏多布里昂和史达尔夫人，史达尔夫人是法国积极浪漫主义文学的先驱，她的著作《论文学》和《论德国》奠定了法国浪漫主义文学的理论基础。雨果的《克伦威尔·序言》，全面提出浪漫型戏剧纲领，对古典主义清规戒律进行猛烈抨击，要求扩大艺术表现的范围，并提出符合自然法则的美丑对照原则，是法国浪漫主义向古典主义斗争的宣言书。法国浪漫主义文学在诗歌、小说、戏剧等领域都有收获，出现了缪塞剖析“世纪病”的自传体小说，乔治·桑宣传空想社会主义的社会小说，雨果的充满激情的抒情诗和具有鲜明反封建倾向的历史小说《巴黎圣母院》等优秀作品。

在德、英、法首先兴起的浪漫主义文学迅速传播到欧洲各国，并表现出鲜明的民族色彩。在俄国，十二月党诗人普希金和莱蒙托夫都深受拜伦影响，普希金把俄国浪漫主义文学引上了为人民解放运动服务的道路，创作了大量富于革命激情和爱国情绪的政治抒情诗。在东欧，出现了以革命诗人密茨凯维奇和裴多菲为代表的浪漫主义文学。他们的诗歌不但具有鲜明的爱国民主思想倾向，而且富于民族和民间文学色彩，生活气息浓厚，抒情性强。

随着资本主义制度的确立和发展，到了19世纪30年代，在一些资本主义较为发达的国家里，劳资矛盾上升为社会的主要矛盾。在俄国，沙皇专制统治和农奴制也更加反动腐朽。随着社会政治经济形态的剧变，人的道德观念与文化价值观念发生了深刻的变化。浪漫主义作家的理想日益显出它的空幻性，浪漫主义文学运动趋于衰落，现实主义文学逐渐成为欧洲文学中的主要潮流。

最先表现出现实主义倾向的作家有法国的司汤达、巴尔扎克，英国的狄更斯和俄国的普希金、果戈理等。这些作家的世界观的核心是人道主义精神，他们对资本主义和封建社会冷酷的现实，尤其是资产阶级的金钱统治，提出指责，对社会下层的贫困生活表示同情。现实主义作家塑造了出色的社会的反面典型，如保守顽固的贵族、穷凶极恶的地主、冷酷无情的资本家、贪婪的高利贷者、守财奴、自由主义伪君子、个人野心家和庸俗的小市民等，展示了资本主义社会人与人、人与社会的矛盾关系，揭示了人的异化现象。与浪漫主义作家不同，现实主义作家重视追求艺术的真实，偏重于描绘客观现实生活的精确的图画，而不是直接抒发自己的主观理想和情感。强调从人物和环境的联系中塑造典型性格，在人物刻画方面，不但善于通过环境和生活细节的具体描写来烘托、突出人物的性格特征，而且注重人物的心理描写，力求深入细致地揭示出人物内心的矛盾变化。为了加强批判揭露的力量，现实主义作家充分运用讽刺手法。现实主义的一项重大成就在于创造了广泛概括生活的社会小说，扩大了小说这一文学体裁的容量，使它成为能够综合反映整个时代各阶层的生活风尚和错综复杂的历史事件的广阔社会历史画面。现实主义小说可以说是形象地反映封建制度溃灭，资产阶级由上升走向衰落的历史进程的珍贵历史文献，具有较高的认识价值。

欧洲现实主义文学的发展中，涌现出一批著名的作家和作品。在法国有司汤达的《红与黑》、巴尔扎克的《人间喜剧》、福楼拜的《包法利夫人》、莫泊桑的《羊脂球》、罗曼·罗兰的《约翰·克里斯朵夫》；在英国有狄更斯的《大卫·科波菲尔》和《艰难时世》、萨克雷的《名利场》、哈代的《德伯家的苔丝》；在俄国有果戈理的《死魂灵》、屠格涅夫的《父与子》、车尔尼雪夫斯基的《怎么办》、陀思妥耶夫斯基的《罪与罚》、列夫·托尔斯泰的《安娜·卡列尼娜》和《复活》以及契诃夫的短篇小说。

19世纪末，还先后出现了自然主义和象征主义等文学流派。自然主义首先产生于法国，代表作家是左拉，《鲁贡玛卡一家人的自然史和社会史》，是左拉最重要的自然主义小说实验。左拉认为小说家不单是要把事实“客观地”记载下来，而且应该用所描写的事实来证明某一科学定理（如遗传学的定理）。小说家的创作实践就像科学试验，要把人放在依据事实创造出来的环境中，研究环境对人的影响。小说家在描写时不应作判断，应该是超党派、超政治的。自然主义对当时欧洲文坛的影响很深，许多作家如法国的莫泊桑、挪威的易卜生、德国的霍普特曼等，都表现出自然主义的倾向。象征主义是古典文学和现代文学的分水岭。象征主义起源于19世纪中叶的法国，并于20世纪初期影响欧美各国，是象征主义思潮在文学上的体现，也是现代主义文学的一个核心分支。1886 年诗人让·莫雷亚斯发表《象征主义宣言》，首先提出象征主义这个名称。象征主义理论家、诗人马拉美认为，诗歌应当表现“理想世界”，这种“理想世界”是理性所不能把握的，是超现实的，只能通过象征予以暗示。象征主义强调主观、个性，以心灵的想象创造某种带有暗示和象征性的神奇画面，通过特定形象的综合来表达自己的观念和内在的精神世界，在形式上则追求华丽堆砌和装饰的效果。象征主义主要在诗歌和戏剧两大领域取得了突出成就，其影响力一直持续到今天。

美国文学历史不长，它几乎是和美国自由资本主义同时出现，较少受到封建贵族文化的束缚。19 世纪 20 年代到南北战争前夕，是浪漫主义运动的全盛时期，各种不同风格的作家泉涌而出，批评家称这一时期为美国文学的“第一次繁荣”。华盛顿·欧文是美国第一个获得国际声誉的作家，他的《见闻札记》标志着美国文学的开端，惠特曼的《草叶集》是浪漫主义时期文学的压卷之作。霍桑是影响最大的浪漫主义作家，代表作《红字》揭露了当时的夫权、教权和政权的不合理。到了 19 世纪中叶，文学的基调由乐观走向疑虑，严重的社会矛盾，如蓄奴制，又使某些作家采取现实主义的创作方法。斯托夫人的《汤姆叔叔的小屋》控诉了蓄奴制度。美国现实主义文学的杰出代表是欧·亨利、杰克·伦敦和马克·吐温。欧·亨利是美国现代短篇小说的创始人，杰克·伦敦的长篇小说《马丁·伊登》揭示了资产阶级社会的腐朽和空虚，马克·吐温的《哈克贝利·费恩历险记》通过对儿童心理的真实描写，反映了反对种族压迫和自由平等的主题。

从 15 世纪起，亚非地区经济发展缓慢，17 世纪后，亚非地区相继遭到西方殖民主义的侵害，到 19 世纪，亚非地区进入近代史时期。由于西方殖民主义者野蛮的统治，亚非优秀文化遭到了严重摧残，但仍然取得了重大的成就，出现了一些世界闻名的作家和作品，如印度伟大的诗人泰戈尔的《吉檀迦利》和日本杰出的现实主义作家夏目漱石的《我是猫》。近代亚非文学打破了处于停滞状态的中古末期的文学局面，为现代亚非文学的蓬勃发展奠定了基础。

济　慈

济慈

约翰·济慈（1795—1821 年），英国浪漫主义诗人。出身贫寒，父母早丧，16 岁便辍学谋生。1816 年通过考试获得内科医生执照，1817 年出版第一本诗集《诗歌》。1818 年因看护弟弟而传染了肺结核病。1821 年 2 月 23 日，济慈在意大利疗养时因肺结核逝世。遵照他的遗言，墓碑上写着："此地长眠者，声名水上书。"济慈一生中经常被疾病与经济上的问题困扰，但他却在困境中写出了大量的优秀作品，其中包括《圣艾格尼丝之夜》、《秋颂》、《夜莺颂》和《希腊古瓮》、十四行诗《灿烂的星，愿我能似你永在》等名作，表现出崇高的理想、民主主义思想和热爱自由的精神，诗作格律、形式多样化，尤其擅长写景，具有独特的风格。

《秋　颂》

（一）

雾气洋溢、果实圆熟的秋，
　你和成熟的太阳成为友伴；
你们密谋用累累的珠球，
　缀满茅屋檐下的葡萄藤蔓；
使屋前的老树背负着苹果，
　让熟味透进果实的心中，
　　使葫芦胀大，鼓起了榛子壳，
　好塞进甜核；又为了蜜蜂
一次一次开放过迟的花朵，
使它们以为日子将永远暖和，
　　因为夏季早填满它们的粘巢。

（二）

谁不经常看见你伴着谷仓？
　在田野里也可以把你找到，
你有时随意坐在打麦场上，
　让发丝随着簸谷的风轻飘；
有时候，为罂粟花香所沉迷，
　你倒卧在收割一半的田垄，
　　让镰刀歇在下一畦的花旁；
或者，像拾穗人越过小溪，
　你昂首背着谷袋，投下倒影，
　　或者就在榨果架下坐几点钟，
　　　你耐心瞧着徐徐滴下的酒浆。

（三）

啊，春日的歌哪里去了？但不要
　想这些吧，你也有你的音乐——
当波状的云把将逝的一天映照，
　以胭红抹上残梗散碎的田野，
这时呵，河柳下的一群小飞虫
　就同奏哀音，它们忽而飞高，
　　忽而下落，随着微风的起灭；
篱下的蟋蟀在歌唱；在园中
　红胸的知更鸟在婉啭呼哨；
　而群羊在坡上高声咩叫；
　　丛飞的燕子在天空呢喃不歇。

（飞白主编：《世界诗库》第二卷，查良铮译，广州，花城出版社，1994 年。）

阅读提示

《秋颂》铺排了秋的成熟的美，充满了洋洋喜气。第一节描写农家周围果实满枝，鲜花不败；第二节勾画田野麦场忙于劳动、丰收；第三节则是秋声之赋，以秋声之盛，烘托秋的丰饶、壮美。全诗表现了对自然与生活的赞美和热爱。

诗人体物入微，用笔精细，对每一个景或物，都能准确地抓住其特征，洗练地加以刻画，把秋天的郁郁生机写得丰满形象。

讨论

1. 关于四时之美的诗歌很多，不妨举出几首和本诗作比较，谈谈本诗的艺术特色。
2. 尝试就四时景物写一首诗，并互相点评一下。
3. 英国评论家 K. 缨尔指出："济慈的整个生活就是一场斗争，一场解决理想与现实，诗与事实之间的冲突的斗争。"结合诗人的作品，谈谈你对这句话的理解。

雪　莱

雪莱

波西·比希·雪莱（1792—1822 年），英国浪漫主义诗人，生于贵族家庭，12 岁进入贵族学校伊顿公学，在那里他公然反抗学长及教师的虐待。1810 年入牛津大学学习，对自然科学和哲学产生极大的兴趣，广泛阅读了启蒙作家的作品和唯物主义的哲学著作。1811 年雪莱因发表了论文《无神论的必然性》而被学校开除，1812 年，雪莱写《告爱尔兰人民书》，并到爱尔兰鼓动当地人民起来反对英国的统治和奴役。1813 年他完成了第一首著名的长诗《麦布女王》，1818 年至 1819 年，雪莱完成了两部重要的长诗《解放了的普罗米修斯》和《钦契》，因政府的反对而无法公开出版。1822 年 7 月 8 日，雪莱于渡海途中遇风暴，不幸溺死。雪莱的遗体由他生前的好友拜伦及特列劳尼以希腊式的仪式来安排火化，次年 1 月，雪莱的骨灰被带回罗马。

《西风颂》

（一）

哦，狂暴的西风，秋之生命的呼吸！
你无形，但枯死的落叶被你横扫，
有如鬼魅碰到了巫师，纷纷逃避：
黄的，黑的，灰的，红得像患肺痨，
呵，重染疫疠的一群：西风呵，是你
以车驾把有翼的种子催送到
黑暗的冬床上，它们就躺在那里，
像是墓中的死穴，冰冷，深藏，低贱，
直等到春天，你碧空的姊妹吹起
她的喇叭，在沉睡的大地上响遍，
（唤出嫩芽，像羊群一样，觅食空中）
将色和香充满了山峰和平原。
不羁的精灵呵，你无处不远行；
破坏者兼保护者：听吧，你且聆听！

（二）

没入你的急流，当高空一片混乱，
流云像大地的枯叶一样被撕扯
脱离天空和海洋的纠缠的枝干。
成为雨和电的使者：它们飘落
在你的磅礴之气的蔚蓝的波面，
有如狂女的飘扬的头发在闪烁，
从天穹的最遥远而模糊的边沿
直抵九霄的中天，到处都在摇曳
欲来雷雨的卷发，对濒死的一年
你唱出了葬歌，而这密集的黑夜
将成为它广大墓陵的一座圆顶，

里面正有你的万钧之力的凝结；
那是你的浑然之气，从它会迸涌
黑色的雨，冰雹和火焰：哦，你听！

（三）

是你，你将蓝色的地中海唤醒，
而它曾经昏睡了一整个夏天，
被澄澈水流的回旋催眠入梦，
就在巴亚海湾的一个浮石岛边，
它梦见了古老的宫殿和楼阁
在水天辉映的波影里抖颤，
而且都生满青苔、开满花朵，
那芬芳真迷人欲醉！呵，为了给你
让一条路，大西洋的汹涌的浪波
把自己向两边劈开，而深在渊底
那海洋中的花草和泥污的森林
虽然枝叶扶疏，却没有精力；
听到你的声音，它们已吓得发青：
一边颤栗，一边自动萎缩：哦，你听！

（四）

哎，假如我是一片枯叶被你浮起，
假如我是能和你飞跑的云雾，
是一个波浪，和你的威力同喘息，
假如我分有你的脉搏，仅仅不如
你那么自由，哦，无法约束的生命！
假如我能像在少年时，凌风而舞
便成了你的伴侣，悠游天空
（因为呵，那时候，要想追你上云霄，
似乎并非梦幻），我就不致像如今
这样焦躁地要和你争相祈祷。

哦，举起我吧，当我是水波、树叶、浮云！
我跌在生活底荆棘上，我流血了！
这被岁月的重轭所制服的生命
原是和你一样：骄傲、轻捷而不驯。

（五）

把我当作你的竖琴吧，有如树林：
尽管我的叶落了，那有什么关系！
你巨大的合奏所振起的音乐
将染有树林和我的深邃的秋意：
虽忧伤而甜蜜。呵，但愿你给予我
狂暴的精神！奋勇者呵，让我们合一！
请把我枯死的思想向世界吹落，
让它像枯叶一样促成新的生命！
哦，请听从这一篇符咒似的诗歌，
就把我的话语，像是灰烬和火星
从还未熄灭的炉火向人间播散！
让预言的喇叭通过我的嘴唇
把昏睡的大地唤醒吧！要是冬天
已经来了，西风呵，春日怎能遥远？

1819 年

（雪莱：《雪莱抒情诗选》，查良铮译，北京，人民文学出版社，1958 年。）

阅读提示

这首诗可以说是诗人“骄傲、轻捷而不驯的灵魂”的自白，是时代精神的写照，气势恢弘地唱出了生命的旋律和心灵的狂舞。诗人激情澎湃地歌唱西风扫除腐朽、鼓舞新生的强大威力。

《西风颂》是欧洲诗歌史上的艺术珍品，全诗共由五首十四行诗组成。诗歌结构严谨，层次清晰，主题集中。前 3 节写“西风”摧枯拉朽的力量，把西风的狂烈、急于扫除旧世界创造新世界的形象展现在人们面前。诗歌的后两段写诗人心灵与西风的应和，诗人以预言家的口吻高喊："要是冬天已经来了，西风呵，春日怎能遥远？"象征手法使西风这一意象更加饱满而意蕴深刻，西风已经成了无处不在的宇宙精神和气势恢弘的战斗精神的象征。诗歌比喻奇特，意象鲜明，枯叶、狂女的头发、黑色的雨、夜的世界等无不深深地震撼心灵。尤其是结尾那脍炙人口的诗句，既概括了自然现象，也深刻地揭示了人类社会的历史规律，寓意深远，余味无穷。

讨论

1. 搜索关于雪莱的背景文化知识，请你谈谈是激情、才气，还是深邃的思想造就了这首诗的成功。
2. 雪莱的《西风颂》，潜藏着浓郁的哲理意味：模糊寓意、泛神论、神秘色彩和求变哲学等。请选取一个角度，谈谈你的看法。

拜　　伦

拜伦

乔治·戈登·拜伦（1788—1824 年）是 19 世纪英国伟大的浪漫主义诗人。拜伦生于伦敦一个古老的没落贵族家庭。他天生跛一足，并对此很敏感。10 岁时，他继承了拜伦家族的世袭爵位及产业。青年时期，拜伦在剑桥大学接受了法国的启蒙思想。1809 年 3 月，他作为世袭贵族进入议院，1809—1811 年游历西班牙、希腊、土耳其等国，受各国人民反侵略、反压迫斗争鼓舞，创作《恰尔德·哈罗德游记》、《东方叙事诗集》、《唐璜》等。拜伦的政治态度以及诗歌中的反抗精神，引起了英国统治阶级的仇恨。1816 年反动势力以诗人离婚一事为借口，对他进行了疯狂的诽谤，迫使他永远离开了英国。他最初住在瑞士与雪莱结为挚友，在雪莱的影响下，写了一些反映革命斗争的著名诗篇，《普罗米修斯》和诗剧《曼弗雷德》等。1823 年 7 月拜伦到希腊，参加希腊人民反对土耳其压迫的解放斗争，并成为希腊民族独立斗争的领袖之一。1824 年 4

月 9 日他不幸因病逝世，希腊人民为他举行了全国性的追悼会。

《唐璜》（节选）

哀希腊

（一）

希腊群岛呵，美丽的希腊群岛！
　热情的莎弗在这里唱过恋歌，
在这里，战争与和平的艺术并兴，
　狄洛斯[①]崛起，阿波罗跃出海波！
永恒的夏天还把海岛镀成金，
可是除了太阳，一切已经消沉。

（二）

开奥的缪斯[②]。蒂奥的缪斯[③]，
　那英雄的竖琴，恋人的琵琶，
原在你的岸上博得了声誉，
　而今在这发源地反倒喑哑，
呵，那歌声已远远向西流传，
远超过你祖先的海岛乐园。

（三）

起伏的山峦望着马拉松[④]，
　马拉松望着茫茫的海波；
我独自在那里冥想了一时，
　梦见希腊仍旧自由而快乐；

---

① 狄洛斯，爱琴海中的一个小岛，有一群小岛环绕其周围。据希腊神话，它是由海神自海中唤出的，由于漂浮不定，宙斯以铁链钉之于海底。传说太阳神阿波罗（掌管诗歌与音乐）诞生于此。

② 开奥的缪斯指荷马，因据传说，开奥为荷马的诞生地。“英雄的竖琴”指荷马史诗，因为其中歌颂了战争和英雄。

③ 蒂奥的缪斯指安纳克利融（见第一章四二节注）。蒂奥（在小亚细亚）是他的诞生地。“恋人的琵琶”指他的以爱情与美酒为主题的抒情诗。

④ 马拉松，雅典东部平原。纪元前 490 年，希腊在此击败波斯国王大流士的入侵大军。

因为当我在波斯墓上站立，
我不能想像自己是个奴隶。

（四）

一个国王高高坐在山头上，
　瞭望着萨拉密[①]挺立于海外，
千万只战船停靠在山脚下，
　还有多少队伍——全由他统率！
他在天亮时把他们数了数，
但在日落时他们都在何处？

（五）

呵，他们而今安在？还有你呢，
　我的祖国？在无声的土地上
英雄的颂歌如今已喑哑了，
　那英雄的心也不再激荡！
难道你一向庄严的竖琴，
竟至沦落到我的手里弹弄？

（六）

也好，置身在奴隶民族里[②]，
　尽管荣誉都已在沦丧中，
至少，一个爱国志士的忧思，
　还使我在作歌时感到脸红；
因为，诗人在这儿有什么能为？
为希腊人含羞，对希腊国落泪。

（七）

我们难道只对好日子哭泣

---

① 萨拉密，希腊半岛附近的岛屿。公元前480年，波斯国王瑟克西斯的强大海军在此处被希腊击败，从此希腊解除了波斯的压迫。

② “置身在奴隶民族里”，希腊在1453年至1829年期间，沦为土耳其的属地。拜伦为争取希腊的民族独立而最终献身于这一事业。他捐献家产组成一支希腊军队，并亲赴希腊参战，1824年以患热病死于米索隆吉（在希腊西部）军中。

　　和惭愧？——我们的祖先却流血。
大地呵！把斯巴达人的遗骨[①]
　　从你的怀抱里送回来一些！
哪怕给我们三百勇士的三个，
让色茅霹雳的决死战复活！

（八）

怎么，还是无声？一切都沉寂？
　　不是的！你听那古代的英魂
正像远方的瀑布一样喧哗，
　　他们回答："只要有一个活人
登高一呼，我们就来，就来！"
噫！倒只是活人不理不睬。

（九）

算了，算了：试试别的调子；
　　斟满一杯萨摩斯的美酒！
把战争留给土耳其野番吧，
　　让开奥的葡萄的血汁倾流！
听呵，每一个酒鬼多么踊跃
响应这一个不荣誉的号召！

（十）

你们还保有庇瑞克的舞步，
　　但庇瑞克的方阵[②]哪里去了？
这是两课，为什么你们偏把，
　　那高尚而刚强的一课忘掉？
凯德谟斯[③]给你们造了字体——

---

① 斯巴达人的遗骨，纪元前480年，斯巴达国王利昂尼达率领三百勇士在希腊北部的山口色茅霹雳阻拦强大的波斯入侵军队，奋战三日三夜全部牺牲，成为历史上著名的英勇事迹。

② 庇瑞克的方阵，古希腊的战斗序列。由于伊派鲁斯（希腊一古国）王庇鲁斯（纪元前318—前272）而得名。庇鲁斯以战功著称，曾屡次远征罗马及西西里。

③ 凯德谟斯，神话中的希腊底比斯国王，原为腓尼基王子，据说他从腓尼基带给希腊十六个字母。

难道他是为了传授给奴隶？

（一一）

斟满一杯萨摩斯的美酒！
　让我们且抛开这样的话题！
这美酒曾使阿那克瑞翁
　发为神圣的歌；是的，他屈于
波里克瑞底斯[①]，一个暴君，
但这暴君至少是我们国人。

（一二）

克索尼萨斯[②]的一个暴君
　是自由的最忠勇的朋友：
那暴君是密尔蒂阿底斯[③]！
　呵，但愿现在我们能够有
一个暴君和他一样精明，
他会团结我们不受人欺凌！

（一三）

斟满一杯萨摩斯的美酒！
　在苏里的山中，巴加[④]的岸上，
住着一族人的勇敢的子孙，
　不愧是道瑞斯[⑤]的母亲所养；
在那里，也许种子已经播散，
是赫久里斯[⑥]血统的真传。

---

① 波里克瑞底斯，纪元前6世纪的萨摩斯暴君，以劫掠著称。他曾与波斯对抗。安纳克利融于纪元前510年波斯占领蒂奥时，曾移居萨摩斯，在波里克瑞底斯的治下生活。

② 克索尼萨斯，在今鞑靼海峡和爱琴海之间的一段地带。

③ 密尔蒂阿底斯，纪元前5世纪希波战争中的希腊英雄，以后成为克索尼萨斯的暴君。

④ 苏里，巴加，都是希腊北部地名。苏里山中居住有苏里族，自17至19世纪一直与土耳其统治者作着顽强的斗争。

⑤ 道瑞斯，希腊地名，其地居民勇武慓悍。

⑥ 赫久里斯，据希腊神话，他是希腊对特洛伊战争中的英雄，具有超人的力气。

（一四）

别相信西方人会带来自由[1]，
　他们有一个做买卖的国王；
本土的利剑，本土的士兵，
　是冲锋陷阵的唯一希望；
但在御敌时，拉丁的欺骗，
比土耳其的武力还更危险。

（一五）

呵，斟满一杯萨摩斯的美酒！
　树荫下舞蹈着我们的姑娘，
我看见她们的黑眼睛闪耀，
　但是，望着每个鲜艳的女郎，
我的眼就为火热的泪所迷：
这乳房难道也要哺育奴隶？

（一六）

让我登上苏尼阿[2]的悬崖，
　在那里，将只有我和那海浪
可以听见彼此的低语飘送，
　让我像天鹅一样歌尽而亡；
我不要奴隶的国度属于我——
干脆把那萨摩斯酒杯打破！

（拜伦：《唐璜》（上），查良铮译，北京，人民文学出版社，1980 年。）

---

① “别相信西方人会带来自由”，希腊人在武装反抗土耳其压迫时，英、法和俄国由于自身利益曾予以口头支持。当时有人对起义者曾提出警告：“我劝你们在听从英国人以前要好好考虑一下，现在英国国王是欧洲所有国王的大老板——他从他的商人那里拿钱来支付他们；因此，如果对商人来说，出卖你们而取得阿里的妥协是有利的，以便在他的港口获得某些商业权益，那么英国人就会把你们出卖给阿里。”拜伦此处也可能指俄国人，他的《青铜时代》有如下两句：

能解放希腊的只有希腊人，
而非戴着面具的野蛮人。

② 苏尼阿，在希腊半岛阿蒂卡南端。

阅读提示

《唐璜》是一部长篇诗体小说，也是一部反映当时欧洲现实生活的讽刺长诗。它所描写的是18世纪末叶西班牙贵族青年唐璜的冒险故事，长诗通过主人公在西班牙、希腊、土耳其、俄国和英国等不同国家的生活经历，从多方面展现了欧洲的社会历史生活。但是，当时欧洲急剧变化的现实，不是一个故事所能全部包括得了的。因此，拜伦又用了许多插叙。通过插叙，诗人把18世纪末叶的欧洲历史状况和19世纪初欧洲的现实生活交错起来。这样，不但丰富了长诗的思想内容，而且可以使诗人突破历史题材的局限，漫谈当代的真人真事。拜伦诗歌对于欧洲的封建专制和贵族资产阶级强权统治给予了有力的揭露。诗中强烈地表达了同反动势力的不调和态度，热情地表达了诗人热爱自由、渴望自由的思想。

高傲不驯、带有无政府主义色彩和个人英雄主义反抗色彩的唐璜，即所谓"拜伦式英雄"，在当时的欧洲以及世界都有很大的影响。在19世纪浪漫主义文学遗产中，拜伦的创作是具有典型意义的。他诗歌中的反抗精神，曾在世界上一些被压迫民族的爱国志士心中和反封建专制的民主主义战士心中激起强烈的共鸣，今日读来仍有余响。

讨论

1. 结合作家生平和具体人物形象，谈谈你对其笔下"拜伦式英雄"的认识。
2. 谈谈本诗的艺术特色。

奥斯丁

简·奥斯丁（1775—1817年），英国女小说家。1775年12月16日生于英格兰汉普郡北部的斯蒂文顿村，父亲是当地的教区长。她没有上过正规学校，在父母指导下阅读了大量文学作品。20岁左右开始写作，共发表了6部长篇小说。1811年出版的《理智和感伤》是她的处女作，随后又接连发表了《傲慢与偏见》(1813年)、《曼斯菲尔德花园》（1814年）和《爱玛》（1815年），《诺桑觉寺》和

《劝导》(1818 年) 是在她去世后第二年发表的。

奥斯丁终身未婚，与父亲住在宁静的乡下，接触到的是中小地主、牧师等人物以及他们恬静、舒适的田园生活，因此她的作品里没有重大的社会矛盾，只是以女性特有的细致入微的观察力，真实地描绘了她周围世界的小天地，尤其是绅士淑女间的婚姻和爱情风波。作品格调轻松诙谐，富有喜剧性冲突，深受读者欢迎。

奥斯丁

《傲慢与偏见》(节选)

第三章

尽管班纳特太太有了五个女儿帮腔，向她丈夫问起彬格莱先生这样那样，可是丈夫的回答总不能叫她满意。母女们想尽办法对付他——赤裸裸的问句，巧妙的设想，离题很远的猜测，什么办法都用到了；可是他并没有上她们的圈套。最后她们迫不得已，只得听取邻居卢卡斯太太的间接消息。她的报道全是好话。据说威廉爵士很喜欢他。他非常年轻，长得特别漂亮，为人又极其谦和，最重要的一点是，他打算请一大群客人来参加下次的舞会。这真是再好也没有的事；喜欢跳舞是谈情说爱的一个步骤；大家都热烈地希望去获得彬格莱先生的那颗心。

"我只要能看到一个女儿在尼日斐花园幸福地安了家，"班纳特太太对她的丈夫说，"看到其他几个也匹配得这样门当户对，此生就没有别的奢望了。"

不到几天功夫，彬格莱先生上门回拜班纳特先生，在他的书房里跟他盘桓了十分钟左右。他久仰班纳特先生几位小姐的年轻美貌，很希望能够见见她们；但是他只见到了她们的父亲。倒是小姐们比他幸运，她们利用楼上的窗口，看清了他穿的是蓝外套，骑的是一匹黑马。

班府上不久就发请贴请他吃饭；班纳特太太已经计划了好几道菜，每道菜都足以增加她的体面，说明她是个会当家的贤主妇，可是事不凑巧，彬格莱先生第二天非进城不可，他们这一番盛意叫他无法领情，因此回信给他们，说是要迟一迟再说。班纳特太太大为不安。她想，此人刚来到哈福德郡，怎么就要进城有事，于是她开始担心思了；照理他应该在尼日斐花园安安定定住下来，看现在的情形，莫不是他经常都得这样东漂西泊，行踪不定？亏得卢卡斯太太对她说，可能他是到伦敦去邀请那一大群客人来参加舞会，这才使她稍许减除了一些顾虑。外面马上就纷纷传说彬格莱先生将要带来七男十二女参加舞会。小姐们听到有这么许多女宾，不禁担心起来。好在开跳舞会的前一天，她们听到彬格莱先生并没有带来十二个女宾，仅仅只带来六个，其中五个是他自己的姐妹，一个是表姐妹，这个消息才使小姐们放了心。后来等到这群贵客走进舞场的时候，却一共只有五个人——彬格莱先生，他的两个姐妹，姐夫，还有另外一个青年。

彬格莱先生仪表堂堂，大有绅士风度，而且和颜悦色，没有拘泥做作的气习。他的姐妹也都是些优美的女性，态度落落大方。他的姐夫赫斯脱只不过像个普通绅士，不大引人注目，但是他的朋友达西却立刻引起全场的注意，因为他身材魁伟，眉清目秀，举止高贵，于是他进场不到五分钟，大家都纷纷传说他每年有一万镑的收入。男宾们都称赞他的一表人才，女宾们都说他比彬格莱先生漂亮得多。人们差不多有半个晚上都带着爱慕的目光看着他。最后人们才发现他为人骄傲，看不起人，巴结不上他，因此对他起了厌恶的感觉，他那众望所归的极盛一时的场面才黯然失色。他既然摆起那么一副讨人嫌惹人厌的面貌，那么，不管他在德比郡有多大的财产，也挽救不了他，况且和他的朋友比起来，他更没有什么大不了。

彬格莱先生很快就熟悉了全场所有的主要人物。他生气勃勃，为人又不拘泥，每一场舞都少不了要跳。使他气恼的是，舞会怎么散场得这样早。他又谈起他自己要在尼日斐花园开一次舞会。他这些可爱的地方自然会引起人家对他发生好感。他跟他的朋友是多么显著的对照啊！达西先生只跟赫斯脱太太跳了一次舞，跟彬格莱小姐跳了一次舞，此外就在室内踱来踱去，偶而找他自己人谈谈，人家要介绍他跟别的小姐跳舞，他怎么也不肯。大家都断定他是世界上最骄傲，最讨人厌的人，希望他不要再来。其中对他反感最厉害的是班纳特太太，她对他的整个举止都感到讨厌，而且这种讨厌竟变本加厉，形成了一种特殊的气愤，因为他得罪了她的一个女儿。

由于男宾少，伊丽莎白·班纳特有两场舞都不得不空坐。达西先生当时曾一度站在她的身旁，彬格莱先生特地歇了几分钟没有跳舞，走到他这位朋友跟前，硬要他去跳，两个人谈话给她偷听到了。

“来吧，达西，”彬格莱说，“我一定要你跳。我不愿看到你独个儿这么傻里傻气地站在这儿。还是去跳舞吧。”

“我绝对不跳。你知道我一向多么讨厌跳舞，除非跟特别熟的人跳。在这样的舞会上跳舞，简直叫人受不了。你的姐妹们都在跟别人跳，要是叫舞场里别的女人跟我跳，没有一个不叫我活受罪的。”

“我可不愿意像你那样挑肥拣瘦，”彬格莱嚷道，“随便怎么我也不愿意；不瞒你说，我生平没有见过今天晚上这么许多可爱的姑娘；你瞧，其中几位真是美貌绝伦。”

“你当然啰，舞场上唯一的一位漂亮姑娘在跟你跳舞！”达西先生说，一面望着班府上年纪最大的一位小姐。

“噢！我从来没有见过这么美丽的一个尤物！可是她的一个妹妹就坐在你后面，她也很漂亮，而且我敢说，她也很讨人爱。让我来请我的舞伴给你们介绍一下吧。”

“你说的是哪一位？”他转过身来，朝着伊丽莎白望了一会儿，等她也看见了他，他才收回自己的目光，冷冷地说：“她还可以，但还没有漂亮到打动我的心，眼前我可没有兴趣去抬举那些受到别人冷眼看待的小姐。你还是回到你的舞伴身边去欣赏她的笑脸吧，犯不着把时间浪费在我的身上。”

彬格莱先生依了达西先生的话走开以后，达西自己也走开了。伊丽莎白依旧坐在那里，对达西先生委实没有甚好感。不过她却满有兴致地把这段偷听到的话去讲给她的朋友听，因为她的个性活泼调皮，遇到任何可笑的事情都会感到兴趣。

班府上全家人这一个晚上大致都过得很高兴。大小姐蒙彬格莱先生邀她跳了两次舞，而且这位贵人的姐妹们都对她另眼相看。班太太看到尼日斐花园的一家人都这么喜爱她的大女儿，觉得非常得意。吉英跟她母亲一样得意，只不过没有像她母亲那样声张。伊丽莎白也为吉英快活。曼丽曾听到人们在彬格莱小姐面前提到她自己，说她是邻近一带最有才干的姑娘；咖苔琳和丽迪雅运气最好，没有哪一场舞缺少舞伴，这是她们每逢开舞会时唯一关心的一件事。母女们高高兴兴地回到她们所住的浪搏恩村（她们算是这个村子里的旺族），看见班纳特先生还没有睡觉。且说这位先生平常只要捧上一本书，就忘了时间，可是这次他没有睡觉，却是因为他极想知道大家朝思暮想的这一盛会，经过情形究竟如何。他满以为他太太对那位贵客一定很失望，但是，他立刻就发觉事实并非如此。

“噢！我的好老爷，”她一走进房间就这么说，“我们这一个晚上过得太快活了，舞会太好了。你没有去真可惜。吉英那么吃香，简直是无法形容。什么人都说她长得好；彬格莱先生认为她很美，跟她跳了两场舞！你光想想这一点看吧，亲爱的；他确实跟她跳了两场！全场那么多女宾，就只有她一个人蒙受了他两次邀请。他头一场舞是邀请卢卡斯小姐跳的。我看到他站到她身边去，不禁有些气恼！不过，他对她根本没意思，其实，什么人也不会对她有意思；当吉英走下舞池的时候，他可就显得非常着迷了。他立刻打听她的姓名，请人介绍，然后邀她跳下一场舞。他第三场舞是跟金小姐跳的，第四场跟玛丽雅·卢卡斯跳，第五场又跟吉英跳，第六场是跟丽萃跳，还有布朗谢家的——”

“要是他稍许体谅我一点，”她的丈夫不耐烦地叫起来了，“他就不会跳这么多，一半也不会！天哪，不要提他那些舞伴了吧。噢！但愿他头一场舞就跳得脚踝扭了筋！”

“噢！亲爱的，”班纳特太太接下去说，“我非常喜欢他。他真太漂亮啦！他的姐妹们也都很讨人喜欢。我生平没有看见过任何东西比她们的衣饰更讲究。我敢说，赫斯脱太太衣服上的花边——”

她说到这里又给岔断了。班纳特先生不愿意听人谈到衣饰。她因此不得不另找话题，于是就谈到达西先生那不可一世的傲慢无礼的态度，她的措辞辛辣刻薄，而又带几分夸张。

“不过我可以告诉你，”她补充道，“丽萃不中他的意，这对丽萃并没有什么可惜，因为他是个最讨厌、最可恶的人，不值得去奉承他。那么高傲，那么自大，叫人不可容忍！他一会儿走到这里，一会儿走到那里，把自己看得那么了不起！还要嫌人家不够漂亮，配不上跟他跳舞呢！要是你在场的话，你就可以好好地教训他一顿。我厌恶透了那个人。”

（简·奥斯丁：《傲慢与偏见》，王科一译，上海，译文出版社，2006 年。）

阅读提示

《傲慢与偏见》是奥斯丁的代表作，情节起伏曲折，故事饶有风趣。小说通过班纳特五个女儿对待终身大事的不同处理，表现出乡镇中产阶级家庭出身的少女对婚姻爱情问题的不同态度，从而反映了作者本人的婚姻观：为了财产、金钱和地位而结婚是错误的；而结婚不考虑上述因素也是愚蠢的。因此，她既反对为金钱而结婚，也反对把婚姻当儿戏，比较强调男女双方感情对于缔结理想婚姻的重要性。

小说的标题之所以是《傲慢与偏见》，指的是女主人公伊丽莎白的偏见和达西的傲慢。伊丽莎白以自己具有敏锐的观察力而自负，但却听信谗言而对达西产生偏见；而达西也因自己贵族身份和巨大财产作祟而理智受到蒙蔽，对人有些傲慢。两个人的缺点碰撞的结果是相斥和分离，直到他们觉悟到自己的弱点之后才牢固地结合在一起。小说出色地描绘了客观实际被第一印象所蒙蔽，但在认识的深化中终于被认清的过程。

伊丽莎白聪敏机智，有胆识，有远见，有很强的自尊心，并善于思考问题。就当时一个待字闺中的小姐来讲，这是难能可贵的。正是由于这种品质，才使她在爱情问题上有独立的主见，并使她与达西组成美满的家庭。伊丽莎白对达西先后几次求婚的不同态度，反映了女性对人格独立和平等权力的追求。这是伊丽莎白这一人物形象的进步意义。

作品中人物的生活范围虽然很小，但奥斯丁对于人性的挖掘却是深刻的。她善于在日常平凡生活中塑造鲜明的人物形象，通过对话表现人物的独特性格。在对话艺术上讲究幽默、讽刺，常以风趣诙谐的语言来烘托人物的性格特征。这种艺术创新使她的作品具有自己的特色。

18 世纪末到 19 世纪初，庸俗无聊的“感伤小说”和“哥特小说”充斥英国文坛，奥斯丁的主要功绩在于她坚持了现实主义创作方法，在艺术上树立了精湛细腻的典范，她的名言是：“我必须忠于我自己的风格，走我自己的路。”有评论家认为：最近一百多年以来，“英国文学史上出现过几次趣味革命，文学口味的翻新影响了几乎所有作家的声誉，唯独莎士比亚和奥斯丁经久不衰。”

讨论

1. 奥斯丁小说主要通过对话刻画人物形象，试就小说中人物对话分析伊丽莎白、达西和班纳特夫妇的形象性格。
2. 就小说中作者所赞同的婚姻观谈谈你的看法。

狄 更 斯

狄更斯

查尔斯·狄更斯（1812—1870 年）是 19 世纪英国现实主义文学的主要代表作家。1812 年 2 月 7 日生于朴次茅斯的波特西地区，父亲是海军小职员，嗜酒好客，挥霍无度，经常入不敷出。10 岁时全家被迫迁入负债者监狱，11 岁就承担起繁重的家务劳动。12 岁当学徒，开始独立谋生。16 岁时在律师事务所当缮写员，后担任报社采访记者。他只上过几年学，全靠刻苦自学和艰辛劳动成为知名作家。1836 年发表第一部长篇小说《匹克威克外传》，从此一举成名。之后，他又完成 10 多部长篇小说，著名的有《艰难时代》（1854）、《双城记》（1859）、《奥列佛·特维斯特》（又译《雾都孤儿》，1838）、《老古玩店》（1841）、《董贝父子》（1848）、《大卫·科波菲尔》（1850）和《远大前程》（1861）等等。

《大卫·科波菲尔》（节选）

第十一章　我开始独自生活，但不喜欢这种生活

现在我对世上的一切已经有了足够的了解，几乎是无论遇上什么情况，也不会感到多么惊讶。然而，当时我那么小，就那么轻易地被赶出来，这件事，至今还使我感到有些惊讶。我是一个非常能干的孩子，善于观察，机灵，肯干，心软体弱，身心都经不起伤害，竟然没有人出来为我说句话，直到现在我都觉得奇怪。但是的确没有人为我说话，于是在我十岁那年，我就在摩德斯通与格林伯公司当上了童工。

摩德斯通与格林伯公司的仓库地处河边，地点在黑衣修士区。近年来不断修饰，这个地方已大为改观，但是这仓库当时在那狭窄的街上是最后一家。顺着斜坡下去，头儿上有几磴儿台阶通到水边，人们可以在这里上船。这是一所摇摇晃晃的旧房子，有自己的专用码头，涨潮的时候贴在水面上，退潮的时候下面是一片泥泞，屋里简直到处都是耗子。贴在墙上的木板，经过上百年积尘和烟熏，我敢说已经变了颜色，那地板和楼梯也烂了，大灰耗子在酒窖里吱吱

乱叫，互相争斗，到处都是污秽、腐朽的气氛，这一切在我心目中仿佛不是许多年前的事，而是就在眼前。在我倒霉的时候，昆宁先生拉着我那颤抖的手，第一次来到这里，当时的情况又一一浮现在我的面前。

摩德斯通与格林伯公司的买卖要和各式各样的人打交道，不过他们经营的一个重要项目是向一些邮船供应果子酒和烈性酒。这些邮船主要开往什么地点，我不记得了，不过我想其中有的去东印度群岛和西印度群岛。我知道，要做这样的买卖，就需要大量的空瓶子，因此雇了一批大人和孩子，让他们对着亮光检查，把有毛病的挑出来，把好的洗刷干净。空瓶子洗完了，就在装了酒的瓶子上贴标签儿，加瓶塞儿，盖印记，把成品装入木桶。这一切，我都得干，雇来干这种活儿的童工里就有我一个。

连我在内，我们一共是三四个人。我干活儿的位置在仓库的一个角落里，昆宁先生什么时候想从账房里看我一眼，就可以站在他的凳子最下面的掌上，从他桌子旁边的窗口看见我。就在我开市大吉独自谋生头一天的早上，年纪最大的正式童工奉命教我怎样干活儿。他名叫米克·沃克，系着一条破围裙，戴着一顶纸帽子。他对我说，他父亲是个船夫，曾经戴着青丝绒帽子参加过市长就职大游行。他还对我说，还有一个孩子，是我们干活儿的主要伙伴，向我介绍的时候，用了一个很怪的名字，说他叫“白煮土豆”。不过后来我发现这不是他的教名，而是来到仓库以后给他起的绰号，因为他脸色苍白，像白煮土豆一样。土豆的父亲当过水手，还荣幸地当过消防队员，在一家大戏院里就干这个差使。土豆家里还有个年轻人——大概是他妹妹——在这家戏院上演的哑剧里演小鬼。

我和他们在一起干活儿，把这些今后天天在一起的伙伴和幸福的儿童时代的伙伴相比——更不要说和斯蒂福、特拉德那一伙人相比了——我就感到，长大以后成为一个有学问有地位的人，这样的希望在我心中破灭了。我落到这步田地，内心的痛苦是无法用言语形容的。当时我觉得完全没有希望了，我为自己的处境感到难为情，想到我学过的东西、想过的东西、喜欢过的东西、使我振奋的东西、使我为之奋斗的东西，都将一天天一点点离我越来越远，而且永远不再回来，我那幼小的心灵是痛苦的，这一切都深深地印在我的脑海里，是无法用笔墨来表达的。这一上午米克·沃克走开过好几次，我也好几次把眼泪流到洗瓶子的水里，我抽抽搭搭地，觉得就像胸前裂了一个口子，就要炸开似的。

账房里的钟十二点半了，大家都准备去吃午饭，昆宁先生敲了敲账房的窗户，示意叫我进去。我走了进去，看见一个胖乎乎的中年人，他穿着一件棕色大衣，黑色马裤，黑色的鞋子，他的头很大，闪闪发光，头上的头发不比鸡蛋的头发多，脸膛宽宽的，他看我进来，便转过脸来看我。他的衣服虽然破旧，衬衣的领子倒很不错。他手里拿着一根手杖，上面有一对古色古香的大穗子，拿在手里，使他感到很神气的样子。在他的大衣外面挂着一副单镜片眼镜——后来我发现这只是为了装饰，因为他很少用它看东西，如果用它看东西，他是什么也看不见的。

“这就是他。”昆宁先生说，他指的是我。

“这就是科波菲尔少爷呀，”那陌生人说，语气里带着几分怜悯，又有一种难以名状的气派，给我留下了深刻的印象。“你身体可好，少爷?”

我说我身体很好，而且也向他问了好。其实老天爷知道，我当时是很不自在的。但是在我那个年纪，我是不爱抱怨的，所以就说我很好，而且向他问了好。

“我呀，”那陌生人说，“感谢上帝，挺好。我收到摩德斯通先生一封信，他说希望我能接待一位刚开始工作的年轻人，让他住在我家后面的一间房子里，这间房子眼下还空着……简而言之，这间房子本来是要租出去用做……简而言之，”那陌生人说着微微一笑，显出一种说知心话的神气，“用做卧室的……现在我荣幸地向这位年轻人……”说到这里，这位陌生人摆了摆手，一低头，把下巴夹在了领子中间。

“这位是米考伯先生。”昆宁先生对我说。

“哦!”陌生人说道，“那就是敝人。”

“米考伯先生，”昆宁先生说，“认识摩德斯通先生。他为我们兜揽生意，揽到生意，可以拿佣金。他收到摩德斯通先生一封信，谈到你的住宿问题，他愿意让你做他的房客。”

“我的地址，”米考伯先生说，“是都会路温莎里。我……总而言之，”米考伯先生又带着那种气派和那种说知心话的神气说，“我就住在那里。”

我向他鞠了一个躬。

“我的印象是，”米考伯先生说，“你在这个大都会里游览过的地方还不多，要想穿过这神秘的现代巴比伦往都会路走，可能会有些困难……总而言之，”米考伯先生又以那种说知心话的神气说，“你也许会迷路……我愿意晚上来接你，带你认认最近的一条路。”

我向他表示了由衷的谢意，因为他不怕麻烦，主动提出要来接我，待我太好了。

“我几点钟，”米考伯先生说，“来……”

“八点钟左右，”昆宁先生说。

“八点钟左右，”米考伯先生说，“我现在就告辞了，昆宁先生，不再打扰了。”

他说完了，就戴上帽子，挟着手杖，向外面走去，等他离开账房的时候，他的腰板儿挺得直直的，还哼起小调来了。

昆宁先生接着就正式雇用了我，让我为摩德斯通与格林伯公司的仓库尽量多干活儿，工钱，我记得是每星期六先令。是六先令还是七先令，我记不清了。因为我说不准，我就觉得一定是起初六先令，后来七先令。他当时就给了我一个星期的工钱（我相信他是自己掏腰包的），我给了土豆六便士，让他当天晚上把箱子给我送到温莎里，因为箱子虽小，我也扛不动。吃晚饭，我又花了六便士，吃了一个肉饼，然后在附近一个水泵喝了一通水。吃饭的时间是一个钟头，剩下的时间，就在街上遛了遛。

那天晚上，到了约定的时间，米考伯先生又来了。我洗了手，洗了脸，这都是为了尽量配上他那副文雅的气派。随后我们就一起往家走，我想我可以称之为我们的家了。我们一边走，米考伯先生就让我记住街道的名字和路口上房子的式样，这样，第二天早上我就很容易沿原路来上工了。

来到温莎里他的家里（我发现他的家和他一样，也很寒酸，同时也和他一样，弄得挺体面的样子），他带我见了米考伯太太。米考伯太太瘦削而憔悴，完全说不上年轻了。她正坐在客厅里（楼上什么家具也没有，百叶窗总是关着的，怕邻居看见），在那里奶孩子。他们家有一对双胞胎，这孩子是其中之一，我还可以告诉你，我住在他们家的这段时间里，几乎从来没见过那两个孩子不在米考伯太太怀里吃奶的时候，总有一个在那里加餐。

他们家还有两个孩子，米考伯少爷，大约四岁，米考伯小姐，大约三岁。此外，还有一个年轻女人，皮肤黑黑的，有哼鼻子的习惯（她是这一家的用人，我来到以后，没出半个小时，她就告诉我说，她是个“古儿”，是从附近的路加济贫院来的）。全家上下就是这些人。我的屋子在尽上头，靠后边，是一间憋气的小屋，墙上画满了图案，用我那幼稚的想象力来看，都是些蓝色的小饼，屋里家具很少。

米考伯太太带着双胞胎什么的，领我上楼来看房子，她坐下以后，喘着气对我说：“结婚以前，我跟爸爸妈妈在一起过日子，从来没想到我有一天也得招一位房客来。可是现在米考伯先生有困难，个人的感情顾不上，只好搁在一边了。”

“你说得对，伯母，”我说。

“米考伯先生眼下的困难几乎要把他压垮了，”米考伯太太说，“真不知道他过得去过不去这一关。我在家和爸爸妈妈一起生活的时候，就没弄明白现在我用的这个字眼儿是什么意思。不过阅历深了，就明白了，爸爸常这么说。”

米考伯先生在海军里当过军官，这究竟是米考伯太太告诉我的，还是我自己想象的，现在我也弄不清了。我光知道我至今还深信不疑，他一度的确在海军里干过事，原因则不知道。他这会儿在为五花八门的店铺当中间人，恐怕也挣不了多少钱，或者根本挣不着钱。

“米考伯先生的债主如果不肯给他时间，”米考伯太太说，“他们就得承担一切后果；而且他们越早弄出个结果来越好。石头里是挤不出血来的，现在米考伯先生身上也挤不出还账的钱，更不要说打官司的钱了。”

我一直弄不明白，究竟是我这么小就独立生活使得米考伯太太忘了我才几岁，还是她满脑子里就是这件事，要是没人听她说，她就会对那一对儿双胞胎唠叨；反正她的话就这样说起来了，从那以后，她什么时候跟我说话都是这个调子。

米考伯太太真可怜哪！她说她也曾想办法尽点儿力，我毫不怀疑，她也的确想过办法。临街的大门上，正当中挂着一块大铜匾，上面刻着“青年女子寄宿学堂米考伯太太主办”，可是我从没看见有青年女子到这里来上学，也没看见有青年女子到这里来，或打算到这里来，也没见他们做什么准备来迎接哪位青年女子。根据我看到的或听到的，到这里来的都是债主。他们想什么时候来，就什么时候来，有几个人可凶啦。有一个人，满脸污垢（我想他是个鞋匠），往往早上七点钟就找上门来，他斜着身子挤到过道儿里，冲着楼上的米考伯先生喊道：“下来吧！你还没出哪，这你心里也明白。还账吧，好吗？别躲着啦，这你也明白，要是再躲着，可就太小气了。我要是你，就不这么小气。还账吧，好吗？趁早还钱吧，听见了没有？下来吧！”他说了这些讽刺挖苦的话之后，对方没有反应，他就发起火来，用了“骗子”、“强盗”之类的字眼儿。这也不能奏效，他就走极端，跑到马路对面，冲着二层楼的窗户大喊大叫，因为他知道米考伯先生就在那里。碰上这种情况，米考伯先生是又伤心，又惭愧，甚至想用剃刀结束自己的生命（有一次他妻子大喊大叫，才引起了我的注意），可是过了不到半小时，他就特别精心地把鞋擦得干干净净，出去了，嘴里还哼着小曲儿，显得比哪一天都气派。米考伯太太也同样富有弹性。三点钟，我还看见她因为缴纳国王的税款而急得昏了过去，四点钟，我又见她吃裹了面包屑炸的羊肉排骨，喝热啤酒了，这是把两把茶匙送入当铺而买来的。有一次，法院刚对他们家实行强制执行，我碰巧回来得早，六点钟就到家了，我看见她（当然抱着一个双胞胎）躺在壁炉前头，晕了过去，头发披散在脸上；可是我从来没见她比那天晚上更高兴过，在厨房的炉火前，一边吃着牛排，一边对我讲她爸爸妈妈的故事，还谈到常和他们交往的人。

（［英］狄更斯：《大卫·科波菲尔》，庄绎传译，北京，人民文学出版社，2000 年。）

阅读提示

《大卫·科波菲尔》是一部半自传体小说。它通过主人公大卫一生的悲欢离合，多层次地揭示了当时社会的真实面貌，突出地表现了金钱对婚姻、家庭和社会的腐蚀作用，揭露了资产阶级对劳动人民的剥削压迫，塑造了不同阶层，尤其是劳动人民的形象，表现了对弱小者的深切同情，反映了狄更斯的人生哲学和道德理想。

《大卫·科波菲尔》在艺术上的魅力，不在于它有曲折生动的结构，或者跌宕起伏的情节，而在于它有一种现实的生活气息和抒情的叙事风格。这部作品吸引人的是那有血有肉的人物形象，具体生动的世态人情，以及不同人物的性格特征。狄更斯善于抓住主要特征，以讽刺、幽默、夸张的手法和漫画式勾勒的技巧，塑造令人难忘的人物形象。推销商米考伯就是一个典型。米考伯子女众多，生活负担沉重，经济拮据，债台高筑。但他的绅士风度、周全的礼貌、得体的举止和文雅的谈吐却始终不变。他妻子和他一样，夫妇常因债主威逼哭得肝肠寸断，可是一转身，马上快乐地享受生活。狄更斯的成功刻画，使米考伯永远留存在英国的语言文化中，英语“Micawber”一词即是指不筹措未来、老是幻想突然走运的乐天派。

讨论

1. 狄更斯善于抓住人物身上某些最能体现其本质的性格特征，加以夸张，并反复展示。请举例说明。
2. 狄更斯是一位幽默大师，小说的字里行间，常常可以读到他那诙谐风趣的联珠妙语和夸张的漫画式的人物勾勒。阅读小说，选出你最喜欢的段落。
3. 你怎样看米考伯“债多不愁”的乐天性格？

波德莱尔

波德莱尔

夏尔·波德莱尔（1821—1867 年），法国现代派诗歌的创始人、散文家、文艺评论家。六岁丧父，从小养成忧郁孤僻的性格。1857 年出版诗集《恶之花》，他在序言中说：“什么叫诗歌？什么是诗的目的？就是把善同美区别开来，发掘恶中之美；让节奏和韵脚符合人对单调、匀称、惊奇等永恒的需要；让风格适应主题。”《恶之花》在内容上第一次大量地将城市生活引入诗歌，并深入人的内心世界，甚至到最阴暗的角落里去挖掘。在艺术上，它独树一帜，被视为开象征主义之先河。他的诗内容奇特、想象奔放、感觉敏锐、放荡不羁，为往昔诗作所不曾有。

《黄昏的和声》

黄昏降临，每朵花在茎上战栗，
每朵花都在薰蒸，像香炉一般，
各种声音、香气在晚风中搅拌，
忧郁的华尔兹旋转得昏眩无力！

每朵花都在薰蒸，像香炉一般；
小提琴像受伤的心一样战栗，

忧郁的华尔兹旋转得昏眩无力！
天色悲惨而华丽，像一个祭坛，

小提琴像受伤的心一样战栗；
温柔的心恨这空虚——无边黑暗！
天色悲惨而华丽，像一个祭坛。
太阳淹死在自己凝结的血里。

温柔的心恨这空虚——无边黑暗！
从光明的往昔收集每个足迹！
太阳淹死在自己凝结的血里……
对你的怀念啊，像圣物照我心间。

（飞白主编：《世界诗库》三卷，飞白译，广州，花城出版社，1994 年。）

阅读提示

《黄昏的和声》记录了一个孤独、忧郁、颓废的诗人对现实的观感和对光明理想的追求。黄昏在别的诗人笔下，可写得瑰奇壮丽，但经过波德莱尔的观照，却是“恶”与“丑”的。他诗中的美好景物诸如鲜花、音乐、天空、太阳等都带着忧郁、愁惨的特质。诗歌采用奇特的板顿体，加上奇特的意象以及比喻、通感手法的运用，形成一种神秘忧郁的气氛。

讨论

1. 解读这首诗的主题及意境。
2. “丑”与“恶”在波德莱尔笔下产生了何种意义与效果？

雨　果

维克多·雨果（1802—1885 年），19 世纪法国浪漫主义文学运动领袖，人道主义的代表人物。出身于军官家庭，从小喜爱文学，他曾说，“要么成为夏多布里昂，要么什么也不是”。15岁时在法兰西学院的诗歌竞赛会得奖。1841年雨果被选为法兰西学院院士，1845年任上院议员，1848年“二月革命”后，任共和国议会代表，1851年拿破仑三世称帝，雨果奋起反对而被迫流亡国外。1870年法国不流血革命推翻拿破仑三世后，雨果返回巴黎。雨果一生著作等身，几乎涉及文学所有领域，共创作诗歌22部，小说20部，戏剧12部，以及若干评论文章。代表作品有诗歌《惩罚集》、《历代传说》，小说《巴黎圣母院》、《悲惨世界》，戏剧《欧那尼》等。雨果的创作充满了对社会不平等现象的憎恶，对劳动人民悲惨境遇的同情，表现了鲜明的民主主义和人道主义的思想倾向。他死后法国举国志哀，被安葬在聚集法国名人纪念碑的“先贤祠”。

雨果

《悲惨世界》（节选）

第一部　第五卷

十　大功告成的后果

她是在冬季将完的时候被撵走的。夏季过了，冬季又来。日子短，工作也少些。冬季完全没有热，完全没有光，完全没有中午，紧接着早晨的是夜晚，迷雾，黄昏，窗棂冥黯，什物不辨。天好像是暗室中的透光眼，镇日如坐地窖中。太阳也好像是个穷人。愁惨的季节！冬季把天上的水和人的心都变成了冰。她的债主们紧紧催逼她。

芳汀所赚的钱太少了。她的债愈拖愈重。德纳第夫妇没有按时收着钱，便时常写信给她，信的内容使她悲哀，信的要求使她破产。有一天，他们写了一封信给她，说她的小珂赛特在那样冷的天气，还没有一点衣服，她需要一条羊毛裙，母亲应当寄去十个法郎，才能买到。她收到那封信，捏在手里搓了一整天。到了晚上，她走到街角上的一个理发店，取下她的梳子。她那一头令人叹赏的金丝发一直垂到她的腰际。

“好漂亮的头发！”那理发师喊着说。

“您肯出多少钱呢？”她说。

“十法郎。”

“剪吧。”

她买一条绒线编织的裙，寄了给德纳第。

那条裙子可把德纳第夫妇弄火了。他们要的原是钱。他们便拿了那条裙子给爱潘妮穿。可怜的百灵鸟仍旧打颤颤。

芳汀想道：“我的孩子不会再冷了，我已经拿了我的头发做她的衣裳。”她自己戴一顶小圆扁帽遮住了她的光头，她仍然是美丽的。

芳汀的心里起了一种黯淡的思想。当她看见自己已经不能再梳头的时候，她开始怨恨她四周的一切。她素来是和旁人一样，尊敬马德兰伯伯的；但是，屡次想到撵她走的是他，使她受尽痛苦的也是他，她便连他也恨起来了。并且特别恨他。当工人们立在工厂门口，她走那儿经过的时候，便故意嬉皮笑脸地唱起来。

有个年老的女工人，一次，看见她那样边唱边笑，说道：“这姑娘不会有好下场的。”

她姘识了一个汉子，一个不相干、她不爱的人，那完全是出自心中的忿懑和居心要胡作乱为。那人是一个穷汉，一个流浪音乐师，一个好吃懒做的无赖，他打她，春宵既度，便起了厌恶的心，把她丢了。

她一心钟爱她的孩子。

她愈堕落，她四周的一切便愈黑暗，那甜美的安琪儿在她心灵深处也就愈显得可爱。她常说：“等我发了财，我就可以让我的珂赛特在我身边了。”接着又一阵笑。咳嗽病没有离开她，并且她还盗汗。

一天，她接到了德纳第夫妇写来的一封信，信里说：“珂赛特害了一种地方病，叫做猩红热，非有贵重药不行。这场病把我们的钱都花光了，我们再没有能力付药费了。假使您不在这八天以内寄四十法郎来，孩子可完了。”

她放声大笑，向着她的老邻妇说：

“哈！他们真是好人！四十法郎！只要四十法郎！就是两个拿破仑！他们要我到什么地方去找呢？这班乡下人多么蠢！”

但是她走到楼梯上，拿出那封信，凑近天窗，又念了一遍。随后，她从楼梯上走下来，向大门外跑，一面跑，一面跳，笑个不停。

有个人碰见她，问她说：

“您有什么事情快乐到这种样子？”

她回答说：

“两个乡下佬刚写了一封信给我，和我开玩笑，他们向我要四十法郎。这些乡下佬，真行！”

她走过广场，看见许多人围着一辆怪车，车顶上立着一个穿红衣服的人，指手画脚，正对着观众们演说。那人是一个走江湖，兜卖整套牙齿、牙膏、牙粉和药酒的牙科医生。

芳汀钻到那人堆里去听演讲，也跟着其余的人笑，他说话中间，有江湖话，是说给那些流氓听的，也有俗话，是说给正经人听的。那拔牙的走方郎中见了这个美丽的姑娘张着嘴笑，突然叫起来：

“喂，那位笑嘻嘻的姑娘，您的牙齿真漂亮呀！假使您肯把您的瓷牌卖给我，我每一个出价一块金拿破仑。”

“我的瓷牌？瓷牌是什么？”芳汀问。

“瓷牌，”那位牙科医生回答说，“便是门牙，上排的两个门牙。”

“好吓人！”芳汀大声说。

“两个拿破仑!”旁边的一个没有牙齿的老婆子瘪着嘴说，“这娘子多大的福气呀!”

芳汀逃走了，扪着自己的耳朵，免得听见那个人的哑嗓子，但是那人仍喊道：“您想想吧，美人！两个拿破仑大有用处呢。假使您愿意，今天晚上，你到银甲板客栈里来，您可以在那里找着我。”

芳汀回到家里，怒不可遏，把经过说给她那好邻居玛格丽特听：“您懂得这种道理吗？那不是个糟糕透顶的人吗？怎么可以让那种人四处走呢？拔掉我的两个门牙，我将成个什么怪样子！头发可以生出来，但是牙齿，呀，那个人妖！我宁肯从六层楼上倒栽葱跳下去！他告诉我说今天晚上，他在银甲板客栈。”

“他出什么价?”玛格丽特问。

“两个拿破仑。”

“就是四十法郎呵。”

“是呀，”芳汀说，“就是四十法郎。”

她出了一会神，跑去工作了，一刻钟过后，她丢了她的工作，跑到楼梯上又去读德纳第夫妇的那封信。

她转来，向那在她身旁工作的玛格丽特说：

“猩红热是什么东西？您知道吗?”

“我知道，”那个老姑娘回答说，“那是一种病。”

“难道那种病需要很多药吗？”

“呵！需要许多古怪的药。”

“怎么会害那种病的？”

“就这样害的，那种病。”

“孩子最容易害。”

“害了这种病会死吗？”

“很容易。”玛格丽特说。

芳汀走出去，又回到楼梯上，把那封信重念了一遍。

到晚上，她下楼，有人看见她朝着巴黎街走去，那正是有许多客栈的地方。

第二天早晨，天还没亮，玛格丽特走进芳汀的房间（她们每天都这样一同工作，两个人共点一支烛），她看见芳汀坐在床上，面色惨白，冻僵了似的。她还没有睡，她的小圆帽落在膝头上。那支烛点了一整夜，几乎点完了。

玛格丽特停在门边。她见了那种乱七八糟的样子，大惊失色，喊道：

“救主！这支烛点完了！一定出了大事情！”

随后她看着她。芳汀一夜工夫，老了十岁。

“耶稣！”玛格丽特说，“您出了什么事，芳汀？”

“没有什么”，芳汀回答说，“这样正好。我的孩子不会死了，那种病，吓坏我了，现在她有救了。我也放了心。”

她一面说，一面指着桌子，把那两个发亮的拿破仑指给那老姑娘看。

“呀，耶稣上帝！”玛格丽特说，“这是一笔横财呵！您从什么地方找到这些金路易的？”

“我弄到手了。”芳汀回答。

同时她微笑着。那支烛正照着她的面孔。那是一种血迹模糊的笑容。一条红口涎挂在她的嘴角上，嘴里一个黑窟窿。

那两颗牙被拔掉了。

她把那四十法郎寄到孟费眉去了。

那却是德纳第夫妇谋财的骗局，珂赛特并没有害病。

芳汀把她的镜子丢到窗子外面。她早已放弃了二层楼上的那间小屋子，搬到房顶下面的一间用铁片闩着的破楼里去了；有许多房顶下面的屋子，顶和地板变成斜角，并且时时会撞你的头，她的房间便是那样的一间。贫苦人要走到他屋子的尽头，正如他要走到生命的尽头，都非逐渐弯腰不可。她没有床了，只留下一块破布，那便是她的被，地上一条草荐，一把破麦秸椅。她从前养的那棵小玫瑰花，已经在屋角里枯萎了，没有人再想到它。在另一屋角里，有个用来盛水的奶油钵，冬天水结了冰，层层冰圈标志着高低的水面，搁在那里已经许多时候了。她早已不怕人耻笑，现在连修饰的心思也没有了。最后的表现，是她常戴着肮脏的小帽上街。也许是没有时间，也许是不经意，她再不缝补她的衣衫了。袜跟破了便往鞋子里面拉，再破便再拉。这可以从那些垂直的皱纹上看出来。她用许多一触即裂的零碎粗布拼在她那件破旧的汗衫上。她的债主们和她吵闹不休，使她没有片刻的休息。她在街上时常碰见他们，在她的楼梯上又会时常碰见他们。她常常整夜地哭，整夜地想，她的眼睛亮得出奇。并且觉得在肩膀里，左肩胛骨的上面时常作痛。她时时咳嗽。她恨透了马德兰伯伯，但是不出怨言。

她每天缝十七个钟头；但是一个以贱值包揽女囚工作的包工，忽然压低了工资；于是自由女工的每日工资也减到了九个铜元。十七个钟头的工作，每天九个铜元！她的债主们的狠心更是变本加厉。那个几乎把全部家具拿走了的旧货商人不停地向她说："几时付我钱！贱货？"人家究竟要她怎么样，慈悲的上帝？她觉得自己无路可走，在她的心里便起了一种困兽的心情。正当这时候，德纳第又有信给她，说他等待了许久，已经是仁至义尽，他立刻要一百法郎，否则他就把小珂赛特撵出去，她大病以后，刚刚复原，他们管不了天有多冷，路有多远，也只好让她去，假使她愿意，死在路边就是了。"一百法郎！"芳汀想道，"但是哪里有每天赚五个法郎的机会呢？"

"管它妈的！"她说，"全卖了吧。"

这不幸的女子便做了公娼。

十一　基督救我们

芳汀的故事说明什么呢？说明社会收买了一个奴隶。

向谁收买？向贫苦收买。

向饥，寒，孤独，遗弃，贫困收买。令人痛心的买卖。一个人的灵魂交换一块面包。贫苦卖出，社会买进。

耶稣基督的神圣法则统治着我们的文明，但是没有渗透到文明里面去。一般人认为在欧洲文明里，已经没有奴隶制度。这是一种误解。奴隶制度始终存在，不过只压迫妇女罢了，那便是娼妓制度。

它压迫妇女，就是说压迫柔情，压迫弱质，压迫美貌，压迫母性。这在男子方面绝不是什么微不足道的耻辱。

当这惨剧发展到了现阶段，芳汀已经完全不是从前那个人了。她在变成污泥的同时，变成了木石。接触到她的人都觉得到一股冷气。她以身事人，任你摆布，不问你是什么人；她满脸屈辱和怨愤。生活和社会秩序对她已经下了结论。她已经受到了她将要受到的一切。她已经感受了一切，容忍了一切，体会了一切，放弃了一切，失去了一切，痛哭过一切。她忍让，她那种忍让之类似冷漠，正如死亡之类似睡眠。她不再逃避什么，也不再怕什么。即使满天的雨水都落在她头上！即使整个海洋都倾泻在她身上！对她也没有什么关系！她已经是一块浸满了水的海绵。

至少她是那么想的，但是如果自以为已经受尽了命中的折磨，自以为已经走到了什么东西的尽头，那可就想错了。

唉！那种凌乱杂遝、横遭蹂躏的生灵算什么呢？他们归宿何处？为什么会这样？

能够回答这些问题的，他就会看透人间的黑暗。

他是唯一的。他叫做上帝。

（［法］雨果：《悲惨世界》，李丹译，北京，人民文学出版社，1958 年。）

阅读提示

《悲惨世界》是劳苦大众在黑暗社会里挣扎与奋斗的悲怆史诗，通过冉阿让、芳汀、珂赛特等人的悲惨遭遇，描绘了一幅下层社会的悲惨世界的真实图画。小说洋溢着深厚的人道主义精神，揭露了资产阶级道德的虚伪和法律的不公正，对被压迫、受奴役的劳动人民给予深切的同情。

贫苦工人冉阿让的整个一生充满着坐牢、苦役和颠沛流离的痛苦，这是小说的主要线索。他因偷面包被捕入狱，度过了 19 年牢狱和苦役生活。刑满后受仁慈的主教米里哀的感化，转变成一个舍己为人的人。冉阿让化名马德兰，当了企业家，并被推为市长。但不久又因暴露了过去的身份而被捕下狱，逃出后救出已故女工芳汀的孤女珂赛特，后来又不断遭到警探的追缉。小说内容十分丰富，作家在叙述主人公的同时描写了 1832 年共和党人在巴黎举行的革命起义，但作家注意的中心是那些不幸者的“悲惨世界”。

出身贫寒的女工芳汀，曾受骗怀孕，生了个女孩，寄养在一个酒店老板家里。她的秘密泄露后，被工厂解雇。酒店老板又趁机敲诈勒索，芳汀走投无路，被迫当了妓女。芳汀受尽坏人的欺骗、压榨和污辱，官府和社会不但没有支持她，保护她，反而迫使她悲惨地离开人世。正如作家在小说序言中所指出的那样："贫穷使男子潦倒，饥饿使妇女堕落，黑暗使儿童羸弱。"

《悲惨世界》立足于现实，人物、事件取材于现实生活，具有明显的现实主义因素，真实地展现了1793年至1832年广阔的法国社会生活画面。在人物描写和情节安排上，则有浓厚的浪漫主义色彩。小说经常使用浪漫主义的夸张手法，来突出人物异乎寻常的性格特征，安排曲折离奇的故事情节，描写奇人、奇事、奇案。形象突出，色彩瑰丽，气势浩大，堪称现实主义与浪漫主义结合的典范。

雨果小说的叙事语言也独具特色：高昂、激动和热情，经常运用多义词，富有隐喻性，有的句子类似成语格言，整部小说具有一种崇高的史诗般的叙事风格。

讨论

1. 结合《悲惨世界》中的具体人物和情节谈谈你对雨果的人道主义思想的理解。
2. 你认为整部小说最动人之处是什么，谈谈你的看法。

巴尔扎克

巴尔扎克

巴尔扎克（1799—1850年）是19世纪法国伟大的现实主义作家。他诞生在法国中部的图尔城，祖父是农民，父亲是在法国大革命以后发迹的商人。巴尔扎克16岁进法律学校学习，同时在诉讼代理人事务所当见习生。这使他初步了解到巴黎社会的丑恶内幕。1819年毕业后，他不顾家庭的反对，开始从事文学创作。后来他又投笔从商，先后经营出版、印刷等业，但是一事无成，反倒债台高筑，以至拖累终生。他亲身领略了资本主义社会中金钱的万能和万恶的力量，人与人之间赤裸裸的利己主义关系，为他成功地创作《人间喜剧》奠定了生活基础。1842年，他发表了《人间喜剧·导言》，全面阐述了他立志写出一部艺术的历史作品的创作意图，即要"用小说进行社会研究"。整部《人间喜剧》实际上包括了长、中、短篇小说 91 部，最主要的有《欧也妮·葛朗台》、《高老头》、《幻灭》、《农民》、《贝姨》等。这些作品构成宏阔的画面，真实地反映了封建贵族没落和资产阶级发迹上升的趋势，为我们提供了一部法国社会特别是巴黎“上流社会”的形象的历史。在艺术上，《人间喜剧》以其真实、细致的笔法，典型环境和典型人物的塑造，为 19 世纪现实主义创作提供了范例。

《高老头》（节选）

两处访问

……

特·鲍赛昂太太没有听见，她想得出神了。两人半天没有出声，可怜的大学生愣在那儿，既不敢走，又不敢留，也不敢开口。

“社会又卑鄙又残忍，”子爵夫人终于说。“只要我们碰到一桩灾难，总有一个朋友来告诉我们，拿把短刀掏我们的心窝，教我们欣赏刀柄。冷一句热一句，挖苦，奚落，一齐来了。啊！我可是要抵抗的。”她抬起头来，那种庄严的姿势恰好显出她贵妇人的身分，高傲的眼睛射出闪电似的光芒。——“啊！”她一眼瞧见了欧也纳，“你在这里！”

“是的，还没有走。”他不胜惶恐地回答。

“嗳，拉斯蒂涅先生，你得以牙还牙对付这个社会。你想成功吗？我帮你。你可以测量出来，女人堕落到什么田地，男人虚荣到什么田地。虽然人生这部书我已经读得烂熟，可是还有一些篇章不曾寓目。现在我全明白了。你越没有心肝，越高升得快。你得不留情地打击人家，叫人家怕你。只能把男男女女当做驿马，把它们骑得精疲力尽，到了站上丢下来；这样你就能达到欲望的最高峰。不是吗，你要没有一个女人关切，你在这儿便一文不值。这女人还得年轻，有钱，漂亮。倘使你有什么真情，必须像宝贝一样藏起，永远别给人家猜到，要不就完啦，你不但做不成刽子手，反过来要给人家开刀了。有朝一日你动了爱情，千万要守秘密！没有弄清楚对方的底细，决不能掏出你的心来。你现在还没有得到爱情；可是为保住将来的爱情，先得学会提防人家。听我说，米盖尔[①]……（她不知不觉说错了名字）女儿遗弃父亲，巴望父亲早死，还不算可怕呢。那两姊妹也彼此忌妒得厉害。雷斯多是旧家出身，他的太太进过宫了，贵族社会也承认她了；可是她的有钱的妹妹，美丽的但裴纳·特·纽沁根夫人，银行家太太，却难过死了；忌妒咬着她的心，她跟姊姊貌合神离，比路人还不如；姊姊已经不是她的姊姊；两个人你不认我，我也不认你，正如不认她们的父亲一样。特·纽沁根太太只消能进我的客厅，便是把圣·拉查街到葛勒南街一路上的灰土舐个干净也是愿意的。她以为特·玛赛能够帮她达到这个目的，便甘心情愿做他的奴隶，把他缠得头痛。哪知特·玛赛干脆不把她放在心上。你要能把她介绍到我这儿来，你便是她的心肝宝贝。以后你能爱她就爱她，要不就利用她一下也好。我可以接见她一两次，逢到盛大的晚会，宾客众多的时候；可是决不单独招待她。我看见她打个招呼就够了。你说出了高老头的名字，你把伯爵夫人家的大门关上了。是的，朋友，你尽管上雷斯多家二十次，她会二十次不在家。你被他们撵出门外了。好吧，你叫高老头替你介绍特·纽沁根太太吧。那位漂亮太太可以做你的幌子。一朝她把你另眼相看了，所有的女人都会一窝蜂地来追你。跟她竞争的对手，她的朋友，她的最知己的朋友，都想把你抢过去了。有些女人，只喜欢别的女子挑中的男人，好像那般中产阶级的妇女，以为戴上我们的帽子就有了我们的风度。所以那时你就能走红啦。在巴黎，走红就是万事亨通，就是拿到权势的宝钥。倘若女人觉得你有才气，有能耐，男人就会相信，只消你自己不露马脚。那时你多大的欲望都不成问题，都可以实现，你哪儿都走得进去。那时你会明白，社会不过是傻子跟骗子的集团。你别做傻子，也别做骗子。我把我的姓氏借给你，好比一根阿里安纳的线，引你进这座迷宫[②]。别把我的姓污辱了，”她扭了扭脖子，气概非凡地对大学生瞧了一眼，“清清白白地还给我。好，去吧，我不留你了。我们做女人的也有我们的仗要打。”

“要不要一个死心塌地的人替你去点炸药？”欧也纳打断了她的话。

“那又怎么样？”她问。

他拍拍胸脯，表姊对他笑了笑，他也笑了笑，走了。那时已经五点；他肚子饿了，只怕赶不上晚饭。这一担心，使他感到在巴黎平步青云，找到门路的快乐。得意之下，他马上给自己的许多思想包围了。像他那种年龄的青年，一

① 米盖尔是她的情人瞿达侯爵的名字。

② 希腊神话中，阿里安纳把一根线授给丹才，使他杀了牛首人身米诺多后，得以逃出迷宫。

受委屈就会气得发疯，对整个社会抡着拳头，又想报复，又失掉了自信。拉斯蒂涅那时正为了“你把伯爵夫人家的大门关上了”那句话发急，心上想：“我要去试一试！如果特·鲍赛昂太太的话不错，如果我真地碰在门上，那么……哼！特雷斯多夫人不论上哪一家的沙龙，都要碰到我。我要学击剑，放枪，把她的玛克辛打死！——可是钱呢？”他忽然问自己，“哪儿去弄钱呢？”特·雷斯多伯爵夫人家里铺张的财富，忽然在眼前亮起来。他在那儿见到一个高里奥小姐心爱的奢华，金碧辉煌的屋子，显而易见的贵重器物，暴发户的恶俗排场，像人家的外室那样的浪费。这幅迷人的图画忽然又给鲍赛昂府上的大家气派压倒了。他的幻想飞进了巴黎的上层社会，马上冒出许多坏念头，扩大他的眼界和心胸。他看到了社会的本相：法律跟道德对有钱的人全无效力，财产才是金科玉律。他想：“伏脱冷说得不错，有财便是德！”

……

初见世面

……

……（伏脱冷说）“这是人生的三岔口，朋友，你挑吧。你已经挑定了，你去过表亲鲍赛昂家，嗅到了富贵气。你也去过高老头的女儿雷斯多太太家，闻到了巴黎妇女的味道。那天你回来，脸上明明白白写着几个字：往上爬！不顾一切地往上爬。我暗中叫好，心里想这倒是一个配我脾胃的汉子。你要用钱，哪儿去找呢？你抽了姊妹的血。做弟兄的多多少少全骗过姊妹的钱。你家乡多的是栗子，少的是洋钱，天知道怎么弄来的一千三百法郎，往外溜的时候跟大兵出门抢劫一样快。钱用完了怎么办？用功吗？用功的结果，你现在明白了，是给波阿莱那等角色老来在伏盖妈妈家租间屋子。跟你情形相仿的四五万青年，此刻都有一个问题要解决：赶快挣一笔财产。你是其中的一个。你想：你们要怎样地拼命，怎样地斗争；势必你吞我，我吞你，像一个瓶里的许多蜘蛛，因为根本没有四五万个好缺份。你知道巴黎的人怎么打天下的？不是靠天才的光芒，就是靠腐蚀的本领。在这个人堆里，不像炮弹一般轰进去，就得像瘟疫一般钻进去。清白老实一无用处。在天才的威力之下，大家会屈服；先是恨他，毁谤他，因为他一口独吞，不肯分肥；可是他要坚持的话，大家便屈服了；总而言之，没法把你埋在土里的时候，就向你磕头。雄才大略是少有的，遍地风行的是腐化堕落。社会上多的是饭桶，而腐蚀便是饭桶的武器，你到处觉得有它的刀尖。有些男人，全部家私不过六千法郎薪水，老婆的衣着花到一万以上。收入只有一千二的小职员也会买田买地。你可以看到一些女人出卖身体，为的是要跟贵族院议员的公子，坐了车到长野跑马场的中央大道上去奔驰。女儿有了五万法郎进款，可怜的脓包高老头还不得不替女儿还债，那是你亲眼目睹的。你试着瞧吧，在巴黎走两三步路要不碰到这一类的鬼玩艺才怪。我敢把脑袋跟这一堆生菜打赌，你要碰到什么你中意的女人，不管是谁，不管怎样有钱、美丽、年轻，你马上掉在黄蜂窠里。她们受着法律束缚，什么事都得跟丈夫明争暗斗。为了情人、衣著、孩子、家里的开销、虚荣，所玩的手段，简直说不完，反正不是为了高尚的动机。所以正人君子是大众的公敌。你知道什么叫做正人君子吗？在巴黎，正人君子是不声不响，不愿分赃的人。至于那批可怜的公共奴隶，到处做苦工而没有报酬的，还没有包括在内；我管他们叫做相信上帝的傻瓜。当然这是德行的最高峰，愚不可及的好榜样，同时也是苦海。倘若上帝开个玩笑，在最后审判时缺席一下，那些好人包你都要愁眉苦脸！因此，你要想快快发财，必须现在已经有钱，或者装做有钱。要弄大钱，就该大刀阔斧地干，要不就完事大吉。三百六十行中，倘使有十几个人成功得快，大家便管他们叫做贼。你自己去找结论吧。人生就是这么回事，跟厨房一样腥臭。要捞油水不能怕弄脏手，只消事后洗干净；今日所谓道德，不过是这一点。我这样议论社会是有权利的，因为我认识社会。你以为我责备社会吗？绝对不是。世界一向是这样的，道德家永远改变不了它。人是不完全的，不过他的作假有时多有时少，一般傻子便跟着说风俗淳朴了，或是淡薄了。我并不帮平民骂富翁，上中下三等的人都是一样的人。这些高等野兽，每一百万个中间总有十来个狠家伙，高高地坐在一切之上，甚至坐在法律之上，我便是其中之一。你要有种，你就扬着脸一直线往前冲。可是你得跟妒忌、毁谤、庸俗斗争，跟所有的人斗争。……”

……

父亲的死

……

他迷迷糊糊昏沉了好久。克利斯朵夫回来，拉斯蒂涅以为高老头睡熟了，让佣人高声回报他出差的情形。

“先生，我先上伯爵夫人家，可没法跟她说话，她和丈夫有要紧事儿。我再三央求，特·雷斯多先生亲自出来对我说：高里奥先生快死了是不是？哎，好吧，还是死了的好。我有事，要太太待在家里。事情完了，她会去的。——他似乎很生气，这位先生。我正要出来，太太从一扇我看不见的门里走到穿堂，告诉我：克利斯朵夫，你对我父亲说，我同丈夫正在商量事情，不能来。那是有关我孩子们生死的问题。但等事情一完，我就去看他。——说到男爵夫人吧，又是另外一桩事儿！我没有见到她，不能跟她说话。老妈子说：啊！太太今儿早上五点一刻才从跳舞会回来；中午以前叫醒她，一定要挨骂的。等会她打铃叫我，我会告诉她，说她父亲的病更重了。报告一件坏消息，不会嫌太晚的。——我再三央求也没用。哎，是呀，我也要求见男爵，他不在家。”

“一个也不来，”拉斯蒂涅嚷道，“让我写信给她们。”

“一个也不来，”老人坐起来接着说，“她们有事，她们在睡觉，她们不会来的。我早知道了。直要临死才知道女儿是什么东西！唉！朋友，你别结婚，别生孩子！你给他们生命，他们给你死。你带他们到世界上来，他们把你从世界上赶出去。她们不会来的！我已经知道了十年。有时我心里这么想，只是不敢相信。”

他每只眼中冒出一颗眼泪，滚在鲜红的眼皮边上，不掉下来。

“唉！倘若我有钱，倘若我留着家私，没有把财产给她们，她们就会来，会用她们的亲吻来舔我的脸！我可以住在一所公馆里，有漂亮的屋子，有我的仆人，生着火；她们都要哭做一团，还有她们的丈夫，她们的孩子。这一切我都可以到手。现在可什么都没有。钱能买到一切，买到女儿。啊！我的钱到哪儿去了？倘若我还有财产留下，她们会来伺候我，招呼我；我可以听到她们，看到她们。啊！欧也纳，亲爱的孩子，我唯一的孩子，我宁可给人家遗弃，宁可做个倒楣鬼！倒楣鬼有人爱，至少那是真正的爱！啊，不，我要有钱，那我可以看到她们了。唉，谁知道，她们两个的心都像石头一样。我把所有的爱都在她们身上用尽了，她们对我不能再有爱了。做父亲的应该永远有钱，应该拉紧儿女的缰绳，像对付狡猾的马一样。我却向她们下跪。该死的东西！她们十年来对我的行为，现在到了顶点。你不知道她们刚结婚的时候，对我怎样地奉承体贴！（噢！我痛得像受毒刑一样！）我才给了她们每人八十万，她们和她们的丈夫都不敢怠慢我。我受到好款待：好爸爸，上这儿来；好爸爸，往那儿去。

她们家永远有我的一份刀叉。我同她们的丈夫一块吃饭，他们对我很恭敬，看我手头还有一些呢。为什么？因为我生意的底细，我一句没提。一个给了女儿八十万的人是应该奉承的。他们对我那么周到、体贴，那是为我的钱啊。世界并不美。我看到了，我！她们陪我坐着车子上戏院，我在她们的晚会里爱待多久就待多久。她们承认是我的女儿，承认我是她们的父亲。我还有我的聪明呢，嗨，什么都没逃过我的眼睛。我什么都感觉到，我的心碎了。我明明看到那是假情假意，可是没有办法。在她们家，我就不像在这儿饭桌上那么自在。我什么话都不会说。有些漂亮人物咬着我女婿的耳朵问：

——那位先生是谁啊？

——他是财神，他有钱。

——啊，原来如此！

“人家这么说着，恭恭敬敬瞧着我，就像恭恭敬敬瞧着钱一样。即使我有时叫他们发窘，我也补赎了我的过失。再说，谁又是十全的呢？（哎唷！我的脑袋简直是块烂疮！）我这时的痛苦是临死以前的痛苦，亲爱的欧也纳先生，可是比起当年娜齐第一次瞪着我给我的难受，眼前的痛苦算不了什么。那时她瞪我一眼，因为我说错了话，丢了她的脸；唉，她那一眼把我全身的血管都割破了。我很想懂得交际场中的规矩，可是我只懂得一样：我在世界上是多余的。第二天我上但斐纳家去找安慰，不料又闹了笑话，惹她冒火。我为此急疯了。八天功夫我不知道怎么办。我不敢去看她们，怕受埋怨。这样，我便进不了女儿的大门。哦！我的上帝！既然我吃的苦，受的难，你全知道，既然我受的千刀万剐，使我头发变白，身子磨坏的伤，你都记在账上，干嘛今日还要我受这个罪？就算太爱她们是我的罪过，我受的刑罚也足够补赎了。我对她们的慈爱，她们都狠狠地报复了，像刽子手一般把我上过毒刑了。唉！做老子的多蠢！我太爱她们了，每次都回头去迁就她们，好像赌棍离不开赌场。我的嗜好，我的情妇，我的一切，便是两个女儿，她们俩想要一点儿装饰品什么的，老妈子告诉了我，我就去买来送给她们，巴望得到些好款待！可是她们看了我在人前的态度，照样来一番教训。而且等不到第二天！喝，她们为着我脸红了。这是给儿女受好教育的报应。我活了这把年纪，可不能再上学校啦。（我痛死了，天哪！医生呀！医生呀！把我脑袋劈开来，也许会好些。）我的女儿呀，我的女儿呀，娜齐，但斐纳！我要看她们。叫警察去找她们来，抓她们来！法律应该帮我的，天性、民法，都应该帮我。我要抗议！……

……

（巴尔扎克：《高老头》，傅雷译，北京，人民文学出版社，1957 年。）

阅读提示

《高老头》（1834 年）以法国王朝复辟时期巴黎的社会生活为背景，以伏盖公寓和鲍赛昂夫人的沙龙为中心，通过高老头的悲剧命运和拉斯蒂涅拼命向上爬两条交错发展的情节，深刻揭示了封建贵族在资产阶级金钱势力的进攻下逐步衰亡的历史命运，有力地批判了资本主义社会人与人之间冷酷的金钱关系。

拉斯蒂涅是一个外省没落贵族子弟，他来到巴黎上大学，本想凭自己刻苦努力开拓前程，但巴黎的腐败奢华的生活刺激了他向上爬的野心。鲍赛昂夫人向他传授了厕身上流社会的秘诀，伏脱冷向他剖析了资本主义社会虚伪而卑鄙的道德原则，高老头的死使他彻底看清人与人之间冷酷的金钱关系。经过这三次人生教育课，拉斯蒂涅决心不顾一切地向上爬，外省的贵族子弟就这样被腐化成了资产阶级野心家。这样，我们看到拉斯蒂涅步步堕落的同时，也就看到了社会的重重罪恶。

高老头原是大革命时期发迹的面粉商人，对两个女儿百般宠爱，但女儿只爱金钱，不爱父亲，当高老头的钱被榨光后，重病缠身以至临终前，两个女儿谁也不过问。高老头的悲剧，集中暴露了人与人之间赤裸裸的金钱关系。

讨论

1. 分析高老头悲剧的主要原因。
2. 拉斯蒂涅是如何完成他的性格转变过程的？

福　楼　拜

居斯达夫·福楼拜（1821—1880 年），法国 19 世纪重要的现实主义作家，现代主义“先驱”。他出生在卢昂一个著名的外科医生家庭，从小生活在医院环境中使他养成了细致观察与剖析事物的习惯。福楼拜在中学时就热爱浪漫主义作品，并开始文学创作。早期习作有浓厚的浪漫主义色彩。19世纪五六十年代，他完成了三部主要作品：《包法利夫人》、《萨朗波》和《情感教育》。其作品反映了1848—1871年间法国的时代风貌，揭露了丑恶鄙俗的资产阶级社会。其短篇小说杰作《一颗简单的心》，出色地刻画了一个普通劳动妇女的形象。他的“客观而无动于衷”的创作理论和精雕细刻的艺术风格，在法国文学史上独树一帜。

福楼拜

《包法利夫人》（节选）

结婚以前，她以为自己懂得爱情；但现在却没有得到爱情应该带来的幸福，于是她想，是不是自己搞错了？艾玛竭力想要知道：幸福、热情、陶醉，这些在书本中显得如此美丽的字眼，在生活中到底是什么意思呢？

她读过《保尔和维吉妮》，梦见过小小的竹房子，黑黑的多曼戈，“忠心的”小狗，尤其是一个好心的、情意脉脉的小哥哥，为了给你摘红果子，可以爬上比钟楼还高的大树，为了给你找到鸟窝，可以光着脚在沙滩上跑。

等到她十三岁，她的父亲亲自带她进城，送她上修道院去受教育。他们住在圣·洁韦区一家小客店，吃晚餐的时候，他们发现盘子上画着拉·华丽叶小姐修道的故事。解释图画的文字都是宣扬宗教，赞美心地善良，歌颂宫廷荣华富贵的，可是给刀叉刮得东一道痕，西一道印，看不清楚了。

她起初在修道院并不觉得烦闷，反倒喜欢和修女们待在一起，她们要她高兴，就带她去餐厅，走过长廊，去看小礼拜堂。休息的时候，她也不太爱玩，但对教理问答课很熟悉，只要出了难答的问题，她总是抢着回答助理神甫。她的生活没有离开过教室的温暖气氛，没有离开过这些脸色苍白的修女，她们胸前挂着的一串念珠和一个铜十字架，加上圣坛发出的芳香，圣水吐出的清芬，蜡烛射出的光辉，都有一种令人消沉的神秘力量，使她不知不觉地沉醉了。但是她并不听弥撒，只是出神地看着圣书上的蓝边插图，她喜欢图中得了病的羔羊，利箭穿过的圣心，走向十字架时倒下的耶稣。她要禁欲苦修，就试着一整天不吃饭。她还挖空心思，要许一个愿。

在忏悔时，她凭空捏造一些微不足道的罪名，为了可以在阴暗的角落里多待一点时间，可以双手合十地跪着，脸贴着小栅栏，听教士的低声细语。布道时往往把信教比做结婚，提到未婚夫、丈夫、天上的情人和永久的婚姻，这使她在灵魂深处感到意外的甜蜜。

晚祷之前，她们在自习室读宗教书。整个星期，不是读点圣史摘要，就是读修道院长的《讲演录》，只有星期天，才选读几段《基督教真谛》调剂调剂。她头几回多么爱听这些反映天长地久、此恨绵绵的浪漫主义的悲叹哀鸣呵！假如她的童年是在闹市的小店铺里度过的，那么，她也许会心旷神怡地让大自然的抒情声音侵入她的灵魂，因为一般说来，城里人是只有通过书本，才对大自然有所了解的。但她太了解乡下了，她听过羊叫，会挤牛奶，也会把犁擦得雪亮。过惯了平静的日子，她反倒喜欢多事之秋。她爱大海，只是为了海上的汹涌波涛；她爱草地，只是因为青草点缀了断壁残垣。她要求事物投她所好；凡是不能立刻满足她心灵需要的，她都认为没有用处；她多愁善感，而不倾心艺术，她寻求的是主观的情，而不是客观的景。

修道院里有一个老姑娘，每个月来做一星期针线活。她是一个贵族世家的后代，在大革命期间家破人亡，所以得到大主教的庇护，特准在餐厅里和修女们同桌用膳，餐后还同她们闲谈一会儿，再做针线活。寄宿生往往溜出教室来看她。她会唱前一个世纪的情歌，有时一面飞针走线，一面就低声唱起来。她讲故事，讲新闻，替你上街买东西，私下里把围裙口袋里藏着的小说借给大姑娘看，她自己也是女红一歇手，就一口气读上长长的一章。书里讲的总是恋爱的故事，多情的男女，逼得走投无路，在孤零零的亭子里晕倒的贵妇人，每到一个驿站都要遭到毒害的马车夫，每一页都疲于奔命的马匹，阴暗的树林，内心的骚动，发不完的誓言，剪不断的呜咽，流不尽的泪，亲不完的吻，月下的小船，林中的夜莺，情郎勇敢得像狮子，温柔得像羔羊，人品好得不能再好，衣着总是无瑕可击，哭起来却又热泪盈眶。半年以来，十五岁的艾玛就这样双手沾满了旧书店的灰尘。后来她读司各特，爱上了古代的风物，梦中也看到苏格兰乡村的衣柜，卫士的厅堂，走江湖的诗人。她多么希望像腰身细长的女庄主一样，住在一座古老的城堡里，整天在三叶形的屋顶下，胳膊肘支在石桌上，双手托住下巴，引颈企望着一个头盔上有白羽毛的骑士，胯下一匹黑马，从遥远的田野奔驰而来。那时，她内心崇拜的是殉难的玛丽女王；狂热地敬仰的是出名的或不幸的妇女。在她看来，以身殉教的女杰贞德、同老师私奔的艾洛伊丝、查理七世的情妇阿涅丝·索蕾、美丽的费隆夫人、女诗人克莱芒丝·伊索尔像是灿烂的彗星划破了历史的漫漫长夜，而在栎树下审案的路易九世、宁死不屈的勇士巴亚、毒死索蕾的路易十一、圣·巴特勒米之夜对新教徒的大屠杀、头戴白缨冲锋陷阵的亨利四世，还有艾玛难忘的、晚餐盘子上的彩画所颂扬的路易十四，虽然也在黑暗的天空中发出闪烁的光辉，但和那些受到宗教迫害的妇女，似乎没有什么关系。

……

修女们本来认为卢奥小姐得天独厚，感应神的召唤特灵，现在发现她似乎误入歧途，辜负了她们的一片好心，觉得非常失望。她们对她的确尽心尽力，无微不至，要她参加日课，退省静修，九日仪式。传道说教，要她崇敬先圣先烈，劝她克制肉欲，拯救灵魂，不料她像拉紧缰绳的马一样，你一松手，马嚼子就滑出嘴来了。在她奔放的热情中，却有讲究实际的精神，她爱教堂是为了教堂的鲜花，爱音乐是为了浪漫的歌词，爱文学是为了文学热情的刺激，这种精神和宗教信仰的神秘性是格格不入的，正如她的性格对修道院的清规戒律越来越反感一样。因此，她父亲来接她出院的时候，大家并没有依依惜别之情。院长甚至发现，她越到后期，越不把修道院放在眼里。

艾玛回到家中，开始还喜欢对仆人发号施令，不久就觉得乡下没有趣味，反倒留恋起修道院来了。夏尔第一次来贝尔托的时候，她正自以为看破了一切，没有什么值得学习的，对什么也不感兴趣。

但是她急于改变现状，也许是这个男人的出现带来了刺激，这就足以使她相信，她到底得到了那种可望而不可及的爱情，而在这以前，爱情仿佛是一只玫瑰色的大鸟，只在充满诗意的万里长空的灿烂光辉中飞翔——可是现在，她也不能想象，这样平静的生活，就是她从前朝思暮想的幸福。

她有时想，她一生最美好的日子，莫过于所谓的蜜月了。要尝尝甜蜜的滋味，自然应该到那些远近闻名的地方，去消磨新婚后无比美妙、无所事事的时光。人坐在马车里，在蓝绸子的车篷下，爬着陡峭的山路，车走得并不比人快，听着马车夫的歌声在山中回荡，和山羊的铃声，瀑布的喧嚣，组成了一首交响曲。太阳下山的时候，人在海滨呼吸着柠檬树的香味；等到天黑了，两个人又手挽着手，十指交叉，站在别墅的平台上，望着天上的星星，谈着将来的打算。在她看来，似乎地球上只有某些地方才会产生幸福，就像只有在特定的土壤上才能生长的树木一样，换了地方，就不会开花结果了。她多么盼望在瑞士山间别墅的阳台上凭栏远眺，或者把自己的忧郁关在苏格兰的村庄里！她多么盼望丈夫身穿青绒燕尾服，脚踏软皮长统靴，头戴尖顶帽，手戴长筒手套呵！为什么不行呢？

(福楼拜:《包法利夫人》，许渊冲译，南京，译林出版社，1992 年。)

阅读提示

小说描写了一位小资产阶级妇女因为不满足平庸的生活而逐渐堕落的过程，再现了 19 世纪中期法国的社会生活。主人公爱玛为了追求浪漫和优雅的生活而自甘堕落与人通奸，最终因为负债累累无力偿还而身败名裂，服毒自杀。作者用细腻的笔触描写了主人公情感堕落的过程，揭示爱玛的死不仅仅是她自身的悲剧，更是那个时代的悲剧。

《包法利夫人》的艺术形式使它成为近代小说的一个转机，文章以客观化写作、情节的日常化为切入点。他提倡的“客观而无动于衷”的创作理论为现代主义叙述中零焦聚的使用提供了范例。他在创作中非常重视描绘平庸的日常生活，这使得其作品在情节构造上出现一种日常化的趋势。这一创作手法也给现代主义作家很大启发，并最终导致了“淡化情节”这种现代主义创作手法的出现。

福楼拜是力求完美的艺术大师，他视文字、文学创作为生命，注重思想与语言的统一。他认为：“思想越是美好，词句就越是铿锵，思想的准确会造成语言的准确。”又说：“表达愈是接近思想，用词就愈是贴切，就愈是美。”他的作品语言用词极其准确，行文优美典雅，节奏流畅而富有音乐性，被誉为是法国文学史上的“模范散文”。

讨论

1. 福楼拜的创作强调“真实的真实”，请以《包法利夫人》为例，谈谈你的理解。

陀思妥耶夫斯基

奥多尔·陀思妥耶夫斯基（1821—1881 年），俄国著名的现实主义作家。他

陀思妥耶夫斯基

出身莫斯科一个医生家庭，祖父是普通神职人员。他的父亲因虐待农奴，在1839年被农奴殴打致死，此事给他留下强烈的印象。1838年，陀思妥耶夫斯基进入彼得堡军事工程学校，1844年开始专门从事文学创作。1849年因反农奴制被沙皇政府逮捕，并判处死刑。临刑时又宣谕沙皇旨意改处苦役。先后9年的苦役和军营的生活，对陀思妥耶夫斯基产生了重大影响。真实揭露和宗教伦理色彩的混合，对人生哲理的思考和人性内涵的发掘从这时起日益成为他的作品的明显特征。长篇小说《穷人》、《白痴》、《白夜》、《被欺凌与被侮辱的》，深化了俄罗斯文学中的“小人物”主题，着重于人物内在本性和精神状态的矛盾变化。1866年发表的《罪与罚》是作者最富于社会历史涵义的一部社会心理小说。长篇小说《卡拉马佐夫兄弟》（1879—1880年）是作者最杰出的作品之一，作品要远胜于社会现象和生活真相的描绘。小说广泛表现19世纪后期俄国社会不同阶层的生活和心理，对现代派文学产生了极大的影响。

罪与罚（节选）

第一章

一

七月初的一个酷热异常的傍晚，有个青年从自己的斗室里走了出来，这间斗室是他在S胡同里向二房东租来的。他走到街上，便慢悠悠地、仿佛踌躇不决地向K桥走去。

他在楼梯上顺顺当当地躲开了女房东。他的斗室是一幢很高的五层楼房的一间顶楼，与其说像个住人的地方，倒不如说像口橱柜。他的女房东住在下面一层的一套独立的房间里，他向她租赁这间斗室是包括午膳和女佣在内的。他每次外出，得经过女房东的厨房，厨房的那扇通楼梯的门差不多经常开得很大。这个青年每次经过，总觉得又痛苦又胆怯，因而感到觍觍，拧紧了眉头。他应付给女房东的钱都没有付，因此怕见她的面。

他不是胆小怕事，他压根儿不是这样的人；但是从某个时候开始，他动不动就发火，情绪紧张，仿佛犯了忧郁症似的。他常常深思得出神，爱孤独，甚至怕见任何人，不仅仅怕见女房东。贫困逼得他透不过气来；可是近来连这种贫困的境况他也不觉得苦恼了。他再也不做自己日常生活中必要的事务，他没有心思做了。其实，他毫不害怕女房东，不管她想出什么主意来对付他。可是站在楼梯上听她噜苏一些与他风马牛不相及的日常琐事，逼讨房租，威吓，诉苦，他就得敷衍一番，抱歉几句，说些鬼话——那不行，倒不如学猫儿的样，乘机逃下楼去，溜之大吉，免得让人看见。

可是这一次上街去，他这么怕碰见女债主，连他自己也感到惊讶了。

"我要去干的是一件什么样的事啊，但却害怕一些微不足道的小事！"他心里思量，脸上泛出怪样的微笑。"嗯……对呀，事在人为嘛，只因为他胆小，才错失了时机……这是一条无可置疑的真理……我很想知道，人们最害怕的是什么？他们最害怕的是新措施、新言论……可是我废话太多。因为我尽说废话，所以我什么也不干，但是话又得说回来，或许正因为我什么也不干，所以我尽说废话。我是在这一个月里学会说废话的，因为我整天价躺在这间斗室里胡思乱想……甚至想到远古的时代。现在我去干什么啊？难道我能干这样的事吗？难道这不是开玩笑？完全是开玩笑；那么，我是为了逗自己开心而想入非非，这是轻而易举的事！对，这或许是轻而易举的事吧！"

街上热得可怕，又闷又拥挤，到处是石灰、脚手架、砖块、尘土和夏天所特有的恶臭，这是每个没有条件租别墅去避暑的彼得堡人闻惯了的臭味，——这一切一下子就使这个青年本来已经不健全的神经又受到了令人痛苦的刺激。从那些酒店里飘来一阵阵难闻的臭味，在城市的这个地区里，这样的酒店开设得特别多。虽然是工作的日子，但时刻可以碰到喝醉的人们，那难闻的臭味和喝醉的人们把这个景象令人厌恶的阴郁色彩烘托得无比浓郁。有一忽儿工夫，在这个青年那清癯的脸上闪现了一下深恶痛绝的表情。顺便介绍一下：他面貌俊秀，有一对漂亮的乌黑眼睛，一头深褐色的头发，中等以上身材，瘦腴适中，体格匀称。但不久他仿佛陷入了深思，甚至说得更确切些，好像有点儿出神。他信步走着，不再注意周围的一切，而且也不想再看了。有时，他只是喃喃地自言自语，因为他有独白的习惯，此刻，他自己也承认有这个习惯。同时他又意识到，他有时思想混乱，而且感到身体瘫软乏力：他差不多已经有一天多没吃东西了。

他衣衫褴褛，如果换了别人，即使一向穿得破破烂烂，也羞于在白天穿着这么破烂的衣服上街。可是在这个地区里，衣服是难以引起任何人惊奇的。因为干草市场近在咫尺，妓院栉比鳞次，稠密地聚居在彼得堡中区的这些街道和胡同里的居民们多半是工厂的工人和手艺匠，有时就有怪模怪样的人们在这个地区里出现，所以遇见一个这种模样的人就大惊小怪，那才怪哩。可是这个青年满腔怒火，鄙视一切，所以他在街上丝毫不觉得自己衣服破烂是可耻的，虽然有时他那年轻人的敏感是很强烈的。如果遇见熟人或者旧同学，那是另一回事，说真的，他压根儿不喜欢碰见他们……可是，这当儿，有个喝醉的人坐在一辆套着一匹拉货车的高头大马的笨重的大车上，不知何故被送往什么地方去，打街上驶过。当大车驶过这个青年身边时，那个喝醉的人突然向他叫喊起来："嗨，你啊，德国制帽工人!"——他扯着嗓子叫喊，并向青年指指，——这个青年突然站定了，手哆哆嗦嗦地抓住了自己的帽子。这是一顶圆形高筒帽，在齐默尔曼帽店里买的，可是已经破旧不堪，因年久而褪尽了颜色，破洞累累，污迹斑斑，没有宽边，歪戴在头上，构成一个不成形状的角度。但他并不觉得害臊，却有一种完全不同的心情，甚至像是一种恐惧的心理。

"我早就知道了!"他惶窘地嘟哝说。"我也这样考虑过！这糟透啦！这样的糊涂事情，或者一个细枝末节，都会破坏整个计划的！的确，这顶呢帽太惹人注意了……一顶样子很可笑的帽子嘛，所以它引人注目……我那破烂的衣服得配一顶制帽才好，哪怕是一顶薄饼样的旧制帽，只要不是这种奇形怪状的东西就行。谁也不戴这样的帽子，一里外就会引起注意的，在人们心里留下了印象……重要的是，以后在人们心里留下了印象，那就是一件确凿的罪证。干这种事，必须尽可能少惹眼……事情很小，但细节也是很重要的！……这些细枝末节也常常会破坏全局的……"

他不必走很多路；他甚至知道，从他的房子大门口到那儿有多少步路：总共七百三十步。有一次，他在胡思乱想中，竟把这段路一步一步地数了一遍。当时，他自己也不相信这些幻想有变为现实的可能，只是这些幻想中那个荒唐的但却富于魅力的大胆行为打动了他的心。现在隔了一个月，他开始有新的看法，尽管他独个儿自言自语着，嘲笑自己的无能和缺乏决心，但他不知怎的甚至已经不由地习惯于把这个"荒唐"的幻想当作自己的一个计划，虽然他还是缺乏自信。现在他甚至要去试试这个计划，他越往前走，心里越发慌。

他走到一幢顶大的房子跟前的时候，心揪紧了，每根神经都战栗起来。这幢房子一边的墙临河，另一边的墙临街。房屋被分隔成许多小房间，住满了各色各样的人：裁缝、铜匠、女厨子、形形色色的德国人、出卖灵魂的姑娘和小官吏等等。所以，这幢房子的两道大门和两个院子常常有很多人出入。这里有三、四个看门人。这个青年没有碰见一个看门人，心里很满意，立刻悄悄地溜进了大门，往右边的一条楼梯跑去。这条楼梯又暗又窄，是一条“后楼梯”，可是这条楼梯他已经熟悉了，察看过了。他很喜欢这儿的环境：在这么一个阴暗的地方，甚至东张西望也不会引起注意的。“如果我眼下就这么害怕，一旦我真的干起来，那会怎样呢……”当他上四楼去的时候，不由地想道。在这儿，有几个退伍士兵模样的搬运夫拦住了他的路，他们正在从一套房间里搬出家具。他早已知道，住在这套房间里的是一个有家眷的德国人，一个官吏：“那么，这个德国人现在要搬走了；那么，在四楼上，在这条楼梯和这个平台上，往后有一个时期，只有老太婆的寓所里住着人。无论如何……这很好……”他又想起来，一边拉老太婆的寓所的门铃。门铃发出一阵轻微的丁当声，仿佛这个铃是白铁制的，而不是铜制的。在这种式样的房子里，像这样的小住宅差不多都装了这种门铃。他已经记不起这种小门铃的响声，现在，这种异样的门铃声仿佛使他忽然清楚地想起一件事来……他突然哆嗦一下，这会儿他的神经太脆弱了。不多一会，门闪开了一条缝：一个老妇人显然怀疑地从门缝里打量着来客，只看见她那对小眼睛在黑暗里闪着光芒。可是，看见平台上有很多人，她胆壮起来，这才把门开大了。青年跨过门限，走进一间用板壁隔开的阴暗的前室，前室后面是个小厨房。老妇人默然站在他面前，表示问意地打量着他。这是个干瘪瘦小的老太婆，约摸有六十来岁，一对小眼睛目光尖利而又凶恶，鼻子又尖又小，头上没有包头巾。那淡黄色的、有点儿斑白的头发用发油搽得油光光的。她那如母鸡的脚一般细长的脖子上绕着一条破旧的法兰绒围巾，虽然天气炎热，那件穿坏了的、发黄的毛皮短披肩还在她肩上晃动。老太婆不停地咳嗽、呼哧。大概这个青年用异样的目光瞥过她一眼，因为那怀疑的目光突然又像刚才一样在她的眼里闪了一下。

（［俄］陀思妥耶夫斯基：《罪与罚》，岳麟译，上海，上海译文出版社，1979 年。）

阅读提示

《罪与罚》描绘了广阔的社会生活画面，在俄国农奴制度改革后社会急剧动荡的年代，民众在崩溃的农奴制和急速发展的资本主义双重压迫下饥寒交迫。

透过怵目惊心的紧张情节，展现了那个时代的赤贫、奴役、酗酒、卖淫、凶杀等现实生活图景。小说以主人公拉斯科尔尼科夫犯罪行为的心理及由此而引起的道德后果为题，显示了金钱对于各类人物性格的毁灭性的影响。主人公形象的积极意义在于揭露资产阶级所谓“强有力的个性”的反道德的本质，指明那种蔑视群众、宣扬为所欲为的个人主义理论的反动性和反民主主义的实质。但作者同时也企图用主人公的“超人”哲学的破产来证明任何以暴力消除邪恶的办法都不可行。人无法逃避内心的惩罚，在毁灭他人的同时也毁灭了自身。

小说结构复杂，布局巧妙，情节紧张，特别是深刻的心理分析可说是前所未有的。陀思妥耶夫斯基运用连续的内心独白、对话、争论以及梦幻等形式，描写了主角行凶前后的心理变态、怀疑、热病、与亲人疏远、下意识的行动，精神分裂式的压抑、苦闷、发狂……剖析了人物犯罪前后空前的紧张挣扎和极度的痛苦绝望。小说中的种种非理性的表现和反传统的手法，为后来的现代主义创作方法开了先河。

讨论

1. 陀思妥耶夫斯基对人性的发掘达到了前所未有的地步，特别是一些变态心理和犯罪心理。以《罪与罚》为例，谈谈你的看法。
2. 将《罪与罚》与《高老头》中的青年主人公作对比，谈谈这两个人物有何相似与不同，进而谈谈两部作品内容与风格的不同之处。

列夫·托尔斯泰

列夫·托尔斯泰

列夫·托尔斯泰（1828—1910 年）是 19 世纪俄国最伟大的作家，也是世界文学史上最杰出的作家之一。他出身于贵族家庭，父母早亡，在两个姑母的监护下长大。1844 年进入喀山大学。1851 年参军去高加索，1852 年在《现代人》杂志上发表处女作《童年》。1854 年参加克里米亚战争，1857 年去法国、瑞典和德国游历。一生创作浩如烟海，代表作有长篇小说

《战争与和平》、《安娜·卡列尼娜》和《复活》，此外还有自传体小说三部曲《童年》、《少年》、《青年》和大量中短篇小说。1910 年 10 月 28 日，在剧烈的思想矛盾和家庭冲突中，托尔斯泰离家出走，客死在小火车站，终年 82 岁。

《安娜·卡列尼娜》（节选）

第二十三章

伏伦斯基同吉娣跳了几个华尔兹。跳完华尔兹，吉娣走到母亲跟前，刚刚同诺德斯顿伯爵夫人说了几句话，伏伦斯基就又来邀请她跳第一圈卡德里尔舞。在跳卡德里尔舞时，他们没有说过什么重要话，只断断续续地谈到科尔松斯基夫妇，他戏称他们是一对可爱的四十岁孩子，还谈到未来的公共剧场。只有一次，当他问起列文是不是还在这里，并且说他很喜欢他时，才真正触动了她的心。不过，吉娣在跳卡德里尔舞时并没抱多大希望。她心情激动地等待着跳玛祖卡舞。她认为到跳玛祖卡舞时情况就清楚了。在跳卡德里尔舞时，他没有约请她跳玛祖卡舞，这一点倒没有使她不安。她相信，他准会像在过去几次舞会上那样同她跳玛祖卡舞的，因此她谢绝了五个约舞的男人，说她已经答应别人了。整个舞会，直到最后一圈卡德里尔舞，对吉娣来说，就像一个充满欢乐的色彩、音响和动作的美妙梦境。她只有在过度疲劳、要求休息的时候，才停止跳舞。但当她同一个推脱不掉的讨厌青年跳最后一圈卡德里尔舞时，她碰巧做了伏伦斯基和安娜的对舞者。自从舞会开始以来，她没有同安娜在一起过，这会儿忽然看见安娜又换了一种意料不到的崭新模样。吉娣看见她脸上现出那种她自己常常出现的由于成功而兴奋的神色。她看出安娜因为人家对她倾倒而陶醉。她懂得这种感情，知道它的特征，并且在安娜身上看到了。她看到了安娜眼睛里闪烁的光辉，看到了不由自主地洋溢在她嘴唇上的幸福和兴奋的微笑，以及她那优雅、准确和轻盈的动作。

"是谁使她这样陶醉呀？"她问自己，"是大家还是一个人呢？"同她跳舞的青年话说到一半中断了，却怎么也接不上来。她没有去帮那个青年摆脱窘态，表面上服从科尔松斯基得意洋洋的洪亮口令。科尔松斯基一会儿叫大家围成一个大圈子，一会儿叫大家排成一排。她仔细观察，她的心越来越揪紧了。"不，使她陶醉的不是众人的欣赏，而是一个人的拜倒。这个人是谁呢？难道就是他吗？”每次他同安娜说话，安娜的眼睛里就闪出快乐的光辉，她的樱唇上也泛出幸福的微笑。她仿佛在竭力克制，不露出快乐的迹象，可是这些迹象却自然地表现在她的脸上。“那么他怎么样呢?”吉娣对他望了望，心里感到一阵恐惧。吉娣在安娜脸上看得那么清楚的东西，在他身上也看到了。他那一向坚定沉着的风度和泰然自若的神情到哪里去了？不，现在他每次对她说话，总是稍稍低下头，仿佛要在她面前跪下来，而在他的眼神里却只有顺从和惶恐。“我不愿亵渎您，”他的眼神仿佛每次都这样说，“但我要拯救自己，我不知道该怎么办才好。”他脸上的表情是吉娣从来没有见过的。

他们谈到共同的熟人，谈的都是些无关紧要的话，但吉娣却觉得他们说的每一句话都在决定他们两人和吉娣的命运。奇怪的是，尽管他们确实是在谈什么伊凡·伊凡诺维奇的法国话讲得多么可笑，什么叶列茨卡雅应该能找到更好的对象，这些话对他们却具有特殊的意义。吉娣有这样的感觉，他们自己也有这样的感觉，在吉娣的心目中，整个舞会，整个世界，都笼罩着一片迷雾。只有她所受的严格的教养在支持她的精神，使她还能照规矩行动，也就是跳舞，回答，说话，甚至微笑。不过，在玛祖卡舞开始之前，当他们拉开椅子，有几对舞伴从小房间走到大厅里来的时候，吉娣刹那间感到绝望和恐惧。她回绝了五个人的邀舞，此刻就没有人同她跳玛祖卡舞了。就连人家再邀请她跳舞的希望也没有了，因为她在社交界的风头太健，谁也不会想到至今还没有人邀请她跳舞。应当对母亲说她身体不舒服，要回家去，可是她又没有勇气这样做。她觉得自己彻底给毁了。

她走到小会客室的尽头，颓然倒在安乐椅上。轻飘飘的裙子像云雾一般环绕着她那苗条的身材；她的一条瘦小娇嫩的少女胳膊无力地垂下来，沉没在粉红色宽裙的褶裥里；她的另一只手拿着扇子，急促地使劲扇着她那火辣辣的脸。虽然她的模样好像一只蝴蝶在草丛中被缠住，正准备展开彩虹般的翅膀飞走，她的心却被可怕的绝望刺痛了。

“也许是我误会了，也许根本没有这回事。”

她又回想着刚才看到的种种情景。

“吉娣，你怎么了?”诺德斯顿伯爵夫人在地毯上悄没声儿地走到她跟前，说，“我不明白。”

吉娣的下唇哆嗦了一下，她慌忙站起身来。

“吉娣，你不跳玛祖卡舞吗?”

“不，不!”吉娣含着眼泪颤声说。

“他当着我的面请她跳玛祖卡舞，”诺德斯顿伯爵夫人说，她知道吉娣明白，“他”和“她”指的是谁。“她说：‘您怎么不同谢尔茨基公爵小姐跳哇?’”

“哼，我什么都无所谓!”吉娣回答。

除了她自己，谁也不了解她的处境，谁也不知道她昨天拒绝了一个她也许心里爱着的男人的求婚，而她之所以拒绝，是因为她信任另一个人。

诺德斯顿伯爵夫人找到了同她跳玛祖卡舞的科尔松斯基，叫他去请吉娣跳舞。

吉娣跳了第一圈，算她走运的是她不用说话，因为科尔松斯基一直在奔走忙碌，指挥他所负责的舞会。伏伦斯基同安娜几乎就坐在她对面。吉娣用她锐利的眼睛望着他们；当大家跳到一处的时候，她又就近看他们。她越看越相信她的不幸是确定无疑的了。她看到他们在人头济济的大厅里旁若无人。而在伏伦斯基一向都很泰然自若的脸上，她看到了那种使她惊奇的困惑和顺从的表情，就像一条伶俐的狗做了错事一样。

安娜微笑着，而她的微笑也传染给了他。她若有所思，他也变得严肃起来。一种超自然的力量把吉娣的目光引到安娜脸上。安娜穿着朴素的黑衣裳是迷人的，她那双戴着手镯的丰满胳膊是迷人的，她那挂着一串珍珠的脖子是迷人的，她那蓬松的鬈发是迷人的，她那小巧的手脚的轻盈优美的动作是迷人的，她那生气勃勃的美丽的脸是迷人的，但在她的迷人之中却包含着一种极其残酷的东西。

吉娣对她比以前更加叹赏，同时心里也越发痛苦。吉娣觉得自己在精神上垮了，这从她的脸色上也看得出来。当伏伦斯基在跳玛祖卡舞碰见她时，他竟没有立刻认出她来——她变得太厉害了。

“这个舞会真热闹哇!”伏伦斯基对吉娣说，纯粹是为了应酬一下。

“是啊。”吉娣回答。

玛祖卡舞跳到一半，大家重复着科尔松斯基想出来的复杂花样。这时，安娜走到圆圈中央，挑了两个男人，又把一位太太和吉娣叫到跟前。吉娣走到她身边，恐惧地望着她。安娜眯缝着眼睛对她瞧瞧，握了握她的手，微微一笑，就转过身去，同另一位太太快乐地谈起话来。

“是的，她身上有一种与众不同的像魔鬼般媚人的东西。”吉娣自言自语。

安娜不愿留下来吃晚饭，主人来挽留她。

“好了，安娜·阿尔卡迪耶夫娜，”科尔松斯基用燕尾服袖子挽住她裸露的胳膊说，“我还想来一场科奇里翁舞呢！那才美啦！”

科尔松斯基慢慢移动脚步，竭力想把安娜拉过去。主人赞许地微笑着。

“不，我不能留下来。”安娜笑盈盈地回答。尽管她脸上浮着笑意，科尔松斯基和主人从她坚定的语气中还是听得出没法子把她留住。

“不了，说实在的，我到了莫斯科，在你们这个舞会上跳的舞，比在彼得堡整整一个冬天跳的还要多呢！”安娜回头望望站在她旁边的伏伦斯基，说。“动身以前我要休息一下。”

“您明天一定要走吗？”伏伦斯基问。

“是的，我想走。”安娜回答，仿佛对他大胆的询问感到惊奇。不过，当她说这句话的时候，她的眼神和微笑中闪动的难以克制的光辉，像火一样燃烧着他的全身。

安娜没有留下来吃饭，就走了。

（［俄］列夫·托尔斯泰：《安娜·卡列尼娜》，草婴译，上海，上海文艺出版社，2008 年。）

阅读提示

《安娜·卡列尼娜》，以大变动中的俄国社会为背景，主要描写了家庭问题，写到几个不同家庭的不同遭遇。作品由两条线索构成：一条是安娜与卡列宁、伏伦斯基之间的家庭、婚姻和爱情纠葛；一条是列文和吉娣的爱情生活及列文进行的庄园改革。安娜是作家满怀激情描写的女主人公，她热情善良、生气蓬勃，不能忍受丈夫的虚伪和冷漠，遇到风度翩翩的贵族青年伏伦斯基后堕入情网，无法自拔，在极其矛盾的心境下卧轨自杀。

另一主人公列文，是作家的自传性人物。他痛心地看到地主经济的没落，寻求避免资本主义发展的道路，希望借地主和农民合作来缓和阶级矛盾，这种空想破灭后，他悲观失望，怀疑人生意义，甚至要从自杀中求解脱，最后在家庭幸福和宗法制农民的信仰中得到精神的归宿。

托尔斯泰的艺术魅力是多方面的，他善于驾驭多线索的结构，千头万绪，衔接自然，天衣无缝；在人物性格塑造上，他总是如实地描写人物内心的多面性、丰富性和复杂性，洞察人的内心的奥秘，把握心灵的辩证发展，细致地描写心理在外界影响下的嬗变过程。

小说23章描写吉娣迷恋于伏伦斯基，拒绝了列文而满心期待着伏伦斯基的求婚。然而，伏伦斯基一见安娜，便把吉娣抛在脑后了。在舞会上，他不顾期待着与他跳玛佐卡舞的吉娣，而去邀请安娜对跳，把吉娣撇在一旁，安娜意识到自己与伏伦斯基之间所产生的微妙感情，为了避免再见面，决定提前返回彼得堡。

《安娜·卡列尼娜》没有《战争与和平》中那种和谐明朗的色彩和历史乐观主义，它的人物充满着矛盾、紧张和惶恐的心情，全书闪现着噩梦、宿命的预感和死亡的阴影。这反映了“一切都翻了一个身，一切都刚刚安排”的社会生活的变化无常和作家矛盾重重、惶惑不安的心态。

讨论

1. 阅读小说的第 18 章，找出作家对安娜一出场时的外貌描写。
2. 托尔斯泰对安娜的态度是同情还是谴责？
3. 小说的卷首题辞“伸冤在我，我必报应”怎样理解？

第六章　20世纪文学

20世纪是人类历史发生巨变的伟大世纪，科学技术迅猛发展，物质文明日新月异，充满各种复杂多变的矛盾与巨大冲突，各式革命和民族解放运动风起云涌，人类的生存环境及方式发生巨大改变。20世纪文学和20世纪历史同呼吸、共命运，经历了巨大变化。文学思潮迭起，流派丛生，呈现出多元的发展态势，在传统的现实主义文学继续取得繁荣的同时，现代主义文学、后现代主义文学的发展又开创了欧美文学的一个新阶段。除此之外，以新型现实主义或革命浪漫主义为方法的无产阶级文学（社会主义文学），挣脱殖民主义枷锁的广大发展中国家文学即“第三世界”文学，也是本世纪文学的主要成就之一。

现实主义文学在新的历史条件下仍在继续和发展，特别是欧美现实主义在继承民主主义和人道主义传统以及基本创作原则的同时，形成了一些新的特点和倾向。从内容方面看，如探索人的全球境遇及其生存意义，寻找人和人类的生存与发展的途径，揭示资本主义社会中人的异化和孤独以及为克服它们所作的各种努力。从形式方面看，它发展了19世纪现实主义的叙述形式，对人物性格、活动地点、环境氛围进行多方面描写，并广泛采用各种表现手段，如意识流、荒诞、直接或间接的内心独白、时空颠倒、传说、神话等，而且还吸纳了音乐、绘画和电影等方面的艺术经验如蒙太奇手法等，如托马斯·曼的《约瑟和他的兄弟们》和安娜·西格斯的《途中邂逅》、艾特玛托夫的《一日长于百年》和布尔加科夫的《大师和玛格丽特》等作品里，不仅运用虚拟和荒诞，而且运用神话和传说。在世界范围内出现了以罗曼·罗兰、法朗士、马丁·杜·加尔、萧伯纳、亨利希·曼、托马斯·曼、高尔斯华绥、德莱塞、蒲宁、海明威等为代表的一批闻名遐迩的20世纪现实主义作家。

现代主义又称现代派，是20世纪以来在欧美文坛陆续出现的各种反传统的文学流派的总称，它包括象征主义、未来主义、表现主义、超现实主义、意识流小说、存在主义文学、实验主义等流派。叔本华和尼采的非理性意志论，柏格森的直觉说和胡塞尔的现象学，弗洛伊德的精神分析学和容格的无意识论，弗雷泽的意识进化说和海德格尔的存在主义等，是现代主义的共同哲学和思想基础，正是这些理论模式催生了现代主义者关于世界和人的独特观念。现代主义文学竭力表现的是人与人、自然、社会的对立关系与异化关系，以及作家的自我探索和自我思考。因而在现代主义的众多作品中，卡夫卡的小说《变形记》和乔伊斯的小说《尤利西斯》等，就成了这方面最富代表性的作品。可以说，这些作品几乎成了资本主义世界危机状态的一种符号，一种象征，一种寓言。也正是现代主义文学的这些理念，使其形式和手法具有强烈的反传统性和反规范性：时空颠倒、意识流、荒诞、象征、潜意识、抽象、复杂多变的情绪与印象等等。以法国、英国和美国为代表的象征主义，以意大利等国为代表的未来主义，以德语国家等为代表的表现主义，以英美法等国为代表的意识流小说，以法国为代表的存在主义和荒诞派戏剧等使现代派文学成为20世纪欧美文坛最重要的文学现象。

意识流小说不是一个统一的文学流派，运用意识流方法写作的作家来自不同的国家，如爱尔兰的乔伊斯、法国的普鲁斯特、英国的伍尔芙和美国的福克纳等人。他们对意识流手法的运用也不尽相同。但总的说来，意识流小说的基本结构与传统的写实主义不同。它打破了传统小说基本上按故事情节发生的先后次序而形成的直线式结构，故事的叙述不是按时间进展依次前进，而是随着人的意识活动，通过自由联想来组织故事。意识流小说中故事的安排一般不受时间、空间或逻辑、因果关系的制约，往往表现为时间、空间的跳跃、多变，前后两个场景之间缺乏时间、地点方面的紧密的逻辑联系，形成一种枝蔓式的立体结构。现代各种流派的作家不同程度地运用了意识流手法，因而使这种手法的表现形式更为纷杂。公认的意识流的著名作品有普鲁斯特的《追忆逝水年华》、乔伊斯的《尤利西斯》。

后现代主义文学是西方后工业社会的产物，是20世纪50年代以后在欧美各国出现的各种文学潮流的总称。后现代主义文学的主要哲学基础是非理性主义，除受柏格森的直觉主义、生命哲学和弗洛伊德的精神分析学说等的影响外，主要是受以海德格尔、萨特为代表的存在主义和以德里达为代表的后结构主义（解构主义）的影响。另外，诸如现象学、阐释学、分析哲学、法兰克福学派等，都不同程度地对后现代主义文学作家产生过影响。后现代主义文学既是对现代主义文学继承发展，同时又背离和超越的文学现象，日益呈现出多元化的态势。后现代主义文学认为世界是荒诞无序的，存在是不可认识的。因此对事物、社会、人等只作展示，不作评价，不强加预先设定的意义，不再试图表现对世界的认识，作品既具哲理性同时又充满了颓废、虚无、无政府主义和悲观绝望的情绪。在人物塑造上，强调自我表白的话语欲望，打破以人为中心讲述完整故事的模式。在叙述中提倡“零度写作”，即内容消失，态度中立，作品中充满了虚构与荒诞，以此表现对于生活和现实的反抗。后现代主义文学打破文学的界限，甚至以文化消费品的面目出现，呈现多元化形式，在艺术形式上既注重创新，同时又表现出随意性、不确定性、无选择性的特征。后现代主义文学的主要流派有：荒诞派戏剧、新小说派、垮掉的一代、黑色幽默、魔幻现实主义。代表作品有法国尤奈斯库的《秃头歌女》、《椅子》，贝克特的《等待戈多》、《美好的日子》，海勒的《第二十二条军规》，品钦的《万有引力之虹》，马尔克斯的《百年孤独》和阿斯图里亚斯的《玉米人》等。

无产阶级文学或社会主义文学，以其新的人物和新的世界而占据着重要一极。这种文学同社会主义思潮和无产阶级革命运动密切相连，主要以现实主义或革命浪漫主义方法来反映无产阶级的生活及其反对资本主义的斗争。苏联文学继承了俄国批判现实主义文学的优秀传统，取得丰硕的成果。高尔基是社会主义现实主义文学的奠基人、著名的无产阶级作家，新型现实主义小说《母亲》描写了俄国革命运动的发展和俄国人民群众的觉醒，是一本非常及时的书。此外还产生了马雅可夫斯基的长诗《列宁》、尼－奥斯特洛夫斯基的长篇小说《钢铁是怎样炼成的》、法捷耶夫的长篇小说《青年近卫军》、肖洛霍夫的长篇小说《静静的顿河》等一批优秀作品。1945 年，第二次世界大战结束后，世界政治格局发生巨变，苏联已不再是被资本主义汪洋大海包围的社会主义“孤岛”，在欧洲、亚洲的广阔地平线上相继出现了中国、波兰等十几个新兴社会主义国家。1959 年又有拉美的古巴加入社会主义阵营。这些新兴社会主义国家的文学，以苏联文学为师，并与资本主义国家的社会主义文学一起，汇成了世界社会主义文学的洪流。

亚非文学的崛起是 20 世纪的重要现象，二战后，亚非民族独立解放运动风起云涌，许多国家相继取得独立。现代亚非文学分别受到苏联文学和西方文学思潮的影响，既丰富多彩又具有自己的民族特色，对人类的文化和世界文学作出重要的贡献。阿拉伯世界第一位诺贝尔文学奖获得者马哈福兹便是这一时期脱颖而出的重要作家。印度文学和埃及文学空前繁荣，塔哈·侯赛因是埃及现代著名作家，长篇小说《日子》是阿拉伯现代文学的重要作品之一。无产阶级文学是现代日本文学的主要成就，小林多喜二和德永直是日本著名的无产阶级作家，《为党生活的人》和《没有太阳的街》是他们的优秀作品。20 世纪 50 年代后，随着经济的发展和社会的变化，日本文学发生了重大变革，民主主义、现实主义、中间小说、存在主义、先锋派并驾齐驱，互相影响。日本文学最终孕育了川端康成、大江健三郎等一批闻名世界的重要作家，川端康成是第一个获得诺贝尔文学奖的日本作家，代表作《雪国》；大江健三郎的长篇小说《万延元年的足球队》倾注了作家对人类命运、人生问题的深切关注与积极思考。赵基天是朝鲜当代杰出的革命诗人，叙事诗《白头山》在朝鲜文学史上占有重要地位。总之，接受西方影响又具有自己民族特色的亚非文学已开始对人类的文化和世界文学作出重要的贡献。

卡 夫 卡

卡夫卡

弗兰兹·卡夫卡（1883—1924年）是奥地利著名小说家，西方现代派文学的奠基人之一。他生于捷克斯洛伐克布拉格市一个犹太人家庭，父亲是百货批发商，性格专制粗暴，卡夫卡从小便形成了懦弱忧郁的性格。据说在巴尔扎克的手杖上刻着“我能征服一切”，在他的手杖上则刻着“一切都能征服我”。卡夫卡从小酷爱文学，迫于父亲的压力，于1901年进入布拉格大学学习法律，1906年获得法学博士学位，1908年转入半官方的“工人工伤保险公司”任职。1917年患结核病，1922年病重辞职。1924年喉头结核恶化，死于维也纳近郊的一所疗养院。卡夫卡视文学为宗教，对作品要求严格，不轻易发表。他生前出版过《判决》、《变形记》、《乡村医生》等几个短篇小说集，他的长篇小说《审判》、《城堡》都未完成。

《城堡》（节选）

K到村子的时候，已经是后半夜了。村子深深地陷在雪地里。城堡所在的那个山岗笼罩在雾霭和夜色里看不见了，连一星儿显示出有一座城堡屹立在那儿的亮光也看不见。K站在一座从大路通向村子的木桥上，对着他头上那一片空洞虚无的幻景，凝视了好一会儿。

接着他向前走去，寻找今晚投宿的地方。客栈倒还开着，客栈老板尽管已经没法给他腾出一间房间来，而且时间这么晚，意想不到还有客人来，也使他感到恼火，可他还是愿意让K睡在大厅里的草包上。K接受了他的建议。几个庄稼汉还坐在那儿喝啤酒，但是他不想攀谈，他到阁楼上去给自己拿来了一个草包，便在火炉旁边躺了下来。这里是一个很暖和的地方，那几个庄稼汉都静悄悄地不吱一声，于是他抬起疲乏的眼睛在他们身上随便转了一圈以后，很快就睡熟了。

可是不多一会儿，他给人叫醒了。一个年轻小伙子，穿得像城里人一样，长着一张像演员似的脸儿，狭长的眼睛，浓密的眉毛，正跟客栈老板一起站在他的身边。那几个庄稼汉还在屋子里，有几个人为了想看得清楚一些和听得仔细一些，都把椅子转了过来。年轻小伙子因为惊醒了 K，彬彬有礼地向他表示歉意，同时作自我介绍，说自己是城守的儿子，接着说道："这个村子是属于城堡所有的，谁要是住在这儿或者在这儿过夜，也可以说就是住在城堡里。没有伯爵的许可，谁都不能在这儿耽搁。可是你没有得到这种许可，或者起码你没有拿出一张这样的证件来。"

K 已经支起了半个身子，现在他理了理自己的头发，抬起头来望着这两个人，他说："我这是闯进了哪个村子啦？这儿有一座城堡吗？"

"一点不错，"年轻小伙子慢条斯理地回答道，这时，满屋子的人都对 K 这句问话摇头，"这儿是我的大人威斯特——威斯伯爵的城堡。"

"难道一个人得有一张许可证才能在这儿过夜吗？"K 问道，似乎想弄清楚自己所听到的会不会是一场梦。

"一个人必须有一张许可证，"那个小伙子伸出臂膀向那些在场的人说，他那种手势带着鄙视 K 的嘲笑意味，"难道一个人不需要有许可证吗？"

"唔，那么，我就得去搞一张来。"K 说，打着哈欠推开毯子，像是准备起来的样子。

"请问你打算向谁去申请许可证？"小伙子问他。

"从伯爵那儿呀，"K 说，"只有这么办啦。"

"深更半夜的，想从伯爵老爷那儿去搞一张许可证！"小伙子往后退了一步，叫嚷了起来。

"这样办不到吗？"K 冷冷地问道。"那你干吗叫醒我？"

这一下把小伙子惹恼了。"你少要你这种流氓态度！"他嚷道，"我坚决要求你尊重伯爵的权威！我叫醒你是通知你必须马上离开伯爵的领地。"

"这种玩笑已经开够啦，"K 用一种特别冷静的声调说着，重新躺下来，盖上了毯子，"你未免有点儿过分啦，我的朋友，明天我得谈谈你这种态度，假如需要的话，客栈老板和诸位先生会给我作证的。让我告诉你吧，我就是伯爵大人正在等待着的那位土地测量员。我的助手们明天就会带着工具坐了马车来到这儿。我因为不想错过在雪地里步行的机会，这才徒步走来的，可是不幸我一再迷失路途，所以到得这么晚。在你想要来通知我以前，我早就知道上城堡去报到是太迟了。这就是为什么我今晚权且在这样的床铺上过夜的缘故，可是你，不妨说得客气一点，却粗鲁无礼地把我吵醒了。这就是我所要说的一切。先生们，晚安。”说罢，K就向火炉转过身去。

“土地测量员？”他听见背后这样犹豫不决地问着，接着是一阵沉默。但是那个小伙子很快又恢复了自信，压低了自己的声音，充分表示他关心K的睡眠，但是他的话还是能让人家听得很清楚。他对客栈老板说：“我得打电话去问一问。”这么说，在这样一个村店里居然还有电话机？凡是应有的设备，他们全都有。眼前这个例子就使K感到惊奇，但是总的说来，他也确实预料到的。电话机似乎就装在他的头顶上面，当时他睡意正浓，没有注意到。假如那个小伙子非打电话不可的话，那么，即使他心眼儿再好，也还是免不了要惊动K的，因此，惟一的问题是K是否愿意让他这样干；他决定让他干。那么，在这样的情况下，装作睡觉就没有什么意义了，所以他又翻转身来，仰天睡着。他看得见那些庄稼汉正在交头接耳，窃窃私语；来了一位土地测量员，可不是一件小事。那扇通向厨房的门已经打开，整个门框给客栈老板娘那副庞大的身子堵住了，客栈老板踮着脚尖向她走过去，告诉她发生了什么事情。现在，电话机上的对话开始了。城堡的城守已经睡着了，可是一位副城守——副城守之一——名叫弗里兹的还在那儿。那个小伙子一面通报自己是希伐若，一面报告说他发现了K，一个其貌不扬、三十岁左右的汉子，枕着一个小背囊，正安静地睡在一只草包上，手边放着一根节节巴巴的手杖。他自然怀疑这个家伙，由于客栈老板的显然失职，那么他，希伐若，就有责任来查究这件事情。他叫醒了这个人，盘问了他，并且给了他正式的离境警告，可是K对待这一切的态度很无礼，也许他有着什么正当的理由，因为临了他声称自己是伯爵大人雇来的土地测量员。当然，这种说法至少总得要有官方的证实，所以，他，希伐若，请求弗里兹先生问一问中央局，是否真的盼望过这么一个土地测量员来着，然后请立刻电话回复。

这样，当弗里兹在那边查询，小伙子在这边等候回音的时候，屋子里静悄悄的。K没有挪动位置，甚至连身子也没有动一下，仿佛毫不在乎似的，只是望着空中。希伐若这种混合着敌意和审慎的报告，使K想起了外交手段，而像希伐若这么一个城堡的下级人员居然也精通此道。而且，他们还勤于职守，中央局在夜里还有人值班呢。再说，他们显然很快就回答了问题，因为弗里兹已经打电话来了。他的答复似乎够简单的，因为希伐若立刻放下了听筒，生气地叫了起来：“就跟我原先说的一样！什么土地测量员，连一点影子都没有。一个普通的招摇撞骗的流浪汉，而且说不定比这更坏。”K一时转念，希伐若、庄稼汉、客栈老板和老板娘也许会联合起来对付他。为了至少能躲避他们第一阵袭击，于是他紧紧地缩在毯子里。但是电话铃又响起来了，而且，在K听来，铃声似乎响得特别有力。他慢慢地探出头来。尽管这回电话不可能也跟K有关系，但是他们都静了下来，希伐若再一次拿起听筒。他谛听了对方相当长的一段话以后，便低声地说：“一个误会，是吗？我听了很遗憾。部长本人是这么说的吗？怪极了，怪极了。教我怎么向土地测量员解释这一切呢？”

K竖起了耳朵。这么说，城堡已经承认他是一个土地测量员啦。从这一方面来说，这样对他是不利的，因为这意味着，关于他的情况，城堡已经得到了详细的报告，估计到了一切可能发生的情况，因此，含着微笑接受了这样的挑衅。可是从另一方面说，这对他很有利，因为假使他的解释是对的，那么他们就是低估了他的力量，他也就可以有比之于自己所敢于想望的更多的行动自由。可是假使他们打算用承认他是土地测量员的这种高傲的上司对下属的态度把他吓跑，那他们就打错了主意；这一切只不过使他身上感到有一点不好受，如此而已。

希伐若怯怯地向他走过来，但是他挥了挥手把希伐若赶走了。客栈老板殷勤地请他搬到自己的房间里去睡，他也拒绝了，只是从老板手里接受了一杯热茶，从老板娘手里接受了一只脸盆、一块肥皂和一条毛巾。他甚至不用提出让大家离开这间屋子的要求，因为所有的人都转过脸去一拥而出了，生怕他第二天认出他们是谁。灯已经吹灭了，最后静静地留下他一个人。他沉沉地一直睡到第二天早晨，连老鼠在他身边跑过一两次也没有把他惊醒。

（［奥地利］卡夫卡：《城堡》，汤永宽译，上海，上海译文出版社，1980年。）

阅读提示

土地测量员K应城堡之聘，长途跋涉前往工作，他想尽各种方法要进入城堡，却被重重阻挠，始终不得其门而入。卡夫卡笔下主人公的名字多带有一个K字，都有一个共同的遭遇，他们都迷失在一个梦魇般的世界里，充满恐惧和不安，无论怎样费尽心机，也达不到自己的目标，在孤独、敌意中走向灭亡。作品揭示了社会现实的荒诞和无理性，深刻地表现了现代社会中人的异化问题，被异化了的人所感到的深沉的苦痛和异常的孤独。英国评论家伯吉斯说，卡夫卡的作品，“主题总是那种无法解除的痛苦”，因为那些主人公、那个 K 字后面，隐藏着作者本人。

“在故作平淡无奇的日常形式中表达出反常的内容”，显得“比真正的生活真实还要现实”，是卡夫卡的独到之处。卡夫卡的小说把叙事和象征、现实和非现实结合在一起，既有寓言色彩，又像一个先知作出的预言，在某种程度上改革了小说的叙述艺术，对后来的现代主义发展产生了深远的影响，可以说二战后在欧洲兴起的“荒诞派戏剧”、法国的“新小说”和美国的“黑色幽默”小说都受到了卡夫卡的启发。

讨论

1. 卡夫卡在晚期日记中写到：他一生最大的愿望，就是通过文学途径“将世界重新审察一遍”。请结合《城堡》谈谈你对这句话的理解。
2. 卡夫卡的创作可谓 20 世纪现代主义文学的代表，各种流派都可以在他那里找到自己的影子。请以卡夫卡的小说为例，谈谈你的理解。

乔　伊　斯

乔伊斯

詹姆斯·乔伊斯（1882—1941 年），爱尔兰著名小说家、戏剧家、诗人，意识流小说的创始人，也是英国现代派文学的开创者。他出生于都柏林一个信奉天主教的家庭，很早就显露出音乐、宗教哲学及语言文学方面的才能，15 岁时获全爱尔兰最佳作文奖。1898 年入都柏林大学，1902 年大学毕业后进入都柏林医学院学习，后迫于经济压力转到巴黎学医。次年因为母亲生病回到爱尔兰，1904 年后再赴欧洲，以教授英语为生，并坚持文学创作。1904 年开始创作短篇小说集《都柏林人》，1916 年发表的长篇小说《青年艺术家的画像》有强烈的自传色彩，1918 年乔伊斯最重要的作品《尤利西斯》在纽约的杂志上连载，1922 年正式出版，1939 年发表长篇小说《芬尼根守夜人》。

乔伊斯一生颠沛流离，辗转于的里雅斯特、罗马、巴黎等地，饱受眼疾折磨，到晚年几乎完全失明，但他始终笔耕不辍，他的作品被视为意识流文学的代表。

《尤利西斯》（节选）

第一部

三

……

斯蒂芬闭上两眼，倾听着自己的靴子踩在海藻和贝壳上的声音。你好歹从中穿行着。是啊，每一次都跨一大步。在极短暂的时间内，穿过极小的一段空间。五，六：持续地。[①] 正是这样。这就是可听事物无可避免的形态。睁开你的眼睛。别，唉！倘若我从濒临大海那峻峭的悬崖之巅[②]栽下去，就会无可避免地在空间并列着[③]往下栽！我在黑暗中呆得蛮惬意。那把梣木刀佩在腰间。用它点着地走：他们就是这么做的。我的两只脚穿着他的靴子，并列着[④]与他的小腿相接。听上去蛮实，一定是巨匠[⑤]造物主[⑥]那把木槌的响声。莫非我正沿着沙丘走向永恒不成？喀嚓吱吱，吱吱，吱吱。大海的野生货币。迪希先生全都认得。

来不来沙丘，

母马玛达琳？

瞧，旋律开始了。我听见啦。节奏完全按四音步句的抑扬格在行进。不。

---

① 原文为德语，均套用德国戏剧家、评论家戈特尔德·埃弗赖姆·莱辛（1725—1871）的话。他认为画所处理的是物体（在空间中的）并列（静态），而动作（即在时间中持续的事物）是诗所特有的题材。见《拉奥孔》第 15、16 章，朱光潜译，人民文学出版社一九七九年版。

② “濒临……巅”一语，引自《哈姆莱特》第 1 幕第 4 场。

③ 原文为德语，均套用德国戏剧家、评论家戈特尔德·埃弗赖姆·莱辛（1725—1871）的话。他认为画所处理的是物体（在空间中的）并列（静态），而动作（即在时间中持续的事物）是诗所特有的题材。见《拉奥孔》第 15、16 章，朱光潜译，人民文学出版社一九七九年版。

④ 原文为德语，均套用德国戏剧家、评论家戈特尔德·埃弗赖姆·莱辛（1725—1871）的话。他认为画所处理的是物体（在空间中的）并列（静态），而动作（即在时间中持续的事物）是诗所特有的题材。见《拉奥孔》第 15、16 章，朱光潜译，人民文学出版社一九七九年版。

⑤ 巨匠（Los）是布莱克所著《巨匠之书》（1795）中的天神。

⑥ 原文为希腊文，是柏拉图《蒂迈欧》篇中所载的世界创造者。

在飞奔。母马玛达琳。

现在睁开眼睛吧。我睁。等一会儿。打那以后，一切都消失了吗？倘若我睁开眼睛，我就将永远呆在漆黑一团的不透明体中了。够啦！看得见的话，我倒是要瞧瞧。

瞧吧，没有你，也照样一直存在着，以迨永远，及世之世。

她们从莱希的阳台上沿着台阶小心翼翼地走下来了—— 婆娘们。八字脚陷进沉积的泥沙，软塌塌地走下倾斜的海滨。像我，像阿尔杰一样，来到我们伟大的母亲跟前。头一个沉甸甸地甩着她那只产婆用的手提包，另一个的大笨雨伞戳进了沙滩。她们是从自由区来的，出来散散心。布赖德街那位受到深切哀悼的已故帕特里克·麦凯布的遗孀，弗萝伦丝·麦凯布太太。是她的一位同行，替呱呱啼哭着的我接的生。从虚无中创造出来的。她那只手提包里装着什么？一个拖着脐带的早产死婴，悄悄地用红糊糊的泥绒裹起。所有脐带都是祖祖辈辈相连接的，芸芸众生拧成一股肉缆，所以那些秘教僧侣们都是。你们想变得像神明那样吗？那就仔细看自己的肚脐吧。喂，喂。我是金赤。请接伊甸城。阿列夫，阿尔法[①]，零，零，一。

始祖亚当的配偶兼伴侣，赫娃[②]，赤身露体的夏娃。她没有肚脐。仔细瞧瞧。鼓得很大、一颗痣也没有的肚皮，恰似紧绷着小牛皮面的圆楯。不像，是一堆白色的小麦[③]，光辉灿烂而不朽，从亘古到永远。罪孽的子宫。

我也是在罪恶的黑暗中孕育出的，是被造的，不是受生的[④]。是那两个人干的，男的有着我的嗓门和我的眼睛，那女幽灵的呼吸带有湿灰的气息。他们紧紧地搂抱，又分开，按照撮合者的意愿行事。盘古首初，天主就有着要我存在的意愿，而今不会让我消失，永远也不会。永远的法则与天主共存。那么，这就是圣父与圣子同体的那个神圣的实体吗？试图一显身手的那位可怜的阿里乌老兄，而今安在？他反对“共在变体赞美攻击犹太论”，毕生为之战斗。注定要

---

① 伊甸城是斯蒂芬给伊甸园取的名字。阿列夫和阿尔法分别为希伯来文和希腊文字母表首字音的音译，相当于英文的 a。

② 原文作 Heva，希伯来文，意思是生命，系夏娃最早的称法。

③ 《旧约全书·雅歌》第 7 章第 2 节：“你的腰如一堆麦子，周围有百合花。”

④ 这里把《尼西亚信经》中的话颠倒，原话指耶稣：“是受生的，不是被造的。”

倒楣的异端邪说祖师。在一座希腊厕所里，他咽了最后一口气，安乐死[1]。戴着镶有珠子的主教冠，手执牧杖，纹丝不动地跨在他的宝座上；他成了鳏夫，主教的职位也守了寡。主教饰带硬挺挺地翘起来，臀部净是凝成的块块儿。

微风围着他嬉戏，砭人肌肤的凛冽的风，波浪涌上来了。有如白鬃的海马，磨着牙齿，被明亮的风套上笼头，马南南[2]的骏马们。

我可别忘了他那封写给报社的信。然后呢？十二点半钟去。船记。至于那笔款呢，省着点儿花，乖乖地像个小傻瓜那样。对，非这么着不可。

十

布卢姆先生漫不经心地翻着《玛丽亚·蒙克的骇人秘闻》[3]，然后又拿起亚理斯多德的《杰作》。印刷得歪七扭八，一塌糊涂。插图有：胎儿蜷缩在一个个血红的子宫里，恰似屠宰后的母牛的肝脏。如今，全世界到处都是。统统想用脑壳往外冲撞。每一分钟都会有娃娃在什么地方诞生。普里福伊太太[4]。

他把两本书都撂在一旁，视线移到第三本上：利奥波德·封·扎赫尔－马索赫所著《犹太人区的故事》[5]。

"这本我读过，"他说着，把它推开。

书摊老板另撂了两本在柜台上。

"这两本可好咧，"他说。

隔着柜台，一股葱头气味从他那牙齿残缺不全的嘴里袭来。他弯下腰去，将其余的书捆起来，顶着没系纽扣的背心摞了摞，然后就抱到肮里肮脏的帷幕后面去了。

---

① 原文是拉丁文。阿里乌是基督教司铎，曾任亚历山大里亚教会长老。他非但未能升为主教，还被宣布为异端分子，于三二一年被撤职。阿里乌是在就和解问题与教会商谈期间，猝死于君士坦丁堡街头厕所里的。

② 即爱尔兰神话中能够任意改变形状的海神马南南·麦克李尔。据说马恩岛（又译为曼岛）即得名于此神。马南南管理岛上乐园，庇佑海员，保障丰收。

③ 《玛丽亚·蒙克的骇人秘闻》（纽约，1836）是一部揭露加拿大蒙特利尔一座天主教修女院内幕的书。内容纯属捏造。出版后，查明作者并非像本人所宣称的那样是从修女院里逃出来的，但并未影响此书的销路。下文中的《杰作》是十七、十八世纪流行于英国的一本关于性的伪科学书，伪称为亚理斯多德所著。

④ 普里福伊太太正在医院里待产。

⑤ 利奥波德·封·扎赫尔—索赫（1836—1895），奥地利小说家，以描写色情受虐狂的变态心理著称。受虐狂（masochism）一词即源于他的姓（Masoch）。《犹太区的故事》（芝加哥，1894）的主旨是反对迫害犹太人。

奥康内尔桥上，好多人在望着舞蹈等课程的教师丹尼·杰·马金尼先生。他一派端庄的仪态，却穿着花里胡哨的服装。

布卢姆独自在看着书名。詹姆斯·洛夫伯奇[1]的《美丽的暴君们》。晓得是哪一类的书。有过吧？有过。

他翻了翻。果不其然。

从肮里肮脏的帷幕后面传出来女人的嗓音。听：那个男人。

不行，这么厉害的不会中她的意。曾经给她弄到过一本。

他读着另一本的书名：《偷情的快乐》。这会更合她的胃口。拿来看看。

他随手翻到一页就读起来：

> 她丈夫给她的那一张张一元钞票，她都花在店铺里那些华丽的长衫和昂贵无比的镶有褶边的裙子上了。为了他！为了拉乌尔[2]！

对。就这一本。怎么样？试试看。

> 她的嘴紧紧嘬住他的嘴，淫亵放荡地狂吻着；他呢，这当儿把双手伸进她的衫襟，去抚摩她那丰满的曲线。

对。就要这一本吧。它的结尾是：

> “你来迟了，”他嗓音嗄哑地说，用炯炯的怀疑目光瞪着她。
>
> 那位美女把她那镶边的貉皮大氅脱下来甩在一边，裸露出王后般的双肩和一起一伏的丰腴魅力。她安详地朝他掉转过来，无比可爱的唇边泛着一丝若隐若现的微笑。

布卢姆先生又读了一遍：那位美女……

一股暖流悄悄地浸透他全身，镇慑着他的肉体。在揉皱了的衣服里面，肉体彻头彻尾地屈服了。眼白神魂颠倒般地往上一翻。他的鼻孔像是在寻觅猎物一般拱了起来。涂在乳房上的油膏（为了他！为了拉乌尔！）融化了。腋窝下的汗水发出葱头般的气味。鱼胶般的黏液（她那一起一伏的丰腴魅力！）摸摸看！按一按！粉碎啦！两头狮子那硫磺气味的粪！

青春！青春！

---

① 洛夫伯奇（Lovebirch）一名，由爱（love）和桦枝（birch）二词组成。桦枝一般用来体罚学童。因此，以受虐狂为主题的小说作者喜用这个笔名。

② 拉乌尔是《偷情的快乐》一书之女主人公的情人。后文中的“曲线”。原文为法语。

第十八章

儿点过一刻啦　可真不是个时候　我猜想在中国　人们这会儿准正在起来梳辫子哪　好开始当天的生活　喏　修女们　快要敲晨祷钟啦　没有人会进去吵醒她们　除非有个把修士去做夜课啦　要么就是隔壁人家的闹钟　就像鸡叫似的咔嗒咔嗒地响　都快把自个儿的脑子震出来啦　看看能不能打个盹儿　一二三四五　他们设计的这些算是啥花儿啊　就像星星一样　隆巴德街的墙纸可好看多啦　他给我的那条围裙上的花样儿就有点儿像　不过我只用过两回　最好把这灯弄低一些　再试着睡一下　好能早点儿起床　我要到兰贝斯去　它就在芬勒特旁边　叫他们送些花儿来　好把屋子点缀点缀　万一明天　我的意思是说今天　他把他带回家来呢不　不　星期五可是个不吉利的日子　头一桩　我先得把这屋子拾掇拾掇　我寻思　灰尘准是在我睡觉的当儿　不知咋地就长出来啦　然后我们可以来点儿音乐　抽抽香烟　我可以替他伴奏　我得先用牛奶把钢琴的键擦擦　我穿啥好呢　要不要戴一朵白玫瑰　要么就来点儿利普顿仙女蛋糕　我就爱闻阔气的大店铺的香味儿　每磅七便士半　不然就是另外那种樱桃馅挂着粉色糖霜的　两磅十一便士　桌子当中间儿还得摆上一盆花草　在哪儿才能买到便宜的呢　喔　前不久我在哪儿瞧见过　我真爱花儿呀　恨不得让这房子整个儿都漂在玫瑰花海上　天上的造物主啊　啥也比不上大自然　蛮荒的山啦　大海啦　滚滚的波浪啦　再就是美丽的田野　一片片庄稼地里长着燕麦啦　小麦啦　各种各样的东西　一群群肥实的牛走来走去看着心里好舒坦呀　河流湖泊鲜花　啥样形状香味颜色的都有　连沟儿里都绽出了报春花和紫罗兰　这就是大自然　至于那些人说啥天主不存在啦　甭瞧他们一肚子学问　还不配我用两个指头打个榧子哪　他们为啥不自个儿跑去创造点儿啥名堂出来呢　我常常问他这句话　无神论者也罢　不论他们管自个儿叫啥名堂也罢　总得先把自个儿身上的污点洗净呀　等到他们快死啦　又该嚎啕大哭着去找神父啦　为啥呢　为啥呢因为他们做了亏心事　生怕下地狱啊　对啦我把他们琢磨透啦　谁是开天辟地第一个人呢　又是谁在啥都不存在以前创造了万物呢　是谁呢　哎　这他们也不晓得　我也不晓得　这不就结了吗　他们倒不如试着去挡住太阳让它明儿个别升上来呢　他说过

太阳是为你照耀的　那天我们正躺在霍斯岬角的杜鹃花丛里　他穿的是一身灰色花呢衣裤　戴着那顶草帽　就在那天　我使得他向我求婚　对啦　起先我把自个儿嘴里的香籽糕往他嘴里递送了一丁点儿　那是个闰年跟今年一样　对啦　十六年过去啦　我的天哪　那么长长的一个吻我差点儿都没气儿啦　对啦　他说我是山里的一朵花儿　对啦　我们都是花儿　女人的身子　对啦　这是他这辈子所说的一句真话　还有那句今天太阳是为你照耀的　对啦　这么一来我才喜欢上了他　因为我看出他懂得要么就是感觉到了女人是啥　而且我晓得　我啥时候都能够随便摆布他　我就尽量教他快活　就一步步地引着他　直到他要我答应他　可我呢起先不肯答应　只是放眼望着大海和天空　我在想着那么多他所不知道的事儿　马尔维啦　斯坦厄普先生啦　赫斯特啦　爹爹啦　老格罗夫斯上尉啦　水手们在玩众鸟飞啦　我说弯腰啦　要么就是他们在码头上所说的洗碟子　还有总督府前的哨兵　白盔上镶着一道边儿　可怜的家伙　都快给晒得熟透啦　西班牙姑娘们披着披肩　头上插着高高的梳子　正笑着　再就是早晨的拍卖　希腊人啦　犹大人啦　阿拉伯人啦　鬼知道还有旁的啥人　反正都是从欧洲所有最边远的地方来的　再加上公爵街和家禽市场　统统都在拉比沙伦外面嘎嘎乱叫一头头可怜的驴净打瞌睡　差点儿滑跤　阴暗的台阶上睡着一个个裹着大氅的模模糊糊的身影　还有运公牛的车子　那好大的轱辘　还有几千年的古堡　对啦　还有那些漂亮的摩尔人　全都像国王那样穿着一身白　缠着头巾　请你到他们那小小店铺里去坐一坐　还有龙达客栈那一扇扇古老的窗户　窗格后藏着一双明媚的流盼　好让她的情人亲那铁丝格子　还有夜里半掩着门的酒店啦　响板啦　那天晚上我们在阿尔赫西拉斯误了那班轮渡　打更的拎着灯转悠　平安无事啊　哎唷　深处那可怕的急流　哦　大海　有时候大海是深红色的　就像火似的　还有那壮丽的落日　再就是阿拉梅达园里的无花果树　对啦　还有那一条条奇妙的小街　一座座桃红天蓝淡黄的房子　还有玫瑰园啦茉莉花啦天竺葵啦仙人掌啦　在直布罗陀作姑娘的时还有时候我可是那儿的一朵山花儿　对啦　当时我在头发上插了朵玫瑰　像安达卢西亚姑娘们常做的那样　要么我就还是戴朵红玫瑰吧　好吧　在摩尔墙脚下　他曾咋样地亲我呀　于是我想　喏他也不比旁的啥人差呀　于是我递个眼色教他再向我求一回　于是

他问我愿意吗　对啦　说声好吧　我的山花　于是　我先伸出胳膊搂住他　对啦　并且把他往下拽　让他紧贴着我　这样他就能感触到我那对香气袭人的乳房啦　对啦他那颗心啊　如醉如狂　于是我说　好吧　我愿意　好吧。

（乔伊斯：《尤利西斯》，萧乾、文洁若译，南京，译林出版社，1999 年。）

阅读提示

小说的题目来源于希腊神话中的英雄奥德修斯，拉丁名为尤利西斯，《尤利西斯》的章节和内容也以现代生活与荷马史诗《奥德赛》内容形成平行对应关系。小说以时间为顺序，叙述了 1904 年 6 月 16 日，广告推销员利奥波德·布卢姆一天内在都柏林的种种日常经历。乔伊斯将布卢姆在都柏林街头的一日游荡比作奥德修斯的海外十年漂泊，以他不忠诚的妻子摩莉对应奥德修斯的妻子帕涅罗佩，青年斯蒂芬（一般认为即以作者本人为原型），对应外出寻找父亲的奥德修斯的儿子忒勒玛科斯。小说用意识流手法构筑一个交错凌乱的时空，表现了三个类型人物错综的生活和繁复的精神世界，使《尤利西斯》具有了现代史诗的概括性。

小说表面看来每章内容晦涩凌乱，实则内部结构安排匠心独运，每一章节都有其独特的写作技巧，并对应一个《奥德赛》的故事主题，角色和情节也和《奥德赛》有不同层次的对应。描绘了平庸小人物布卢姆心灵的探险，也就是灵魂自我寻找的历程，把他塑造得既富于同情心，又可敬可亲，十分动人。人物头脑中那浩浩荡荡、凌乱芜杂、变幻无常、东鳞西爪的意识流动，作者以高度逼真的方式呈现，令人惊叹不已，因此《尤利西斯》一直被视为意识流文学的开山之作。心理分析大师容格读完《尤利西斯》之后，曾给作者写过一封毁誉参半的信，说："我花了三年时间才读通它"，"读的时候，我多么抱怨，多么咒诅，又多么敬佩你啊！全书最后那没有标点的四十页（指第十八章中摩莉的独白）真是心理学的精华。我想只有魔鬼的祖母才会把一个女人的心理捉摸得那么透。"

讨论

1. 乔伊斯本人于 1920 年在书信中评论此书为："它是一部关于两个民族（以色列－爱尔兰）的史诗，同时是一个周游人体器官的旅行，也是一个发生在一天（一生）之间的小故事……它也是一种百科全书”，你认为他的作品是否实现了这一意图？你认为这样的结构设计有何优势和缺点？

2. 有人认为乔伊斯在《尤利西斯》中塑造了三个“代表着全人类”的典型形象，请你谈谈对这三个人物的看法。

艾 略 特

艾略特

托马斯·斯特恩斯·艾略特（1888—1965年）是20世纪英美现代派诗歌影响最大的诗人、批评家。他出生于美国密苏里州圣路易斯，母亲是诗人。艾略特曾在哈佛大学学习哲学和比较文学，接触过梵文和东方文化，对英国新黑格尔派的哲学家颇感兴趣，也曾受法国象征主义文学的影响。第一次世界大战爆发后，他来到英国，并定居伦敦，先后做过教师、银行职员和杂志主编辑等工作，1927年加入英国籍。1948年，“因为他对当代诗歌做出的卓越贡献和所起的先锋作用”而被授予诺贝尔文学奖。其重要作品有：《四个四重奏》、诗剧《大教堂谋杀案》、《全家重聚》、《鸡尾酒会》等。

《荒原》[①]（节选）

“NAM Sibyllam quidem Cumis ego ipse oculis meis vidi in ampulla pendere, et

① 这首诗不仅题目，甚至它的规划和有时采用的象征手法也绝大部分受魏士登女士（Miss Jessie L. Weston）有关圣杯传说一书的启发。该书即《从祭仪到神话》（*From Ritual to Romance*，剑桥版）。确实我从中得益甚深。它比我的注释更能解答这首诗中的难点。谁认为这首诗还值得一解的话，我就向他推荐这本书（何况它本身也是饶有兴趣的）。大体说来，我还得益于另一本人类学著作，这本书曾深刻影响了我们这一代人；我说的就是《金枝》（*Golden Bough*）。我特别利用了阿帖士，阿东尼士，欧西利士（Attis，Adonis，Osiris）这两卷。熟悉这些著作的人会立刻在这首诗里看出有些地方还涉及了有关繁殖的礼节。——原注

cum illi pueri dicerent：Σιβυλλατιθελεις; respondebat illa：αποθαν ειν θελω."①

For Ezra Pound

il miglior fabbro.②

一、死者葬仪

四月是最残忍的一个月，荒地上
长着丁香，把回忆和欲望
掺和在一起，又让春雨
催促那些迟钝的根芽。
冬天使我们温暖，大地
给助人遗忘的雪覆盖着，又叫
枯干的球根提供少许生命。
夏天来得出人意外，在下阵雨的时候③
来到了斯丹卜基西④；我们在柱廊下躲避，

等太阳出来又进了霍夫加登⑤，
喝咖啡，闲谈了一个小时。
我不是俄国人，我是立陶宛来的，是地道的德国人⑥。
而且我们小时候住在大公那里
我表兄家，他带着我出去滑雪橇，
我很害怕。他说，玛丽，
玛丽，牢牢揪住。我们就往下冲。

---

① "是的，我自己亲眼看见古米的西比儿（女先知）吊在一个笼子里。孩子们在问她'西比儿，你要什么'的时候，她回答说，'我要死。'"

② 献给艾兹拉·庞德
最卓越的匠人。
miglior fabbro 引自但丁《神曲·炼狱篇》，fabbro 即创作者或匠人。

③ 这一段情节摘自一九一三年版玛丽·拉里希伯爵夫人（Countess Marie Larisch）的回忆录《我的过去》（*My Past*），反映了上流社会生活的空虚无聊。

④ 斯丹卜基西（Starnbergersee）是慕尼黑附近一湖，也是一游乐之地，艾略特用它来代表欧洲中部的现代荒原。

⑤ 霍夫加登（Hofgarten）按词义应译作"御花园"，是慕尼黑的一个公园。

⑥ 这一行原诗是德文：Bin gar keine Russin，Stamm，aus Litauen，echt deutsch。

在山上，那里你觉得自由。
大半个晚上我看书，冬天我到南方。

什么树根在抓紧，什么树根在从
这堆乱石块里长出？人子啊，[1]
你说不出，也猜不到，因为你只知道
一堆破烂的偶像，承受着太阳的鞭打[2]
枯死的树没有遮荫。蟋蟀的声音也不使人放心[3]，
焦石间没有流水的声音。只有
这块红石下有影子，[4]
（请走进这块红石下的影子）
我要指点你一件事，它既不像
你早起的影子，在你后面迈步；

也不像傍晚的，站起身来迎着你；
我要给你看恐惧在一把尘土里。

风吹得很轻快，
吹送我回家去，
爱尔兰的小孩，

① 参阅《以西结书》第二章第一节。——原注
《旧约·以西结书》上说："他对我说：'人子啊，你站起来，我要和你说话。'" 也可参阅《旧约·约伯记》第八章第十七节："他们的根盘绕石堆，扎入石地。"

② 参阅《旧约·以西结书》第六章第六节："在你们一切的住处，城邑要变为荒场，邱坛必然凄凉，使你们的祭坛荒废，将你们的偶像打碎，你们的日像被砍倒，你们的工作被毁灭。"

③ 参阅《传道书》第十二章第五节。——原注
《旧约·传道书》上说："人怕高处，路上有惊慌，杏树开花，蚱蜢成为重担，人所愿的也都废掉，因为人归他永远的家，吊丧的在街上往来。"

④ 可参阅《旧约·以赛亚书》第三十二章第二节："必有一人像避风所，和避暴雨的隐密处，又像河流在干旱之地，像大磐石的影子在疲乏之地。"

你在哪里逗留?[①]

“一年前你先给我的是风信子;

他们叫我做风信子的女郎”,[②]

——可是等我们回来，晚了，从风信子的园里来，

你的臂膊抱满，你的头发湿漉，我说不出

　话，眼睛看不见，我既不是

活的，也未曾死，我什么都不知道，

望着光亮的中心看时，是一片寂静。

荒凉而空虚是那大海。[③]

马丹梭梭屈里士[④]，著名的女相士，

患了重感冒，可仍然是

欧罗巴知名的最有智慧的女人，

---

① 见《特利斯坦和绮索尔德》(*Tristan and lsolde*) 第一幕，第五至八行。——原注在华格纳(Richard Wagner) 歌剧中，第一幕第一景写特利斯坦和绮索尔德同船离开爱尔兰的时候，这几句诗是在船行驶时一个水手的情歌，唱的是幸福和淳朴的爱情。特利斯坦此时已把绮索尔德的未婚夫杀害，自己也受了伤。绮索尔德正要复仇，见特利斯坦已受伤，便不忍下手。特利斯坦伤愈后，带着绮索尔德到康沃尔去，打算把她献给马克王为后，因马克王丧偶已久，一直未曾续娶。就在他们向康沃尔驶近时，水手唱了这支歌，象征他们此时胸襟清静，还未尝到“爱的迷魂药”。这四句在原诗中保留着华格纳的原文。

② 可参阅艾略特的一首法语诗《在饭店内》。其中的两句是:

　　我那时七岁，她比我还要小,

　　她全身都湿了，我给她莲馨花。

艾略特用风信子和莲馨花来象征春天。

③ 见《特利斯坦和绮索尔德》第三幕，第二十四行。——原注

后来特利斯坦和绮索尔德都尝了迷魂汤，热烈地相爱。这件事给墨洛特(特利斯坦的负心知友)发现了，便去报告马克王，两人同来特、绮二人相会之地。墨洛特刺伤了特利斯坦，马克王也责他不忠，特利斯坦只得回到他的老家去，凄惶而寂寞。那时特利斯坦只有一个忠仆和他做伴。他裹着创伤等候绮索尔德追踪而来。忠仆在静候的时候，有地方上的牧羊人代他守望，但是他的回答是:“荒凉而空虚是那大海。”这一句在诗中仍保留原文。

④ 女相士的名字引自赫胥黎(Aldous Huxley) 小说《铬黄》(*Chrome Yellow*, 1921)。

带着一副恶毒的纸牌①，这里，她说，

是你的一张，那淹死了的腓尼基水手，②

---

① 我并不熟悉太洛（Tarot）纸牌的确切组成，只是用来适应我自己的方便。按照传说，这套纸牌中的成员之一是“那被绞死的人”，他在两方面适应我的目的：在我思想中，他和弗来受（《金枝》的作者Frazer）的“被绞死的神”联系在一起，又把他和第五节中使徒到埃摩司去的路上遇到的那个戴斗篷的人联系在一起。腓尼基水手和商人出现较晚；“成群的人”和“水里的死亡”则见于第四节。“带着三根杖的人”（是太洛纸牌中有确切根据的一员）我也相当武断地把他和渔王本人联系起来。——原注

在这里把《从祭仪到神话》一书的要义概述如下：

（一）故事说地方上的王，即渔王，患了病；（有的认为他已年老，受了伤，传说不一。）因为他的患病与衰老，所以原为肥沃之地，现在都变成了荒原。因此就需要一位少年英雄——在传说中他是甘温（Gawain），或帕西法尔（Perceval），或盖莱海德（Galahad）——经历种种艰险，带着一把利剑，寻求圣杯，以便医治渔王，使大地复苏。

（二）荒原的痛苦在于没有温暖，没有太阳，最主要的是没有水。这种祭祀在纪元前三千多年的《吠陀经》里已经有所记载：就是恳求英居拉神释放七条大水，使土地肥美。另一个印度故事说一年轻的婆罗门利沙斯林额和他的父亲隐居在一座山林里，与世隔绝，只知道他自己和他的父亲。一个邻国忽逢旱灾，全国缺粮。国王在求神问卜之后才知道只要利沙斯林额一天保持他的童贞，他的国土也就一天保持干旱。于是，他派了一个漂亮的少女前去诱惑英雄。国王赐她一艘华丽的船只，上立一虚设的隐士居，命她去寻找那个年轻的婆罗门。女子等到他父亲不在的时候才去找少年，并说她自己也是个隐士。少年天真地相信了她，为她的美丽所动，忘记了自己的宗教。他父亲警告他，但他不肯听信。女子又来找他，诱劝他到她那个更加美丽的隐士居去。于是船就直驶旱国。国王把自己的女儿赐他为妻，在结婚的那一天，他的国土又重获甘霖。这个故事和阿帖士，阿东尼士和欧西利士所载大致相同，只有些细节小有差别。圣杯的故事和这个故事也密切相关。《荒原》诗中有各种影射。

（三）圣杯代表女性，利剑代表男性，两者同时代表繁殖力。在神话中圣杯与利剑都见于太洛纸牌。这是一套中世纪的纸牌，共七十二张，二十二张是关键。这套纸牌又有四个品种：

（a）杯（或名圣餐杯，或名酒杯）——即红桃。

（b）矛（棍或杖）——即方块。

（c）剑——即黑桃。

（d）碟（或圆形，或五角形，形式不同）——即梅花。

这套纸牌的来源不详，但吉普赛人常用来占卦算命，恐是他们传到欧洲来的。又有一说是印度传出的，因其中一张是一“主教”像，他有一把长胡子，背着三个十字架，表示东方的旧时信仰；另一张名“王”的，发型像一个俄国的王公，一手持一面盾牌，上刻一头波兰鹰。

（四）鱼是古代一种象征生命力的符记，渔王与之有关。

（五）在寻求圣杯时，要经过一座凶险的教堂，好比炼狱，经此而达到生命的顶峰。

这五点和理解《荒原》一诗的内容有关，故在此略为介绍。

② 艾略特用水或海来象征情欲的大海；而腓尼基水手，福迪能王子（见莎士比亚的《暴风雨》），士麦拿商人都是淹在其中的人物。但艾略特的水也不一定指情欲，例如第五节内画眉鸟的滴水歌，就是指生命的活水，不过这两种水并没有清楚的界限。

(这些珍珠就是他的眼睛，看!)[1]

这是贝洛多纳[2]，岩石的女主人

一个善于应变的女人。

这人带着三根杖，这是"转轮"，

这是那独眼商人[3]，这张牌上面

一无所有，是他背在背上的一种东西。

是不准我看见的。我没有找到

"那被绞死的人"。怕水里的死亡。[4]

我看见成群的人，在绕着圈子走。

谢谢你。你看见亲爱的爱奎东太太的时候

就说我自己把天宫图给她带去，

这年头人得小心啊。

并无实体的城，[5]

在冬日破晓时的黄雾下，

一群人鱼贯地流过伦敦桥，人数是那么多，

我没想到死亡毁坏了这许多人。[6]

---

① 参看莎士比亚《暴风雨》中的丧歌：

你的父亲睡得有五浔深；
他的尸骨是珊瑚制成的；
这些珍珠是他的眼睛；
他的一切是不会消失的
而是经过了海水的变革，
变得又丰满，又奇特。
海仙们每小时敲着他的丧钟：
丁——当。
听啊，我现在听见她们，——丁当，敲着钟。

② 贝洛多纳 (Belladonna) 是意大利文"美丽的女人"的意思，也是一种含毒的花。

③ 独眼商人即指第二〇七至二一四行的士麦那商人。

④ 见《金枝》第五册。耶稣是主繁殖的神，象征春天，和渔王一样是被害的主繁殖的神。

⑤ 参看波德莱尔的诗：

这拥挤的城，充满了迷梦的城，
鬼魂在大白天也抓过路的人！——原注

⑥ 参阅《地狱》第三节第五十五至五十七行：

这样长的
一队人，我没想到
死亡竟毁了这许多人。——原注

凡引但丁的诗句，其译文大多经田德望同志审订过。

叹息，短促而稀少，吐了出来，[①]
人人的眼睛都盯住在自己的脚前。
流上山，流下威廉王大街，
直到圣马利吴尔诺斯教堂[②]，那里报时的钟声
敲着最后的第九下，阴沉的一声。[③]
在那里我看见一个熟人，拦住他叫道："斯代真！"[④]
你从前在迈里的船上是和我在一起的！[⑤]
去年你种在你花园里的尸首，
它发芽了吗？今年会开花吗？
还是忽来严霜捣坏了它的花床？
叫这狗熊星走远吧，它是人们的朋友，[⑥]
不然它会用它的爪子再把它挖掘出来！

---

① 同上第四节第二十五至二十七行：
根据听到的声音判断，
这里没有其他痛苦的表现，只有叹息
使永恒的空气抖颤。——原注
② 这是伦敦威廉王大街的教堂。
③ 这是我常见的一种现象。——原注
④ 斯代真是一种宽边呢帽的牌子。指任何一个戴这种帽子的普通人。
⑤ 这是罗马人和迦太基人之间的一战，迦太基人战败。
⑥ 见韦布斯特《白魔鬼》中的挽歌。——原注
韦氏诗云：
叫上那些个鹪鹩和知更，
它们在葱郁的丛林里徘徊，
让那些叶与花一同遮盖
那未曾下葬的孤独的尸身。
把蚂蚁田鼠和鼹鼠
叫去参加他下葬时的哀呼，
给他造起几座小山，使他温暖；
在坟墓被盗窃时也不受灾难；
叫豺狼走远些，他是人类的仇敌，
不然它会用爪子又把他们掘起。
狗熊星传说是使尼罗河两岸肥沃的星宿。关于韦布斯特的挽歌，兰姆（Lamb）曾说："我从未见过比这个更好的丧歌，除非是《暴风雨》中福迪能王子在追忆淹死了的父亲时所唱的山歌。那是有关水的，充满了水，这是有关土地的，充满了土地的气息。"

你！虚伪的读者！——我的同类——我的兄弟！[1]

（［英］艾略特：《荒原》，赵萝蕤等译，北京，北京燕山出版社，2006 年。）

阅读提示

《荒原》主要反映了第一次世界大战后西方普遍悲观失望的情绪和精神的贫困，以及宗教信仰的淡薄而导致西方文明的衰微。本篇所选的是《荒原》第一章，起首几句便流露出诗人深刻的痛苦、失望和悲哀的情绪。诗人把现实社会比作令人窒息枯萎的荒原，现代人精神猥琐、庸俗卑下，心中唯有幻灭和绝望。全诗以阴冷朦胧的画面，深刻地表现了人欲横流、精神卑劣、衰败堕落的西方社会的面貌，表现了一代人的精神病态和精神危机。艾略特把西方社会的堕落归之于人的"原罪"，结尾处"舍己为人、同情、克制"体现了恢复宗教精神以拯救西方世界的思想，表达了对"平安"的渴求和祈盼。

这首抒情长诗风格多样，诗体变化多端，兼具象征主义和玄学派的特点。诗中交织穿插了陈述与咏叹，抒情与讽刺，庄严典雅的诗句与滑稽可笑的市井俗语，诗人大量运用典故、比喻、暗示、联想、对应等象征主义手法及意象叠加、时空交错等现代诗歌表现手段，古今杂糅、虚实融汇的手法，极大地丰富了诗歌的表现手段，拓展了诗歌的思想内容。同时，也造成了诗歌晦涩难解，增加了对这些典故不太熟悉的读者的解读困难。

讨论

1. 艾略特的《荒原》可谓 20 世纪上半叶最重要，也是最有争议的诗作。学界对此有多重解读，请结合作品谈谈你的理解。
2. 典故众多是这首诗的特点，请您搜索资料谈谈几个典故的内容含义，并分析诗人运用典故的效果。
3. 乔叟在《坎特伯雷故事集》序言中有这样一段诗，"四月时分，甜蜜的阵雨

---

① 见波德莱尔《恶之花》的序诗。——原注
该序原名《致读者》，艾略特所引为原文：
——Hypocrite lecteur，——mon semblable，——mon frerel（——虚伪的读者！——我的同类——我的兄弟！）
诗人认为读者和他一样，也是百无聊赖。

飘落，穿越干旱的三月，浸透了万物的根部，把强力酒精的每一根经络浸泡，草木发芽，渐次生花；西风呼出甜美的气息，席卷了荒地和林丘＼嫩枝和嫩叶，青春的阳光＼在白羊星座走了一半的历程，无数小鸟通宵达旦睁着眼睛，此时齐声歌唱（大自然骚扰着它们躁动不安）；这时，人们渴望走上朝圣之路……”将这一段诗与本诗开头作比较，谈谈现代派诗歌的特点。

辛克莱·刘易斯

辛克莱·刘易斯

辛克莱·刘易斯（1885—1951 年），美国作家。生于明尼苏达州的索克森特镇，一个医生家庭。从小性格内向、孤僻，常被同伴们玩弄和嘲笑，这使他对小镇庸俗褊狭的生活深恶痛绝。中学毕业，考入耶鲁大学。大学毕业后，在美国各地漫游，做过编辑、记者，主要靠写作维持生活。一生出版 20 多部作品，主要作品有《大街》（1920）、《巴比特》（1922）、《阿罗史密斯》（1925）等。1930 年，获诺贝尔文学奖，是第一位获得此奖的美国作家。

《大街》（节选）

家——这个字眼使她吃了一惊。难道她真的注定要生活在这个叫做格佛草原的小镇吗？这个坐在她旁边的魁梧的男人竟敢左右她的未来，他原先是个不相干的人啊！她在座位上转了转身，盯着他看。他是谁呀？他为什么坐在她身边？他不是她那一类人。他脖子粗，言语也粗，还比她大十二三岁。他没有那种魅力，使人愿意和他一起冒风险，对他有渴求。她无法相信自己曾在他的怀里睡过。这是一场梦，梦虽做过，却躲躲闪闪不敢公开承认。

她暗自思忖，他是那么善良、那么靠得住、那么通情达理。她摸摸他的耳朵，又捋一捋他坚实的下巴，重又转过身去，一门心思琢磨他那个小镇。那个小镇该不会像这些荒凉的村落一样吧，不会的！是呀，那儿有三千人口，人挺多的。那就该有六百幢房子，或许还要多。还有——镇附近那些湖准是很可爱的。她看过那些照片。那些湖看上去很迷人……不是吗？

火车一开出瓦金扬车站，她就紧张起来，开始留意那些湖——那是通往她未来全部生活的入口。可是等到她在铁路左边看到这些湖时，她所得印象只不过是这些湖和照片很相似罢了。

离格佛草原镇还有一英里的地方，铁轨爬上了弯曲、低矮的山脊，全镇景色尽收眼底。她突然焦急地把车窗猛地往上一推，放眼向外眺望。她的左手按在窗台上，弯起来的几只手指在发抖，而她的右手则按在自己的胸前。

在她眼里，格佛草原镇和他们一路经过的那些村庄没什么两样，无非大一点儿罢了。只有在肯尼科特这种人的眼中它才是出色的。要说那些挤在一起的低矮木屋能打破单调的气氛，那也无非就像一丛榛树一样而已。田野把小镇包围起来，又延伸开去。这小镇没有受到什么保护，也保护不了什么。镇上没有什么庄严尊贵的东西，也没有伟大的希望。只有那高高的红色谷仓和几个教堂的铁皮尖顶崛起在一大堆屋子之上。这是个拓荒营，不是人住的地方，不可能，不可想像。

这里的人，和他们的房子一样单调，和他们的田地一样乏味。她没法待在这里。今后她恐怕得摆脱这个男人，一走了之。

她悄悄地瞥了他一眼。面对他的老成持重，她立刻感到无可奈何。他把杂志扔出去，让它向过道飞去，然后弯腰去拿行李包，满脸通红地走过来，得意地说："我们到了！"那种兴奋样子又使她感动。

她真诚地笑了笑，眼睛又看到别处去了。火车正开进市镇。市镇外边是些灰暗的红色的旧房子，带有无用的木头装饰，还有一些像杂货店的箱子似的破旧木棚，再就是有仿石头的水泥宅基的新平房。

现在火车正从一个谷仓旁边驶过，接下来是一个阴森的油库，一家乳制品厂，一个木材堆置场，一个泥泞、脏臭的牲畜围栏。现在他们要进站停靠了，那是个低矮的、红色木结构车站，站台上挤满了胡子拉碴的农民和游手好闲之辈—— 一些目光呆滞、胸无大志的人。她来到这里了，不能再往前了。这是尽头了——世界的尽头。她坐在那儿闭上眼睛，恨不得从肯尼科特身边挤过去，在火车上什么地方躲起来，往太平洋那边逃去。

她心里产生了一种想法，向她命令道："别这样！别像个嘀嘀咕咕的孩子那样！"于是她马上站了起来，说道："总算到达了，太好了！"

他那么信任她。她一定要让自己喜欢这个地方。她还要做一番事业呢。

肯尼科特拎着两只一颠一颠的提包，她跟在后面。下车的旅客多，那条队慢慢地挪动，他们就等在那儿。她提醒自己，这回她真到了新娘子过门的引人注目的时刻了，应该感到高兴。但是除了因为下车的队伍动得太慢使她恼火以外，她什么感觉也没有。

肯尼科特弯下腰往车窗外望了一下，不好意思地欢呼起来："瞧！瞧！一大群人来迎接我们啦！萨姆·克拉克和他的太太，戴夫·戴尔，杰克逊·埃尔德，还有，对了，哈里·海多克和朱厄妮塔，还有一大群人！我想他们现在看见我们了。不错，他们看见我们了！你看，他们在挥手呢！"

她听了他的话就低头向窗外往他们望去。她克制住自己，准备向他们表示爱意，可是欢呼人群的挚意又使她感到不好意思。她从两节车厢之间的连廊向他们挥手。可是她拽住那位前来帮她下车的司闸员的袖子停了一会儿，才鼓起勇气跳到前来握手的人流之中，她没法逐个认出他们是谁。她得到的印象是：所有这些男人都声音沙哑，一双手又大又湿，长着牙刷一样的胡子，头上有秃斑，而且都带着共济会的表链饰物。

她知道他们在欢迎她。他们的双手，他们的笑容，他们的喊叫，他们亲切的目光，都征服了她。她结结巴巴地说道："谢谢，啊，谢谢。"

有一个男人冲着肯尼科特大声嚷道："我把汽车开来了，送你们回家，大夫。"

"好的，萨姆！"肯尼科特喊道，然后对卡罗尔说："我们上车吧。那边那部大'佩奇'车。他还有艇呢，真的！萨姆的车速，可以对明尼阿波利斯的车显显本事呢！"

卡罗尔上车后才把要送她和肯尼科特的那三个人认明。车主坐在方向盘前，是个踌躇满志的正派体面人。他有点儿秃顶，块头相当大，目光冷静，脖子上有点疙疙瘩瘩，但面孔又圆又光滑，像一只匙勺的背面。他对卡罗尔轻声笑道："你把我们全弄清楚了吗？"

"她当然弄得清楚，卡丽能搞清楚，她一下子就明白！我保证她能把历史上每个日期都告诉你！"丈夫夸口说。

车主用宽慰的目光看了她一眼。卡罗尔断定他是个信得过的人，于是直言不讳地说：“实际上，哪一位我都没弄清楚。”

“你当然还没弄清楚，孩子。是的，我叫萨姆·克拉克，做五金、体育用品、脱脂器生意，凡是你想到的大件废旧杂物的买卖我都做。你叫我萨姆得了——反正我叫你卡丽。你嫁给了这个蹩脚医生大笨蛋，我和他倒是一直待在这儿的老朋友呢。”卡罗尔笑容可掬，她也希望更随便地用他们的名字去称呼他们。“后面坐在你身边那位坏脾气的胖女士，假装没听见我说她的坏话，就是萨姆·克拉克太太。坐在我旁边这位面有饥色、傲慢无礼的家伙是戴夫·戴尔，他开的药房靠的是配错你丈夫开的药方——实际上你可以说这个家伙是卖假药的。那又怎么啦！好啦，让我们把漂亮的新娘子送回家吧。哎呀，医生，坎德森那块地我三千元卖给你。最好考虑一下给卡丽盖一幢新房子。我说，她是全镇最漂亮的太太！”

萨姆·克拉克心满意足地把车开走了。这时交通拥挤，路上有辆福特牌汽车和明尼玛希尔旅馆的免费大客车。

“我会喜欢克拉克先生的……我不能用‘萨姆’称呼他！他们个个都那么友善。”她对眼前那些房子瞥了一眼，尽量不把看到的东西放在心上，却又想到了别的事：“这些故事为什么这样骗人。人们总是把新娘子过门说成是铺满玫瑰花的闺房。对高尚的配偶完全信赖。这些婚姻的谎言。我没有变。至于这个小镇——我的天哪！我没法待下去。这个垃圾堆！”

她的丈夫弯下腰来对她说：“看来你在想心事。害怕了吗？你在圣保罗待过，我不指望你把格佛草原看成天堂，我也不指望你一下子就迷上它。不过以后你会喜欢它的——这儿的生活自由自在，这儿的人是世上最好的人。”

她对他低声耳语（这时克拉克太太细心周到地侧转身去），“我爱你，你那么体贴人。我只不过，只不过太神经过敏罢了。书读得太多了，我缺乏的是挑担子的能力和见识。让我慢慢来吧，亲爱的。”

“当然啦！你就慢慢来吧！”

她让他的手背贴住自己的脸颊，偎依着他，对她的新家她已作好了准备。

肯尼科特告诉过她，他有一幢房子，由寡母照料。房子虽旧，但“舒适、宽敞，供暖充足，炉子是市场上能买到的最好的一种”。他母亲回拉基穆特去了，留言给卡罗尔向她表达爱意。

她感到欣喜若狂。因为不必再寄人篱下，而可以营造自己的殿堂了，这是妙不可言的事。她紧紧握着他的手，凝视着前方。这时汽车在街角拐了一个弯，停在一幢古板的木头房子前面。这房子四周是一片小小的干枯的草坪。……

卡罗尔感到受不了的，不仅是这些建筑的丑陋人们已习以为常，不仅那呆板、单调已到了僵化的程度。她最不能忍受的是这些房子建得毫无规划，像临时房屋一样不牢固，还有房子退了色以后那种难看的样子。街上乱七八糟地竖着电灯杆、电话线杆，摆着汽车加油泵和一只只货箱。建房时人人都无所顾忌，只顾自己，不把别人放在心上。有一所小平房，现在是一家女帽店，它的一边是两层砖房店铺的一大片新“街区”，另一边是用耐火砖建的“奥弗兰”汽车行，它就夹在这当中。农业银行那白色神殿被一所耀眼的黄砖建造的杂货店挤到后面去了。有一家店铺的屋檐是用拼凑的白铁皮做的，而它旁边一所建筑物的屋顶却建有带枪眼的防御墙，还有几个砖砌的金色塔，塔尖砌的是红砂岩。

她逃出大街，逃回家去了

她一再认为，只要这里的人还不错，别的方面她倒也不在乎。可是她就看到那么一个小伙子在商店前闲逛，一只肮脏的手牵住那凉篷的绳索；她还看到一个中年男子，盯着女人看的那副样子就好像他早已结婚，感到婚姻枯燥无味一样；还有一个老农民，身体健壮，但不整洁——他那张脸就像刚从地里挖出来的一只土豆。每个男人都至少有三天没刮脸了。

“如果说他们这大草原没有能力建成一座座神殿，至少买几把刮胡刀总没有什么困难吧!”她想到这里就大为恼火。

她克制住自己：“我准是出问题了。人家在这里过得好好的嘛。这地方也不可能像我所认为的那样丑呀！准是我搞错了。不过我也拿它没法子。我也吃不消它。”

她回到家里，因为狂躁而烦恼不堪。她看到肯尼科特在等候她，兴冲冲地说：“出去溜达了？怎么样，喜欢这个镇吗？这些草坪、树丛挺不错吧!”这时，她还能以前所未有的老成持重答上一句：“这儿挺有意思的。”

（［美］辛克莱·刘易斯:《大街》，樊培绪译，南京，译林出版社，2005 年。）

阅读提示

《大街》描绘了第一次世界大战前后美国格佛草原镇的生活画卷。出身和教养良好的卡罗尔和乡村医生肯尼科特结婚后到小镇定居，她是抱着“改造草原小镇”的愿望而去的，但小镇面貌的寒碜、单调，小镇人的狭隘、庸俗使她厌恶、恐惧，以至被迫离开小镇去华盛顿找工作。两年后，卡罗尔返回小镇，声称对小镇的陋习还要继续批评指责。

描绘小镇风貌，刻画市侩典型，嘲讽、批判落后和保守势力，是刘易斯的创作基调，充满讽刺、诙谐，风格粗犷、直率。这一切，也是美国新文学的重要特点之一。《大街》问世后，一方面受到保守的评论界的谴责，另一方面受到读者的喜爱，一年内重印 28 次，“大街”一词也被赋予特定含义而收入词典，即泛指一种保守、狭隘、实利主义、自我陶醉的观念和行为。

卡罗尔和肯尼科特是两个思想性格不同的人物，他们对镇上的人事持不同态度，从而展现出自己的思想性格。卡罗尔美丽浪漫、思想单纯、热心改革却缺乏韧劲，而肯尼科特则思想保守、举止粗鲁，但务实肯干、宽容善良。两人优缺点构成对照，他们的言行及同周围的人际关系，充分表明：社会的进步、文明的发展是先进力量对保守、落后势力作斗争的历史进程。社会要进步必须进行改革，而改革不是一朝一夕就能完成的。

讨论

1. 阅读小说《大街》，谈谈你对卡罗尔和肯尼科特这两个人物的理解。

普鲁斯特

普鲁斯特

普鲁斯特（1871—1922 年）出生在巴黎一个非常富裕的家庭。父亲是医生，担任过卫生总监，是天主教徒，母亲是犹太人，同巴黎富有的犹太裔资产者交往密切。他是在“高等住宅区”和海滨舒舒服服长大的，生性敏感，而且富于幻想。9 岁时，第一次哮喘病发作。中学开始写诗，进入巴黎大学后，钻研修辞学和哲学。柏格森的哲学理论和弗洛伊德的学说成为他一生文艺创作的导师。

1892 年开始他在杂志上发表短篇小说和随笔。1905 年，母亲去世给他沉重的打击，同年开始《追忆逝水年华》的创作，1913 年自费出版第一部《在斯万家那边》。病情日益加重时，普鲁斯特深居简出，足不出户，同时加紧创作，7 年没有间断，甚至直到去世的那一天，还在往小说里添页加章。1919 年，第二部《在少女们身旁》出版后，荣获龚古尔奖，1922 年普鲁斯特被一场支气管炎夺去了生命。小说的出版一直持续到 1927 年。全书有 7 部 15 卷，中文 300 多万字。

《追忆逝水年华》（节选）

第三卷　地名：那个姓氏（节选）

她倒是会不会再到香榭丽舍来呢？第二天，她没有来；可是后来那几天，我都在那里见到她了；我一直在她跟她的伙伴们玩的地方周围转悠，以至于有一回，当她们玩捉俘虏游戏缺一把手的时候，她就叫人问我是不是愿意凑个数，从此以后，每当她在的时候，我就跟她一起玩了。但并不是每天都是如此；有时候她就来不了，或者是因为有课，有教理问答，或者是因为午后吃点心，总而言之，她的生活跟我的截然不同，只有那么两次，我才感觉到凝结在希尔贝特这个名字当中的她的生活如此痛苦地从我身旁掠过，一次是在贡布雷的斜坡上，一次是在香榭丽舍的草坪上。在那些日子，她事先告诉伙伴们，她来不了；如果是因为学业的关系，她就说："真讨厌，我明天来不了，你们自己玩吧。"说的时候神色有点黯然，这倒使我多少得到一点慰藉；但与此相反，当她应邀去看一场日场演出而我有所不知而问她来不来玩的时候，她答道："我想是来不了！我当然希望妈妈让我上我朋友家去。"反正在这些日子，我事先知道见不着她，可有些时候，她妈妈临时带她上街买东西，到第二天她就会说："对了，我跟我妈妈出去了。"仿佛这是一件极其自然的事情，不可能构成任何人的一件最大的痛苦。也有碰到天气不好，那位老师怕下雨而不愿把她带到香榭丽舍来的。

这么一来，当天色不稳的时候，我打大清早就一个劲儿抬头观天，注意一切征兆。如果对门那位太太在窗口戴上帽子，我就心想："这位太太要出门了，所以这是个可以出门的天气，希尔贝特会不会跟这位太太一样行事呢？"可是天色逐渐阴沉下来，不过妈妈说只要有一丝阳光，天色还能转亮，但多半还是会下雨的；如果下雨的话，那干吗上香榭丽舍去呢？所以，打吃过午饭，我那焦躁不安的双眼就一直盯着那布满云彩、不大可靠的天空。天色依然阴沉。窗外阳台上是一片灰色。忽然间，在一块阴沉沉的石头上，我虽然没有见到稍微光亮一点的颜色，却感觉到有一条摇曳不定的光线想要把它的光芒释放出来，似乎在作出一番努力，要现出稍微光亮一点的颜色。再过一会儿，阳台成了一片苍白，像晨间的水面那样反射出万道微光，映照在阳台的铁栅栏上。一阵微风又把这条条光照吹散，石头又变得阴暗起来；然而这万道微光像已经被你驯养了似的又回来了；石头在不知不觉之中重新开始发白，而正如在一首序曲中最后那些越来越强的渐强音，通过所有过渡的音符，把唯一的那个音符引到最强音的地位一样，只见那块石头居然已经变成晴朗之日那成了定局、不可交易的灿烂金色，栏杆上铁条投上的影子现出一片漆黑，倒像是一片随心所欲不受约束的植被，轮廓勾勒得纤细入微，显露出艺术家的一番匠心和满意心情，而这些映照在阳光之湖上的宽阔而枝叶茂盛的光线是如此轮廓分明，如此柔软平滑，又是如此幸福沉静地栖息在那里，仿佛它们知道自己就是宁静和幸福的保证。

这是信笔勾成的常青藤，这是短暂易逝的爬墙草！在许多人的心目中，是所有那些能攀缘墙壁或者装点窗户的草木当中最缺乏色彩、最令人凄然的一种；可对我而言，自从它在我们的阳台上出现的那一天，自从它暗示着希尔贝特也许已经到了香榭丽舍的那一天起，它就成了一切草木中最弥足珍贵的一种，而当我一到那里，她就会对我说："咱们先玩捉俘虏游戏，您跟我在一边。"但这暗示是脆弱的，会被一阵风刮走，同时也不与季节而与钟点有关；这是这一天或拒绝或兑现的一个瞬即实现的幸福的诺言，而且是一个了不起的瞬即兑现的幸福，是爱情的幸福；它比附在石头上的苔藓更甜蜜、更温暖；它充满生机，只要一道光线就可以催它出世，就可以开放出欢快的鲜花，哪怕这是在数九隆冬。

后来，花草树木都已凋零，裹着万年老树树干的好看的绿皮也都蒙上了一层雪花。每当雪虽然已经不下，但天气还太阴沉，难以指望希尔贝特会出来的时候，我就施出计谋让妈妈亲口说出："嗯，这会儿倒是晴了；你们也许可以出去试试，上香榭丽舍走上一遭。"在覆盖着阳台的那块雪毯上，刚露脸的太阳缝上了道道金线，现出暗淡的阴影。那在我们谁也没有瞧见，也没有见到任何玩罢即将回家的姑娘对我讲一声希尔贝特今天不来。平常那些道貌岸然可是特别怕冷的家庭女教师坐的椅子都空无一人，只有草坪附近坐着一位上了年纪的太太，她是不管什么天气都来，永远穿着同样一种款式的衣服，挺讲究然而颜色暗淡。如果权力操之我手的话，为了认识这位太太，我当时真会把我未来的一生中的一切最大的利益奉献出来。因为希尔贝特每天都来跟她打招呼；她则向希尔贝特打听“她亲爱的母亲”的消息；我仿佛觉得，如果我认识这位太太的话，我在希尔贝特心目中就会是另外一种人，是认识她父母的亲友的人了。当她的孙男孙女在远处玩的时候，她总是一心阅读《论坛报》，把它称之为“我的老论坛报”，还总以贵族的派头说起城里的警察或者租椅子的女人，说什么“我那位当警察的老朋友”，什么“那租椅子的跟我是老朋友”等等。

弗朗索瓦丝老呆着不动就太冷了，所以我们就一直走到协和桥上去看上冻了的塞纳河；每个人，包括孩子在内，都毫无惧色地接近，仿佛它是一条搁浅了的鲸鱼，一筹莫展，谁都可以随意把它剁成碎块。我们又回到香榭丽舍；我在那些一动也不动的木马跟雪白一片的草坪之间难过得要命，草坪四周小道上的积雪已经扫走，又组成了一个黑色的网，草坪上那个雕像指尖垂着一条冰凌，仿佛说明这就是她为什么要把胳膊伸出来的原因。那位老太太已经把她的《论坛报》叠了起来，问经过身边的保育员几点钟了，并一个劲儿说“您真好！”来向她道谢。她又请养路工人叫她的孙儿回来，说她感到冷了，还补上一句：“您真是太好了，我真不好意思。”忽然间，天空裂了一道缝：在木偶戏剧场和马戏场之间，在那变得好看的地平线上，我忽然看见那小姐那顶帽子上的蓝色翎毛，这真是个难以置信的吉兆。希尔贝特已经飞快地朝我这个方向奔来，她戴了一顶裘皮的无边软帽，满面红光，由于天寒、来迟和急于要玩而兴致勃勃；在跑到我身边以前，她在冰上滑了一下，为了保持平衡，也许是因为觉得这姿势优美，也许还是为了摆出一副溜冰运动员的架势，她就那么把双臂向左右平伸，微笑着向前奔来，仿佛是要把我抱进她的怀中。“好啊！好啊！真是太妙了！我是另外一个时代的人，是从旧社会过来的人，要不然的话，我真要跟你那样说这真是太棒了，太够味了！”老太太高声叫道，仿佛是代表香榭丽舍感谢希尔贝特不顾天寒地冻而来似的。“你跟我一样，对咱们这亲爱的香榭丽舍是忠贞不渝的，咱们两个都是大无畏的勇士。我对香榭丽舍可说是一往情深。不怕你见笑，这雪哪，它叫我想起了白鼬皮来了。”说着，她当真哈哈大笑起来。

这雪的景象代表着一股力量，足以使我无法见到希尔贝特，这些日子的第一天本会产生见不了面的愁苦，甚至会显得是一个离别的日子，因为它改变了我们唯一的见面地点的面貌，甚至影响到它能不能充当这个地点，因为现在起了变化，什么都笼罩在一个巨大的防尘罩底下了——然而这一天却促使我的爱情向前进了一步，因为这仿佛是她第一次跟我分担了忧患。那天我们这一伙中就只有我们两个人，而像这样跟她单独相处，不仅是亲密相处的开始，而且对她来说，冒着这样的天气前来仿佛完全就是为了我，这就跟有一天她本来要应邀参加午后一个约会，结果为了到香榭丽舍来和我见面而谢绝邀请同样感人肺腑；我们的友情在这奄无生气、孤寂、衰败的周围环境中依然生动活跃，我对它的生命力，对它的前途更加充满了信心；当她把小雪球塞到我脖子里去的时候，我亲切地微笑了，觉得这既表明她喜欢在这披上冬装、焕然一新的景区有我这样一个旅伴，又表明她愿在困境之中保持对我的忠贞。不多一会儿，她那些伙伴就都跟犹豫不决的麻雀一样，一个接着一个来了，在洁白的雪地上缀上几个黑点。我们开始玩了起来，仿佛这一天开始时是如此凄惨，却要在欢快中结束似的。当我在玩捉俘虏游戏之前，走到我第一次听到希尔贝特的名字那天用尖嗓门叫喊的那个姑娘跟前的时候，她对我说："不，不，我们都知道，您是爱跟希尔贝特在一边的，再说，她都已经在跟您打招呼了。"她果然在叫我上积满白雪的草坪上她那一边去。阳光灿烂，在草坪上照出万道金光，像是古代金线锦缎中的金线一般，倒叫人想起了金线锦缎之营[①]来了。

这一天开始时我曾如此忧心忡忡，结果却成了我难得感到不太不幸的一天。

（马塞尔·普鲁斯特：《追忆逝水年华》，李恒基、桂裕芳等译，南京，译林出版社，2008 年。）

阅读提示

《追忆逝水年华》是法国的长河小说中的一部超长河小说，是意识流小说的开山作、代表作，在整个现代派文学中占有极其重要的位置。

与传统小说不同，它虽有一个中心人物"我"，但没有贯彻始终的中心情节，只有回忆。全书由叙述者将许多不连贯的回忆片段描绘出来，呈现在读者面前的是一幅遥远的生活画面，是一环套一环的回忆。小说共分七部：《在斯万家那边》、《在少女们身旁》、《盖尔芒特家那边》、《索多姆和戈摩尔》、《女囚》、《女逃亡者》和《重现的时光》。

普鲁斯特在小说的结构上进行了大弧度改革，他用老师柏格森的"心理时间"

① 金线锦缎之营：1520 年，法王弗朗索瓦与英王亨利第七在加来海峡某地聚会，拟签订盟约共同对付德意志皇帝查理第五。双方争奇斗艳，用金钱锦缎将营地装饰得金碧辉煌，而盟约却未订成。

的理论作为法宝来处理时间、安排结构，打破以往小说以时间为序的结构，采用过去、现在和将来彼此颠倒、互相渗透的手法。作者驾驭时间，把时间作为主宰这部作品的“精神人物”。小说标题直译为《寻找失去的时间》，小说的最后一部是《失而复得的时间》。小说以时间为线索，前后呼应，着意告诉我们：时间一点点地吞噬着人的生命。人同时可以用回忆战胜时间，使作品中的时间比现实中的时间包含着更多的内容。作者在前6部里叙述了一个漫长的过程，最后一部压缩到一天内完成，主人公在一天之内发现了自己生命的全部意义，他可以利用文学把以往失去的时间挽留住，永恒地挽留住，从而获得精神上的快感和幸福。

小说的另一艺术特色，是运用意识流手法对人物进行精雕细刻的心理描写。

总之，普鲁斯特有着驾驭语言的杰出本领，文字如行云流水，整部著作像由无数大小回忆之屋垒筑起来的巧夺天工的象牙之塔，实在是法国文学宝库中的一件艺术佳品，虽有枯燥之处但能让人在描述中闻到芳香，尝到美味，有氤氲入梦的艺术美的享受。

讨论

1. 普鲁斯特创作的一个奥秘是：忘却的记忆，可以完全在一个偶然的机会中，通过味觉、嗅觉或皮肤的压迫感等最初阶段的感觉被唤醒，使过去栩栩如生地复活。谈谈你的生活体会。
2. 作品的取材与天才的形成无关，天才能使任何材料增辉生色。你是否同意这个观点，通过巴尔扎克和普鲁斯特的作品加以探讨。

加　缪

加缪

阿尔贝·加缪（1913—1960年），法国小说家，戏剧家，评论家。出生在阿尔及利亚一个农业工人家庭，父亲在欧战中阵亡，靠母亲做工艰难度日。早年在阿尔及利大学攻读哲学，后从事新闻工作。第二次世界大战期间参加法国抵抗运动。战后初期，与当时在西方思想界和文学界影响极大的萨特过从甚密。其主要作品有小说《局外人》（1942）、《鼠疫》（1947）、《堕落》（1956）和论文集《西绪福斯的神话》（1942）等，1957 年获诺贝尔奖。1960 年因车祸丧生。

《局外人》（节选）

第一部

5

《局外人》书影

莱蒙往办公室给我打了个电话。他说他的一个朋友（他跟他说起过我）请我到他离阿尔及尔不远的海滨木屋去过星期天。我说我很愿意去，不过我已答应和一个女友一块儿过了。莱蒙立刻说他也请她。他朋友的妻子因为在一堆男人中间有了作伴的一定会很高兴。

我本想立刻挂掉电话，因为老板不喜欢人家从城里给我们打电话。但莱蒙要我等一等，他说他本来可以晚上转达这个邀请，但是他还有别的事情要告诉我。一帮阿拉伯人盯了他整整一天，内中有他过去的情妇的兄弟。“如果你晚上回去看见他们在我们的房子附近，你就告诉我一声。”我说一言为定。

过了一会儿，老板派人来叫我，我立刻不安起来，因为我想他一定又要说少打电话多干活儿了。其实，根本不是这么回事。他说他要跟我谈一个还很模糊的计划。他只是想听听我对这个问题的意见。他想在巴黎设一个办事处，直接在当地与一些大公司做买卖，他想知道我能否去那儿工作。这样，我就能在巴黎生活，一年中还可旅行旅行。“您年轻，我觉得这样的生活您会喜欢的。”我说对，但实际上怎么样都行。他于是问我是否对于改变生活不感兴趣。我回答说生活是无法改变的，什么样的生活都一样，我在这儿的生活并不使我不高兴。他好像不满意，说我答非所问，没有雄心大志，这对做买卖是很糟糕的。他说完，我就回去工作了。我并不愿意使他不快，但我看不出有什么理由改变我的生活。仔细想想，我并非不幸。我上大学的时候，有过不少这一类的雄心大志。但是当我不得不辍学的时候，我很快就明白了，这一切实际上并不重要。

晚上，玛丽来找我，问我愿意不愿意跟她结婚。我说怎么样都行，如果她愿意，我们可以结。于是，她想知道我是否爱她。我说我已经说过一次了，这种话毫无意义，如果一定要说的话，我大概是不爱她。她说："那为什么又娶我呢？"我跟她说这无关紧要，如果她想，我们可以结婚。再说，是她要跟我结婚的，我只要说行就完了。她说结婚是件大事。我回答说："不。"她沉默了一阵，一声不响地望着我。后来她说话了。她只是想知道，如果这个建议出自另外一个女人，我和她的关系跟我和玛丽的关系一样，我会不会接受。我说："当然。"于是她心里想她是不是爱我，而我，关于这一点是一无所知。又沉默了一会儿，她低声说我是个怪人，她就是因为这一点才爱我，也许有一天她会出于同样的理由讨厌我。我一声不吭。没什么可说的。她微笑着挽起我的胳膊，说她愿意跟我结婚。我说她什么时候愿意就什么时候办。这时我跟她谈起老板的建议，玛丽说她很愿意认识认识巴黎。我告诉她我在那儿住过一阵，她问我巴黎怎么样。我说："很脏。有鸽子，有黑乎乎的院子。人的皮肤是白的。"

后来，我们出去走了走，逛了城里的几条大街。女人们很漂亮，我问玛丽她是否注意到了。她说她注意到了，还说她对我了解了。有一会儿，我们没有说话。但我还是希望她和我在一起，我跟她说我们可以一块儿去赛莱斯特那儿吃晚饭。她很想去，不过她有事。我们已经走近了我住的地方，我跟她说再见。她看了看我说："你不想知道我有什么事吗？"我很想知道，但我没想到要问她，而就是为了这她有着那种要责备我的神气，看到我尴尬的样子，她又笑了，身子一挺把嘴唇凑上来。

我在赛莱斯特的饭馆里吃晚饭。我已开始吃起来，这时进来一个奇怪的小女人，她问我她是否可以坐在我的桌子旁边。她当然可以。她的动作僵硬，两眼闪闪发光，一张小脸像苹果一样圆。她脱下短外套，坐下，匆匆看了看菜谱。她招呼赛莱斯特，立刻点完她要的菜，语气准确而急迫。在等凉菜的时候，她打开手提包，拿出一小块纸和一支铅笔，事先算好钱，从小钱包里掏出来，外加小费，算得准确无误，摆在眼前。这时凉菜来了，她飞快地一扫而光。在等下一道菜时，她又从手提包里掏出一支蓝铅笔和一份本星期的广播节目杂志。她仔仔细细地把几乎所有的节目一个个勾出来。由于杂志有十几页，整整一顿饭的工夫，她都在细心地做这件事。我已经吃完，她还在专心致志地做这件事。她吃完站起来，用刚才自动机械一样准确的动作穿上外套，走了。我无事可干，也出去了，跟了她一阵子。她在人行道的边石上走，迅速而平稳，令人无法想象。她一往直前，头也不回。最后，我看不见她了，也就回去了。我想她是个怪人，但是我很快就把她忘了。

在门口，我看见了老萨拉玛诺。我让他进屋，他说他的狗丢了，因为它不在待领处。那里的人对他说，它也可能被轧死了。他问到警察局去搞清这件事是否是办不到的，人家跟他说这类事是没有记录的，因为每天都会发生。我对老萨拉玛诺说他可以再弄一条狗，可是他请我注意他已经习惯和这条狗在一起，这一点他说得对。

我蹲在床上，萨拉玛诺坐在桌前的一张椅子上。他面对着我，双手放在膝盖上。他还戴着他的旧毡帽。在发黄的小胡子下面，他嘴里含含糊糊不知在说什么。我有点讨厌他了，不过我无事可干，也没有一点睡意。没话找话，我就问起他的狗来。他说他是在他老婆死后有了那条狗。他结婚相当晚。年轻的时候，他曾经想演戏，所以当兵时，他在军队歌舞剧团里演戏。但最后，他进了铁路部门，他并不后悔，因为他现在有一小笔退休金。他和他老婆在一起并不幸福，但总的说来，他也习惯了。她死后，他感到十分孤独。于是他便跟一个工友要了一条狗，那时它还很小。他得拿奶瓶喂它。因为狗比人活得时间短，他们就一块儿老了。“它脾气很坏，”萨拉玛诺说，“我们俩常常吵架。不过，这总算还是一条好狗。”我说它是良种，萨拉玛诺好像很高兴。他说：“您还没在它生病以前见过它呢；它最漂亮的是那一身毛。”自从这狗得了这种皮肤病，萨拉玛诺每天早晚两次给它抹药。但是据他看，它真正的病是衰老，而衰老是治不好的。

这时，我打了个哈欠，老头儿说他要走了。我跟他说他可以再待一会儿，对他狗的事我很难过，他谢谢我。他说妈妈很喜欢他的狗。说到她，他称她作“您那可怜的母亲”。他猜想妈妈死后我该是很痛苦，我没有说话。这时，他很快地，不大自然地对我说，他知道这一带的人对我看法不好，因为我把母亲送进了养老院，但他了解我，他知道我很爱妈妈。我回答说，我还不知道为什么，我也不知道在这方面他们对我看法不好，但是我认为把母亲送进养老院是件很自然的事，因为我雇不起人照顾她。“再说，”我补充说，“很久以来她就和我无话可说，她一个人待着闷得慌。”他说：“是啊，在养老院里，她至少还有伴儿。”然后，他告辞了。他想睡觉。现在他的生活变了，他有些不知如何是好。他不好意思地伸过手来，这是自我认识他以来的第一次，我感到他手上有一块硬皮。他微微一笑，在走出去之前又说：“我希望今天夜里狗不要叫。我老以为那是我的狗。”

第二部

5（节选）

……他把手放在我的肩膀上，说道："不，我的儿子，我是您的父亲。只是您不能明白，因为您的心是糊涂的。我为您祈祷。"

我也不知道是为什么，好像我身上有什么东西爆裂了似的，我扯着喉咙大叫，我骂他，我叫他不要为我祈祷。我揪住他的长袍的领子，把我内心深处的话，喜怒交迸的强烈冲动，劈头盖脸地朝他发泄出来。他的神气不是那样地确信无疑吗？然而，他的任何确信无疑，都抵不上一根女人的头发。他甚至连活着不活着都没有把握，因为他活着就如同死了一样。而我，我好像是两手空空。但是我对我自己有把握，对一切都有把握，比他有把握，对我的生命和那即将到来的死亡有把握。是的，我只有这么一点儿把握。但是至少，我抓住了这个真理，正如这个真理抓住了我一样。我从前有理，我现在还有理，我永远有理。我曾以某种方式生活过，我也可能以另一种方式生活。我做过这件事，没有做过那件事。我干了某一件事而没有干另一件事。而以后呢？仿佛我一直等着的就是这一分钟，就是这个我将被证明无罪的黎明。什么都不重要，我很知道为什么。他也知道为什么。在我所度过的整个这段荒诞的生活里，一种阴暗的气息穿越尚未到来的岁月，从遥远的未来向我扑来，这股气息所过之处，使别人向我建议的一切都变得毫无差别，未来的生活并不比我已往的生活更真实。他人的死，对母亲的爱，与我何干？既然只有一种命运选中了我，而成千上万的幸运的人却都同他一样自称是我的兄弟，那么，他所说的上帝，他们选择的生活，他们选中的命运，又都与我何干？他懂，他懂吗？大家都幸运，世上只有幸运的人。其他人也一样，有一天也要被判死刑。被控杀人，只因在母亲下葬时没有哭而被处决，这有什么关系呢？萨拉玛诺的狗和他的老婆具有同样的价值。那个自动机器般的小女人，马松娶的巴黎女人，或者想跟我结婚的玛丽，也都是有罪的。莱蒙是不是我的朋友，赛莱斯特是不是比他更好，又有什么关系？今天，玛丽把嘴唇伸向一个新的默而索，又有什么关系？他懂吗？这个判了死刑的人，从我的未来的深处……我喊出了这一切，喊得喘不过气来。但是已经有人把神甫从我的手里抢出去，看守们威胁我。而他却劝他们不要发火，默默地看了我一阵子。他的眼里充满了泪水。他转过身去，走了。

他走了之后，我平静下来。我累极了，一下子扑到床上。我认为我是睡着了，因为我醒来的时候，发现满天星斗照在我的脸上。田野上的声音一直传到我的耳畔。夜的气味，土地的气味，海盐的气味，使我的两鬓感到清凉。这沉睡的夏夜的奇妙安静，像潮水一般浸透我的全身。这时，长夜将尽，汽笛叫了起来。它宣告有些人踏上旅途，要去一个从此和我无关痛痒的世界。很久以来，我第一次想起了妈妈。我觉得我明白了为什么她要在晚年又找了个“未婚夫”，为什么她又玩起了“重新再来”的游戏。那边，那边也一样，在一个个生命将尽的养老院周围，夜晚如同一段令人伤感的时刻。妈妈已经离死亡那么近了，该是感到了解脱，准备把一切再重新过一遍。任何人，任何人也没有权利哭她。我也是，我也感到准备好把一切再过一遍。好像这巨大的愤怒清除了我精神上的痛苦，也使我失去希望。面对着充满信息和星斗的夜，我第一次向这个世界的动人的冷漠敞开了心扉。我体验到这个世界如此像我，如此友爱，我觉得我过去曾经是幸福的，我现在仍然是幸福的。为了把一切都做得完善，为了使我感到不那么孤独，我还希望处决我的那一天有很多人来观看，希望他们对我报以仇恨的喊叫声。

（[法国] 阿尔贝·加缪：《局外人/鼠疫》，郭宏安、顾方济、徐志仁译，南京，译林出版社，2007 年。）

阅读提示

小说《局外人》的故事发生在 20 世纪 40 年代初的阿尔及尔，主人公默而索是该市一家法国公司的小职员，在平庸的生活中糊里糊涂犯下一条命案，被法庭判处死刑。小说篇幅不长，仅有五六万字，以传统的现实主义风格写成，简约精练，含蓄内敛，却给人新颖的艺术感受，成为 20 世纪举足轻重的作品。

《局外人》表现了加缪的哲学思想，他认为这个世界实质上是一个“荒谬的世界”，荒谬是存在于人和客观世界的矛盾中的一种条件。人在日常生活忙忙碌碌的机械性劳动之余，有时不由得会有“这一切到底为什么”的念头闪过。默而索是充分玩味了这种荒诞感情的人物，正因为他对生存状况的尴尬与无奈有清醒的意识，自然就剥去了生死问题上一切浪漫的感伤的感情饰物，而保持了最冷静不过、冷漠而无动于衷的情态。他的消极无为、被动淡漠的生活态度使之与那些积极入世、执著投入的人物截然区分开来，默而索要算是文学史上一个十分独特的人物形象。

加缪不只是思想家，同时也是一个具有优秀气质的艺术家。他善于用白描手法表现人物的一言一行，从不干涉主人公的命运，不代替主人公出来说话，小说在人物塑造、情节安排、遣词造句上，几乎无处不见匠心，而且语言明确、干净、朴素，毫无藻饰，有极强的表现力和感染力。

讨论

1. 自从小说发表以后，对于默而索这个人物的评价和讨论就没有停止过，他究竟是何等的人物，怪人？平常人？多余人？明白人？荒诞人？
2. 加缪在为美国版《局外人》写的序言中说："他（默而索）远非麻木不仁，他怀有一种执著而深沉的激情，对于绝对和真实的激情。"你同意这种看法吗？
3. 阅读《西绪福斯的神话》，了解加缪的哲学思想。
4. 默而索说："生活是无法改变的，什么样的生活都一样。"怎样理解这句话的含义。

贝　克　特

贝克特

塞缪尔·贝克特（1906—1989 年）法国著名的"荒诞派"剧作家、诗人、小说家。生于爱尔兰首府都柏林的一个犹太人家庭。贝克特从小就读于法国人办的学校，对法文兴趣浓厚。大学毕业后，贝克特结识了著名的"意识流"作家乔伊斯，担任过他的秘书，创作思想受到他的很大影响。1932 年起漫游欧洲各国，1938 年定居巴黎，用法语和英语两种文字写作。二战期间曾参加反法西斯地下抵抗运动。主要剧作为《等待戈多》（1952）、《结局》（1957）、《哑剧I》（1957）、《最后一盘磁带》（1958），《哑剧Ⅱ》（1959）、《灰烬》（1959）、《啊，美好的日子!》（1961）等。此外，还写过小说，如《摩罗》和《马隆那死了》

等等。他的剧作已被译成近 30 种语言，在世界舞台上广为上演。贝克特因“他那具有新奇形式的小说和戏剧作品使现代人从精神贫困中得到振奋”，并且他的戏剧“具有希腊悲剧的净化作用”，而获得 1969 年诺贝尔文学奖。

《等待戈多》（节选）

第一幕

（爱斯特拉冈、弗拉季米尔、波卓、幸运儿、一个孩子）

乡间一条路。一棵树。

（黄昏。爱斯特拉冈坐在一个低低的土墩上，想脱掉靴子。他用两手使劲拉着，直喘气。他停止拉靴子，显出精疲力竭的样子，歇了会儿，又开始拉靴子。如前。弗拉季米尔上。）

爱斯特拉冈　（又一次泄了气）毫无办法。

弗拉季米尔　（叉开两脚，迈着僵硬的、小小的步子前进）我开始拿定主意。我这一辈子老是拿不定主意，老是说，弗拉季米尔，要理智些，你还不曾什么都试过哩。于是我又继续奋斗。

（他沉思起来，咀嚼着“奋斗”两字。向爱斯特拉冈）哦，你又来啦。

爱斯特拉冈　是吗？

弗拉季米尔　看见你回来我很高兴，我还以为你一去再也不回来啦。

爱斯特拉冈　我也一样。

弗拉季米尔　终于又在一块儿啦！我们应该好好庆祝一番。可是怎样庆祝呢？（他思索着）起来，让我拥抱你一下。

爱斯特拉冈　（没好气地）不，这会儿不成。

弗拉季米尔　（伤了自尊心，冷冷地）允不允许我问一下，大人阁下昨天晚上是在哪儿过夜的？

爱斯特拉冈　在一条沟里。

弗拉季米尔　（羡慕地）一条沟里！哪儿？

爱斯特拉冈　（未作手势）那边。

弗拉季米尔　他们没揍你？

爱斯特拉冈　揍我？他们当然揍了我。

弗拉季米尔 还是同一帮人？

爱斯特拉冈 同一帮人？我不知道。

弗拉季米尔 我只要一想起……这么些年来……要不是有我照顾……你会在什么地方……？（果断地）这会儿，你早就成一堆枯骨啦，毫无疑问。

爱斯特拉冈 那又怎么样呢？

弗拉季米尔 光一个人，是怎么也受不了的。（略停。兴高采烈地）另一方面，这会儿泄气也不管用了，这是我要说的。我们早想到这一点就好了，在世界还年轻的时候，在九十年代。

爱斯特拉冈 啊，别罗唆啦，帮我把这混账玩意儿脱了吧。

弗拉季米尔 手拉着从巴黎塔顶上跳下来，这是首先该做的。那时候我们还很体面。现在已经太晚啦。他们甚至不会放我们上去哩。（爱斯特拉冈使劲拉着靴子）你在干吗？

爱斯特拉冈 脱靴子。你难道从来没脱过靴子？

弗拉季米尔 靴子每天都要脱，难道还要我来告诉你？你干吗不好好听我说话？

爱斯特拉冈 （无力地）帮帮我！

弗拉季米尔 你脚疼？

爱斯特拉冈 脚疼！他还要知道我是不是脚疼！

弗拉季米尔 （忿怒地）好像只有你一个人受痛苦。我不是人。我倒想听听你要是受了我那样的痛苦，将会说些什么。

爱斯特拉冈 你也脚疼？

弗拉季米尔 脚疼！他还要知道我是不是脚疼！（弯腰）从来不忽略生活中的小事。

爱斯特拉冈 你期望什么？你总是等到最后一分钟的。

弗拉季米尔 （若有所思地）最后一分钟……（他沉吟片刻）希望迟迟不来，苦死了等的人。这句话是谁说的？

爱斯特拉冈 你干吗不帮帮我？

弗拉季米尔 有时候，我照样会心血来潮。跟着我浑身就会有异样的感觉。（他脱下帽子，向帽内窥视，在帽内摸索，抖了抖帽子，重新把帽子戴上）我怎么说好呢？又是宽心，又是……（他搜索枯肠找词儿）寒心。（加重语气）寒——心。（他又脱下帽子，向帽内窥视）奇怪。（他敲了敲帽顶，像是要敲掉沾在帽上的什么东西似的，再一次向帽内窥视）毫无办法。

（爱斯特拉冈使尽平生之力，终于把一只靴子脱下。他往靴内瞧了瞧，伸进手去摸了摸，把靴子口朝下倒了倒，往地上望了望，看看有没有什么东西从靴里掉出来，但什么也没看见，又往靴内摸了摸，两眼出神地朝前面瞪着。）

爱斯特拉冈　什么也没有。

弗拉季米尔　给我看。

爱斯特拉冈　没什么可给你看的。

弗拉季米尔　再穿上去试试。

爱斯特拉冈　（把他的脚察看一番）我要让它通通风。

弗拉季米尔　你就是这样一个人，脚出了毛病，反倒责怪靴子。（他又脱下帽子，往帽内瞧了瞧，伸手进去摸摸，在帽顶上敲了敲，往帽里吹了吹，重新把帽子戴上）这件事越来越叫人寒心。（沉默。弗拉季米尔在沉思，爱斯特拉冈在揉脚趾）两个贼有一个得了救。（略停）是个合理的比率。（略停）戈戈。

爱斯特拉冈　什么事？

弗拉季米尔　我们要是忏悔一下呢？

爱斯特拉冈　忏悔什么？

弗拉季米尔　哦……（他想了想）咱们用不着细说。

爱斯特拉冈　忏悔我们的出世？

（弗拉季米尔纵声大笑，突然止住笑，用一只手按住肚子，脸都变了样儿。）

弗拉季米尔　连笑都不敢笑了。

爱斯特拉冈　真是极大的痛苦。

弗拉季米尔　只能微笑。（他突然咧开嘴嬉笑起来，不断地嬉笑，又突然停止）不是一码子事。毫无办法。（略停）戈戈。

爱斯特拉冈　（没好气地）怎么啦？

弗拉季米尔　你读过《圣经》没有？

爱斯特拉冈　《圣经》……（他想了想）我想必看过一两眼。

弗拉季米尔　你还记得《福音书》吗？

爱斯特拉冈　我只记得圣地的地图。都是彩色图。非常好看。死海是青灰色的。我一看到那图，心里就直痒痒。这是咱们俩该去的地方，我老这么说，这是咱们该去度蜜月的地方。咱们可以游泳。咱们可以得到幸福。

弗拉季米尔 你真该当诗人的。

爱斯特拉冈 我当过诗人。（指了指身上的破衣服）这还不明显？（沉默）

弗拉季米尔 刚才我说到哪儿……你的脚怎样了？

爱斯特拉冈 看得出有点儿肿。

弗拉季米尔 对了，那两个贼。你还记得那故事吗？

爱斯特拉冈 不记得了。

弗拉季米尔 要我讲给你听吗？

爱斯特拉冈 不要。

弗拉季米尔 可以消磨时间。（略停）故事讲的是两个贼，跟我们的救世主同时被钉死在十字架上。有一个贼——

爱斯特拉冈 我们的什么？

弗拉季米尔 我们的救世主。两个贼。有一个贼据说得救了，另外一个……（他搜索枯肠，寻找与“得救”相反的词汇）……万劫不复。

爱斯特拉冈 得救，从什么地方救出来？

弗拉季米尔 地狱。

爱斯特拉冈 我走啦。（他没有动）

弗拉季米尔 然而……（略停）怎么——我希望我的话并不叫你腻烦——怎么在四个写福音的使徒里面只有一个谈到有个贼得救呢？四个使徒都在场——或者说在附近，可是只有一个使徒谈到有个贼得了救。（略停）喂，戈戈，你能不能回答我一声，哪怕是偶尔一次？

爱斯特拉冈 （过分地热情）我觉得你讲的故事真是有趣极了。

弗拉季米尔 四个里面只有一个。其他三个里面，有两个压根儿没提起什么贼，第三个却说那两个贼都骂了他。

爱斯特拉冈 谁？

弗拉季米尔 什么？

爱斯特拉冈 你讲的都是些什么？（略停）骂了谁？

弗拉季米尔 救世主。

爱斯特拉冈 为什么？

弗拉季米尔 因为他不肯救他们。

爱斯特拉冈 救他们出地狱？

弗拉季米尔　傻瓜！救他们的命。

爱斯特拉冈　我还以为你刚才说的是救他们出地狱哩。

弗拉季米尔　救他们的命，救他们的命。

爱斯特拉冈　嗯，后来呢？

弗拉季米尔　后来，这两个贼准是永堕地狱、万劫不复啦。

爱斯特拉冈　那还用说？

弗拉季米尔　可是另外的一个使徒说有一个得了救。

爱斯特拉冈　嗯？他们的意见并不一致，这就是问题的症结所在。

爱斯特拉冈　可是四个使徒全在场。可是只有一个谈到有个贼得了救。为什么要相信他的话，而不相信其他三个？

爱斯特拉冈　谁相信他的话？

弗拉季米尔　每一个人。他们就知道这一本《圣经》。

爱斯特拉冈　人们都是没知识的混蛋，像猴儿一样见什么学什么。

（他痛苦地站起身来，一瘸一拐地走向台的极左边，停住脚步，把一只手遮在眼睛上朝远处眺望，随后转身走向台的极右边，朝远处眺望。弗拉季米尔瞅着他的一举一动，随后过去捡起靴子，朝靴内窥视，急急地把靴子扔在地上。）

弗拉季米尔　呸！（他吐了口唾沫）

（爱斯特拉冈走到台中，停住脚步，背朝观众。）

爱斯特拉冈　美丽的地方。（他转身走到台前方，停住脚步，脸朝观众）妙极了的景色。（他转向弗拉季米尔）咱们走吧。

弗拉季米尔　咱们不能。

爱斯特拉冈　咱们在等待戈多。

爱斯特拉冈　啊！（略停）你肯定是这儿吗？

弗拉季米尔　什么？

爱斯特拉冈　我们等的地方。

弗拉季米尔　他说在树旁边。（他们望着树）你还看见别的树吗？

爱斯特拉冈　这是什么树？

弗拉季米尔　我不知道。一棵柳树。

爱斯特拉冈　树叶呢？

弗拉季米尔 准是棵枯树。

爱斯特拉冈 看不见垂枝。

弗拉季米尔 或许还不到季节。

爱斯特拉冈 看上去简直像灌木。

弗拉季米尔 像丛林。

爱斯特拉冈 像灌木。

弗拉季米尔 像——。你这话是什么意思？暗示咱们走错地方了？

爱斯特拉冈 他应该到这儿啦。

弗拉季米尔 他并没说定他准来。

爱斯特拉冈 万一他不来呢？

弗拉季米尔 咱们明天再来。

爱斯特拉冈 然后，后天再来。

弗拉季米尔 可能。

爱斯特拉冈 老这样下去。

弗拉季米尔 问题是——

爱斯特拉冈 直等到他来为止。

弗拉季米尔 你说话真是不留情。

爱斯特拉冈 咱们昨天也来过了。

弗拉季米尔 不，你弄错了。

爱斯特拉冈 咱们昨天干什么啦？

弗拉季米尔 咱们昨天干什么啦？

爱斯特拉冈 对了。

弗拉季米尔 怎么……（忿怒地）只要有你在场，就什么也肯定不了。

爱斯特拉冈 照我看来，咱们昨天来过这儿。

弗拉季米尔 （举目四望）你认得出这地方？

爱斯特拉冈 我并没这么说。

弗拉季米尔 嗯？

爱斯特拉冈 认不认得出没什么关系。

弗拉季米尔 完全一样……那树……（转向观众）那沼地。

爱斯特拉冈 你肯定是在今天晚上？

弗拉季米尔 什么？

爱斯特拉冈 是在今天晚上等他？

弗拉季米尔 他说是星期六。（略停）我想。

爱斯特拉冈 你想。

弗拉季米尔 我准记下了笔记。

（他在自己的衣袋里摸索着，拿出各色各样的废物。）

爱斯特拉冈 （十分凶狠地）可是哪一个星期六？还有，今天是不是星期六？今天难道不可能是星期天！（略停）或者星期一？（略停）或者星期五？

弗拉季米尔 （拼命往四周围张望，仿佛景色上写有日期似的）那决不可能。

爱斯特拉冈 或者星期四？

弗拉季米尔 咱们怎么办呢？

爱斯特拉冈 要是他昨天来了，没在这儿找到咱们，那么你可以肯定他今天决不会再来了。

弗拉季米尔 可是你说我们昨天来过这儿。

爱斯特拉冈 我也许弄错了。（略停）咱们暂别说话，成不成？

弗拉季米尔 （无力地）好吧。（爱斯特拉冈坐到土墩上。弗拉季米尔激动地来去踱着，不时煞住脚步往远处眺望。爱斯特拉冈睡着了。弗拉季米尔在爱斯特拉冈面前停住脚步）戈戈！……戈戈！……戈戈！

（爱斯特拉冈一下子惊醒过来。）

爱斯特拉冈 （惊恐地意识到自己的处境）我睡着啦！（责备地）你为什么老是不肯让我睡一会儿？

弗拉季米尔 我觉得孤独。

爱斯特拉冈 我做了个梦。

（袁可嘉主编:《外国现代派作品选》第三册，施咸荣译，上海，上海文艺出版社，1984年。）

阅读提示

《等待戈多》共两幕，写两个流浪汉在乡间小道的一棵枯树下焦急地等待戈多。至于戈多是谁，为什么要等他，连他们自己也不清楚。他们莫名其妙地等了一天，最后被告知戈多今天不来了，明天准来。可是第二天戈多依然没有来，他们只好继续等待下去。

《等待戈多》全剧几乎没有什么情节，只有两个流浪汉在荒野之中百无聊赖地等待着戈多的到来，戏的结尾近似还原到戏的开始。本文是荒诞派戏剧的代表作之一。荒诞派作家认为世界是荒谬的，人生是毫无意义的，因此，“非理性”成为他们戏剧表现的核心内容。他们的作品无性格鲜明的人物形象，无扣人心弦的戏剧冲突，舞台形象支离破碎，人物语言颠三倒四，道具功能奇特怪异。贝克特的《等待戈多》一剧作为荒诞派文学代表作，表现了世界的荒诞性以及人们面对这个世界只能以荒诞的行为、荒诞的希望来对待这个荒诞的世界的努力。通过“反传统戏剧”的表现手法，描写了人类荒诞的生存状态，表现了作者对人性的关怀，在荒诞的背后透出了人对不合理现实的反抗，呼唤着一种更高更新的理性。

讨论

1. 全剧中始终未出现主人公戈多，戈多似乎会来，又老是不来，戈多是谁？他象征什么？
2. 谈谈《等待戈多》的荒诞性特征。

川端康成

川端康成

川端康成（1899—1972 年），日本新感觉派小说家。出生于大阪一个医生家庭，幼年父母双亡，后祖父母和姐姐又陆续病故，孤独忧郁伴其一生，成为其作品中永远抹不去的底色。1920 年升入东京大学英文专业，后转入国文专业，接触现代文艺思潮。毕业后参与创办《文艺时代》杂志，成为新感觉派的中心人物之一。一生创作颇丰，主要作品有《十六岁的日记》、《伊豆的舞女》、《雪国》、《千鹤》、《古都》、《美丽与悲哀》等。作品多以下层女性作为小说的主人公，写她们的纯洁和不幸，作品富有抒情性，追求人生升华的美，并深受佛教思想和虚无主义影响。1968 年获诺贝尔文学奖，是获得该奖项的首位日本作家。1972 年在工作室含煤气管自杀。

《古都》（节选）

《春之花》（节选）

千重子发现枫树的老干上，紫花地丁含苞吐蕊了。

“哦，今年又开花了。”千重子感到了春的温馨。

在市内这方狭小的庭院里，这棵枫树显得特别大，树干比千重子的身腰还粗。树皮又老又糙，长满青苔，当然同千重子那婀娜的腰肢无可比拟……

枫树的树干，齐千重子腰际的地方，略向右弯，到她头顶上面，愈发弯了过去。而后，枝叶扶疏，遮满庭院。长长的枝梢，沉沉地低垂。

在树干曲屈处的稍下方，似乎有两个小洼，紫花地丁就长在两个洼眼里。而且，逢春必开。自千重子记事时起，树上便有这两株紫花地丁了。

上面一株，下面一株，相距一尺来远。正当妙龄的千重子常常寻思：

“上面的紫花地丁同下面的紫花地丁，能相逢不？这两枝花彼此是否有知呢？”说紫花地丁“相逢”咧，“有知”咧，究竟是怎么回事呢？

每年春天花开不过三五朵。可是，到了春天，就会在树上的小洼眼里抽芽开花。千重子在廊下凝望，或从树根向上看去，时而为这紫花地丁的“生命力”深自感动，时而又泛起一阵“孤寂之感”。

“长在这么个地方，居然还能活下去……”

到店里来的顾客，有赞赏枫树长得美的，却几乎无人留意紫花地丁开花。苍劲粗实的树干上，青苔一直长到老高的地方，显得格外端庄古雅。而寄生其上的紫花地丁，自然不会博得别人的青睐。

然而，蝴蝶有知。千重子发现紫花地丁开花时，双双对对的小白蝴蝶，低掠过庭院，径直飞近枫树干上的紫花地丁。枫树枝头也正在抽芽，带点儿红，只有一丁点大，把翩翩飞舞的白蝴蝶衬映得光鲜夺目。两株紫花地丁的枝叶和花朵，在枫树干新长的青苔上，投下疏淡的影子。

这正是花开微阴，暖风和煦的春日。

直到白蝴蝶一只只飞去，千重子仍坐在廊下凝望枫树干上的紫花地丁。

“今年又在老地方开花，真不容易呀。”她独自喃喃，几乎脱口说出声来。

紫花地丁的下面，枫树根旁竖了一盏旧的石灯笼。灯笼柱上雕了一个人像。记得有一次，父亲告诉千重子说，那是基督。

“不是圣母玛丽亚么?”千重子当时问道。“有座大的和北野神社里供的天神像极了。”

“据说是基督。”父亲肯定地说。“手里没抱婴儿么。”

“哦，当真……”千重子点了点头。接着又问，“咱家祖上有人信教么?”

“没有。这盏灯大概是设计庭园的师傅，要么是石匠搬来安在这儿的。灯也没什么希罕。”

这盏基督雕像灯笼，想必是从前禁教时期造的。石头的质地很粗糙，易脆，上面的浮雕人像，经过几百年的风吹雨打，已经毁损残破，只有头脚和身子依稀看出个形影来。恐怕当初的雕工也很简陋。长袖几乎拖到下摆处。双手似乎合十，手腕那里略微凸了出来，辨不出是什么形状。印象之间，与菩萨和地藏王是截然不同的。

这盏基督雕像灯笼，不知从前是为了表示信仰，抑或是用来当做摆饰，标榜异国情调?如今因其古色古香，才搬到千重子家店铺的院子里，摆在那棵老枫树脚下。倘使哪个来客发现了，父亲便说“那是基督像”。至于店里的顾客，难得有人留心大枫树下的旧灯笼。即或有人注意到，院子里竖上一二盏灯，本是司空见惯的事，谁也不会去看个仔细。

千重子的目光从树上的紫花地丁向下移，看着基督像。千重子上的不是教会学校，但她喜欢英语，常出入教会，读新旧约全书。可是，给这盏灯笼供花点烛，却似乎有点不伦不类。灯笼上哪儿都没雕十字架。

基督像上面的紫花地丁，令人联想起圣母玛丽亚的心。于是，千重子从基督雕像灯笼抬起眼睛，又望着紫花地丁。——蓦地，她想起养在旧丹波[①]瓷壶里的金钟儿来。

千重子养金钟儿，比她最初发现紫花地丁在老树上含苞吐蕊要晚得多，也就这四五年的事。在一个高中同学家的客厅里，她听见金钟儿叫个不停，便讨了几只回来。

“养在壶里，多可怜呀!”千重子说。可是那位同学却说，总比养在笼子里

---

① 丹波：旧地名，现大部分属于京都，出产瓷器。

白白死掉强。据说有些寺庙养了好多，还专门出售金钟儿的子。看来有不少同好者呢。

千重子养的金钟儿如今也多起来了，一共养了两只旧丹波壶。每年不迟不早，准在七月初一前后孵出幼虫，八月中开始鸣叫。

只不过它们出生、鸣叫、产卵、死亡，全在又小又暗的壶里。但是壶里可以传种，也许真比养在笼子里只活短暂的一代强。而壶中讨生活，亦别有天地。

千重子也知道，“壶中别有天地”是中国古代的一个故事。说是壶中有琼楼玉宇，珍馐美酒，完全是脱离尘世的化外仙境。是许多神仙传奇中的一个。

然而，金钟儿却并非因为厌弃红尘才住进壶里的。虽然置身壶中，却不知所处何地，就那么苟延残喘下去。

顶叫千重子惊讶的，是要不时往壶里放入新的雄虫，否则同是一个壶里的金钟儿，繁衍的幼虫又弱又小。因为一再近亲相交的缘故。所以，为了避免这情形，一般养金钟儿的人，彼此经常交换雄虫。

眼下正是春天，不是金钟儿引吭的秋天。可是，千重子从紫花地丁今年又在枫树干的洼眼里开花，联想到壶里的金钟儿，倒并不是毫不相干的两件事。

金钟儿是千重子给放进壶里的，而紫花地丁又为什么会长在这样一个局促的地方呢？紫花地丁业已开花，金钟儿想必年来也会繁殖鸣叫的吧？

“难道是自然赐予的生命么……”

千重子将春风拂乱的鬓发掠到耳后。心里一面同紫花地丁和金钟儿相比较：“那么我自己呢……”

在这万物勃兴的春光里，瞧着这小小的紫花地丁的，怕也只有千重子了。

听见店里有动静，大概正在开午饭。

千重子应邀要去赏樱花，也该去梳洗打扮一下了。

昨天，水木真一打电话给千重子，邀她上平安神宫去赏樱花。真一有个同学打工，半个月来，天天在神宫门口查票。真一听他说，眼下正是花事最盛的时节。

“好像派人专门守望在那儿似的，这消息最确实不过了。”说着，真一低声笑了起来。真一低低的笑声，声音很美。

“恐怕他会瞧见我们的。”千重子说。

“他是把门的呀。谁都得从把门的跟前过嘛。”真一又笑了两声。“你若觉得这样不合适，咱们就分头进去，到院子里的樱花下碰头好了。那儿的花，即便一个人赏，也看不厌的。”

“那你就一个人去赏花，岂不更好？”

“好固然好，万一今晚下了大雨，花事凋零，我可不敢保。”

“那就看落花的风情罢。”

“雨打泥污的落花，难道还有什么风情可言？这就是你所谓的落花……”

“你真坏！”

“到底谁坏……”

千重子穿了件素净的和服，走出家门。

平安神宫以“时代祭”① 而著称，明治二十八年（一八九五年），为纪念一千多年前桓武天皇奠都京都修建的，所以殿堂不太陈旧。据说大门和前殿是模仿当年平安京②的应天门和太极殿。右有橘林，左有樱花。迁都东京之前的孝明天皇（1846—1866），从一九三八年起，也同历代天皇一起在这里祭祀。在神前举行婚礼的人为数不少。

最美的，莫过于一簇簇红垂樱，装点着神苑。如今真可谓“除了此地樱花，无以代表京洛的春天”。

千重子走进神苑的入口，便见樱花满枝，姹紫嫣红，觉得赏心悦目。“啊，今年又看到京都的春天了。”她伫立着凝视樱花……

千重子靠着舞台的栏杆，仰望西天，仿佛忘了同来的真一。真一走到她身旁。

“真一，我是个弃儿。”千重子突兀地说。

“弃儿？”

“嗯，弃儿。”

这“弃儿”二字，难道是别有用意？真一颇感迷惑不解。

“弃儿？”真一喃喃地说。“你怎么胡思乱想自己是个弃儿！你算弃儿，那我更是弃儿，那种精神上的……也许人人都是弃儿。一个人降生到世上，就像是被上帝抛到人间一样。”

---

① 时代祭：为纪念桓武天皇奠都京都，自1895年平安神宫建成以来，每年10月22日举行祭祀活动，在神舆前，游行者身着各时代服饰，展示平安朝至明治年间的风俗变迁。

② 平安京，即现在的京都。

真一望着千重子的侧脸，隐隐约约好像染上一层暮色似的。也许是春宵恼人，她才凄然不乐？

“正因为是上帝之子，所以抛弃在前，拯救在后……”

真一的话，千重子似乎没有听进去，只管俯瞰灯光灿然的京城，对他看都不看一眼。

看到千重子这种莫名的悲哀，真一不觉抬起手来，往她肩上放去。千重子把身子一闪，说道：

“别碰我这个弃儿。”

“明明是上帝之子，却说是弃儿……”真一的声音提高了一点说。

“别说得那么玄……我才不是什么上帝的弃儿，实在是为人间的父母所遗弃的孩子。”

“……”

“是个扔在铺子外面格子门前的弃儿。”

“你胡说什么呀！”

“是真的。虽说这事告诉你也没用……”

“……”

“从清水寺这儿，望着暮色中广漠的京城，我心里想，自己果真是出生在京城的么？”

“看你说的。简直是发神经……”

“我干嘛要瞎说呢？”

“你难道不是批发商的掌上明珠么？独生女就爱想入非非。”

“当然，他们疼我。如今弃儿不弃儿也没什么要紧，可是……”

“你说是弃儿，有什么根据么？”

“根据？铺子外的格子门就是根据。古老的格子门，知道得最清楚。”千重子的声音愈发清朗悦耳，“记得上中学时，母亲把我叫去，告诉我说：‘千重子，你不是我亲生的。我看到一个可爱的婴儿，就抱了乘上车，一溜烟逃回了家。’不过，在什么地方偷抱的，父亲和母亲有时不留神，说法互有出入。一个说在柢园[①]的夜樱下，一个说在鸭川边上……要是照实说，我是给扔在店门前的弃儿，他们准是觉得我太可怜，才这么说的……”

---

① 柢园为京都八坂神社的旧名，也指附近一带地名。

“哦，那你不知道生身父母是谁么？”

“现在的父母很疼我，我也就无意再去打听了。也许他们早已成为仇野墓场里的孤魂野鬼了。石冢已经陈旧不堪……”

春日的溶溶暮色，宛如一片淡红的云霞，从西山一路笼罩过去，遮蔽京都的半边天空。

（［日］川端康成：《古都》，高慧勤译，北京，人民文学出版社，2008 年。）

阅读提示

写于 1960 年的《古都》属于川端康成晚期的作品。小说描写一对从小离散的孪生姐妹相认的故事。千重子和苗子生长的环境虽然贫富不同，但两姐妹都容貌秀丽、心地善良，相认过程中表现出动人的手足之情，同时也流露着无奈、凄凉之感。

小说写得如散文诗，清新纤丽，低回婉转。主人公时时刻刻都在和自然交流，触景生情，感悟伤怀，所看到的景物都带着“自我”的色彩。小说开头部分为整部作品的文眼所在。寄生在老枫树上的两株紫花地丁，象征了两姐妹的命运：咫尺天涯，终难聚合。而从枫树干的洼眼里开花，到不被人注意的基督雕像灯笼，再联想到壶里的金钟儿，这些看似毫不相干的事物，都共同引发出身世、命运以及生命的思索和感叹，万物勃兴的春光里，主人公却是忧思满怀。这种写作特色，既是典型的物哀之美，体现了日本文学的传统审美风格，也是川端康成的“孤儿的根性”的表现。

讨论

1. 小说中自然界的景处处在衬托着人物变化的心绪，找出一两处这样的文字。
2. 比较《古都》和《源氏物语》的文字，谈谈你对日本文学风格的感受。